Un protecteur dans l'ombre

Les faux mariés

CAROL ERICSON

Un protecteur dans l'ombre

Traduction française de
CATHERINE VALLEROY

BLACK ROSE

HARLEQUIN

Collection : BLACK ROSE

Titre original :
ARMY RANGER REDEMPTION

HARPERCOLLINS FRANCE
83-85, boulevard Vincent-Auriol, 75646 PARIS CEDEX 13
Service Lectrices — Tél. : 01 45 82 47 47

www.harlequin.fr

ISBN 978-2-2803-6803-2 — ISSN 1950-2753

1

L'estomac noué par l'appréhension, Scarlett sortit sous le porche de sa maison. Poussés par le vent, des nuages cachaient le croissant de lune, masquant par instants les arbres situés devant le bungalow. Retenant son souffle, elle scruta l'obscurité.

Puis elle tendit l'oreille, à l'écoute des bruits de la forêt : le bruissement des feuilles mortes, le craquement des brindilles, le doux roucoulement des engoulevents.

Le cri qu'elle avait cru entendre n'était-il qu'un tour de son esprit ? Cela ressemblait à un animal hurlant à la mort.

Son retour de New York ne remontait pas à plus d'une semaine et, déjà, elle était sur les nerfs. Elle n'avait pourtant plus rien à craindre des manigances de Jordan Young. Duke Harper, l'agent du FBI, l'avait abattu pour protéger Beth St. Regis.

Les hommes du shérif avaient aussi passé sa propriété au peigne fin, pour s'assurer que Young et ses acolytes n'avaient pas posé d'autres pièges.

Elle n'avait donc aucune raison d'avoir peur. Mais elle était angoissée.

Avant même d'entendre ce cri, elle était mal à l'aise. N'arrivant pas à en définir la cause, elle en avait conclu que c'était dû aux suites de la transe à laquelle elle s'était livrée pour aider Beth. Chaque fois qu'elle se servait des pouvoirs extrasensoriels hérités de sa grand-mère quileute, elle restait nerveuse des jours durant.

Une main en porte-voix, elle cria :

— Hello ? Il y a quelqu'un ?

Elle ne s'attendait pas à une réponse, mais cela valait mieux que de trembler sans raison sous le porche. Seul le sifflement du vent dans les arbres lui répondit.

Avec un soupir, elle pivota sur elle-même, non sans jeter un dernier coup d'œil derrière elle. Elle claqua la porte d'entrée puis essaya de fermer le verrou. Comme d'habitude, il était bloqué. Elle renonça au bout de quatre tentatives.

Ce verrou était une idée de sa grand-mère, mais Scarlett ne l'avait jamais utilisé. Et, maintenant qu'elle en avait besoin, ce satané truc avait rouillé. Il faudrait qu'elle le remplace.

Tirant le rideau devant la porte, elle revint à son fauteuil près de la cheminée. Les jambes repliées sous elle, elle reprit sa lecture devant le feu crépitant. À peine cinq minutes plus tard, un coup sonore retentit à la porte, faisant à nouveau battre son cœur.

Cette fois, elle s'empara du tisonnier et prit son téléphone, même si le réseau était défaillant, comme toujours. Un coup plus fort la fit sursauter. Un judas, voilà ce qui lui manquait. Pourquoi n'en avait-elle pas fait installer un en même temps que le verrou ?

Repoussant le voilage de la fenêtre située à côté de la porte, elle risqua un œil dehors. La silhouette d'un homme de grande taille se découpait dans la lumière du porche. Elle déglutit et recula. Le mouvement dut cependant attirer l'attention de l'homme, car il se tourna vers elle.

— Tout va bien, chez vous ?

Relevant le rideau, son portable en évidence, elle demanda :

— Qui êtes-vous ? Que voulez-vous ?

— Je m'appelle Jim Kennedy. J'ai une maison par là,

dit-il en agitant la main derrière lui. J'ai entendu du bruit et je suis venu voir si tout allait bien.

Scarlett se méfiait toujours. Il avait l'air sincère, mais cela pouvait être un piège.

— Jim Kennedy ?

— Oui, mon père avait une maison, un peu plus loin sur la route. Et c'étaient les Butler qui habitaient ici. Vous n'êtes pas Gracie Butler, si ?

Kennedy. Ce nom lui disait quelque chose. Elle avait rencontré l'homme, ou plutôt le garçon autrefois. Un adolescent taciturne et solitaire.

— Les Butler ont vendu et déménagé dans l'Idaho, pour être plus près de Gracie et de son mari.

— Alors, vous êtes du coin ?

Ils ne pouvaient pas continuer à crier ainsi à travers la porte. En l'ouvrant, elle pensa fugacement qu'elle avait aussi connu Wyatt Carson, ce qui ne l'avait pas empêché de s'avérer être un psychopathe.

L'homme recula d'un pas, comme surpris qu'elle lui ouvre. Elle jaugea du regard son mètre quatre-vingt. Lui, au moins, ne devait pas avoir peur d'errer la nuit.

— Je m'appelle Scarlett Easton, dit-elle en tendant la main. J'ai grandi dans la réserve, mais je suis allée au lycée Timberline High. Tu étais dans mon cours de géométrie.

Il cilla brièvement, et elle sentit le rouge lui monter aux joues. Pourquoi lui avait-elle rappelé ça, au nom du ciel ? Parce qu'elle copiait parfois sur lui. Pas à cause de sa frange de cheveux noirs ébouriffés ou de sa moto.

Elle s'éclaircit la gorge.

— Le cours de M. Stivers ? En première ?

— Scarlett, ah oui. Tu copiais tout le temps sur moi.

— De temps en temps, dit-elle avec un mince sourire. Tu veux entrer ? J'ai aussi entendu du bruit. Un hurlement, ou… je ne sais pas.

— Volontiers.

Elle ouvrit la porte plus largement, et il franchit le seuil en boitant. Elle détourna le regard. Cette boiterie était nouvelle. Venait-il de se tordre la cheville ?

— Tu as vu quelque chose ?

Une rafale de vent lui arracha la porte des mains et la fit claquer.

Jim fit le tour de la pièce de sa démarche bancale, passant les doigts sur une table sculptée, effleurant un coussin peint à la main, étudiant les aquarelles au mur.

— On dirait un musée ici.

— Mes œuvres sont à vendre, si ça t'intéresse.

— Ah oui ! dit-il en claquant des doigts. Tu suivais les cours de peinture au lycée. Tu as été renvoyée pour avoir peint une fresque sur le mur du gymnase.

— Une de mes meilleures œuvres.

Il se pencha pour étudier une aquarelle.

— Tu es sortie juste après avoir entendu le bruit ?

— Comment sais-tu que je suis sortie ?

La gorge nouée, elle recula vers la porte et posa les doigts sur la poignée.

— J'ai entendu la porte claquer.

Se redressant, il fourra les mains dans les poches de son jean noir.

— J'en ai déduit que c'était ici, puisqu'il n'y a pas d'autre maison dans le coin, n'est-ce pas ?

— N… Non.

Était-il obligé de lui rappeler son isolement ? Et comment avait-il entendu sa porte claquer à plus d'un kilomètre ? Le bungalow des Kennedy était vide depuis qu'elle avait acheté le sien, mais elle savait qu'il était situé à bonne distance. Elle s'humecta les lèvres.

— Laisse-moi comprendre. Tu as entendu un cri depuis

chez toi, tu es sorti pour te rendre compte et tu as entendu ma porte claquer ?

— Non.

Il se dirigea vers la cheminée, où une bûche venait de tomber dans une gerbe d'étincelles.

— Tu as un tisonnier ?

Se retournant, Scarlett saisit l'instrument, qu'elle avait posé près de la porte. Si Kennedy avait un geste malheureux, elle n'hésiterait pas l'employer contre lui. Mais par quel bout le tenir ?

Sous ses paupières mi-closes, Jim lui glissa un regard amusé.

— Je faisais un tour quand j'ai entendu du bruit. Je savais que le bungalow des Butler était dans le secteur, alors je suis venu voir, et c'est là que j'ai entendu la porte claquer.

Se redressant, Scarlett s'avança vers lui, en pointant le tisonnier droit devant elle.

Il le saisit par le milieu et remit la bûche en place, qui s'enflamma rapidement.

— Donc, tu es sortie ou tu as juste ouvert la porte ?

— Je suis sortie, mais je n'ai rien entendu d'autre. Je pense que ce devait être un animal blessé. Soit il est mort, soit il est parti.

— Peut-être, dit-il en haussant les épaules. C'était un son… familier.

Elle avait cru qu'il allait dire humain, parce que c'était ainsi qu'elle-même l'avait perçu.

— Ça m'a donné la chair de poule.

Elle tendit les mains vers le feu et, se reflétant sur ses bagues, les flammes projetèrent des éclats de lumière sur le mur.

— Je vais te laisser reprendre ta lecture, dit-il en jetant un coup d'œil au livre ouvert dans le fauteuil. Comme il y avait de la lumière, je voulais m'assurer que tout allait bien.

— Merci.

Elle le raccompagna à la porte qu'elle ouvrit largement. Une odeur masculine et boisée lui chatouilla les narines quand il franchit le seuil. Prise d'une impulsion, elle lui toucha le bras.

— Et où étais-tu toutes ces années, Jim Kennedy ?

Il se retourna en écartant ses cheveux noirs et, pour la première fois, elle remarqua la cicatrice qui lui barrait le front.

— Par-ci, par-là.

Immobile, elle le regarda descendre le perron de sa démarche inégale. Alors qu'elle allait refermer, un hurlement s'éleva soudain du bois.

— C'était tout près ! lança Jim en se mettant à courir avec une agilité surprenante.

— Attends-moi, s'exclama Scarlett en lui emboîtant le pas.

Elle faillit trébucher contre son dos et s'accrocha à son blouson de cuir.

— Hé, qui va là ? cria Jim

Il éclaira les arbres à l'aide d'une lampe de poche prise dans son blouson.

Il s'est équipé, songea Scarlett. Puis elle vit le revolver qu'il tenait de l'autre main. *Mais dans quel but* ? Elle lâcha son blouson, et il poursuivit son chemin, se frayant un passage au milieu des arbres.

Scarlett resta en arrière, se tordant les mains. Qu'était-il venu faire ? Pourquoi avait-il une arme ? Elle connaissait les armes de chasse, et ce revolver n'avait rien de commun avec elles.

Tandis que Jim multipliait les appels, elle décida de rentrer chez elle et de s'enfermer. Elle n'ouvrirait plus à personne, ancien condisciple ou non. Jim Kennedy pouvait aller promener son allure sexy ailleurs.

Allumant la lumière de son téléphone pour s'orienter dans le noir, elle fit un pas dans ce qu'elle croyait être la direction de sa maison.

À cet instant, une main lui agrippa la cheville.

2

Un hurlement terrifié lui glaça le sang. *Scarlett !*

Pourquoi ne l'avait-elle pas suivi ? Pourquoi l'avait-il laissée en arrière ?

— Scarlett ?

Il revint maladroitement sur ses pas, maudissant sa mauvaise jambe. Et ceux auxquels il la devait.

Un nouveau cri s'éleva, tout aussi fort, mais peut-être moins frénétique. Précédé du faisceau vacillant de sa lampe, Jim pressa le pas, se glissant sous les branches pour aller plus vite.

— Scarlett ?

— Je suis là.

Soudain il la vit, recroquevillée à ses pieds. Stoppé dans son élan, il s'accrocha à une branche pour ne pas perdre l'équilibre.

— Que s'est-il passé ?

Elle désigna les broussailles derrière elle.

— Là. Il y a un homme. Il est blessé ou…

Jim s'accroupit près d'elle et, en éclairant les buissons, distingua un bras tendu et un poing. Écartant le feuillage, il posa deux doigts sur la gorge de l'homme.

— Il est mort. Comment l'as-tu vu sans lumière ?

— Il m'a attrapé la cheville, balbutia-t-elle. Tu es sûr qu'il est mort ?

— Quoi ?

Se rapprochant un peu, Jim posa la main sur la poitrine de l'homme. Sa chemise était poisseuse de sang. Il se pencha en avant pour détecter une respiration.

— Appelle le 911.

— Il n'y a pas de réseau ici. Il faut aller sur la route.

— Il est mort, déclara Jim en désignant le corps. Il n'ira nulle part. Je vais venir avec toi.

— Qu'est-ce qui lui est arrivé ?

Scarlett se redressa sur ses genoux et prit la main que Jim lui tendait.

— Il a une blessure à la poitrine. J'ignore ce qui l'a causée, mais il a perdu beaucoup de sang. Ça m'étonne qu'il ait eu assez de force pour te saisir la cheville ou même pour se rendre compte que quelqu'un passait par là.

Quand elle fut debout, il sentit son parfum légèrement musqué.

— Ce sont sûrement ses gémissements que nous avons entendus. Il a perdu connaissance, puis s'est réveillé quand je suis passée et m'a touchée dans un dernier effort.

Elle replia la jambe et se frotta la cheville.

— Allez viens, dit Jim en lui prenant la main. Vu la quantité de sang qu'il a perdue, il n'aurait pas survécu, même si nous l'avions découvert plus tôt.

Quand ils furent sur le chemin, Jim se mit à courir, entraînant avec lui Scarlett. L'idée de tomber sur celui qui avait tué l'homme ne lui plaisait pas du tout.

À l'intersection avec la route, à la hauteur de sa boîte aux lettres, Scarlett lui tira le bras.

— Ça y est, j'ai du réseau.

— Laisse-moi faire.

Il lui prit le téléphone des mains et expliqua en détail ce qu'ils avaient vu à l'opérateur. Puis il raccrocha et laissa tomber l'appareil dans la paume de Scarlett.

— Tu as vu son visage ? lui demanda-t-elle. Tu le connais ?

— Je n'ai pas vu ses traits, mais je doute de le connaître. Ça fait un bout de temps que je ne suis pas venu à Timberline. En tout cas, j'ai son sang sur les mains, dit-il en tendant ses doigts à la lueur de sa lampe.

— Beurk ! Tu veux que j'aille chercher de quoi te nettoyer pendant qu'on attend les flics ? J'ai du papier absorbant dans la voiture.

— Mieux vaut le garder jusqu'à ce que les hommes du shérif y jettent un coup d'œil.

Il se tourna vers elle.

— Qu'est-ce qui s'est passé là-bas ? Pourquoi as-tu cessé de me suivre ?

— Je…

Elle lança un bref regard à la poche où il avait fourré son arme.

— Je n'avais pas envie de m'enfoncer aussi loin dans les bois.

Surtout en compagnie d'un homme armé. Un homme qu'elle venait de rencontrer, même s'ils étaient allés au lycée ensemble.

Une femme pleine de sagesse, songea Jim.

— Et le type t'a saisi la cheville comme ça ? Il t'a fait mal ?

— Non, mais ça m'a surprise, et j'ai trébuché.

— Comment t'es-tu rendu compte qu'il était blessé ?

— En tombant, j'ai secoué la jambe pour me dégager. J'avais le téléphone en main pour m'éclairer, et j'ai vu sa main inerte. Elle ne bougeait pas du tout. J'ai quand même crié encore, juste au cas où.

— Je t'ai entendue les deux fois. Tu n'as pas vu son visage ?

— Je n'avais qu'une idée, m'enfuir, mais je ne pouvais

pas bouger, j'étais comme paralysée. En tout cas, je n'avais aucune envie de le regarder.   toi, tu l'as vu ?

— Non, dit Jim en secouant la tête. Mais tu le connais peut-être. C'était peut-être un ami qui te rendait visite…

— À moi ? dit Scarlett en haussant les sourcils. Je ne pense pas. Les seules personnes qui viennent me voir, ce sont mes cousins Jason et Annie. Et ce n'était pas la main de Jason.

— On le saura bien assez vite. J'entends des sirènes…

Ils virent bientôt la lueur sinistre des gyrophares tournoyer dans l'air humide de la nuit.

Jim agita sa lampe de poche pour signaler leur position. Une ambulance, un camion de pompiers et une voiture de patrouille s'arrêtèrent dans un grand crissement de frein devant la boîte aux lettres.

Jim courut jusqu'à la voiture de patrouille et frappa à la fenêtre. Un adjoint descendit sa vitre.

— Vous pouvez prendre le chemin. Le corps est dans les bois, à quelques mètres du sentier.

L'homme fit signe à l'ambulance de les précéder, et la voiture de patrouille la suivit.

Jim et Scarlett les rattrapèrent au moment où l'agent de police descendait de voiture.

— Qu'est-ce qui se passe, Scarlett ? Encore des coups de feu ou des pièges à ours ?

Jim jeta un coup d'œil à la jeune femme. Elle ne lui avait pas parlé de cela. Marcher sur un piège, c'était tout ce qu'il lui fallait, avec sa jambe.

— Cody, tu te souviens de Jim Kennedy ? dit-elle en le désignant.

Jim serra la main de Cody. Ce devait être l'adjoint Cody Unger, à présent. Autrefois, c'était le *quarterback* du lycée, un type réglo. Il ne l'avait pas bien connu, n'appartenant pas à la même bande que lui.

— Kennedy, le salua Unger avec un signe de tête. C'est toi qui l'as trouvé ?

— Non, c'est Scarlett, répondit-il. Mais je l'ai examiné. Il est blessé à la poitrine et a perdu beaucoup de sang. Par là.

Il prit la tête du groupe avec sa lampe de poche.

— Où est le shérif ? demanda Scarlett.

— Je l'ai appelé. Il ne se sent pas bien, alors il m'a dit de me débrouiller.

Jim s'arrêta et désigna de sa lampe le bras étendu sortant des broussailles.

— Le voilà. Le reste du corps est caché par le feuillage. Je ne sais pas comment il est arrivé là, mais Scarlett et moi avons entendu un cri un peu plus tôt. Ce devait être lui.

— Les collègues sont en route, ils vont quadriller la zone.

Unger s'accroupit près du corps et écarta les buissons pour éclairer le visage de l'homme.

— Je ne le connais pas. Laissons le champ libre aux secours.

Les ambulanciers les contournèrent, et Jim et Scarlett retournèrent avec Unger sur le sentier.

— On peut aller parler chez toi, Scarlett ?

— Je suis contente que tu le proposes, dit celle-ci en reniflant. Il fait plutôt frisquet dehors.

En chemin, ils croisèrent deux autres adjoints, et Unger leur ordonna de chercher des indices et de vérifier l'identité de l'homme.

Dans la maison, Unger prit un kit dans le sac qu'il portait en bandoulière.

— Je vais prendre un peu du sang sur tes mains, Kennedy. Ensuite, tu pourras te les laver.

Jim tendit une main, paume en l'air, et Unger préleva un échantillon de sang avec un bâtonnet. Il le déposa sur une lamelle, colla une autre lamelle par-dessus et laissa tomber le tout dans un sachet en plastique.

— Tu peux te nettoyer, maintenant. Merci d'avoir pensé aux indices.

— Première porte à droite, indiqua Scarlett en lui tapotant le bras.

La salle de bains, elle aussi, ressemblait à une galerie de peinture, avec sa bordure de fleurs et d'angelots, et son miroir en bois sculpté.

Jim se savonna les mains. Il n'avait pas envie de salir les serviettes artistiquement disposées, aussi prit-il des mouchoirs en papier pour se sécher. Il les jeta ensuite dans les toilettes et tira la chasse d'eau.

Puis il se pencha vers le miroir et fit une grimace à son reflet. Comment diable se retrouvait-il mêlé à une histoire de meurtre une semaine à peine après son retour à Timberline ? Ce n'était pas le meilleur moyen de rester discret.

En retournant dans le salon, il interrompit Scarlett qui était en train de mimer le moment où l'homme l'avait saisie à la cheville.

— Je me suis débattue, j'ai crié et je suis tombée, mais je ne sais pas bien dans quel ordre.

Unger se tourna vers Jim, calepin en main.

— C'est à ce moment-là que tu es revenu sur tes pas ? Quand tu l'as entendue crier ?

— J'ai couru dans sa direction, et elle m'a montré le corps.

Il essuya ses mains encore humides sur son jean.

— C'est comme ça que je me suis mis du sang sur les mains. J'ai tâté son pouls et écouté sa respiration. Il était mort.

— Tu as une formation aux premiers secours, Kennedy ? demanda Unger en tapotant le calepin avec son stylo.

— J'ai fait six ans dans l'armée comme tireur d'élite. Je sais reconnaître un cadavre quand j'en vois un et je sais quand il est trop tard pour les secours.

Tout en soutenant le regard d'Unger, il entendit Scarlett

reprendre son souffle. Un lent sourire éclaira le visage d'Unger.

— J'imagine que tu sais ce que tu fais. L'un de vous a-t-il reconnu le mort ?

— Je n'ai pas bien regardé ses traits, et Scarlett n'a pas vu son visage. Il avait une barbe. Je l'ai sentie quand j'ai écouté sa respiration.

— Tu l'as reconnu, Cody ? demanda Scarlett. Tu l'as regardé, n'est-ce pas ?

— Un type d'un certain âge, barbu, rouquin. Je ne me souviens pas de l'avoir vu par ici, mais les conditions ne sont pas optimales pour identifier un cadavre.

Il fourra son calepin dans sa poche.

— Bon, j'ai vos témoignages. Si j'ai d'autres questions, je vous le ferai savoir. Ça pourrait être un accident. Je ne sais pas encore ce qui a causé sa blessure, mais s'il s'avère que c'est un homicide, on appellera les gars du comté, et ils voudront certainement vous interroger de nouveau.

Jim raccompagna Unger et sortit sous le porche avec lui. Scarlett prit une veste et leur emboîta le pas. Avait-elle l'intention de ressortir ? se demanda Jim.

Unger montra les arbres entourant le bungalow.

— Tu devrais faire couper ces arbres, Scarlett. La plupart des bungalows ont été construits dans des clairières. Je ne sais pas pourquoi les Butler n'ont pas fait défricher quand ils possédaient la maison.

— C'est une des choses qui m'ont plu ici, l'intimité. J'en ai besoin pour mon travail.

— Les peintres n'ont-ils pas besoin de lumière ? questionna Jim en croisant les bras.

— Pas pour le genre de peinture que je fais.

Il ne connaissait rien à la peinture ni aux artistes, en dehors des tatoueurs, si bien qu'il se tut.

Scarlett lui prit soudain le bras.

— Ils l'emmènent !

Entre les arbres, Jim vit les ambulanciers pousser une civière sur le chemin d'accès. Ils s'arrêtèrent devant les portes ouvertes de l'ambulance. Ils avaient remonté le drap sur le visage de l'homme.

— Il a reçu plusieurs blessures au couteau dans la poitrine, dit l'un d'eux à Unger.

À côté de Jim, Scarlett vacilla, et il lui passa un bras autour des épaules.

— Ça s'est passé ici ? questionna Unger.

L'ambulancier haussa les épaules.

— Je ne peux pas dire. Ce sera à vos hommes de le déterminer.

Unger émit un long sifflement.

— Je vais appeler le shérif. Il faut contacter les autorités du comté.

— Il faut qu'on attende le *coroner* ? reprit l'ambulancier.

— Emmenez-le à la morgue. Il pourra travailler là-bas.

Unger fit volte-face pour retourner dans le bois, mais Jim l'arrêta de la main.

— Attends une minute… Scarlett est-elle en sécurité, ici ? Ce type a été assassiné à vingt mètres de sa porte.

— Je vais appeler tout de suite le bureau du shérif du comté. Ils resteront sans doute dans les parages une bonne partie de la nuit. Je ne pense pas que Scarlett ait quoi que ce soit à craindre.

Sur quoi, il pressa le pas en direction de la scène de crime.

En voyant les ambulanciers sangler le corps avec des courroies, Scarlett intervint :

— Attendez. On… on peut voir son visage ? Je voudrais m'assurer que je ne le connais pas. Je doute que ce soit le cas, mais…

— Bien sûr.

L'ambulancier repoussa le drap pour découvrir le visage de l'homme.

Jim serra les dents et retint une exclamation de surprise. Scarlett et Unger ne le connaissaient pas, mais lui si.

Et si ce type n'avait pas déjà été mort, il aurait bien aimé l'étrangler lui-même.

3

Scarlett déglutit en observant le visage à moitié mangé par une barbe et une moustache fournies. Il avait une sorte de tatouage sur le cou, un L et un C entrelacés. Elle n'avait jamais été portraitiste, mais dans le cas contraire, elle aurait eu envie de fixer ces traits sur la toile. Même dans la mort, l'histoire de cet homme y était gravée.

Elle poussa un gros soupir.

— Je ne le connais pas. Et toi, Jim ?

— Jamais vu de ma vie.

L'ambulancier recouvrit le cadavre et le chargea dans l'ambulance.

À cet instant, Unger revint avec ses adjoints.

— Les hommes du comté seront là d'ici peu, Scarlett. Ils ne te dérangeront pas cette nuit, mais je pense que l'inspecteur principal voudra vous parler à tous les deux demain matin. Tu vas quelque part, Kennedy ?

— Je dors chez... moi.

Scarlett l'observa du coin de l'œil. Le bungalow des Kennedy était la maison la plus proche de la sienne, mais personne n'y vivait depuis qu'elle-même avait acheté la maison. Apparemment, Jim Kennedy, l'énigme du coin, avait fait la guerre durant toutes ces années.

Quand l'ambulancier avait soulevé le drap, Jim s'était éloigné d'elle. Le bras qu'il avait passé autour d'elle et sa proximité physique ne lui avaient pas déplu, même si elle n'avait jamais été du genre à se reposer sur un homme. Son père était mort en même temps que sa mère dans un accident de voiture, et son oncle avait toujours été le mouton noir de la famille.

— Je crois que je vais aller me coucher, dit-elle en rejetant en arrière ses longs cheveux noirs. Dis aux hommes du comté qu'ils peuvent venir m'interroger quand ils veulent, mais que c'est préférable le matin, avant que je ne me mette au travail.

Unger frappa le flanc de l'ambulance, qui démarra.

— Je vais dire à mes gars de repartir, mais moi, je reste dans les parages.

— Et moi, je peux y aller, Unger ? questionna Jim.

Il fourra la main dans la poche où l'arme devait toujours se trouver. Si l'homme avait été tué par balle au lieu d'être poignardé, Jim aurait-il parlé de son arme à Unger ? S'il avait un revolver, il pouvait aussi avoir un couteau.

Scarlett poussa un grand soupir et ferma les yeux. Certes Jim n'avait rien d'un tueur, mais elle ne parvenait pas à écarter l'idée que son apparition, suivie de la découverte du cadavre, était une drôle de coïncidence.

— Oui, tu peux y aller. Mais reste joignable, au cas où on voudrait te poser d'autres questions.

— J'espère que vous découvrirez ce qui est arrivé à ce pauvre homme, lança Scarlett en pivotant sur ses talons.

Jim se rapprocha d'elle, lampe de poche à la main.

— Je vais te raccompagner, si tu es d'accord.

— Si tu veux, mais je ne vois pas ce qui pourrait m'arriver avec la moitié des hommes du shérif chez moi, sans parler des agents du comté.

— Je pourrais vérifier tes portes et tes fenêtres, par exemple, parce qu'ils ne seront pas toujours là.

Scarlett frissonna et fit le dos rond.

— Quelle idée horrible !

— Je ne veux pas t'effrayer, mais la peur n'est pas mauvaise conseillère.

Ils retournèrent au bungalow. À la porte, Jim donna une chiquenaude au verrou inutilisable.

— Tu pourrais commencer par le faire remplacer et installer un judas pour ne pas avoir à regarder par la fenêtre.

— Figure-toi que j'y pensais quand tu as frappé à ma porte.

— Tu me fais faire le tour de la maison ?

— Voici la pièce principale, annonça Scarlett en ouvrant les bras. Parfaite pour accueillir trois invités à la fois.

Le sourire aux lèvres, Jim alla vérifier la fenêtre donnant sur la façade, puis il examina les deux autres.

— Au moins, les loquets sont en bon état.

— Au moins ?

— N'importe qui pourrait briser une vitre.

— Eh bien, merci de me le rappeler.

— Mais tu te réveillerais, et l'intrus perdrait l'avantage. Et tu pourrais toujours te défendre avec ça, dit-il en se dirigeant vers la cheminée pour y replacer le tisonnier. Tu as une arme à feu ?

— Une arme à feu ? Je les déteste.

Jim sortit son revolver de sa poche et en caressa la crosse.

— Tu les détestes parce que tu en as peur. Si tu apprenais à t'en servir et à respecter les mesures de sécurité, tu changerais d'avis.

— J'en doute, répliqua Scarlett en serrant les dents. La plupart des gens ont une carabine ici, et ils passent leur temps à chasser des animaux sans défense.

— Je suis d'accord. Tu n'as rien à craindre d'un animal sauvage, approuva Jim en remettant son arme dans sa poche. Dans l'armée, je chassais un autre genre d'animal, certainement pas sans défense.

— Mais tu chassais autrefois, non ?

Elle claqua dans ses doigts.

— Bien sûr, c'est pour ça que tu es devenu un sniper. Tu ne manquais jamais ton coup.

— Quelque chose comme ça.

Jim désigna la cuisine.

— Tu as une porte de service ?

— J'en ai deux : une porte latérale dans la cuisine et une autre dans la pièce que les Butler ont ajoutée. C'est ce qui m'a plu ici, c'était parfait pour en faire un atelier.

Jim vérifia la porte de la cuisine et tapota le cadre.

— Il te faut un verrou sur cette porte aussi.

— Je demanderai qu'on en installe un sur chaque porte, avec une clé commune.

La cuisine semblait minuscule, avec Jim planté au milieu. Déjà, à l'adolescence, il était très bien bâti, se souvint Scarlett. Au lieu de jouer dans les équipes du lycée, il passait son temps à faire de la musculation.

— Tu sais ce qu'il te faut, dans cette cuisine ?

— En dehors d'un chef cuisinier vingt-quatre heures sur vingt-quatre ?

— Une ligne de téléphone fixe. Tu ne peux pas continuer à courir au bout de la route en cas d'urgence.

Scarlett s'accouda au comptoir.

— C'est pour travailler que j'ai acheté cette maison, pas pour me connecter avec le monde.

— Mais après ce qui s'est passé, poursuivit Jim en désignant l'extérieur, tu devrais penser à ta sécurité.

— Pourquoi ? dit Scarlett en écarquillant les yeux. Tu crois qu'il y a un tueur en série dans les parages ? Ça ne me plaît pas que quelqu'un soit mort près de ma maison, mais ça n'a rien à voir avec moi. Vu l'allure du type, ça peut aussi bien être les suites d'une bagarre de bar qu'un règlement de comptes lié à la drogue.

Jim, qui s'était baissé pour chercher une prise téléphonique, se redressa si vite qu'il manqua se cogner la tête au placard.

— Pourquoi dis-tu ça ?

— Je ne sais pas. Il a plutôt l'air d'un voyou, non ?

— Le fait est que nous ne connaissons pas son histoire.

Il sortit en boitant de la cuisine et désigna le petit corridor du menton.

— Ça ne te dérange pas si je jette un coup d'œil aux autres pièces ?

— Il n'y a que deux chambres. Tu as déjà vu la salle de bains. La pièce au bout du couloir est mon atelier.

Jim entra dans la salle de bains et palpa la petite fenêtre en verre dépoli.

— On pourrait facilement la faire remonter de l'extérieur. Tu devrais mettre une tringle dans la glissière, ou même un crayon.

— Bonne idée. Je ne m'étais jamais rendu compte à quel point j'étais exposée.

— Tu n'avais jamais trouvé de cadavre sur ta propriété, n'est-ce pas ?

— Oui, c'est le premier, mais j'imagine qu'il n'est pas rare de trouver des cadavres par ici. Tu as entendu parler de Jordan Young qui a tué sa maîtresse il y a vingt-cinq ans et emmuré son cadavre derrière la cheminée de sa maison ?

— J'ai lu un article là-dessus quand je suis arrivé.

Il vérifia les fenêtres de la chambre d'amis, puis elle le fit entrer dans sa chambre, dont il fit le tour. Elle rougit soudain. Non par modestie, mais parce qu'elle venait de l'imaginer étendu sur son lit.

— Tu devrais les fermer le soir, dit-il en tirant les rideaux, ce qui la fit sursauter. Tu es encore sur les nerfs ?

— Ce n'est pas tous les jours qu'on assassine quelqu'un près de chez moi, rétorqua-t-elle en se mordillant la lèvre.

D'ailleurs, elle aurait dû s'inquiéter de cela, plutôt que

fantasmer sur la nudité de Jim Kennedy. Sans doute l'effet du choc.

Jim pencha la tête, et une mèche de cheveux noirs lui tomba sur l'œil, exactement comme à l'époque du lycée.

— Allons voir cette porte de service.

Scarlett le conduisit à son atelier en faisant nerveusement tourner l'anneau qu'elle portait au majeur. En général, elle ne faisait entrer personne dans son sanctuaire, à moins qu'il ne s'agisse d'un autre artiste. Même ses clients n'avaient pas le droit de voir son espace de travail.

Avec une brève inspiration, elle ouvrit la porte et fit basculer l'interrupteur.

Jim se figea sur le seuil, bouche ouverte.

— Je n'ai jamais rien vu de pareil.

— Eh bien, dit-elle en agitant les bras, c'est un atelier d'artiste.

— Tu es… très productive, commenta-t-il.

Il pivota la tête de tous côtés, notant les peintures accrochées au mur, les toiles entassées dans un coin et les œuvres inachevées sur des chevalets.

— Et un peu schizophrène…, ajouta-t-il.

— J'imagine que c'est une façon de voir…

— De ce côté, il y a les peintures normales, dit-il en tendant le bras, et de l'autre… un genre différent.

— Les aquarelles de paysages à droite et les peintures abstraites à gauche.

— Laisse-moi deviner…

Il désigna un tableau représentant des gratte-ciel, des yeux et une tête de loup.

— Ce sont celles-là que tu vends le plus cher.

— Bonne déduction.

Scarlett retint son souffle, attendant qu'il lui demande d'expliquer de quoi il s'agissait.

Il l'étudia quelques secondes, tête penchée, puis haussa les épaules.

— Cette pièce n'est pas sûre du tout.

— À cause de la baie vitrée, approuva Scarlett en relâchant son souffle.

— La lumière doit être fantastique dans la journée, mais, la nuit, n'importe qui peut voir ce qui se passe à l'intérieur. Si tu stockes des œuvres de valeur ici, il faut mieux les protéger.

— On est à Timberline. Je ne m'attendais pas à devoir faire face à une vague de criminalité. Qu'est-ce que tu suggères ? questionna-t-elle en tapotant la baie vitrée.

— C'est la porte de service ?

Slalomant entre les chevalets et les tables, il alla secouer la poignée de la porte coulissante. Puis il s'agenouilla et inspecta la glissière.

— Tu peux mettre une tringle par mesure de sécurité, au cas où quelqu'un casserait la serrure. Une caméra ne serait pas une mauvaise idée non plus.

Enroulant sa natte autour de sa main, Scarlett soupira.

— Autant retourner en ville.

— Le mort de ce soir n'a probablement rien à voir avec toi.

— N'essaie pas de me remonter le moral alors que tu viens juste de me démontrer qu'on entre dans ma maison comme dans un moulin.

— Le problème, c'est qu'on ne sait pas ce que ce type faisait ici, ni pourquoi il a été tué et qui l'a tué.

Il se redressa avec effort, en agrippant la poignée. Elle aurait pu lui prêter main-forte, mais Jim ne semblait pas du genre à accepter de l'aide.

— Il faut espérer que le shérif du comté résoudra l'affaire. Franchement, je n'ai pas besoin qu'on vienne rôder autour de chez moi et causer des problèmes.

— C'était après cette journaliste TV que Jordan Young en avait, pas après toi, n'est-ce pas ?

— En fait, c'était le père biologique de Beth St. Regis. Il avait assassiné sa mère vingt-cinq ans auparavant et vendu Beth sur le marché de l'adoption. Il ne s'est intéressé à moi que parce que j'aidais Beth.

Elle frissonna et plaqua une main sur sa poitrine.

— Le mal incarné.

— Et il se disait qu'on mettrait la disparition de sa fille sur le compte des kidnappings ? interrogea Jim.

— Quelque chose comme ça, sauf que personne n'a remarqué la disparition ni de la fille, ni de la mère. Angie avait déménagé après s'être rendu compte de sa grossesse et elle venait juste de revenir à Timberline. Young les a gardées captives dans son bungalow jusqu'à ce qu'il tue Angie.

— C'est à se demander…

Il fourra une main dans sa poche et contempla les ombres menaçantes de l'autre côté de la baie vitrée.

— Se demander quoi ? répéta Scarlett.

— S'il y avait un trafic d'enfants dans la région. Si c'est ce qui est arrivé au trio Timberline.

— Oh non, tu ne vas pas t'y mettre, toi aussi.

Scarlett éteignit la lumière dans l'atelier.

— Depuis que Wyatt Carson a kidnappé ces gosses pour jouer les héros, tout le monde fait des hypothèses sur l'affaire.

— Et tu penses que c'est une mauvaise idée ?

Il se détourna de la fenêtre, ses yeux brillant dans l'obscurité.

— C'est fini, tu sais, dit-elle.

Elle ne lui aurait jamais avoué qu'elle avait ses propres raisons de découvrir ce qui s'était passé vingt-cinq ans auparavant. Elle ne l'avait jamais dit à personne, car ceux qui s'intéressaient à l'affaire semblaient devenir automatiquement des cibles.

— J'imagine que ce n'est jamais terminé pour les familles des disparus, dit-il. Regarde ce qui est arrivé à Wyatt Carson. La perte de son frère a dû profondément l'affecter, pour qu'il kidnappe ces gosses des années après.

— Tu as raison, reconnut-elle en reculant dans la lumière du couloir. Ce n'est pas de l'insensibilité de ma part, mais…

— Tu es une Quileute.

— Et qu'est-ce que c'est censé vouloir dire ? lança-t-elle en avançant le menton.

— Seulement que ton peuple entretient des craintes et des superstitions autour de cette affaire. Hé, ce ne sont pas les seuls ! conclut-il en levant les mains.

Autant qu'elle s'en souvienne, Jim n'avait jamais fait montre d'hostilité envers les Quileutes, mais son père, c'était une autre histoire. Une grande gueule raciste. Certains membres de la tribu avaient eu maille à partir avec Slick Kennedy.

Slick devait son surnom à son physique de vedette de cinéma et à sa musculature impressionnante. Il ne pouvait pas renier son fils, songea Scarlett en contemplant Jim, debout au milieu de la pièce.

Jim n'avait jamais eu de problèmes avec son peuple, mais les garçons de leur classe se méfiaient de lui, à cause de son père, de son frère et de leurs copains, des motards réactionnaires et buveurs de bière.

Elle haussa les épaules d'un mouvement vif.

— Oui, on racontait des histoires insensées à l'époque.

Traversant la pièce, il la rejoignit près de la porte.

— De toute façon, tu devrais penser à mieux sécuriser cet endroit, au moins jusqu'à ce que la police découvre pourquoi ce type a rendu l'âme sur ton terrain.

— Je vais le faire, merci, dit-elle en refermant la porte de l'atelier.

À mi-chemin de la pièce principale, traversée d'une pensée soudaine, elle se retourna brusquement. Jim, qui la suivait de près, la heurta.

— Désolée, dit-elle en posant une main sur sa poitrine, là où son cœur tambourinait.

Il se tendit et recula d'un pas. Scarlett laissa retomber sa main.

— Qu'es-tu venu faire ici, en réalité, Jim ?

Les yeux mi-clos, il l'étudia à travers ses épais cils noirs.

— J'avais envie de me retirer du monde, comme toi.

Scarlett cilla et se remit en marche.

— Ça fait combien de temps que tu as quitté l'armée ? demanda-t-elle par-dessus son épaule.

— Plus d'un an.

— C'est à cause de… ce qui est arrivé à ta jambe ?

— C'est une longue histoire.

Une histoire qu'il n'avait manifestement pas envie de raconter. Peut-être se confierait-il après quelques bières ou un verre de whisky.

Mais quand ils atteignirent le salon, il fila vers la porte.

— À un de ces jours !

— Je peux t'offrir quelque chose pour te remercier ? Bière ? Café ?

— Non, ça ira, merci.

À présent, il avait l'air impatient de la quitter. Peut-être s'était-elle montrée indiscrète en lui posant des questions. Elle le suivit jusqu'à la porte, qu'il avait déjà ouverte.

Il sortit sous le porche, plongé dans l'obscurité.

— Oh ! pardon, j'ai éteint la lumière. Fais attention, il y a des plantes…

En se retournant, Jim trébucha sur un des pots et dégringola les marches, atterrissant sur le sol en jurant.

— Oh ! je suis désolée…

Scarlett alluma la lumière et dévala le perron. En se penchant pour aider Jim, elle eut un aperçu de son dos nu, découvert par sa chemise.

Le choc la figea sur place. Un L et un C étaient entrelacés sur son dos, exactement comme sur le tatouage du mort.

4

— Bon sang !

Si Scarlett essayait de l'aider, son humiliation serait complète.

Mais elle se redressa vivement. Elle devait avoir senti sa réticence.

— Pourquoi as-tu éteint le porche ?

Il s'assit et croisa du regard ses yeux écarquillés.

— J'avais oublié ces foutues plantes, marmonna-t-il.

— Oui, désolée, dit Scarlett. J'éteins par réflexe quand je rentre me coucher.

Elle fit un nouveau pas en arrière, tendant la main vers la porte derrière elle.

— Ça va ?

— Ça va, dit-il en se remettant sur pied et en brossant son jean de la main.

— Un des adjoints pourra peut-être te raccompagner chez toi.

Elle n'offrait pas de le faire elle-même, mais il ne pouvait pas le lui reprocher, après la manière dont il l'avait rembarrée. Ce n'était pas sa faute s'il était éclopé.

— Je pense que j'y arriverai.

Il piétina le sol de ses grosses bottes.

— Aucune séquelle, ou du moins aucune autre séquelle.

— Bon, très bien. Bonne nuit, alors ! lança précipitamment Scarlett avant de se glisser à l'intérieur et de claquer la porte.

L'étincelle que Jim avait sentie entre eux venait de s'éteindre. En le voyant tomber, Scarlett avait dû comprendre qu'il était amoché. Une femme comme elle avait besoin d'un homme solide, pas d'un ancien combattant aux capacités diminuées et aux idées confuses.

Il se traîna péniblement entre les arbres, évitant les policiers qui ratissaient la scène de crime, car il avait eu son content de questions pour la soirée.

Reconnaître Rusty Kelly lui avait causé un choc. Que faisait-il là ? Ce type ne se déplaçait qu'en bande. Cela voulait-il dire que les autres étaient sur ses talons ? Était-ce une coïncidence si Rusty était venu mourir à Timberline, moins d'une semaine après son retour ?

Il contourna les voitures de patrouille et décida de rentrer chez lui par la route, un trajet un peu plus long. Arrivé sur sa propriété, il tira son arme de sa poche et vérifia qu'il n'y avait personne.

Contrairement à celui de Scarlett, son bungalow était situé dans une clairière qui s'étendait jusqu'à la route. Il préférait voir venir les visiteurs éventuels.

Mais il n'avait pas vu venir Scarlett Easton. Il avait remarqué de la fumée sortant de la cheminée, mais il s'était dit que Gracie Butler avait repris la maison de ses parents. Cette mystérieuse beauté brune l'avait surpris.

Au lycée, Scarlett était un peu rebelle, mais sans méchanceté. Elle avait perdu ses parents dans un accident de voiture. On ne la voyait pas beaucoup dans les fêtes et, quand elle se déplaçait, elle était toujours entourée d'une bande de jeunes Quileutes très protecteurs. Ils n'auraient jamais laissé Jim approcher à plus d'un mètre d'elle, sans doute parce qu'ils le jugeaient d'après son père. Il ne le leur reprochait pas.

Satisfait de voir qu'aucun inconnu — ou connaissance, ce qui aurait été pire — ne rôdait autour de la maison, il entra chez lui. Après avoir verrouillé la porte, il pénétra dans le salon, le souffle court.

Fermant les yeux, il massa sa mauvaise jambe. Elle ne lui faisait plus mal, mais il la sentait parfois s'ankyloser.

Il inspira profondément, ce qui ne lui fit aucun bien. Même les yeux fermés, il sentait la pièce tourner autour de lui.

Il réussit à atteindre le canapé et, s'affalant sur les coussins, il retira son blouson et le jeta par terre. Puis il se courba en deux, la tête dans les mains, les doigts pressés sur son crâne.

La chaleur. Il ne pouvait pas supporter cette chaleur. Il ôta sa chemise et son T-shirt d'un seul mouvement, et en fit une boule dont il se servit pour éponger son front.

Se laissant tomber sur le côté, il poussa un gémissement. Puis les images commencèrent à défiler derrière ses paupières. Il pressa ses poings sur ses yeux pour les arrêter, mais en vain.

Il avait besoin de son médicament. Comment avait-il pu croire qu'il pourrait s'en passer, surtout dans cet endroit ?

Il avait besoin d'un verre. Il avait besoin de dormir. Il avait besoin de la chaleur d'un corps.

Il avait besoin de Scarlett Easton.

— Alors, il a été tué ailleurs ? demanda Scarlett.

Les mains autour d'un mug, elle inhala la vapeur qui montait de son thé dans l'air matinal.

— C'est plutôt… un soulagement, ajouta-t-elle.

L'adjoint Collins, de la division des homicides du comté, hocha la tête.

— On pense qu'il a été poignardé dans une voiture ou dans la rue, et qu'il a été balancé au bord de la route. Il y a des traces de sang sur l'asphalte. Ensuite il s'est traîné dans les bois. Peut-être se dirigeait-il vers votre maison, pour appeler à l'aide.

Elle frissonna.

— Il n'avait pas de portable sur lui ?

— Non, et pas de portefeuille non plus.

— Donc vous ne l'avez pas identifié ?

— Pas encore. Le *coroner* va procéder à l'autopsie ce matin, et nous aurons ses empreintes et son ADN. Mais on n'a pas de signalement : ni disparition, ni accident, ni bagarre.

Pourquoi ne parlait-elle pas à ce policier du tatouage que Jim et le mort avaient en commun ? Pourquoi Jim n'avait-il rien dit ? Peut-être ne l'avait-il pas vu sur le cou de l'homme. Mais pourquoi avait-il le même ?

Impossible que ce soit une coïncidence. Ces deux lettres n'avaient rien à voir avec les tatouages ordinaires. Elles signifiaient quelque chose.

Elle donna un petit coup de pied dans le pot de fleurs sur lequel Jim avait trébuché.

Qu'était-il arrivé à sa jambe ?

Il était aussi secret adulte qu'il l'avait été adolescent. Et aussi dangereux. L'attirance qu'elle avait ressentie la veille au soir était aussi celle qu'elle éprouvait à l'adolescence, sauf que, cette fois-ci, elle semblait réciproque.

Elle n'était pas la seule à rêver de Jim au lycée. Des tas de filles — même les plus populaires — chuchotaient et pouffaient en parlant de lui. Mais aucune d'elles, Scarlett comprise, n'aurait eu la permission de sortir avec lui. Jim était l'incarnation même du cauchemar parental : cheveux longs, blouson noir, moto et très, très mauvais milieu.

D'ailleurs il n'y avait pas de mère chez eux. Ils n'étaient que trois : le père, le frère aîné et Jim. Ils roulaient tous les trois à moto. Slick et le frère de Jim buvaient sec et faisaient constamment la fête. Elle ignorait ce qui était arrivé à la mère.

Collins contempla son calepin.

— Un certain Jim Kennedy était avec vous quand vous avez découvert le corps ?

— C'est exact. Il vit dans un bungalow, un peu plus loin sur la route.

— Merci de votre aide, mademoiselle Easton. Nous vous recontacterons si de nouveaux éléments se présentent, ou si nous pensons que vous êtes en danger.

— En danger ? répéta-t-elle avec un sursaut. Vous voulez dire qu'il y a peut-être en tueur en série dans les parages ?

— Je ne pense pas que ce soit le cas. La victime était manifestement un type coriace avec de mauvaises fréquentations. Quand nous connaîtrons son identité, nous serons en mesure de vous rassurer. Vous n'avez rien à craindre.

Rien à craindre en dehors de son attirance pour Jim Kennedy qui portait le même tatouage que le mort. Ça, ça l'inquiétait.

— Eh bien, si vous avez besoin d'autres renseignements, je ne bouge pas.

Collins inclina son chapeau en guise de salut et se fondit rapidement dans l'ombre du bois. Les yeux plissés, elle le regarda monter dans sa voiture, la dernière à quitter les lieux.

Si ce type était mort à la suite d'une bagarre, il n'y avait pas de quoi s'effrayer. Elle ne le connaissait pas et n'avait rien vu. Elle ne pouvait donc pas inquiéter le tueur.

Mais si quelqu'un s'amusait à poignarder les gens et à se débarrasser d'eux sur sa propriété, alors elle avait du souci à se faire.

Avec une sorte de ricanement, elle but une gorgée de son thé tiède. Pourquoi aurait-on voulu faire ça ? Elle ne savait rien de rien. Aucune vision, aucun galimatias psychique, comme disait son cousin Jason.

Sauf qu'elle était au courant d'au moins une chose. Elle savait que Jim et le mort portaient le même tatouage, et que Jim n'en avait parlé à personne.

Elle rentra à l'intérieur et claqua la porte. Elle était venue à Timberline pour travailler, et elle avait l'intention de le faire sans se préoccuper du reste du monde.

Elle n'avait ni le temps ni l'énergie de penser à un ex-soldat maussade au regard troublant et à la bouche tentatrice.

— C'est pour ta grand-mère ou tu t'es mise à tricoter ?

Scarlett laissa tomber les pelotes de laine sur le comptoir.

— Moi ? Tricoter ? Tu plaisantes ?

Barbara, la propriétaire de la mercerie tapa le prix sur la caisse enregistreuse.

— Tu as tellement de talent, tu pourrais sans doute t'y mettre.

— Ce n'est pas le même genre de talent, Barbara.

— J'aime tes aquarelles de paysages, dit la mercière avec une moue, tout en fourrant la laine dans un sac.

Scarlett dissimula un sourire derrière sa main. Barbara n'était pas obligée d'aimer ses peintures abstraites, d'autres gens les appréciaient.

— Merci, Barbara.

— Tu sais, reprit celle-ci en agitant un index, tu devrais faire de l'artisanat local, comme Vanessa avec ses grenouilles Libby Love. Peut-être quelque chose… d'amérindien.

— Tu veux dire des attrapeurs de rêves et des tam-tams ? dit Scarlett en haussant les sourcils. Non, je ne fais pas ce genre de choses.

Tout en cherchant son portefeuille, elle lança un regard dans la rue et vit son cousin pénétrer chez Sutter.

— Combien je te dois, Barbara ? Je viens juste de voir

Jason entrer chez Sutter. Je voudrais lui parler avant qu'il s'en aille.

— Ça fait dix dollars et cinquante cents. Ton cousin passe son temps chez Sutter. Non que je passe le mien à épier, mais tout de même, termina Barbara en s'éclaircissant la voix.

— Il sort avec une des serveuses, expliqua brièvement Scarlett.

Posant un billet de dix sur le comptoir, elle chercha deux *quarters* dans son porte-monnaie.

— Merci, en tout cas. Tu m'as sauvé la vie en trouvant cette nuance de violet.

— Du moment que c'est pour ta grand-mère…

Coinçant le sac sous son aisselle, Scarlett se hâta de traverser la rue. Jason, qui aurait dû garder un œil sur leur grand-mère, ne cessait de se défiler, et elle avait l'intention de lui passer un savon. Il n'était pas question qu'il se décharge de ses responsabilités sur sa sœur Annie.

La foule des employés d'Evergreen Software s'était dissipée, et Scarlett repéra tout de suite Jason, accoudé au bar. Faisant le tour des tables, elle se faufila derrière lui et lui tapa sur l'épaule. Il sursauta et manqua tomber de son tabouret, ce qui amena un large sourire sur le visage de Scarlett.

— Waouh, cousine, tu veux me faire avoir une crise cardiaque ?

Elle agita le sac de laine devant son visage.

— Ce sera pire si tu ne vas pas voir grand-mère plus souvent.

— Ce n'est pas moi qu'elle veut voir. Elle préfère que ce soit toi ou Annie qui lui rendiez visite.

— C'est ridicule, et tu le sais très bien. Elle a beaucoup vieilli, et tu dois garder l'œil sur elle. Tu ne peux te décharger entièrement sur Annie. Tu sais très bien qu'elle a beaucoup de travail avec son entreprise de nettoyage.

Jason haussa les épaules et rejeta ses longs cheveux noirs en arrière d'un coup de tête.

— J'ai entendu dire que tu avais trouvé un cadavre chez toi, hier soir.

— En voilà un bon moyen de changer de sujet !

Scarlett se percha sur le tabouret voisin et ajouta :

— Oui, un type d'un certain âge, avec de longs cheveux roux. Je ne l'avais jamais vu avant.

— Et moi qui croyais que tes problèmes étaient terminés depuis que Jordan Young s'était fait descendre par le FBI.

— Mes problèmes ? Les hommes du comté pensent qu'on l'a balancé d'une voiture près de chez moi et qu'il s'est traîné dans les bois.

Elle croisa les bras sur le bar.

— Rien à voir avec moi.

Chloe, la petite amie de Jason, s'approcha d'eux, en rangeant son carnet de commandes dans son tablier.

— Ils ont découvert qui était le mort ?

Scarlett leva les yeux au ciel.

— Alors tout le monde est au courant ?

— Bien sûr, dit Chloe en faisant claquer son chewing-gum. On est à Timberline.

Jason lui pinça la taille.

— Il faut que j'y aille. Je suis juste passé te faire coucou. Et oui, j'irai voir grand-mère plus souvent, Scarlett.

— Je te verrai après le boulot, lança Chloe.

Soudain, elle écarquilla les yeux en regardant par-dessus l'épaule de Jason.

— C'est qui, lui ?

Scarlett tourna la tête à temps pour croiser le regard de Jim, de l'autre côté de la salle.

— Ce foutu raciste de motard, gronda Jason.

Scarlett donna un coup de coude à son cousin.

— Jim n'est pas comme ça. C'est à son père que tu penses. Et, en parlant de ça, qu'est-il arrivé à Slick Kennedy ?

— Il s'est fait tuer à Seattle, il y a quelques années… Et franchement, personne ne l'a pleuré par ici, répliqua Jason en donnant un coup de pied à Scarlett.

— Chut, il vient par ici.

— Mais qu'est-ce qu'il vient faire ici ? questionna Chloe, les joues envahies par une rougeur subite.

Jason lança un regard aigu à sa petite amie.

— Il était avec moi quand j'ai découvert le cadavre, expliqua Scarlett, ce qui lui valut aussi un regard curieux de Jason. Je crois qu'il vit chez son père, maintenant. C'est à quelques centaines de mètres de chez moi.

Voyant Jason ouvrir la bouche, Scarlett secoua son tabouret pour le faire taire.

— Ça va ? Tu as pu dormir ? lança Jim en la dévisageant d'un regard las.

Tout en parlant, il fourrageait dans ses cheveux ébouriffés.

— Apparemment, j'ai dormi plus que toi, répliqua-t-elle.

Elle aurait voulu lui demander s'il s'était fait mal en tombant du perron, mais il n'aurait pas apprécié, surtout devant Jason et Chloe.

— J'ai eu du mal à m'endormir, cadavre ou pas cadavre.

— Voici mon cousin, Jason Foster, dit Scarlett en inclinant la tête vers l'intéressé, et sa petite amie, Chloe Rayman.

Jim tendit la main à Chloe, qui parut sur le point de s'évanouir, puis serra la main de Jason, malgré son attitude à la limite de l'hostilité.

— Tu connais quelqu'un qui serait intéressé par des vieilles Harley ?

Le visage de Jason s'éclaira.

— Tu en vends ?

— J'ai quelques motos dont j'aimerais me débarrasser.

Passe chez moi pour jeter un coup d'œil, si tu veux. Je te ferai un bon prix.

— Je n'y manquerai pas, vieux. Merci.

Jason embrassa Chloe sur la tempe.

— Et maintenant, il faut que je retourne bosser.

Ils se dirent au revoir, et Chloe retourna à ses tables abandonnées.

— Tu permets ? demanda Jim à Scarlett en tirant un tabouret vers lui.

— Je t'en prie.

Elle prit un menu, comme si elle avait prévu de déjeuner depuis le début.

— Le reste de la nuit a été tranquille ?

Les yeux noirs de Jim quittèrent son visage quelques secondes, et il s'éclaircit la voix.

— Oui. Et toi ? Les flics sont restés toute la nuit ?

— Je crois. Ils étaient là quand je suis allée me coucher, et il y en avait encore quelques-uns ce matin.

— Des nouvelles ? demanda-t-il avant de désigner le menu. Tu as fini ?

Elle lui fit passer le feuillet plastifié.

— L'autopsie est prévue pour ce matin, mais je n'en sais pas plus.

La barmaid laissa tomber un autre menu devant Scarlett.

— Vous voulez déjeuner tous les deux ?

— Moi oui, dit Jim. Une minute.

Il fit glisser son doigt le long du menu, puis lança un regard à Scarlett.

— Les hamburgers sont bons ici ?

— Je n'en sais rien, je suis végétarienne.

— Apparemment, les gens en commandent beaucoup, dit-il en jetant un coup d'œil aux plats des autres clients.

Quand la barmaid revint, Jim commanda un hamburger

et des frites. Scarlett, quant à elle, se contenta de son habituel chili végétarien.

— Vous prendrez une boisson ?

Tous deux demandèrent de l'eau.

Quand la serveuse eut placé des verres devant eux, Scarlett suivit du doigt le trajet d'une gouttelette sur le sien.

— Je voulais te demander si ça allait, après… ta chute d'hier soir.

Jim serra les dents, et un muscle palpita au coin de sa bouche.

— C'est l'obscurité et la fatigue qui m'ont déséquilibré. Je ne passe pas mon temps à trébucher, crois-moi. J'ai passé suffisamment de temps en rééducation pour l'éviter.

— Qu'est-il arrivé à ta jambe ?

Prenant une gorgée d'eau, elle évita son regard. Allait-il réagir avec agressivité ? Refuser de lui répondre ?

— Elle a été fracturée en plusieurs endroits et n'a pas guéri comme il fallait.

Donc, il préférait ne pas s'appesantir sur le sujet.

— Ouille. Ça a dû être douloureux. Je suppose que c'est arrivé quand tu étais… là-bas.

— Hum-hum, fit Jim en faisant signe à la barmaid. Vous pourriez m'apporter du ketchup quand vous aurez une minute ?

Le message était clair : zone interdite d'accès.

— J'espère vraiment que les hommes du shérif vont découvrir qui est ce type et ce qui lui est arrivé, reprit Scarlett.

— Je suis sûr qu'ils ne tarderont pas à l'identifier et qu'ils concluront que ce type n'a pas été tué là. Mais tu dois quand même renforcer la sécurité de ta maison. Même si tu penses être en sûreté, il vaut mieux veiller sur tes… œuvres.

— Ai-je détecté une note de sarcasme dans ta voix ? l'interrogea Scarlett en plissant les yeux.

— Quoi ? Non, pas du tout, nia-t-il en faisant tourner son verre entre ses mains. Je les aime bien.

— Les paysages…

— Oui, mais les autres peintures aussi… Il secoua la tête. C'est d'une intensité remarquable.

Scarlett sentit une vague de chaleur la parcourir. En temps normal, elle se fichait de savoir ce que les gens pensaient de sa peinture. Ses œuvres venaient tout droit de son imagination, et si elle ne leur avait pas donné forme, sa tête aurait explosé. Le fait que d'autres gens, notamment les critiques, apprécient ses peintures et soient prêts à les payer très cher, n'était qu'un avantage secondaire.

Mais qu'un homme comme Jim les aime et les comprenne lui donnait le sentiment qu'il la comprenait elle.

Elle aussi avait envie de le comprendre, et s'il l'y autorisait, elle s'y emploierait.

— Chili végétarien et hamburger à la Sutter.

Se penchant en avant, la serveuse leur remit à chacun des couverts enveloppés dans une serviette en tissu.

Jim se mit en devoir d'arroser son assiette de ketchup.

— Mange quelques frites avec ton ketchup, remarqua Scarlett en pointant sa cuiller vers lui.

Il eut un petit sourire en coin.

— Une de mes nombreuses manies, dit-il en mordant le bout d'une frite. Et à part ça, où vis-tu quand tu ne te terres pas à Timberline pour peindre ?

— À San Francisco. J'ai un petit appartement en ville, que je partage avec un autre artiste. En général, quand il est là, je ne suis pas là et vice versa.

— Ton petit ami ? questionna-t-il en prenant une grosse bouchée de son hamburger.

— Qui ? L'artiste ?

Elle enfourna une cuillerée de chili pour dissimuler son sourire, né du plaisir de constater qu'il s'intéressait assez à elle pour poser la question.

— Non, Marco n'est pas mon petit ami.

— J'allais dire que c'est dur d'avoir une relation avec quelqu'un qu'on ne voit presque jamais.

— C'est dur d'avoir une relation avec un autre artiste. Marco et moi avons fait un essai autrefois, mais c'était épuisant, et pas amusant du tout, dit-elle en clignant de l'œil.

Jim haussa un sourcil et prit une autre bouchée.

Scarlett dessina des zigzags à la surface du chili et regarda la vapeur s'en échapper. Comment Jim avait-il réussi à la faire parler d'elle, alors que lui-même gardait ses distances ?

— Et toi ? Tu vas t'installer à Timberline ou tu as une maison ailleurs ?

— Je n'ai pas de maison et je n'ai pas la moindre intention de rester à Timberline.

— Alors tu es venu vendre la maison de ton père ? Tu sais que depuis l'installation d'Evergreen Software, les prix ont grimpé en flèche ?

— Oui, je vais la vendre. Je n'y ai que des mauvais souvenirs.

Il ne donna pas d'autre détail. Où avait-il vécu depuis qu'il avait quitté l'armée ? Que faisait-il à Timberline ? Et pourquoi avait-il le même tatouage que le mort ?

Jim s'essuya les lèvres et lui tapota le bras.

— Un nouveau venu.

Scarlett tourna la tête.

— C'est le shérif Musgrove. J'imagine qu'il se sent mieux.

— Il est nouveau ?

— Nouveau et paresseux. Plus intéressé par les soirées de bienfaisance que par son travail. Mais comme il était proche de Jordan Young, il fait profil bas depuis quelque temps.

— Eh bien, il vient vers nous, alors il doit avoir des nouvelles.

Tandis que le shérif faisait halte pour saluer des clients, Scarlett se pencha vers Jim pour lui murmurer :

— Est-ce qu'ils ont l'air d'être rassurés par ce qu'il leur dit ? Parce que je suis certaine qu'ils l'interrogent sur le meurtre.

— Personne n'a l'air de s'évanouir ou de piquer une crise de nerfs.

Musgrove arriva finalement devant eux et se planta entre leurs tabourets.

— Apparemment, les ennuis ne vous lâchent pas, mademoiselle Easton…

— On pourrait en dire autant de vous, rétorqua Scarlett en repoussant son assiette. Je vous présente Jim Kennedy. Il était avec moi quand j'ai trouvé le cadavre.

Les deux hommes se serrèrent la main.

— Vous avez du nouveau ? l'interrogea Jim.

— Oui, et c'est pourquoi je suis venu. L'un de mes adjoints m'a dit que vous étiez ici. C'est plus pratique que d'aller jusque chez vous.

— Et quelles sont les nouvelles ?

Musgrove sourit et fit signe à la serveuse.

— Nous avons identifié la victime.

— Et qui est-ce ? demanda Scarlett en glissant un regard à Jim.

— Il s'appelle Jeff Kelly, surnommé Rusty. Cinquante et un ans, membre d'un gang de *bikers* surnommés les Seigneurs du Chaos.

— D'un club.

— Pardon ?

Musgrove pencha la tête, les sourcils froncés.

— Ils préfèrent qu'on les qualifie de club, le club des Seigneurs du Chaos.

— Et comment savez-vous ça, Kennedy ?

— Parce que j'en étais membre — et que je connaissais Rusty.

5

Ainsi, ces lettres signifiaient les Seigneurs du Chaos, *The Lords of Chaos*, songea Scarlett. Elle se rappelait vaguement une bande de motards qui traînait en ville, en général avec le père et le frère de Jim. Elle ne s'était cependant jamais rendu compte qu'ils formaient un gang, ni que Jim en faisait partie. Cela expliquait le tatouage. Et bien d'autres choses.

Au moins, il l'avait assumé, mais pourquoi si tard ? Pourquoi n'avait-il pas parlé du tatouage plus tôt, même s'il n'avait pas reconnu Rusty ?

Musgrove suivait apparemment le même raisonnement car, fourrant la main dans sa poche, il demanda :

— Vous ne l'avez pas reconnu hier soir ?

Jim haussa les épaules.

— Il faisait noir, et il y a plus de dix ans que je ne l'ai pas vu.

— Et vous avez vu d'autres membres du… club, depuis votre retour ?

— Écoutez, Musgrove, si vous voulez m'interroger, il vaudrait mieux le faire dans vos bureaux, vous ne croyez pas ? On attire l'attention ici, dit Jim en désignant la salle du pouce.

— Techniquement, ce n'est plus notre affaire, mais je donnerai votre nom à l'adjoint Collins. C'est lui qui dirige l'enquête pour la division des homicides du comté.

— Faites donc ça.

Jim prit une serviette en papier et y nota son numéro de téléphone.

— Dites-lui de m'appeler. Je ne pourrai pas lui apprendre grand-chose, de toute façon. Je ne savais même pas que Rusty était dans les parages. Autant que je sache, le club ne sévit plus dans la région.

Musgrove se pencha en avant.

— C'est vrai que les Seigneurs du Chaos faisaient du trafic de drogue ici, à Timberline ?

— Je n'étais pas au courant de leurs affaires et je n'avais pas envie de les connaître. Je n'étais qu'un adolescent à l'époque et j'ai quitté le club dès que j'ai pu.

— Et Gary Binder, il ne fréquentait pas le club ? interrogea Musgrove en tiraillant le lobe de son oreille.

— Gary ? dit Jim en se mordant la lèvre inférieure. Non, c'était un outsider. J'ai entendu dire qu'il a été renversé par une voiture il n'y a pas longtemps et qu'il est mort.

— Nous n'avons jamais retrouvé le conducteur, dit Musgrove en haussant les épaules. Pour moi, il s'agissait d'un accident. Mais vous avez eu des contacts avec lui depuis que vous êtes revenu ?

— Il était mort avant que j'arrive, répondit Jim en écartant les mains.

— D'accord, Kennedy, conclut le shérif en fourrant le numéro de Jim dans sa poche. Je pense que l'adjoint Unger a déjà donné votre numéro à Collins. Il voudra sans doute vous parler quand je lui aurai dit que vous connaissiez Kelly.

— Je n'ai pas l'intention d'aller où que ce soit.

Musgrove les salua et s'éloigna, serrant des mains à droite et à gauche. Quand il eut franchi la porte, Scarlett se tourna vers Jim.

— Alors c'est pour ça que tu as ce tatouage ?

Celui-ci faillit s'étouffer avec une gorgée d'eau.

— Comment sais-tu ça ?

— Quand tu es tombé, hier soir, ta chemise est remontée. Je l'ai vu à ce moment-là et j'avais vu le même, ou du moins les mêmes lettres sur le mort.

— J'ai souvent pensé à le faire enlever, mais il me rappelle d'où je viens et contre quoi je dois me battre.

Scarlett fit tourner les glaçons dans son verre.

— C'est pour cette raison que tu t'es engagé dans l'armée ? Pour t'éloigner de ta famille ?

— C'est une des raisons.

— Alors pourquoi es-tu revenu ?

— Pour régler les affaires de mon père.

— Menteur. On a trouvé un cadavre ensemble, tu peux me dire la vérité, tu sais.

Jim frotta ses jointures sur sa barbe naissante.

— Je suis tombé sur un article à propos de ces kidnappings, il y a quelques mois. Ça m'a rappelé… des souvenirs.

Pas de très bons souvenirs, à en juger par son expression hantée.

— À te voir, on dirait que tu préférerais les oublier. Alors pourquoi te torturer en revenant ici ?

Il pinça les lèvres et frappa le bar du plat de la main, en émettant un bruit qui ressemblait un peu à un rire.

— Qu'est-ce qu'il y a de si drôle ?

— Je n'appellerais pas ça de la torture, revenir à Timberline et retrouver le souvenir de mon père et mon frère. C'est sordide, mais ce n'est pas de la torture.

— Juste une figure de style, je suppose.

Elle fit signe à la barmaid d'apporter l'addition, avant d'ajouter :

— Timberline recèle encore beaucoup de secrets.

— C'est parce que le mystère du trio n'a jamais été résolu, répliqua Jim. Ça n'a pas l'air d'affecter les employés d'Evergreen, avec leurs maisons luxueuses et leurs voitures rutilantes. Mais pour ceux qui étaient enfants à l'époque, je pense que ça a laissé une marque.

— Je suis d'accord avec toi.

La barmaid posa deux additions séparées devant eux. Jim s'empara de celle de Scarlett au moment même où elle mettait la main dessus.

— Je t'offre le déjeuner.

Le contact de sa main chaude lui fit un effet extraordinaire : une sensation de choc l'envahit, et une douleur aiguë lui poignarda la nuque. Elle ferma étroitement les yeux et repoussa les visions qui menaçaient de l'engloutir.

— Scarlett ? Ça va ?

Elle releva les paupières. Le visage de Jim était à quelques centimètres du sien. La veille au soir, son contact l'avait électrisée, mais ce malaise n'avait rien de commun avec l'attirance plaisante qu'elle avait éprouvée.

Elle venait de plonger dans les profondeurs de son esprit et d'affronter des ténèbres terrifiantes. Les siennes ? Que lui avait donc fait son père ?

Jim gonfla les narines en regardant dans ses yeux.

— Qu'est-ce qui s'est passé ?

— J'ai eu un petit vertige, c'est tout.

Elle retira sa main.

— Ça va, je t'assure. Et tu n'es pas forcé de m'offrir le déjeuner.

— Bien sûr que si. Surtout si le contact de ma main te donne la nausée.

Il tira quelques billets de son portefeuille et les déposa sous le flacon de ketchup avec les additions.

Scarlett émit un rire sans joie.

— Ce n'est pas ta main. Je crois que c'est juste un petit malaise.

— Tu as besoin de boire quelque chose ? Un soda ? Un jus d'orange ?

Ses yeux étrécis lui indiquèrent qu'il ne la croyait pas, mais qu'il acceptait de sauver l'honneur.

— Un jus d'orange, ça me fera du bien, je pense.

Quand la barmaid posa la petite bouteille devant elle, elle l'engloutit d'un trait.

— Ah, ça va mieux.

— Tu as eu le temps de te renseigner pour les mesures de sécurité que je t'ai suggérées ?

— Pas encore. J'ai vu les policiers ce matin, je suis allée voir ma grand-mère, puis je suis venue en ville pour faire quelques courses.

— J'avais l'intention de passer au magasin de bricolage du nouveau centre commercial, près d'Evergreen. Je peux te prendre des verrous et des tringles, si tu veux.

— Si ça ne te dérange pas.

Elle prit quelques billets de vingt dollars dans son portefeuille.

— Tiens, prends ça, tu me diras si je te dois davantage.

Il fourra l'argent dans sa poche.

— Je passerai plus tard te les installer.

— Je travaille tant qu'il y a de la lumière, alors passe plutôt au crépuscule.

Ils sortirent ensemble du restaurant, suivis par plusieurs paires d'yeux. La rumeur avait dû se répandre qu'ils avaient découvert le cadavre de Rusty. Scarlett préférait rester discrète quand elle séjournait à Timberline, mais sa dernière visite l'avait placée au centre de l'attention, et celle-ci menaçait de prendre la même tournure.

— Merci pour le déjeuner et pour les serrures.

— Pas de problème.

Il prit son casque sur le siège de sa Harley et enfourcha sa machine.

— Merci de ne pas avoir parlé de mon tatouage aux flics.

Elle entrouvrit les lèvres pour répliquer, mais se tut et

recula d'un pas quand il démarra. Bien entendu, il avait compris qu'elle avait délibérément tenu sa langue, puisqu'elle lui avait avoué avoir vu les tatouages sur le cou de Rusty et sur son dos.

Il fit à nouveau rugir son moteur, puis s'éloigna sur les chapeaux de roues.

Avec un soupir, elle se passa la main dans les cheveux et coinça le sac de laine sous son bras. Il était temps d'oublier Rusty Kelly et Jim Kennedy et de se remettre au travail.

En ce qui concernait Rusty, c'était facile. Mais Jim ? Elle n'était pas sûre d'y parvenir.

Jim déposa son casque sur sa moto et l'attacha avec l'antivol, puis il entra dans le magasin en attrapant un panier au vol.

Pourquoi Scarlett s'était-elle tue à propos de son tatouage ? En le voyant, elle avait dû comprendre qu'il avait menti aux policiers en disant ne pas connaître le mort, du moins, en disant ne rien savoir de lui. L'avait-elle cru quand il avait dit qu'il n'avait pas vu son tatouage ? Musgrove l'avait-il cru quand il avait dit ne pas avoir reconnu Rusty ?

Il ne savait même pas pourquoi il avait menti. Par habitude ? Il avait proféré tant de mensonges au cours des dernières années, qu'il ne savait plus quelle était la vérité.

Posant son panier dans le rayon des alarmes, il examina des détecteurs de mouvement et des caméras. Il avait prévu de faire quelques améliorations chez Slick, mais jusqu'à la veille la sécurité n'en faisait pas partie.

Qui avait assassiné Rusty et pourquoi ? Était-ce une simple bagarre ou un trafic qui avait mal tourné ? Mais pourquoi à Timberline ? Autant qu'il sache, les Seigneurs du Chaos ne fréquentaient plus la région, et Rusty n'avait pas de famille à proximité.

Il laissa tomber quelques articles dans son panier, puis flâna le long des rayons pour chercher des serrures à pêne dormant. Alors qu'il lisait les instructions au dos d'un paquet, un homme lui heurta le bras.

— Désolé, vieux.

Soudain, l'homme jura et lui assena une claque dans le dos.

— Jim Kennedy ! JT !

Jim se tendit et s'écarta. Il n'aimait pas qu'on le touche. D'ailleurs, il n'aimait pas non plus les surprises, et encore moins qu'on l'appelle par son surnom.

L'homme devant lui souriait jusqu'aux oreilles, dévoilant des dents jaunies au milieu d'une barbe épaisse.

— Tu ne te rappelles pas de moi ? Chewy. Je fréquentais ton vieux, à l'époque.

Jim serra l'anse de son panier à s'en faire mal. De quoi s'agissait-il ? D'une réunion de tous les Seigneurs du Chaos ?

Il se souvenait de Chewy, un type colérique et méchant comme une fouine, qui battait sa femme.

— Chewy. Oui, je me rappelle.

— Alors l'armée t'a eu, hein ? s'exclama l'autre en agitant la main qu'il avait tendue en vain à Jim. Paraît que t'es devenu un virtuose de la gâchette, un tireur d'élite. T'avais ça dans le sang, fiston.

— Dis-moi Chewy : est-ce que les Seigneurs du Chaos sont de retour à Timberline ? Tu as entendu parler de Rusty, pas vrai ?

— Rusty ? répéta Chewy en clignant ses petits yeux enfoncés. Je n'ai pas vu cette espèce d'enfoiré depuis des mois. Qu'est-ce qui lui arrive ?

La nouvelle de la mort de Rusty n'ayant pas encore été diffusée, Jim avait cru pouvoir prendre Chewy en flagrant délit de mensonge, mais ce dernier, aussi stupide qu'il soit, ne l'était pas à ce point. Il haussa les épaules.

— Il est de retour à Timberline, marmonna Jim. Je l'ai croisé l'autre jour.

— Bon sang ! Ce vieux Rusty ! Faudra que je passe le voir.

— Tu loges en ville ?

— Pour quelque temps, dit Chewy. On s'est bien marrés ici, faut dire.

Il fit courir ses doigts sur sa barbe grisonnante.

— Désolé pour Slick. C'était un coup dur. Si un de nous avait été là, il aurait refroidi celui qui l'a descendu.

— Ouais. Faut que j'y aille.

Jim jeta deux serrures dans son panier et s'éloigna.

Devait-il parler de la réapparition de Chewy si Collins le questionnait sur Rusty ? Si la police le convoquait, Chewy ne soufflerait pas mot ou s'évanouirait dans la nature. Or Jim pouvait avoir besoin de ses informations.

Il termina les achats de Scarlett ainsi que les siens et, une fois dehors, les déposa dans les sacoches de sa moto. Il vérifia l'heure sur son portable. Scarlett travaillait encore.

Il rentra donc chez Slick, ou plutôt chez lui. Son frère Dax avait disparu après sa sortie de prison. Quand il aurait terminé de régler ce qui devait l'être, Jim avait l'intention de vendre la maison en même temps que les motos de son père. Il ne s'y était jamais senti chez lui.

Il roula jusqu'au pied du perron et se gara sur le côté. Debout près de son engin, il tria les articles qu'il avait achetés et remit ceux qu'il destinait à Scarlett dans les sacoches.

Les motos de Slick étaient restées dans le garage pendant des années, et personne n'y avait touché, mais personne ne savait qu'elles étaient là. Quand il aurait passé une annonce, le loup sortirait du bois, et il devrait renforcer la sécurité.

Il allait commencer par poser des détecteurs de mouvement. Il laissa tomber ses achats sur la table de cuisine et mit dans un sac en plastique les pièces dont il aurait besoin.

Le sac sous le bras, il parcourut le sentier gravillonné qui menait au garage. En atteignant les doubles portes, il sortit son trousseau de clés.

— Bon sang…

Il donna un coup de pied dans l'un des panneaux. Trop tard. Quelqu'un avait brisé le cadenas qui fermait les portes. Il le dégagea des poignées et le laissa tomber par terre. Puis, se servant de son T-shirt pour ne pas laisser d'empreintes, il souleva le loquet et entrouvrit la porte du pied.

Il tira sur la chaîne qui pendait pour allumer les néons et poussa un soupir de soulagement. Les cinq Harley de Slick étaient là où il les avait laissées.

Pénétrant à l'intérieur, il survola du regard les carabines dans leur râtelier, les cannes à pêche, les moulinets et le petit matériel.

Rien n'attira son attention. Slick rangeait des tas d'outils là-dedans, et il n'en avait pas encore fait l'inventaire. De toute façon, peu importait qu'on dévalise Slick, ça ne le dérangerait plus, là où il était.

Seules les motos comptaient.

Jim s'avança vers les carabines et fit courir sa main sur le canon de l'une d'elles. C'était une des rares choses qu'il devait à son père. Slick lui avait appris à tirer, et il s'était révélé, dès le départ, comme étant une fine gâchette.

Il passa les heures suivantes à fixer les détecteurs de mouvement à l'extérieur du garage et à réparer le cadenas. Il fallait penser à un meilleur moyen de verrouiller ces portes. Il allait devoir également signaler l'intrusion au bureau du shérif.

En retournant à la maison, il contempla le ciel. Un épais banc de nuages cachait le soleil couchant. C'était sans doute ce qu'on appelait le crépuscule, Scarlett avait sans doute fini de peindre. Devait-il apporter autre chose en dehors des serrures ? Le dîner ?

Au moins, sa chute maladroite n'avait pas refroidi les sentiments de Scarlett à son égard. Bien sûr, son tatouage l'avait effrayée. Avait-elle cru ses explications ? Lui-même ne s'y serait pas laissé prendre.

Il finit de se doucher et se sécha devant le miroir. En se retournant, il arrivait juste à distinguer le bord du tatouage sur son dos, les lettres L et C.

Il aurait peut-être dû se débarrasser de ce truc. Du moins avait-il eu le mérite d'effrayer quelque peu ses ravisseurs.

Il rejeta en arrière ses cheveux mouillés qui touchaient presque ses épaules. Il ne ressemblait plus vraiment à un ranger, mais il avait des blessures de guerre pour prouver ses états de service. Il passa son pouce sur la fine ligne blanche de son front.

Il se rasa, mit un jean, un T-shirt noir et une chemise à carreaux noirs et blancs, puis adressa une grimace à son reflet dans le miroir.

— Ce n'est pas un rencard, Kennedy, juste une livraison de quincaillerie...

Enfilant son blouson de cuir à la va-vite, il sortit et verrouilla la maison. Il aurait pu couper par les bois pour se rendre chez Scarlett, mais il était déjà las de la forêt.

Il enfourcha donc sa moto pour parcourir le kilomètre qui séparait leurs deux maisons, et la laissa sous les arbres à quelque distance du bungalow. Il prit soin de faire du bruit en gravissant les marches du perron, pour ne pas l'effrayer et risquer une attaque au tisonnier.

Il frappa à la porte avec le heurtoir en forme de tête de lion et appela :

— Scarlett, c'est Jim !

Voyant bouger le rideau à la fenêtre, il fit un pas de côté pour se montrer.

Elle lui ouvrit la porte.

— Je me disais que tu m'avais oubliée.

L'oublier ? Jamais.

— Tu m'as dit de venir au crépuscule. Je ne voulais pas interrompre ton travail.

— C'est la nuit, pas le crépuscule, répliqua-t-elle en pointant la tête au-dehors.

— Désolé de ne pas avoir saisi la nuance.

Il lui tendit le sac.

— Voilà pour toi, et j'ai ta monnaie.

Elle ouvrit la porte plus grand, laissant la lumière de l'intérieur l'éclairer. En la voyant le contempler des pieds à la tête, Jim sentit son ventre se contracter.

Elle battit des paupières et poussa un soupir qui fit monter et descendre son pull rose moulant.

— Entre donc.

— Tu peux installer ces trucs toi-même ou tu connais quelqu'un qui pourrait s'en charger ? questionna-t-il en balançant le sac au bout de ses doigts.

— Je sais me servir d'un marteau et d'un tournevis, mais c'est tout. Ça m'étonnerait que j'aie une perceuse à la maison.

Elle fourra les mains dans ses poches arrière, ce qui fit saillir ses seins sous son pull.

— À vrai dire, j'espérais un peu que tu pourrais m'aider. Je peux te payer… et te nourrir.

Jim sentit son cœur tambouriner dans sa poitrine. Tout ce qu'elle avait à faire, c'était le regarder ainsi, et il irait décrocher la lune pour la lui servir sur un plateau d'argent.

— Me nourrir ?

Il renifla et une odeur d'ail le fit saliver.

— Tout de suite ?

— J'ai pensé qu'il serait plus efficace de t'offrir à manger le jour même, dit-elle en battant des cils. S'il te plaît ?

Il ricana.

— Tous les moyens sont bons, à ce que je vois.

— Ce n'est pas bien, hein ? dit-elle en plissant le nez.

— Ce n'est pas bien, mais ça sent drôlement bon. C'est un dîner végétarien ?

— Salade, aubergines au parmesan et, pour toi, boulettes de viande et *penne*. Je les ai commandés au restaurant italien du centre commercial.

— Marché conclu.

— Parfait.

Elle se dirigea vers la cuisine, et il la suivit, admirant au passage ses courbes mises en valeur par son jean.

D'un placard, elle sortit des bols et des assiettes et les posa sur le comptoir.

— On va dîner ici, si ça ne te dérange pas. Je me sers rarement de la table.

— Bien sûr.

Il disposa les couverts sur les sets de table et tira les chaises hautes.

— Tu veux que je serve la salade dans les bols ?

— Hum-hum. Et…

Elle se retourna, tenant une bouteille devant elle.

— J'ai acheté du vin.

— Je prendrai seulement de l'eau.

— C'est une bonne année, dit-elle en montrant l'étiquette de la bouteille, un cabernet d'un domaine de Washington.

— Je ne bois pas d'alcool.

— Ah, dit Scarlett en serrant la bouteille contre elle. J'espère que ça ne te dérange pas si j'en bois.

— Je t'en prie.

Il déposa de la salade dans les deux bols, tandis qu'elle ouvrait le vin. L'alcool ne lui manquait pas, sauf les nuits comme celle qu'il venait de passer.

Après s'être servis à même les casseroles, ils s'assirent au comptoir, et Jim leva son verre d'eau.

— À une soirée sans drame.

Elle fit tinter son verre contre le sien. Le liquide rouge tournoya, attrapant la lumière et rosissant ses joues.

— Tu as beaucoup travaillé cet après-midi ? questionna Jim en prenant un morceau de pain à l'ail.

— Pas vraiment, dit-elle en agitant sa fourchette. J'ai travaillé sur une œuvre que j'espérais finir en quelques semaines, puis j'ai entamé autre chose, et cela m'a distraite tout l'après-midi. Je déteste ça.

— Tu as de la chance d'avoir un métier créatif.

— Et toi ? demanda-t-elle, quels sont tes plans, maintenant que tu as quitté l'armée ?

Jim piqua quelques pâtes imbibées de sauce tomate. Elle attendait une réponse. C'était ainsi qu'on alimentait une conversation, avec des questions et des réponses. Posant sa fourchette, il s'éclaircit la gorge.

— J'ai travaillé un peu pour une association qui s'occupe d'anciens combattants blessés.

— Tu veux dire qui propose de la rééducation ?

— Non, un autre genre de thérapie, répondit-il en se tapant la tête.

— Waouh, ça doit être difficile.

— Pour moi ou pour eux ?

— Pour tout le monde.

— Ce n'est pas facile tous les jours, c'est certain. C'est pour ça que j'aime ta peinture, dit-il en se penchant en avant. Elle a l'air… thérapeutique. Je veux dire que nous faisons appel à toutes sortes de choses pour aider ces types, les animaux domestiques, la musique, la peinture…

— Ça a l'air d'être un projet formidable. Est-ce cela que tu vas faire quand tu auras terminé ce que tu fais ici ?

— Il faut que je me forme. Il se pourrait que je retourne à l'université. Ou plutôt que j'y entre, puisque je me suis engagé tout de suite après le lycée.

— Je peux te donner un conseil ? dit-elle en prenant une gorgée de vin qui lui tacha les lèvres de rouge.

Il détourna son regard de sa bouche pour le poser sur ses yeux.

— Bien sûr.

— Tu devrais te montrer un peu plus ouvert.

— C'est eux que je suis censé amener à s'ouvrir.

Elle but encore un peu de vin, puis pencha la tête, répandant ses longs cheveux sur son épaule.

— Tu as raison. Et tu es très doué pour ça, puisque tu m'as fait dire beaucoup plus de choses que tu ne m'en as dites.

— Je n'essayais pas de te tirer les vers du nez, Scarlett.

— Je sais, mais je t'ai parlé parce que...

Baissant la tête, elle porta un morceau de pain à l'ail à sa bouche. Ail ou pas, il se promit de l'embrasser plus tard. Avec effort, il revint à ses yeux.

— Parce que ?

— Oh ! tu sais... Parce que je te connaissais au lycée.

— Oui, et nous étions de très bons amis...

— Tu n'avais pas d'amis, dit-elle en riant.

— Et toi, tes seuls amis étaient les gosses de la réserve.

— Des champions en matière de mondanités, crois-moi !

Elle rejeta ses cheveux en arrière et se mit à rire.

Un coup à la porte interrompit son rire. Jim laissa tomber son pain.

— Qu'est-ce que c'est encore ? J'ai dû nous porter malheur, avec mon toast, commenta-t-il.

Scarlett sauta de son tabouret et marcha vers la porte d'entrée. N'ayant aucune intention de la laisser ouvrir toute seule, Jim lui emboîta le pas et se pencha au-dessus de son épaule pour regarder comme elle par la fenêtre.

Elle poussa un bruyant soupir.

— C'est Collins, avec un policier que je ne connais pas.

Jim se tendit. Que faisaient-ils là à cette heure ? Avant qu'il puisse l'en empêcher, Scarlett ouvrit la porte.

— Vous avez des nouvelles, Collins ?

Collins écarquilla les yeux et croisa le regard de Jim.

— Je pensais bien que vous seriez là, Kennedy.

Jim se redressa, prenant appui sur sa bonne jambe.

— Eh bien, me voilà !

Collins posa une main sur son arme de service.

— James Kennedy, je vous arrête pour le meurtre de Jeff Kelly.

6

Pris d'un éblouissement, Jim serra les poings à ses côtés. Emprisonné, lui ? *Impossible !*

Il sentait le sang courir dans ses veines, et son cœur battre à coups redoublés dans sa poitrine. S'il bousculait le policier et s'enfuyait, c'en serait fini de lui. Il fallait qu'il se maîtrise. Les innocents ne prenaient pas la fuite.

La main de Scarlett se referma sur la sienne, apaisant en partie la rage qui montait en lui.

— De quoi parlez-vous, Collins ? Jim était avec moi, hier soir, dit-elle. Nous avons découvert ensemble le cadavre de Rusty.

— Madame, je vais vous demander de reculer, s'il vous plaît. Nous avons un mandat d'arrêt contre M. Kennedy, et je dois lui lire ses droits.

— Mais quelles preuves avez-vous ? s'exclama Scarlett en tapant du pied. C'est ridicule !

Jim reprit son souffle. Elle était de son côté, il allait y arriver.

— Laisse, Scarlett. Ils me diront ce qu'ils ont contre moi au commissariat. Si je te donne sa carte, tu pourras appeler un de mes amis ? Il te recommandera un avocat de la région.

— Jim, c'est absurde ! Tu n'as tué personne !

Mais elle rougit tout de suite, comme si elle venait de

se rendre compte de la fausseté d'une telle affirmation, s'agissant d'un sniper.

— Je veux dire, tu n'as pas tué Rusty. Dis-le-leur.

— Tout va bien. J'aurai l'occasion de le leur dire plus tard.

Collins lui lut ses droits, puis lui demanda s'il avait une arme sur lui.

— Pas sur moi, mais mon Glock est dans la poche de mon blouson, dit-il désignant le portemanteau de la tête.

Collins fit signe à l'autre adjoint puis tapa sur l'épaule de Jim.

— Tournez-vous.

Jim s'exécuta et serra les dents en entendant le tintement des menottes derrière lui. Il devait se contenir pour que les flics ne l'accusent pas de résistance, mais chaque fibre de son être lui hurlait de se battre.

Respire. Réfléchis. Raisonne.

— Vous pouvez sortir mon portefeuille et le donner à Scarlett ? demanda-t-il.

Collins palpa son blouson et trouva l'objet, qu'il tendit à la jeune femme. Jim tenta d'opposer un air de calme au regard paniqué de Scarlett.

— Dedans, il y a la carte de Ken Stucken. Appelle-le et raconte-lui ce qui s'est passé. Dis-lui que j'ai besoin d'un avocat.

Elle fouilla le portefeuille, les mains tremblantes.

— La voilà, dit-elle en la levant en l'air.

Il hocha la tête et lui adressa un demi-sourire, tandis que Collins et l'autre adjoint l'entraînaient vers leur voiture. Ils ne pouvaient pas avoir grand-chose contre lui, étant donné qu'il n'était pas coupable, mais ils ne diraient rien tant qu'ils ne seraient pas au commissariat. Jim connaissait la musique.

Durant le trajet, il garda les yeux braqués sur le paysage qui défilait par la vitre, s'efforçant d'inspirer à fond. Il doutait de pouvoir supporter une nuit en prison. Les policiers devraient sans doute le transférer à l'hôpital psychiatrique avant l'aube, ce qui leur donnerait une raison de plus de croire qu'il avait tué Rusty.

Cody Unger n'était pas là quand ils arrivèrent, mais ce n'était pas l'affaire du siècle.

— Le shérif Musgrove est là ? demanda Jim.

— Non, répondit Collins en se raclant la gorge, mais nous lui avons notifié le mandat.

Ils le poussèrent vers une salle d'interrogatoire vitrée, au fond.

— Nous allons vous interroger avant de vous mettre en garde à vue, Kennedy. Vous avez le droit de réclamer la présence d'un avocat durant cet interrogatoire.

— J'y renonce pour l'instant. Je suis trop curieux de savoir ce que vous croyez avoir contre moi.

Collins poussa la porte de la salle et lui indiqua une chaise.

— Café ?

— Non, merci. Allons-y, qu'on en finisse vite.

L'autre adjoint régla la caméra, tandis que Jim s'affalait maladroitement sur une chaise, les mains toujours menottées.

— Vous êtes obligé de me laisser les menottes ?

Collins lui jeta un coup d'œil suspicieux.

— Non.

Libéré de ses menottes, Jim sentit son rythme cardiaque revenir plus ou moins à la normale. Il se frotta les poignets.

— Pourquoi m'avez-vous arrêté ? Quelles preuves avez-vous contre moi ?

Le deuxième policier prit une boîte en carton et en sortit un sachet en plastique qu'il jeta sur la table devant Jim.

— Vous le reconnaissez ?

— C'est le couteau de chasse de mon père, dit-il d'une voix blanche.

— C'est celui qui a servi à poignarder Rusty Kelly.

— Laissez-moi deviner. Vous avez trouvé mes empreintes dessus.

— Vos empreintes et le sang de Rusty.

— Je reconnais que c'est une combinaison compromettante…, marmonna Jim

Il croisa les bras sur sa poitrine et étendit les jambes devant lui. Collins lissa les plis du sachet.

— Vous pouvez nous dire ce que ça signifie ?

— Mes empreintes sont sur le couteau parce qu'il était dans le hangar de mon père. C'est un appentis en bois qu'il utilisait pour parquer ses motos. J'étais là la semaine dernière et j'ai déplacé des trucs. Je me souviens d'avoir manipulé le couteau qui était sur l'établi.

— Ça explique les empreintes.

— De plus, j'ai découvert aujourd'hui que quelqu'un s'était introduit dans le garage. La porte est à double battant et se ferme avec un simple cadenas.

— Vous avez porté plainte ?

— Non, mais j'ai appelé le commissariat. Je n'avais pas l'impression qu'il manquait quelque chose, alors quand l'adjoint Stevens m'a demandé si je voulais déposer une plainte, j'ai dit que ce n'était pas la peine. Vous pouvez le lui demander.

Collins claqua dans ses doigts.

— Jenkins, trouve-nous Stevens pour qu'on vérifie ça.

— Il y a aussi mon alibi.

— Un alibi ?

— J'étais avec Scarlett Easton quand elle a découvert le corps.

— Kelly a été poignardé avant que vous n'arriviez chez elle.

— Combien de temps avant le moment où nous l'avons trouvé ? J'ai un alibi pour ça aussi.

— Racontez-nous ça dans l'ordre chronologique.

— J'ai dîné en ville au Miner's Inn et je suis parti autour de 20 heures. Je me suis servi de ma carte de crédit. J'ai eu du mal à faire démarrer ma moto et j'en ai parlé avec un homme nommé Terry. C'était juste devant le Miner's Inn, et plein de gens m'ont vu. Je ne suis pas parti avant 20 h 45 ou 50. Quand je suis arrivé chez moi, j'ai cru entendre du bruit, si bien que j'ai garé ma moto et je suis allé faire un tour dans les bois. Je suis arrivé chez Scarlett à 21 h 15 ou 20. Elle peut le certifier.

Collins n'avait cessé d'observer ses mains et son visage, sans jamais interrompre son récit. Il se contenta de hocher la tête.

Jim reprit sa respiration.

— Donc, si j'avais poignardé Rusty, j'aurais dû le faire dans un temps très court : prendre le couteau, trouver Rusty et le poignarder sans tacher mes vêtements, étant donné que je n'aurais pas eu le temps de me changer avant d'aller chez Scarlett.

— Et tout ça se révélera exact ? demanda Collins en croisant les mains sur la table.

— Tout ça se révélera exact.

Jim se redressa sur sa chaise et fit face à la caméra.

— Maintenant, si vous avez d'autres questions à me poser, il faudra attendre mon avocat.

Il savait qu'il avait en un alibi en béton. Cela ne le préoccupait pas. Ce qui l'inquiétait, c'était que quelqu'un essaie de lui faire porter le chapeau. Il avait le sentiment que cela avait tout à voir avec ce qui lui était arrivé vingt-cinq ans auparavant.

Quand son téléphone sonna, Scarlett bondit, attrapa son sac et sortit en hâte.

Au bout de son allée, elle répondit, hors d'haleine.

— Est-ce que Jim va devoir passer la nuit en prison ? Qu'est-ce qu'ils ont contre lui ? Qu'est-ce que je peux faire ?

Wade Lewiston, l'avocat qu'avait recommandé l'ami de Jim, fit claquer sa langue.

— Ils ne l'ont même pas encore mis en garde à vue, Scarlett. Ils l'ont fourré dans une salle d'interrogatoire pour vérifier son alibi.

— S'ils me posent la question, je leur dirai qu'il est impossible qu'il ait poignardé quelqu'un et soit ensuite venu chez moi sans une trace de sang sur lui.

— D'après ce que j'ai compris, l'enchaînement des événements est très serré. Ils ne pourront pas le mettre en accusation. Il a même signalé l'intrusion dans son garage. Il est couvert.

— Vous allez vous déplacer ?

— Je ne pense pas. Jim ne répond plus à leurs questions. Il voulait que je vous demande si vous pouviez aller le chercher au commissariat quand ils le relâcheront.

— Bien sûr. Je suis déjà en route.

— Attendez un peu, Scarlett, les policiers étudient encore son alibi.

— Je ne veux pas attendre. Tout ça est ridicule.

— Comme vous voudrez. Si Jim a besoin d'autre chose, demandez-lui de m'appeler.

— Et des poursuites ? Il peut attaquer le bureau du shérif ?

— Je crains que non. Ses empreintes sont sur l'arme du crime, et cette arme lui appartient. La police avait un motif valable de l'arrêter.

— D'accord, d'accord.

Elle se passa une main dans les cheveux.

— Je vais là-bas, de toute façon.

— Alors bonne soirée et bonne chance. Appelez-moi s'il y a un problème.

Scarlett appuya sur la télécommande de sa voiture et les phares clignotèrent.

— Je n'y manquerai pas.

— Encore une chose, Scarlett.

— Quoi ?

— Soyez prudente.

— Prudente ?

Elle se glissa derrière le volant et jeta un coup d'œil au rétroviseur.

— Par rapport à quoi ? Ce n'est pas Jim le coupable.

— Ce n'est pas ce que je voulais dire.

— Alors de quoi voulez-vous parler ?

— Il y a un meurtrier en liberté à Timberline. Pour une raison inconnue, il s'est débarrassé de cet homme près de chez vous et essaie de faire porter le chapeau à Jim. Alors, faites attention.

Scarlett frissonna. Comme si elle avait besoin de cette mise en garde.

— Je ferai attention. Merci de m'avoir rappelée si vite.

— Toujours prêt à rendre service aux anciens combattants, surtout quand il s'agit d'un Jim Kennedy.

Avant qu'elle puisse lui demander ce que Jim avait de si spécial, il raccrocha.

Quand elle s'arrêta sur le parking du shérif, elle avait mal partout. Elle avait accompli le trajet cramponnée au volant, assise au bord de son siège.

Un sentiment d'urgence la poussait : quelque chose lui disait que si elle ne faisait pas sortir Jim ce soir, il ne sortirait jamais.

Elle sortit de la voiture et se hâta de gagner l'entrée du bureau. À l'accueil, Stevens leva les yeux.

— Je suis venue chercher Jim Kennedy. Vous avez fini de le harceler ?

Stevens ouvrit grand la bouche.

— On a trouvé ses empreintes sur l'arme du crime, qui appartenait à son père.

— Et il a un alibi inattaquable.

Stevens leva les mains dans un geste défensif.

— C'est le comté qui a procédé à l'arrestation. Pas la peine de vous en prendre à moi, ronchonna-t-il.

— Eh bien, avez-vous fini avec lui ? répéta-t-elle en posant une main sur la hanche.

— Je crois. Ils vont le ramener dès qu'ils seront prêts. Collins ne l'a pas mis en garde à vue, alors il n'y a pas de papiers à remplir.

Scarlett se mit à faire les cent pas à l'autre bout de la pièce. Au bout de quinze minutes, qu'elle passa à mitrailler Stevens de questions, elle entendit une porte s'ouvrir dans le couloir.

La voix grave de Jim se fit entendre. Scarlett se précipita à l'accueil et le vit arriver dans sa direction, en grande conversation avec Collins. En l'apercevant, Jim releva brusquement la tête et écarquilla les yeux.

— Qu'est-ce que tu fais ici ?

— Je t'attendais. J'ai eu Wade Lewiston au téléphone, il y a une demi-heure, et il m'a dit que tu voulais que je vienne te chercher.

— J'allais t'appeler. Je ne voulais pas te faire perdre ton temps ici.

— Et moi, je ne voulais pas te faire attendre une minute de plus que nécessaire.

Elle dévisagea Collins avec une moue ironique.

— Tout est arrangé ?

Jim se massa la nuque.

— Presque tout. J'aimerais savoir qui a volé le couteau de Slick, un couteau sur lequel il y a mes empreintes.

— Nous aimerions aussi le savoir, dit Collins en serrant

la main de Jim. On vous tiendra au courant. Désolé pour cette méprise.

— Vous ne faisiez que votre travail.

— Vos affaires, dit Stevens en repoussant sa chaise pour prendre une boîte sur un classeur. Nous avons déchargé votre arme, mais elle est en règle. Vous pouvez la reprendre.

Jim posa la boîte sur un bureau et empocha son portefeuille et ses clés. Il fourra le revolver dans son blouson et rassembla les balles de la main pour les empocher.

— Quelqu'un va venir relever les empreintes dans mon garage ?

— Oui, mais nous vous appellerons d'abord.

Jim tint la porte à Scarlett, et elle sortit. L'air frais du dehors lui piqua les joues. Elle se tourna vers lui.

— Comment peux-tu être aussi poli ? Ils t'ont arrêté, menotté et emmené au commissariat comme un vulgaire criminel.

Il lui posa les deux mains sur les épaules.

— Ils avaient l'arme du crime avec mes empreintes. Qu'est-ce que tu voulais qu'ils fassent ? Qu'ils ignorent les indices matériels ?

Ses paroles semblaient raisonnables, mais ses mains tremblaient un peu. Il les laissa retomber rapidement.

— Tu es plus avisé que moi. J'aurais été furieuse. Tu étais avec moi quand j'ai trouvé le corps. Comment ne l'aurais-je pas vu si tu avais eu du sang sur toi ? Les flics sont arrivés tout de suite. Et eux non plus n'ont rien remarqué !

— C'est fini, Scarlett, du moins pour l'instant.

— Qu'est-ce que ça veut dire, et pourquoi est-ce que tout le monde parle par énigmes ce soir ?

— Je veux découvrir qui me fait porter le chapeau pour le meurtre de Rusty.

— Et pourquoi voudrait-on faire ça ?

— Montons en voiture, dit-il en lui effleurant le dos.

La voyant se préparer à ouvrir la portière côté conducteur, il lui demanda :

— Tu es sûre de pouvoir conduire avec le vin que tu as bu ?

— Tu plaisantes ? J'y ai à peine touché avant cette interruption brutale. Et, maintenant, j'ai bien l'intention de finir la bouteille, ajouta-t-elle en ouvrant sa portière.

Sur le trajet de retour, Jim lui raconta l'interrogatoire et les vérifications faites par les adjoints.

— J'ai de la chance de ne pas être resté chez moi au moment de l'assassinat de Rusty.

— Ce n'est peut-être pas pour rien que tu as eu l'idée de venir jusque chez moi.

— Quoi qu'il en soit, cela m'a épargné beaucoup d'ennuis.

Au moment de tourner sur la route qui menait chez eux, elle lui glissa un regard.

— Tu veux que je te dépose chez toi ou tu veux revenir finir le dîner ?

— Je croyais que nous l'avions fini.

— J'ai acheté un cheese-cake pour le dessert.

— Je t'avoue que j'ai un peu perdu l'appétit, mais je dois récupérer ma moto.

Après avoir cahoté un temps sur le chemin d'accès, Scarlett s'arrêta sur l'emplacement qu'elle avait débroussaillé après l'achat de la maison et coupa le moteur.

— Tu es sûr que tu ne veux pas entrer ? J'ai encore ton portefeuille et la carte que tu m'as donnée.

— Si ça ne te dérange pas… Il est assez tard.

— Je ne tiens pas en place, déclara-t-elle en ouvrant sa portière. Et puis il faut finir cette bouteille.

Il la suivit sur le sentier entre les arbres, chacun d'eux s'éclairant à la lumière de son téléphone.

— Tu devrais aussi installer des lampes le long de ce sentier. Il fait noir comme dans un four ici.

— Je crois que j'y suis habituée, maintenant.

Mais à peine avait-elle prononcé ces mots qu'elle trébucha. Jim la rattrapa par la taille.

— Tu y es habituée, hein ? Je te propose quelque chose : comme tu m'as rendu service en appelant l'avocat, je vais te rendre la pareille et installer quelques lampes sur ce chemin.

Scarlett aurait préféré autre chose en échange mais, après s'être éclairci la gorge, elle demanda :

— Tu crois qu'il risque d'y avoir encore des problèmes ?

— Je pense que c'était Rusty la cible, mais j'ai un drôle de pressentiment à propos de ce couteau. Pourquoi ont-ils utilisé celui-là ?

— Où l'ont-ils trouvé ? demanda Scarlett.

Elle ouvrit la maison et laissa la porte ouverte pour Jim.

— Sur la route, entre nos deux maisons. C'est un type qui faisait son jogging qui l'a trouvé. Il était sans doute là où le tueur a balancé Rusty.

— Je pense que je vais boire un peu de ce vin, maintenant.

Laissant tomber son sac sur une chaise, Scarlett alla droit à la cuisine, déboucha la bouteille qu'elle avait laissée sur le comptoir et s'en servit un verre.

— Tu es sûr que tu n'en veux pas ? dit-elle en levant son verre en guise de toast. J'ai aussi de la bière dans le frigo.

— Non, merci, dit Jim en se perchant sur un bras du canapé. J'ai rencontré un autre fantôme du passé, aujourd'hui, ajouta-t-il.

— Qui ça ?

— Il s'appelle Charles Swanson, mais on le surnommait Chewy. J'ai parlé de lui aux policiers, ajouta-t-il en se frottant la nuque.

— Tu penses qu'il a quelque chose à voir avec le meurtre de Rusty ?

Elle prit une longue gorgée, accueillant avec soulagement la sensation de chaleur qui se répandait dans sa poitrine.

— C'est un peu suspect qu'il se trouve à Timberline en même temps que Rusty, juste avant que ce dernier se fasse assassiner, dit Jim.

— Si les Seigneurs du Chaos veulent se trucider les uns les autres, ils sont libres, du moment qu'ils le font loin de chez moi.

Elle plaqua une main sur sa bouche et ajouta :

— Je ne parle pas de toi, bien sûr.

— Je ne fais pas partie de leur bande, remarqua Jim, les sourcils froncés.

— Je sais. Ce n'était pas ce que je voulais dire.

— Étais-tu là quand Gary Binder a été renversé par une voiture ? questionna-t-il en se pinçant l'arête du nez.

— Qu'est-ce que cela a à voir ?

— Tu étais là ?

— Oui. Les flics n'ont jamais retrouvé le chauffard, et sa mère ne s'en est pas remise. Elle l'avait soutenu dans toutes les épreuves qu'il avait traversées : la drogue, les arrestations, et juste au moment où il commençait à reprendre pied, il a été fauché par cette voiture.

— Binder coopérait avec la police sur l'affaire du trio Timberline, n'est-ce pas ?

— Vraiment ? Je ne sais pas s'il faut appeler ça une coopération. Il n'avait pas grand-chose à leur apprendre.

Soudain, Jim se frappa le front.

— Il était mêlé au trafic de drogue ici, à Timberline.

— Le trafic de drogue ? Est-ce ce que l'agent Harper étudiait quand il enquêtait sur l'affaire du trio ?

— Harper, c'était l'agent du FBI en charge de l'affaire ? questionna Jim, en se passant la main sur le menton.

— Oui. Il voulait interroger Gary, mais il n'en a pas eu l'occasion.

— Bien pratique. Je me demande si Rusty ou Chewy étaient en ville à ce moment-là.

Il fit quelques pas, puis s'appuya d'une main au manteau de la cheminée.

— Je pourrais avoir un verre d'eau, s'il te plaît ?

Se dirigeant vers la cuisine, Scarlett lui lança un regard inquiet.

— Ça va ?

— Je vais… Je vais…

Il laissa tomber sa tête en avant et inspira profondément.

— Jim ?

Le cœur battant, Scarlett plaça un verre sous le robinet pour le remplir.

Avant qu'elle ait fini, Jim s'effondra sur le plancher en poussant un gémissement.

7

— Jim !

Scarlett lâcha le verre dans l'évier et revint en courant dans le salon.

Elle s'agenouilla à côté de lui. Il était sur le flanc, les genoux remontés contre la poitrine. Posant une main sur son front moite, elle demanda :

— Jim, tu m'entends ?

Ses yeux roulèrent derrière ses paupières, et elle écarta ses cheveux sur son front. S'il n'ouvrait pas les yeux dans deux secondes, elle courrait dehors appeler le 911. Mais elle ne voulait pas le quitter.

Elle défit les boutons de sa chemise, effleurant par mégarde la chair brûlante de son cou. Il devait faire moins de 15° dans la maison, pourquoi était-il aussi chaud ?

Il battit des paupières, et elle distingua l'éclat de ses prunelles noires.

— Tu reviens à toi ? Je vais te chercher de l'eau.

Prenant un coussin sur le canapé, elle le glissa sous sa tête. Puis elle retourna à la cuisine remplir un autre verre, ignorant les éclats dans l'évier. Quand elle revint, Jim respirait mieux et avait repris quelques couleurs.

Elle fit gonfler le coussin derrière sa tête et approcha le verre de ses lèvres desséchées.

— Tu peux boire ? Dois-je appeler le 911 ?

Il détourna la tête, et elle posa le verre sur la pierre du foyer.

Le voyant lever une main, elle s'en saisit. Immédiatement, un courant d'énergie traversa son corps. Elle se rejeta en arrière, sans pour autant lâcher la main de Jim.

L'effroi s'insinua en elle, et elle eut l'impression que quelque chose la menaçait dans l'obscurité. Retenant son souffle, elle se raidit et pressa la main de Jim, le cœur battant.

Mais il lui arracha sa main et se redressa avec effort.

— Je vais bien.

Tandis qu'elle cillait, il prit le verre d'eau et l'engloutit.

— Ce n'est rien. Reviens.

Elle leva une main à sa gorge. Comment avait-il su ? L'avait-il vu sur son visage ?

— Je suis là, bien sûr. Que s'est-il passé ?

— À toi de me le dire.

Il s'assit, le dos contre la cheminée, la chemise ouverte sur un T-shirt noir qui moulait les muscles de sa poitrine.

— Tu es tombé. Tu ne réagissais pas, ta respiration était hachée et ta peau moite. Qu'est-ce que c'était, Jim ? Tu n'as même pas l'air de t'en faire.

— C'est parce que cela m'est déjà arrivé. Les crises ont cessé un bout de temps, mais elles ont repris depuis que je suis revenu à Timberline.

— Des crises ? Dues à quoi ? Je suppose que tu as vu un médecin ?

Scarlett croisa les jambes sous elle et noua ses mains sur ses genoux.

— C'est du stress post-traumatique, dit Jim. On m'a soigné pendant quelque temps, j'ai suivi un traitement mais ça ne m'a pas plu.

— Ça t'a aidé ?

— Cela a réduit les crises, mais je préfère éprouver mes sensations plutôt que les réprimer avec des produits chimiques.

— Tu disais que les crises avaient cessé ?

— Jusqu'à ce que je revienne à Timberline.

Il prit le verre entre ses mains et passa son pouce sur le bord.

— Pourquoi ? Qu'est-ce que te fait cet endroit ? C'est à cause de ce que tu as enduré avec ton père ?

— En partie.

Il se pencha en avant.

— Mais je préférerais que tu me dises ce que tu sens quand tu me touches.

— Qu'est-ce que tu veux dire ? objecta-t-elle en rougissant.

— Je ne parle pas d'attirance physique, même si elle est évidente — on ne va pas se mentir.

Il fourragea dans ses cheveux.

— Je veux dire l'autre truc, cette façon que tu as de réagir comme si je te donnais une décharge électrique. Je fais toutes sortes d'effets aux femmes, mais je n'ai jamais vu une réaction pareille. Qu'est-ce qui se passe, Scarlett ?

Elle poussa un soupir et se leva.

— J'ai besoin du reste du vin pour discuter de ça.

— Laisse-moi aller le chercher.

Il se mit debout et, vacillant, se cramponna au manteau de la cheminée. La voyant se pencher vers lui, il leva la main.

— Je vais bien. J'ai besoin de bouger.

Il ramassa le verre vide et marcha vers la cuisine, avec une boiterie plus accentuée que d'ordinaire.

— Il y a un verre cassé dans l'évier.

— Oui, je l'ai lâché quand tu t'es effondré dans le salon.

— Désolé de t'avoir fait peur.

Il revint avec le verre de vin et un peu d'eau pour lui.

— J'aurais dû me rendre compte que j'allais avoir une crise après cette arrestation.

Scarlett lui prit le verre des mains et lui effleura les doigts au passage. Cette fois, elle ne ressentit rien d'autre que du désir.

Elle se laissa tomber dans un fauteuil, tandis que Jim s'asseyait face à elle, les bras sur les genoux, tenant son verre à deux mains. Fermant les yeux, elle prit une gorgée de vin.

— Tu connais mon héritage.

— Tu es quileute.

— Oui, et comme beaucoup d'autres, notre tribu a des chamanes. Je suis persuadée que ce don n'est pas plus fréquent chez nous que dans la population en général, mais nous, nous y prêtons attention et nous le développons. Je crois que certaines familles sont plus douées pour les perceptions extrasensorielles, et c'est le cas de la nôtre.

— Ta grand-mère était une chamane, je m'en souviens.

— Ah oui, tu t'en souviens ? s'exclama-t-elle, saisie d'une bouffée de joie.

— Je me rappelle beaucoup de choses sur toi, Scarlett.

Ce disant, il plongea son regard dans le sien, et elle eut l'impression d'être de nouveau une écolière, copiant son devoir de géométrie.

— En tout cas, reprit-elle en secouant la tête, je possède aussi cette capacité.

— Et quand tu me touches… Que se passe-t-il ? Tu vois mon avenir ?

— Plutôt ton passé.

— Tu vois dans mon passé ? s'écria-t-il en se redressant brusquement.

— Pas exactement. C'est difficile à expliquer. Je ne vois rien de concret, ce sont des visions, des sensations, des sentiments.

— Pas étonnant que tu te recroquevilles sur toi-même à chaque fois que tu me prends la main. Ça suffirait à donner des complexes à n'importe quel type, ajouta-t-il en haussant un sourcil.

Scarlett fixa la surface miroitante de son vin.

— Qu'est-ce que je sens, Jim ? Tout est obscur, terrifiant, et il y a quelque chose… quelque chose d'inconnu.

— Comment te dire ?

Il fit rouler son verre d'eau entre ses mains.

Se penchant en avant, Scarlett lui tapota la jambe.

— Et si tu commençais par ça ? Qu'est-il arrivé à ta jambe ? Pourquoi souffres-tu de stress post-traumatique ?

— J'ai été capturé, enfermé dans un espace minuscule, torturé et menacé quotidiennement de décapitation.

Bouche bée, Scarlett croisa les bras sur son ventre.

— Et… Qu'est-ce qu'on a fait à ta jambe ?

— Ils me l'ont cassée, et elle s'est mal ressoudée.

Il haussa les épaules.

— Mais ce n'était pas la douleur le plus difficile. Voir des gens que j'avais fini par aimer et respecter se faire torturer et, dans certains cas, décapiter, était bien pire que la torture physique, dit-il en serrant les mâchoires.

— Comment t'es-tu échappé ?

— Nous sommes trois à nous être évadés : un journaliste néerlandais, un entrepreneur allemand et moi. Nous avons creusé un tunnel, comme dans les films. Ensuite, nous avons été aidés par des gens du coin, qui nous ont fait passer la frontière.

— C'est incroyable, dit-elle en se rejetant en arrière dans son fauteuil. Et on en a parlé à la télévision ?

— De l'évasion de mes compagnons, oui. Mais l'armée n'avait pas divulgué ma capture, et ils se sont débrouillés pour qu'on ne parle pas de moi dans les médias. J'étais en Afghanistan pour une mission secrète. Je n'étais pas censé y être allé.

— Et tu avais surmonté ton stress post-traumatique jusqu'à ce que tu reviennes à Timberline ?

— Oui, plus ou moins.

— Alors pourquoi es-tu revenu ? Tes souvenirs d'enfance et d'adolescence ne pouvaient pas te faire du bien.

— Je voulais affronter mon passé pour qu'il ne revienne pas saboter ma vie plus tard.

Il allongea les jambes devant lui, touchant presque la pointe des bottes de Scarlett.

— Quand j'ai entendu parler des kidnappings de Wyatt Carson, puis appris que *Cold Case Chronicles* allait faire un épisode là-dessus, j'y ai vu un signe.

— J'ai donné un coup de main à l'animatrice de l'émission, Beth St. Regis. Elle croyait être l'un des enfants du trio Timberline. Il s'est avéré que ce n'était pas le cas. Je ne pense pas que ce soit la même chose pour toi, alors quel est ton lien avec cette affaire ?

— Je ne faisais pas partie du trio Timberline, mais j'aurais pu.

— Mais de quoi parles-tu ? On n'a enlevé que trois enfants : Kayla Rush, Heather Brice et Stevie Carson, le frère de Wyatt.

— À la même époque, un homme s'est introduit dans ma chambre et a essayé de me mettre un chiffon puant sur la bouche. Je me suis débattu et j'ai fait assez de bruit pour que ça réveille mon père qui cuvait son alcool dans le salon.

— Oh mon Dieu ! Je n'ai jamais entendu parler de ça. Est-ce qu'il s'est enfui après ça ?

— Non, c'est justement là la question, répondit Jim en se massant les tempes. Quand Slick est arrivé, ils sont passés dans l'autre pièce. Mon père m'a juste dit de retourner au lit. Bien sûr, je ne l'ai pas fait. J'ai écouté à la porte pendant qu'ils se disputaient. On aurait dit qu'ils se connaissaient et que Slick essayait de se soustraire à quelque chose.

— C'est dingue !

Elle reprit son verre et but une gorgée. Elle aurait bien

pris un whisky, mais Jim lui avait déjà dit qu'il ne buvait pas, et elle ne voulait pas l'effrayer.

— Après le départ de l'homme, Slick est venu me voir dans ma chambre. J'ai fait semblant de dormir mais, le lendemain, il est revenu là-dessus. Il m'a dit que si je parlais à qui que ce soit de ce qui s'était passé, il me donnerait une raclée dont je me souviendrais toute ma vie. Je l'ai cru.

Le cœur rempli de pitié pour Jim enfant, elle posa une main sur son cœur.

— Et c'était tout ?

— Non. Kayla a été enlevée une semaine plus tard, puis ça a été le tour de Stevie et enfin de Heather.

Scarlett déglutit.

— Tu crois que ces enlèvements étaient liés à la tentative de kidnapping dont tu avais été victime ?

— Oui. Je ne sais pas pourquoi ni comment, mais je l'ai toujours senti, dit-il en se tapant la poitrine du poing. Ça veut dire que Slick était mêlé à l'affaire ou qu'il savait quelque chose là-dessus.

— Et ton frère ?

— Il avait quinze ans à l'époque. Je ne pense pas qu'il savait quoi que ce soit.

— Tu lui en as parlé ?

— Il était en prison jusqu'à il y a peu de temps. Il a été arrêté pour trafic de drogue, il faisait partie des Seigneurs du Chaos. Je sais qu'il est sorti parce qu'il m'a écrit quelques lignes aux bons soins de l'armée, mais nous ne nous sommes pas revus.

— Ça pourrait être un bon point de départ.

— J'espère que le bungalow de Slick pourra me fournir quelques indices.

— Ou…

— Non.

Se levant, il prit le verre de vin vide de Scarlett, sur la petite table.

— Il n'est pas question que tu essaies de lire mes souvenirs ou que tu m'entraînes dans une sorte de transe hypnotique. Je n'en ai pas besoin, parce que je me rappelle très bien ce qui s'est produit il y a vingt-cinq ans.

— Alors pourquoi ne pas faire appel à un thérapeute ? Je ne parle pas de souvenirs refoulés, dit-elle en agitant la main, mais d'un traitement pour ton syndrome de stress post-traumatique.

— J'ai déjà été traité. Je pensais que j'avais vaincu pour de bon ces crises, ou quel que soit le nom qu'on leur donne, mais elles me sont retombées dessus depuis que je suis à Timberline.

— Je connais une bonne thérapeute. C'est le Dr Shipman, elle exerce à Port Angeles. Je peux te donner son numéro, si tu veux.

— Je ne dis pas non.

Jim bâilla et s'étira, ce qui donna l'occasion à Scarlett d'admirer sa musculature. Mais il était bien plus que sexy, songea-t-elle. Son histoire démontrait sa force et son courage. Il avait combattu assez de démons pour une vie entière, et pourtant, il était revenu à Timberline en affronter un autre.

— Je n'avais plus parlé autant depuis mon debriefing, au retour d'Afghanistan, dit-il en mettant une main devant sa bouche pour bâiller à nouveau. Mais je ne m'attendais pas à ce que tu t'intéresses à mon histoire ni à ce que tu t'y impliques.

— Je n'ai pas vraiment le choix, n'est-ce pas ? Pour une raison quelconque, Rusty a décidé de ramper jusqu'à ma maison après qu'on l'a poignardé.

— J'espère que ce n'est qu'une coïncidence. Personne n'a envie d'avoir affaire aux Seigneurs du Chaos, dit-il en passant un doigt en travers de sa gorge.

— Pourtant, tu y as survécu.

— Seulement en m'enrôlant dans l'armée. Autrement, je serais mort comme Slick, ou en prison comme Dax.

— À l'époque, je ne me rendais pas compte que tu faisais partie de ce gang de *bikers*. Tu les as fréquentés longtemps ?

— Plus longtemps que je ne le voulais. C'est comme un héritage, l'adhésion au club se transmet de génération en génération. Leur échapper signifie tourner le dos à sa famille et ses amis. J'ai dû faire les deux.

— Tu ne l'as jamais regretté ?

— Jamais. J'ai retrouvé une famille dans l'armée, avec les camarades de mon unité.

Il exhiba la carte de visite qu'il lui avait donnée avant que les policiers ne l'emmènent.

— Ce type-là est quelqu'un sur qui je peux compter dans toutes les situations.

— Tu as de la chance.

Il regarda soudain sa montre, à son poignet.

— Il est tard. Tu en as fait plus qu'assez aujourd'hui. À ce rythme, je vais te devoir une restauration totale de ta maison.

— Et je pourrais bien te prendre au mot.

Elle se leva aussi et fourra les mains dans ses poches pour ne pas être tentée de le toucher.

— Tu es sûr que ça va ? Cette crise était impressionnante.

— C'est comme une sorte d'évanouissement, mais les médecins m'ont dit que c'est dans la tête, et que je n'ai aucun problème physique, en dehors de ma jambe. Je vais bien. Mais je vais prendre le numéro du Dr Shipman, si tu l'as sous la main.

— Donne-moi ton numéro de portable, je vais te l'envoyer.

Il lui récita son numéro de téléphone, et elle lui écrivit les coordonnées du Dr Shipman dans un texto.

— Je ne suis pas sûr que le message soit passé, dit-elle en levant son appareil, mais il finira par arriver.

— Quand vas-tu faire installer une ligne fixe ?

— Je vais m'en occuper.

— Tu ne peux pas continuer à courir dehors pour appeler en cas d'urgence.

— Mais tu sais ce qui est drôle ?

Elle posa son téléphone sur le comptoir de la cuisine.

— Je n'ai jamais eu d'urgence avant qu'on commence à remuer l'affaire du trio. Je suis heureuse que Beth ait trouvé les réponses qu'elle cherchait, mais tout ça continue à faire des vagues.

Ayant atteint la porte d'entrée, Jim posa la main sur la poignée.

— Peut-être que tu devrais retourner à San Francisco, Scarlett, dit-il sans se retourner.

— Peut-être que j'ai moi-même quelque chose en jeu.

Il s'adossa à la porte pour lui faire face.

— Et qu'est-ce que ça serait ?

— L'enlèvement du trio Timberline m'a affectée, moi aussi.

— Je pense que cela a affecté tous ceux qui ont grandi ici.

— C'est davantage que cela. Je suis sûre que tu as entendu parler des légendes quileutes et de cette créature qui, selon les anciens, enlevait les enfants.

— Je crois m'en souvenir, oui.

— Eh bien, moi je m'en souviens très bien. On nous interdisait de parler de l'affaire. C'était motus et bouche cousue.

— Les anciens ne voulaient peut-être pas effrayer les gosses de la réserve.

— Ils nous faisaient peur tout le temps avec de vieilles histoires, ricana Scarlett, pour nous faire tenir tranquilles. Mais ça, c'était différent. Chaque fois que les ados évoquaient les kidnappings, on les faisait taire. Les parents n'en parlaient même pas. C'était très étrange. Et ma grand-mère ne voulait rien avoir à faire avec cette histoire.

— Qu'est-ce que tu veux dire ?

— Grand-mère est, ou du moins était, une chamane bien plus puissante que moi. Il aurait été naturel qu'elle offre ses services aux adjoints du shérif, même s'ils se moquaient d'elle, mais elle a préféré se tenir à l'écart.

— Ce qui veut dire ?

— Je l'ignore, mais je serais heureuse qu'on résolve l'affaire et que tout le monde puisse dormir tranquille.

— Je ne sais pas si je vais élucider le mystère, Scarlett. Je voudrais juste comprendre mon rôle et celui de mon père dans cette histoire.

Tandis que Scarlett s'accrochait au battant de la porte, il sortit dans la lumière du porche.

— Sois prudente, de toute façon. Je passerai t'installer les nouvelles serrures demain.

— Après le déjeuner, c'est la bonne heure pour moi.

— Alors à demain, et merci pour… tout.

Elle le regarda disparaître entre les arbres et écouta le grondement de sa Harley. Puis elle referma la porte et posa le front dessus.

Qu'avait donc cette fichue affaire à la hanter, à s'insinuer comme ça dans sa vie ? À présent, elle avait une raison de plus de désirer qu'elle soit résolue : Jim Kennedy ne serait pas disponible tant qu'elle ne le serait pas.

Elle heurta la porte du front : non qu'elle ait besoin qu'il soit disponible. Elle n'avait pas besoin d'un homme compliqué dans sa vie. Elle n'avait pas envie de penser à lui, ni de se charger de lui. Elle avait cessé de secourir les hommes. La plupart ne voulaient pas de son aide, et finissaient par l'entraîner avec eux dans leurs ennuis.

Elle retourna à la cuisine, reboucha la bouteille de vin et

rinça son verre. Si Jim s'abstenait de boire de l'alcool, c'était peut-être parce qu'il était alcoolique. Même s'il était en convalescence, elle n'avait pas envie de ce type de relation.

Après s'être débarbouillée, elle s'allongea sur son lit, les yeux fixés sur le plafond. Malgré son deuxième verre de vin, elle ne parvenait pas à s'endormir. L'histoire de Jim la hantait. Comment pouvait-on survivre à ce genre de choses sans craquer ? La mort avait plané au-dessus de sa tête pendant des mois. Il ne fallait pas s'étonner que rouvrir les blessures de son enfance douloureuse ne l'effraie pas. Qu'est-ce qui aurait pu l'effrayer ?

Une relation amoureuse. Elle avait lu cela aussi, dans son regard. Inutile d'avoir des pouvoirs spéciaux pour le constater.

Une lueur jaunâtre s'infiltra entre les rideaux, et elle jeta un coup d'œil à son radioréveil, à côté de son lit. Depuis combien de temps essayait-elle de dormir ? Mais le soleil ne se levait pas à 3 heures du matin. Et, la plupart du temps, la couverture nuageuse ne lui permettait pas de rayonner ainsi.

Retenant son souffle, elle sortit de son lit et alla tirer les rideaux. Elle écarquilla les yeux devant le spectacle qu'elle découvrit : des flammes dansaient parmi les arbres, envoyant des panaches de fumée noire en l'air.

Le cœur battant, elle courut au salon, attrapa son sac et débrancha son téléphone du chargeur. Jim avait raison. Il fallait qu'elle appelle tout de suite le 911, mais pour cela, elle allait devoir courir jusqu'à la route.

Elle se précipita vers la porte et l'ouvrit en grand. Stoppée dans son élan, elle plaqua une main sur sa bouche.

Le brasier s'était étendu aux arbres entourant le bungalow. Elle sauta du porche et fit un tour sur elle-même. Le feu léchait toute la rangée d'arbres.

Elle était piégée, quelqu'un y avait veillé.

8

Une migraine poussa Jim à ressortir de chez lui. Il n'aurait pas dû raconter tout cela à Scarlett. Mieux valait garder ses traumatismes pour soi. Il avait lu l'horreur et la pitié dans ses yeux… Ainsi qu'un petit quelque chose qu'il n'arrivait pas à identifier. C'était peut-être ce quelque chose qui l'attirait chez elle.

En traversant la clairière, il renifla l'air. Une odeur âcre de fumée imprégnait le brouillard.

Il sonda du regard le ciel obscur. Une lueur orange apparaissait au sommet de la ligne des arbres, en direction de chez Scarlett.

Rentrant précipitamment, il prit son blouson et ses clés, puis ressortit et sauta sur sa moto.

En approchant de la propriété de Scarlett, il vit la fumée épaissir : de gros nuages tourbillonnaient dans le ciel. Dans un rugissement de moteur, il vira dans le chemin d'accès et stoppa à distance du rideau d'arbres entourant la maison. Les grands pins brûlaient comme des fétus de paille. Vu leur proximité, il comprit tout de suite que les flammes allaient sauter d'un instant à l'autre des arbres au bungalow.

Scarlett était-elle réveillée ? Il appela le 911 pour la deuxième fois. L'opératrice lui assura que les pompiers seraient là en quelques minutes.

Des minutes dont Scarlett ne disposait pas, comprit-il. Il longea l'incendie pour repérer une trouée éventuelle, qui lui permettrait d'accéder à la maison. Mais tout le terrain était cerné par un véritable mur de flammes.

Comment diable cela avait-il pu arriver ?

En désespoir de cause, il s'empara d'une longue branche qui traînait par terre et, se couvrant la tête de son blouson, traversa l'incendie aussi vite que possible en frappant les flammes devant lui. Au moment où il reprenait son souffle, de l'autre côté du brasier, la porte du bungalow s'ouvrit et, telle un fantôme, Scarlett sortit sous le porche, sa chemise blanche flottant autour d'elle.

— Scarlett, il faut partir, hurla-t-il.

— Mais ça brûle de tous les côtés ! Je ne pouvais plus respirer dehors. Comment as-tu fait pour passer ?

— Je me suis débrouillé, dit-il en la rejoignant. On va prendre des serviettes mouillées pour sortir d'ici. Les pompiers sont en route.

Scarlett lui désigna des serviettes-éponges détrempées sur le sol.

— J'y ai déjà pensé. J'allais les mettre contre les portes.

— Non, il faut retraverser l'incendie. Beaucoup de branches sont déjà parties en fumée, on va pouvoir passer.

Il ramassa les serviettes et lui en tendit deux.

— Mets celle-ci autour de ta tête. Et enroule l'autre autour de tes bras. Je passe le premier.

— Et toi ?

— Je prends la dernière, tout ira bien. La première fois, je suis passé sans serviette. Accroche-toi à moi, je vais te guider.

Scarlett cramponnée à lui, il se fraya un passage dans les broussailles ardentes à l'aide de son bâton.

En débouchant de l'autre côté des flammes, ils virent un camion de pompiers stopper à la hauteur du chemin d'accès, sirène en marche.

— Va sur la route, Scarlett. Je vais déplacer ma moto.

— Et ma voiture ?

— Laisse-la là. Tu ne pourras pas passer avec les véhicules.

Scarlett partit en courant. Le camion de pompiers recula, puis s'engagea sur le chemin, soulevant du gravier et cassant des branches au passage.

Poussant sa moto, Jim suivit Scarlett. Un deuxième engin de pompiers fit son apparition, suivi d'une voiture de police. Stevens sauta de son véhicule avant qu'il ne soit tout à fait arrêté.

— Tout le monde va bien ? Une ambulance arrive.

Jim posa la main sur la nuque de Scarlett.

— Tu arrives à respirer ?

— J'ai vu mieux, dit-elle, prise d'une quinte de toux. Tu as été brûlé, ajouta-t-elle en désignant le bras de Jim.

— Ce n'est rien. Juste le contact des braises. Et toi ?

— La même chose, dit-elle en passant la main sur son mollet. J'ai des brûlures ici et là, mais rien de sérieux.

— On va laisser les ambulanciers en décider, déclara Stevens en désignant du menton l'ambulance qui approchait.

— Musgrove va venir ? questionna Jim.

— Non, dit Stevens en secouant la tête. Il est en déplacement pour affaires. Allons-y.

Prenant la main de Scarlett, Jim la conduisit vers l'ambulance.

— Elle a besoin de soins, dit-il à l'ambulancier qui venait de descendre de son véhicule. Elle a inhalé de la fumée et a été brûlée.

— D'autres blessés ? questionna l'homme en ouvrant le hayon de l'ambulance.

— Non.

— Si, il faut l'examiner aussi, insista Scarlett en tirant sur la chemise de Jim.

— Asseyez-vous, madame.

Scarlett s'assit à l'intérieur du véhicule, où un deuxième ambulancier déballait déjà du matériel médical.

— Vous pouvez lui donner une couverture, s'il vous plaît ? demanda Jim en contemplant la chemise trempée de Scarlett.

Quand elle fut drapée dans une couverture de survie, Jim lui toucha le genou.

— Ça va maintenant ? Je vais aller jeter un coup d'œil à l'incendie.

— Vas-y. Et viens me prévenir si le feu a atteint la maison. Toutes mes œuvres sont là.

En zigzaguant entre les véhicules, Jim entendit soudain un vrombissement. Un hélicoptère décrivait des cercles au-dessus de la zone, lâchant du retardateur de feu sur les arbres. Bien sûr, il fallait éviter à tout prix que l'incendie ne gagne le reste de la forêt. Il s'approcha du capitaine des pompiers, qui lançait des ordres.

— Comment ça se passe ? La maison est sauvée ?

L'homme repoussa son casque en arrière.

— Oui, nous avons réussi à contenir le feu avant qu'il n'attaque le bungalow, et l'hélico va s'occuper de l'arrière. Mais on est là pour plusieurs heures. Les enquêteurs viendront demain matin. C'est vous qui vivez là ?

— Non, c'est une de mes amies.

— Elle n'est pas blessée ?

— On est en train de la soigner.

— Elle ne pourra pas rentrer chez elle. Il faut qu'elle aille dormir ailleurs.

— Elle peut loger chez moi, un peu plus loin, sur la route. Vous avez encore besoin de nous ?

— Non, vous pouvez partir, mais laissez votre nom et votre numéro de téléphone au policier là-bas, dit le capitaine en désignant Stevens, debout près de sa voiture. Les enquêteurs voudront vous parler demain.

Jim inclina la tête et attendit que Stevens ait terminé sa conversation téléphonique.

— Je vais ramener Scarlett chez moi. Elle n'a pas son téléphone, alors dites au bureau des incendies criminels de me contacter.

— Incendies criminels ? répéta Stevens en rempochant son téléphone. Qui parle de ça ?

— Moi. Vous avez vu cet incendie ? Il n'a pas démarré près de la maison ni sauté par-dessus la forêt. Quelqu'un a mis le feu au rideau d'arbres entourant le bungalow. Je ne sais pas s'il voulait que ça ait l'air naturel, mais il a manqué son coup.

— Si c'est le cas, les enquêteurs le détermineront. Comment va Scarlett ? questionna Stevens.

— Je vais le savoir de ce pas.

En voyant Jim approcher, Scarlett sortit de l'ambulance, toujours enveloppée de sa couverture de survie.

— Ma maison brûle ?

— Non. Tu as vu l'hélicoptère ? Il tient les flammes en respect. Le chef des pompiers m'a dit qu'elle était sauvée.

— Dieu merci !

Elle se couvrit les yeux de la main.

— Je peux entrer au moins ? J'imagine que je ne peux pas y rester.

— Non, tu ne peux ni y entrer ni y dormir

— Mais j'ai laissé mon sac à l'intérieur, avec mon téléphone…

Elle tira sur sa chemise mouillée.

— … Et mes vêtements.

— C'est trop dangereux, Scarlett. Que t'ont dit les ambulanciers ?

— Je vais bien. Ils veulent t'examiner aussi. Ils ont mis de la pommade sur mes brûlures, mais elles ne sont pas graves, dit-elle en tendant les bras, ce qui fit tomber la couverture.

L'un des ambulanciers apparut à ce moment-là.

— Monsieur, nous voudrions tester votre capacité respiratoire et traiter vos brûlures.

Jim se débarrassa de son blouson.

— Tiens, Scarlett, mets-le et enroule la couverture autour de ta taille.

Même si le spectacle du corps de Scarlett vêtu uniquement d'une chemise trempée l'émouvait, il était conscient que l'incendie n'avait rien fait pour réchauffer l'air froid du petit matin.

Il se laissa examiner, mais refusa que l'ambulancier lui applique de la pommade.

— Je vais le faire moi-même, lui dit-il.

L'homme laissa tomber le tube dans sa paume.

— Vous avez de la chance de ne pas avoir des brûlures plus graves, tous les deux. Vous auriez pu attendre l'arrivée des pompiers dans la maison.

— Je n'aime pas remettre mon sort dans les mains d'autrui, répliqua Jim en sautant de l'ambulance. Vous nous recommandez quoi pour la suite ?

— Surveillez vos brûlures pour voir si elles ne s'infectent pas, prenez des antalgiques si nécessaire, et signalez immédiatement tout problème respiratoire.

— Ça ne sera pas difficile, remarqua Scarlett, qui venait de les rejoindre, serrant autour d'elle le blouson de Jim.

Il lui va mieux qu'à moi, songea Jim. Il lui montra le tube de pommade.

— On t'en a donné, aussi ?

Elle secoua la tête, et Jim lui lança le tube.

— Mets ça dans ta poche, et filons d'ici.

— Je ne peux aller nulle part dans cette tenue, s'exclama Scarlett en écartant les bras.

Jim garda les yeux braqués sur son visage, pour ne pas laisser son regard errer sur ses seins moulés par le tissu mouillé.

— On va chez moi, je ne te l'ai pas dit ? Du moment que tu ne t'attends pas à une galerie d'art, tu es la bienvenue.

— J'ai juste besoin d'une douche rapide et d'un lit bien chaud, répliqua Scarlett en se débarrassant de la couverture pour la remettre aux ambulanciers.

Il ne put déterminer si le rouge de ses joues était dû à la gêne des implications éventuelles de ses paroles ou aux gyrophares.

— Eh bien, j'ai les deux.

Il prit la clé de sa moto dans la poche de son jean.

— Je suis venu sans casque, alors tiens-toi à moi.

Enfourchant sa moto, il la fit démarrer, puis l'inclina pour que Scarlett puisse grimper. Elle posa un pied nu sur le repose-pied et se hissa derrière lui sur l'engin.

De l'avant, Jim ne pouvait pas la voir, bien sûr. Mais l'idée qu'elle était assise à califourchon derrière lui, vêtue en tout et pour tout d'une longue chemise et d'un blouson de motard, le mit dans tous ses états.

Tournant la tête, il cria :

— Accroche-toi bien !

Le contact de ses bras autour de sa taille et de ses seins contre son dos l'excita encore plus. Ce bref trajet allait être le plus long de sa vie, se dit-il.

Il roula à petite vitesse, sous prétexte de ne pas prendre de risques, mais plus probablement pour prolonger la sensation du corps de Scarlett épousant le sien.

Arrivé devant chez lui, il se gara le long de la façade et inclina de nouveau l'engin.

— Tu peux descendre comme ça ?

— Oui.

Elle se sépara de lui dans un crissement de cuir et sauta

de la moto. Dans le mouvement, sa chemise remonta, exposant un bout de cuisse fuselée.

Jim coupa le moteur et fit tinter ses clés en marchant vers le perron.

— Douche d'abord ?

— Oui, s'il te plaît, je sens la fumée, dit-elle en froissant ses cheveux.

— Désolé pour le désordre, déclara-t-il en ouvrant la porte. Je n'ai pas beaucoup rangé depuis mon arrivée.

Les bras croisés, Scarlett examina la pièce.

— Ce n'est pas si terrible.

— Ouais, dans le genre *biker*.

Il alla prendre une serviette propre dans le placard du couloir, puis ouvrit la porte de la salle de bains et la suspendit au porte-serviettes.

— Tu veux un gant de toilette ?

Scarlett apparut derrière lui.

— Non, du moment que tu as du shampoing.

— Du shampoing ordinaire.

— Je ne suis pas difficile, commenta-t-elle en tirant sur l'ourlet de sa chemise.

— Je peux te prêter un T-shirt ou un sweat-shirt, lui proposa Jim. Pour le reste, c'est plus compliqué, tu vas nager dedans.

— Un T-shirt, ce sera parfait.

— D'accord. Je te laisse te débrouiller.

Ils exécutèrent un petit pas de deux quand il voulut sortir de la salle de bains. Elle sentait effectivement la fumée, mais son parfum dominait encore.

Jim referma la porte et, tandis qu'elle entrait dans la douche, il alla dans sa chambre. Scarlett allait devoir dormir là, car l'autre servait encore de débarras, et le lit n'était pas fait. Au moins avait-il lavé ses draps deux jours auparavant.

Il camperait sur le canapé du salon. De toute façon, il ne dormait jamais beaucoup.

Il survola la pièce du regard, s'assurant qu'il n'avait rien laissé traîner d'embarrassant. Du plat de la main, il lissa le couvre-lit et fit gonfler l'oreiller, comme s'il préparait une chambre d'hôtel.

Enfin, il fouilla parmi les T-shirts pendus dans le placard et en choisit un noir, très long. Ainsi vêtue, elle ne le soupçonnerait pas de vouloir la reluquer — ce qui était exactement ce dont il avait envie.

Il secoua le vêtement et le déposa sur le lit. Puis, laissant la porte ouverte, il prit une couverture dans le placard du couloir et alla la déposer sur le canapé.

— Jim ?

— Oui ? répondit-il en jetant un coup d'œil dans le couloir.

Une tête enveloppée d'une serviette pointa hors de la salle de bains.

— Tu m'as trouvé un T-shirt ?

— Je te l'apporte tout de suite.

Il retourna dans sa chambre, prit le T-shirt et tapa à la porte de la salle de bains.

— Le voilà.

Scarlett tendit une main derrière la porte.

— Merci. Je peux me servir du sèche-cheveux ?

— Bien sûr. S'il marche toujours. Il était à mon père.

Il recula d'un pas dans le couloir.

— Tu peux dormir dans la chambre en face de la salle de bains. Le lit est prêt.

Le ronronnement du sèche-cheveux couvrit le son de sa voix ; il haussa les épaules et retourna dans le salon.

Assis sur le canapé, il retira ses bottes. Avait-il vraiment passé une partie de la soirée au commissariat, soupçonné du meurtre de Rusty ? Cela lui paraissait dater d'un siècle.

Pour quelle raison avait-on déclenché cet incendie ? Et s'il s'agissait de nuire à Scarlett, pourquoi ne pas avoir mis le feu au bungalow pendant qu'elle s'y trouvait ? Rétrospectivement, il en eut la chair de poule. Il fallait qu'il la persuade de partir à San Francisco, même si cela signifiait réemménager avec son ex.

Il retira sa chemise puis ôta son T-shirt. Lui aussi sentait la fumée. Il se débarrassa de son jean et laissa ses vêtements tomber en tas, près de la cheminée.

Au moment où il secouait la couverture pour l'étaler, il entendit Scarlett s'exclamer derrière lui :

— Oh ! désolée !

Il se retourna, vêtu uniquement de son caleçon, et haussa les sourcils.

— Tu as besoin de quelque chose ?

— Je ne sais pas où je suis censée dormir, dit-elle en tirant sur le col du T-shirt, si large qu'il découvrait une de ses épaules et la naissance d'un de ses seins.

Et pourquoi ce vêtement trop grand la rendait-il encore plus sexy qu'un T-shirt moulant ? se demanda Jim. Le regard de Scarlett errait sur son corps, et il sentit des picotements le parcourir.

— J'ai laissé la porte de la chambre ouverte pour toi. L'autre pièce est inhabitable.

— Je peux dormir sur le canapé. Je ne veux pas te priver de ton lit.

— Ne t'inquiète pas. J'y dors souvent, répondit-il. Parfois, je m'endors devant la télévision.

— Tu m'as tout l'air d'être insomniaque.

— C'est le moindre de mes soucis, en ce moment.

Scarlett tendit si vite la main vers lui qu'il ne put éviter son contact. Elle suivit du doigt la cicatrice qu'il avait sur la poitrine et demanda :

— C'est un souvenir de tes ravisseurs ?

— L'un de mes nombreux souvenirs.

Elle plaqua la paume de sa main à cet endroit.

— Désolée. Je ne voulais pas…

Jim déglutit avec effort, incapable d'arracher ses yeux des lèvres de Scarlett.

— Tu n'as pas besoin d'être toujours désolée, Scarlett, dit-il d'une voix rauque.

— Je sais, murmura-t-elle en battant des cils. Je vais juste… Bonne nuit.

— Bonne nuit.

Pivotant sur ses talons, elle pressa le pas en direction de la chambre. En entendant la porte se refermer, Jim poussa un long soupir.

Comment avait-il fait pour la laisser s'éloigner ?

Scarlett se jeta sur le lit et serra un oreiller contre elle, enfouissant son visage dedans.

Mauvaise idée. La taie d'oreiller était imprégnée de l'odeur de Jim, propre, masculine, totalement irrésistible. Elle rejeta le coussin.

Après avoir touché sa cicatrice, elle avait eu envie d'aller beaucoup plus loin. *Laisser mes doigts sur tout son corps et mourir heureuse…*, avait-elle fugacement pensé.

Cet instant d'égarement était sûrement à mettre au compte de la fumée inhalée. Elle ne voulait pas d'un homme aussi compliqué que Jim dans sa vie. Il avait besoin qu'on le répare, qu'on l'aide à résoudre ses problèmes.

Elle aurait pu s'offrir une passade, un flirt d'automne. Jim lui avait fait comprendre qu'il ne la repousserait pas si elle faisait le premier pas. Mais pourquoi n'était-elle pas honnête avec elle-même ?

Les passades étaient réservées aux hommes superficiels,

pas à des types comme Jim. Si elle cédait à son désir, ce serait comme sauter d'un avion sans parachute.

Elle roula sur le côté et remonta ses genoux contre sa poitrine, s'efforçant de ne pas penser à la chaleur dont elle aurait profité, blottie contre Jim. Fermant les yeux, elle se détendit et commença à somnoler.

Quelques minutes, ou peut-être, quelques heures plus tard, un craquement en provenance du salon la réveilla soudain. Elle se redressa brusquement. Jim avait-il une nouvelle crise ?

Mais les coups semblaient se multiplier. Elle sortit maladroitement du lit et regarda autour d'elle. Elle aperçut une carabine accrochée au mur. Sur la pointe des pieds, elle alla la prendre, tandis que les sons augmentaient dans la pièce voisine.

Mettant en joue, elle se dirigea vers le salon. Deux silhouettes luttaient sur le sol, oscillant d'un côté et de l'autre. Son cœur manqua un battement. Quelqu'un s'était introduit dans la maison et avait attaqué Jim.

Elle arma la carabine, pointa le canon vers le plafond et pressa la détente. La détonation fut assourdissante, et une pluie de plâtre tomba autour d'elle.

La bagarre cessa instantanément, et l'une des silhouettes se releva lourdement avant d'aller allumer la lumière.

Jim, toujours en caleçon, le nez en sang, la fixa une seconde, puis, tournant la tête vers l'homme qui gémissait par terre, laissa échapper une bordée de jurons.

Scarlett braqua son arme sur l'intrus, qui semblait maintenant se tordre de rire. Était-il fou ? Elle visa sa tête.

— Jim, ça va ? Comment a-t-il fait pour entrer ?

— Il n'a pas eu à chercher. Je parie qu'il a toujours la clé.

— Quoi ? Tu le connais ?

— C'est mon frère.

9

Riant toujours, l'homme se redressa et s'adossa au canapé.

— Tu m'as eu, frangin. T'as toujours été plus coriace que moi.

Bouche bée, Scarlett continuait de braquer la carabine sur lui.

— Qu'est-ce que tu fiches ici, Dax ? lança Jim

Dax Kennedy s'essuya la bouche en jetant un bref regard à Scarlett.

— Tu ne m'avais pas dit que tu avais une chérie, frangin.

Jim s'avança entre Scarlett et lui.

— Tu peux baisser le fusil, Scarlett.

— Désolée…

Elle s'exécuta et brossa les miettes de plâtre sur ses bras.

— Mais pourquoi vous battiez-vous sur le parquet ? demanda-t-elle. On aurait dit que vous alliez vous entre-tuer. J'ai cru que c'était un intrus.

— C'est comme ça que Dax conçoit la plaisanterie, marmonna Jim. Il est entré avec sa clé et m'a sauté dessus. Je ne savais pas qui c'était, et il n'a pas pris la peine de me le dire.

— Où serait le plaisir ? répliqua Dax en se relevant et en tirant sur son blouson de cuir, décoré des lettres L et C, d'un crâne et d'un guidon de moto. Je voulais que tu donnes le meilleur de toi-même, JT.

Il leva le menton pour contempler son frère, plus jeune mais plus grand que lui.

— Et le meilleur de toi-même, c'est quelque chose, conclut-il.

— Qu'est-ce que tu fais ici ? répéta Jim en croisant les bras. Scarlett, tu peux retourner te coucher, si tu veux, ajouta-t-il avec un signe de tête.

— Et manquer le spectacle ? Pour rien au monde.

Jim traversa la pièce en deux enjambées et s'empara de la couverture sur le canapé.

— Alors mieux vaut te couvrir.

Il lui posa la couverture sur les épaules et en croisa les pans sous son menton.

Scarlett se dirigea vers un fauteuil et s'assit, les jambes repliées sous elle. Mais son regard ne cessait d'aller de Jim à son frère. La beauté ténébreuse semblait faire partie de l'héritage génétique de la famille, songea-t-elle. Malgré tout, Dax était plus pâle et plus petit que Jim.

— Quand es-tu sorti de prison ? demanda ce dernier.

— Depuis plus d'un an. Et je me tiens à carreau, n'aie pas peur.

Jim tapota sa poitrine à l'endroit du cœur.

— Tu continues de fréquenter le club, je vois ?

— C'est dans mes veines, frangin. Mais je suis rangé des voitures, maintenant.

Jim se pencha pour ramasser son jean, exposant brièvement le tatouage du club dont il ne faisait plus partie. Il enfila son pantalon.

— Le club n'est plus ce qu'il était, JT.

— JT ? demanda Scarlett.

— Mes initiales, James Thomas, c'était mon surnom à l'époque.

Jim pointa un doigt vers son frère.

— Tu es là depuis longtemps ? Tu as entendu parler de la mort de Rusty ?

Dax releva brusquement la tête.

— Tu plaisantes ?

— On l'a supprimé il y a deux jours. Poignardé et balancé sur la route à moitié mort. Ensuite, on a essayé de me faire porter le chapeau.

Dax plissa ses yeux noirs et caressa son petit bouc.

— Sérieusement ?

— Sérieusement. Le tueur s'est servi d'un couteau de Slick. Il l'a volé dans le garage.

— Ce salopard n'a pas touché aux motos, si ?

— Non, déclara Jim en passant les pouces dans ses poches. Et j'ai vu Chewy en ville. C'est quoi tout ça, une réunion des Seigneurs ?

— Chewy, hein ?

Dax repoussa ses longs cheveux.

— Tu me présentes à ton amie ou tu préfères continuer à me passer au grill ?

— Voici Scarlett Easton. Scarlett, mon frère, Dax Kennedy.

Scarlett sortit une main de la couverture et l'agita.

— Scarlett ? Tu étais cette jolie petite Indienne dans la classe de JT ?

Jim leva les yeux au ciel. Scarlett agita deux doigts derrière sa tête.

— C'était moi… La petite Indienne.

Renversant la tête en arrière, Dax laissa échapper une sorte d'aboiement.

— Elle me plaît ! Elle est géniale, JT. C'est ta chérie ?

Si seulement…

— J'habite un peu plus bas sur la route, et quelqu'un a mis le feu à mon terrain, dit Scarlett. Tu saurais quelque chose là-dessus ?

— Moi ? Mais qu'est-ce que ce mec t'a raconté sur son grand frère ? Pourquoi est-ce que j'aurais mis le feu ? Et qu'est-ce qui se passe ici, bon sang ? Des meurtres, des incendies, des pièges…

Les bras croisés, Jim carra les épaules.

— Tu ne m'as pas répondu. Qu'est-ce qui te ramène à Timberline ?

— Toi. J'ai entendu dire que tu étais de retour.

— Qui t'a dit ça ?

— Qu'est-ce que ça peut faire ? Je me suis dit qu'on allait s'occuper des affaires du vieux. Tu peux garder la maison, dit-il en levant les mains. Mais j'aimerais bien avoir une ou deux motos.

— Pas de problème en ce qui me concerne. Tu as l'intention de loger ici ?

— J'ai roulé toute la nuit, frérot. J'ai besoin d'un endroit où me poser.

Scarlett sauta à bas de son fauteuil.

— Dax, tu peux prendre le canapé. Jim, tu peux dormir dans ton lit. Enfin, le partager avec moi.

Avec un clin d'œil, Dax envoya une claque dans le dos de Jim.

— Ça m'a tout l'air d'une bonne affaire, JT.

— Mais je ne veux pas… Si tu…, commença Jim en la dévisageant.

— Ça ne me pose pas de problème.

Elle se débarrassa de la couverture qu'elle laissa tomber sur le canapé.

— Et maintenant, j'ai vraiment besoin de quelques heures de sommeil.

Laissant les deux frères bavarder, elle retourna se glisser entre les draps, en prenant soin de rester d'un côté du lit. Quand la vie vous faisait des cadeaux, mieux valait ne pas les refuser.

*
**

Au bout d'un moment, Jim frappa à la porte.

— Scarlett ?

— Entre !

Il passa la porte et referma derrière lui.

— Tu es sûre que ça va ?

— Ton frère est un sacré numéro. Honnêtement, je préfère être ici avec toi.

— Dax ? Oui, il a ses problèmes, mais il n'est pas du genre à harceler les femmes.

Jim s'assit au bord du lit et se laissa tomber sur le côté, les pieds toujours posés sur le sol.

— Ah non, pas ça ! s'exclama-t-elle en le poussant dans le dos.

— Tu as déjà changé d'avis ?

— Tu n'entres pas dans le lit avec ce jean ! Il sent la fumée.

Se levant, Jim enleva son pantalon, le dos tourné. Puis il écarta les draps et se glissa près d'elle.

— Bonne nuit, Scarlett.

— Tu vas essayer de découvrir ce que Dax fait ici ? lui demanda-t-elle en lui tapotant l'épaule. Il ne t'a pas vraiment répondu.

— La franchise n'est pas sa principale qualité, mais je lui tirerai les vers du nez, d'une façon ou d'une autre. Bonne nuit.

Scarlett se tourna de l'autre côté, et ferma les yeux, le sourire aux lèvres. La chaleur corporelle de Jim réchauffait déjà le lit. Elle se serait réchauffée encore plus vite si Jim l'avait prise dans ses bras, mais la présence de Dax leur évitait de commettre une grosse erreur.

Ou la privait du meilleur moment de sa vie.

*
* *

Le matin suivant, Scarlett ouvrit un œil et suivit du regard le rayon de soleil qui s'infiltrait entre les rideaux. Puis elle roula vers la moitié vide du lit et inspira l'odeur légèrement boisée que Jim y avait laissée.

Un autre parfum se mit soudain à flotter dans l'air. Si le premier l'avait émoustillée, celui-ci lui fit venir l'eau à la bouche — même si elle ne mangeait pas de bacon.

Elle s'arracha du lit et vint se planter devant le placard de Jim, où une rangée de T-shirts se balançait sur des cintres. Elle en choisit un noir, et l'enfila à la place du T-shirt immense que Jim lui avait prêté la veille. Avait-il sélectionné celui-là justement pour qu'il lui glisse des épaules ?

On pouvait l'espérer.

— Hello ? lança-t-elle dans le couloir en pointant la tête. Tout le monde est décent ?

— Je ne suis jamais décent, chérie ! cria Dax en retour.

Elle entra sur la pointe des pieds dans le salon et haussa les sourcils en l'apercevant dans la cuisine, spatule et manique en main.

— Tu fais la cuisine ?

— Rien de compliqué. Je suis allé chercher des œufs, du bacon, des pommes de terre et du pain. Sers-toi, dit-il en désignant le comptoir.

— Où est Jim ? demanda-t-elle en se penchant pour prendre un toast.

— Sous la douche, je pense.

Scarlett mordit dans son toast, puis le laissa tomber sur une assiette, dans laquelle elle ajouta des œufs brouillés et des pommes de terre.

— Pas mauvais, dit-elle après plusieurs bouchées. Qui t'as appris à cuisiner ?

— Ma mère. Elle m'a enseigné quelques trucs avant

de mettre les voiles, et j'ai continué à cuisiner pour mon père et mon frère après son départ. JT était un petit gosse quand Wendy nous a abandonnés. Il devait avoir quatre ans. Moi, j'en avais treize.

Scarlett plissa le nez en faisant le calcul dans sa tête. La mère de Jim était partie juste avant les disparitions d'enfants. Quand il lui avait parlé de la tentative d'enlèvement manquée, Jim n'avait pas mentionné sa mère. Elle devait déjà être partie.

— C'est bon, commenta-t-elle en mordant dans son toast.

Son opinion de Dax Kennedy s'améliorait de minute en minute.

— Je croyais que tu étais végétarienne, remarqua Jim.

Sur le seuil de la cuisine, torse nu, il se séchait les cheveux avec une serviette.

— Je mange des œufs, répliqua Scarlett, sa fourchette en l'air.

— Oui, mais ces patates ? reprit-il en lui en volant une. Elles sont cuites dans la graisse du bacon.

— Oh ! dit-elle en les repoussant sur le côté de son assiette. Merci de m'avoir prévenue.

— Tu n'étais pas forcé de préparer le petit déjeuner, Dax, poursuivit Jim.

Il prit une assiette dans le placard et se servit de tout.

— Je me suis dit que je n'aurais rien à manger si je comptais sur toi, rétorqua Dax. À moins que tu n'aies appris à cuisiner dans l'armée. Ce type n'a jamais mis les pieds dans une cuisine, dit-il à Scarlett en aparté.

— Tu vas finir par me dire ce que tu fais à Timberline ? martela Jim.

Un morceau de bacon au bout de sa spatule, Dax fixa la poêle à frire d'un œil vague. Il le laissa tomber sur une assiette recouverte de papier absorbant.

— Je croyais te l'avoir dit, frangin. Je voulais jeter un œil sur la maison du vieux.

Jim grogna et s'attaqua à son assiette. Posant ses coudes sur le comptoir, Scarlett prit la parole :

— Ça t'ennuie si je te pose une question, Dax ?

— Vas-y.

— Pourquoi es-tu allé en prison ?

— Des trucs. Je me rappelle plus quoi.

— Essaie : « vol à main armé et possession de narcotiques dans un but de revente », lança Jim, la fourchette en l'air.

— J'ai jamais eu l'intention de me servir de ce flingue, s'exclama Dax.

— C'est sûr ! D'ailleurs, tu menais une existence paisible en dehors de tout ça.

Dax fourra la tête dans le réfrigérateur.

— Je m'occupais du club.

— Ce n'est pas une excuse.

— D'accord, je suis désolée d'avoir posé la question, dit Scarlett, en pointant sa fourchette vers Jim. Je ne voulais pas déclencher une dispute. Les pompiers sont déjà venus ?

— Non. Tu les as vus ? demanda Jim à son frère.

— Je ne me suis pas levé tellement plus tôt que vous et je n'ai rien entendu.

— Même si on ne me laisse pas dormir chez moi, j'aimerais passer prendre quelques vêtements, déclara Scarlett en pinçant son T-shirt d'un air dépité.

— Je pense qu'ils te laisseront entrer, dit Jim.

Il coupa en deux une tranche de bacon et en enfourna une moitié dans sa bouche.

— L'incendie n'a pas atteint le bungalow. Les pompiers ont dû arroser le toit, et il peut y avoir des fuites, mais, en dehors de ça, je n'ai constaté aucun dégât, continua-t-il.

— Il a beaucoup plu depuis mon retour, et je sais que je n'ai pas de fuite chez moi. Mais ce n'est pas parce que je n'apprécie pas l'hospitalité des frères Kennedy, conclut-elle en ouvrant les bras.

Dax gloussa puis se mit à siffloter en entassant de la nourriture sur son assiette. Cela fait, il alla s'asseoir à la petite table. À côté de lui, la porte-fenêtre donnait sur le patio où un barbecue rouillé côtoyait une plante morte.

— Si Scarlett retourne chez elle, je peux squatter ici, JT ?

— Qu'est-ce que tu trafiques, en ce moment ? Des armes ? De la drogue ? De la prostitution ?

Avalant son jus d'orange de travers, Scarlett se mit à tousser. L'image qu'elle avait de Dax venait d'être sérieusement écornée.

— Hé, oh ! protesta Dax. Je n'ai jamais fait dans la prostitution.

— Peu importe. Si tu trafiques, tu t'en vas. Tu ne peux pas rester ici.

— Parole de scout, dit Dax en levant deux doigts. Je suis *clean*. J'ai même cessé de boire et de sniffer.

— Tu plaisantes ?

— J'ai renoncé à la drogue et à l'alcool. De temps en temps, je bois une bière, c'est tout. J'ai une petite amie à Seattle maintenant, Belinda. Elle ne supporte pas ce genre de choses.

Un coup à la porte vint interrompre la conversation. Jim se leva et se dirigea vers l'entrée. Ayant jeté un coup d'œil par le judas, il annonça :

— Ce sont les enquêteurs du service des incendies.

Il ouvrit la porte à deux hommes en costume.

Scarlett tira son T-shirt sur ses genoux. Allait-elle devoir se cacher ainsi toute la journée ?

Jim serra la main des enquêteurs et les invita à entrer.

— Voici Scarlett Easton. C'est son terrain qui a été incendié. Scarlett, je te présente MM. Young et Elgin.

— Excusez-moi de ne pas me lever, mais je suis sortie en pyjama, hier soir, et tous mes vêtements sont chez moi.

— Nous n'avons que quelques questions à vous poser, mademoiselle Easton dit l'un des deux enquêteurs.

Jim fit un geste vers Dax, qui continuait à manger.

— Et voici mon frère qui s'apprêtait à partir.

Il prit un trousseau de clés suspendu au mur de la cuisine et le lança à Dax.

— Jette un coup d'œil aux motos dans le garage et dis-moi lesquelles tu veux garder et combien on peut vendre les autres. Et fais attention aux flics. Ils vont venir relever les empreintes autour du garage, on a été cambriolé.

— Génial ! Les flics, maintenant…, commenta Dax en empilant leurs assiettes pour les porter dans l'évier. Ne t'inquiète pas, j'y vais.

Scarlett resta à sa place, tandis que Jim s'asseyait à la table avec les deux enquêteurs.

Ils la questionnèrent sur les bruits éventuels qu'elle avait entendus — aucun — et sur les signes d'activité inhabituels sur son terrain.

— Vous voulez sans doute parler du cadavre que j'ai découvert dans les bois ?

Aucun d'eux ne réagit. Ils devaient avoir entendu parler de Rusty Kelly.

— Vous confirmez que c'était un incendie criminel ? questionna Jim.

— Les indices préliminaires pointent dans ce sens. Nous avons trouvé des traces d'accélérateur de feu sur plusieurs arbres.

Scarlett se frotta les bras pour dissiper sa chair de poule, même si cette révélation ne la surprenait pas. Avait-on voulu la tuer ou seulement la chasser de chez elle ? Et pour quelle raison ?

Jim lui lança un bref regard, avant de poursuivre :

— Vous arriverez à trouver celui qui a fait ça ?

— Ça dépend de ce que nous découvrirons par ailleurs. S'il s'agit d'un pyromane en série, il recommencera certainement.

Scarlett échangea un regard avec Jim. Ils savaient tous deux qu'il ne s'agissait pas d'un pyromane. C'est elle qui était visée.

— Quand Scarlett pourra-t-elle rentrer chez elle ?

— Dès maintenant, mademoiselle Easton. Restez simplement à l'écart des zones balisées. Nous allons fouiller les vestiges de l'incendie. Une fois que nous aurons fini, vous pourrez nettoyer.

— Tant pis pour ma tranquillité, dit Scarlett en poussant un soupir.

— J'avoue que ça ne me déplaît pas, fit Jim s'approchant d'elle pour lui presser la main. Tu es trop isolée, là-bas. Je parie que ton portable passe mieux ici.

Les enquêteurs se levèrent.

— C'est tout ce que nous avons pour le moment. Si nous découvrons d'autres éléments ou si nous avons d'autres questions à vous poser, nous vous recontacterons.

Jim les raccompagna à la porte. Quand il eut fermé derrière eux, il se retourna et demanda à Scarlett :

— Ça te dit d'aller chez toi ?

— Oui, et ce serait bien de pouvoir le faire avec un pantalon et des chaussures.

— Tu veux que je te prête un pantalon de jogging pour le trajet de retour ?

— Absolument. La tenue d'Ève, c'est bien pour les petites heures du jour, mais à cette heure-ci, je vais me faire arrêter pour attentat à la pudeur.

Jim haussa un sourcil, et elle sentit une vague de chaleur lui monter aux joues. Jamais elle n'avait rougi aussi souvent que depuis ces derniers jours. Ce devait être un accès de sensiblerie… Ou Jim, si sexy dans ce jean.

— Il y en a un dans le tiroir du bas de la commode.

— Je vais le chercher.

Elle alla dans la chambre et s'accroupit pour ouvrir le tiroir du meuble indiqué. En écartant les vêtements, elle sentit soudain un objet métallique. Refermant la main dessus, elle le sortit du tiroir et le tint devant elle.

L'éclat de l'or scintilla dans la lumière. Du pouce, elle palpa l'inscription gravée. C'était une médaille de bravoure. Il y en avait d'autres dans le tiroir. Si Jim les avait portées toutes, leur poids aurait été accablant.

Mais donnait-on autant de médailles simplement pour avoir survécu et échappé à l'ennemi ? Non. Jim était un tireur d'élite : c'était en tuant des gens, beaucoup de gens, qu'il les avait obtenues, même si l'emprisonnement et la torture avaient dû alléger sa culpabilité.

Scarlett remit les médailles dans le tiroir. Sans savoir pourquoi, elle ne pensait pas que Jim se sentait coupable d'avoir tué des ennemis et sauvé ses frères d'armes.

— Tu es prête ?

— Une seconde.

Elle prit un bas de jogging bleu foncé et l'enfila. Puis elle tira les élastiques sur ses mollets et le remonta autant qu'elle put autour de sa taille.

— Prête, dit-elle en sortant dans le couloir, où Jim l'attendait avec un casque.

— J'ai ça pour toi.

Elle le lui prit des mains et le coinça sous son bras. En franchissant le seuil, ils virent Dax qui faisait démarrer une moto, près de celle de Jim.

— Celle-là est magnifique, s'exclama-t-il. Ça t'embête si je la garde pour moi ?

— Prends ce que tu veux, Dax, répondit Jim, mais

laisses-en quelques-unes parce que j'en ai promis une au cousin de Scarlett.

Jim enfourcha son engin et faucha la béquille de la pointe du pied.

— Vas-y, monte, dit-il à Scarlett.

Avec davantage de confiance que la première fois, Scarlett passa une jambe par-dessus le siège et s'installa derrière lui. Se penchant en arrière, elle s'appuya au dossier et s'accrocha aux passants de la ceinture de Jim. Mais quand il démarra et se mit à rouler, elle reprit sa position antérieure et entoura sa taille de ses bras.

Quand ils tournèrent sur le chemin d'accès, Scarlett regarda autour d'elle. Un grand cercle d'arbres noircis entourait le bungalow, délimité par des bouts de rubalise détrempée, agités par la brise.

Jim avança en roue libre jusqu'au perron, puis coupa le moteur.

— On dirait une zone de guerre.

Scarlett retira son casque et secoua la tête.

— C'est raté pour la discrétion. Maintenant, on voit clairement ma maison depuis la route.

— Tu pourras replanter des arbres, mais fais en sorte de te ménager une vue dégagée.

— J'espère que ça ne sent pas trop la fumée à l'intérieur, dit-elle en se laissant glisser de la moto.

— Il faudra sans doute nettoyer et aérer.

Scarlett gravit le perron d'un pas vif et manœuvra la poignée de la porte.

— Génial, c'est resté ouvert !

Elle ouvrit tout grand et renifla sur le seuil.

— Ça ne sent pas trop mauvais. Et les pompiers n'ont pas l'air d'avoir fait trop de dégâts.

— Va voir ton atelier. Il va sans doute falloir laver les vitres.

Tandis que Jim s'attardait sur le seuil, Scarlett prit le couloir menant à son atelier. La porte était ouverte. Les pompiers étaient-ils entrés ? Elle fermait toujours cette porte.

Elle survola la pièce des yeux. Sa dernière toile était sur le chevalet, apparemment intacte, mais Jim avait raison : des traînées de retardateur de feu et des gouttes d'eau maculaient les parois vitrées de l'atelier, bloquant presque la vue sur l'extérieur.

— Je vais demander à un laveur de vitres de venir. À moins que ma cousine Annie puisse s'en charger.

— Il te faudrait aussi un jardinier, pour l'extérieur.

Scarlett déambula dans la pièce avec un sentiment de malaise. Elle vérifia quelques toiles appuyées contre le mur, puis fit un pas en arrière pour observer le mur où étaient accrochés ses paysages.

— Quelque chose ne va pas ?

— Je ne sais pas. J'ai l'impression qu'il y a un truc qui cloche.

— Il te manque des toiles ? Je suis sûr que tu as un inventaire, non ?

— Il est quelque part par là, répondit Scarlett, mais je ne sais plus où.

— Eh bien, trouve-le et vérifie. S'il manque quelque chose, tu devras le signaler à la police.

Scarlett s'arrêta devant un chevalet sur lequel reposait une toile en cours. L'odeur de la peinture lui chatouilla le nez. Baissant les yeux sur le plateau, elle remarqua un pot de peinture noire ouvert et un pinceau taché.

Le cœur battant, elle le saisit et passa le pouce sur les poils encore humides.

— C'est bizarre.

— Quoi ? dit Jim en s'approchant d'elle.

— Ce pot de peinture est ouvert, et le pinceau est sale. Je les nettoie toujours quand j'ai fini de peindre.

— Tu veux dire que quelqu'un est entré ici et a peint ? demanda Jim en se grattant la tête.

— Il voulait peut-être m'aider à finir ma toile, dit Scarlett avec un petit rire.

Elle se tourna de nouveau vers les peintures accrochées au mur et les survola du regard.

— Tu ne trouves pas que la deuxième rangée est de travers ?

Jim la contourna pour regarder les toiles.

— Oui, ce groupe, là, sur la droite, a l'air d'avoir été bougé.

Il alla redresser les cadres.

— Scarlett !

Son ton la fit sursauter.

— Quoi ? demanda-t-elle en s'avançant.

Avisant la toile qu'il regardait, elle lui saisit le bras et enfonça ses doigts dans son biceps.

Quelqu'un l'avait modifiée en peignant trois petits bonshommes à l'orée de la forêt, mains jointes.

10

Un frisson courut le long de sa colonne vertébrale et elle fit un pas en arrière, lâchant le bras de Jim.

Celui-ci se pencha en avant pour examiner la toile.

— Tu sais ce que ça signifie, n'est-ce pas ?

Scarlett jura et se rapprocha de son œuvre.

— C'est une représentation grossière du trio Timberline. C'est insensé ! Qui a pu faire ça ?

— Décroche la peinture et ne touche ni au pinceau ni au pot de peinture.

— Tu crois vraiment que les hommes du shérif vont venir prendre des empreintes là-dessus ? dit-elle après avoir fait ce qu'il lui disait.

— Quand on leur dira ce que c'est, oui. Ils enquêtent sur l'incendie, alors cela va aussi les intéresser.

— Mais qu'est-ce que ça veut dire, selon toi ?

— C'est peut-être un avertissement. Ces derniers mois, il y a eu beaucoup de vagues autour de l'affaire. Les kidnappeurs n'ont pas été arrêtés et les enfants jamais retrouvés. Toute cette attention rend peut-être quelqu'un nerveux.

— Je comprends, mais pourquoi moi ? Je n'ai pas ouvert d'enquête sur le trio Timberline. Et qu'est-ce que ça a à voir avec Rusty ?

— Ou avec mon frère…

— Tu ne le crois pas quand il dit qu'il est venu voir les motos de ton père ?

— Ça fait un peu trop de coïncidences : lui, Rusty, Chewy. Qu'est-ce qu'ils font tous ici ?

— Une rencontre de motards ?

— Bien sûr.

Il posa une main au creux de ses reins et la pilota hors de l'atelier.

— Allons appeler la police.

Ils virent bientôt arriver un adjoint du shérif, qui ne releva qu'une paire d'empreintes sur la peinture — des empreintes qui manifestement appartenaient à Scarlett.

Prenant visiblement l'affaire au sérieux, il prit ensuite des photos et des notes.

Quand il s'en fut, Scarlett se laissa tomber dans un fauteuil, les mains croisées derrière la tête.

— Je ne comprends pas. Qu'est-ce que j'ai à avoir avec le trio Timberline ? Je n'étais qu'une enfant quand c'est arrivé.

— Tu as déjà demandé à ta grand-mère ou aux anciens de la tribu pourquoi ils ne veulent pas en parler ?

— Ils deviennent muets comme des tombes chaque fois que j'essaie.

— Il faut peut-être faire une nouvelle tentative, maintenant que tu es mêlée à tout ça.

— C'est vrai que je n'ai pas encore apporté à grand-mère la laine que j'avais achetée pour elle.

Elle se leva de son fauteuil.

— Qu'est-ce que tu en penses ? Ça te dit de faire un petit tour à la réserve ?

— Je ne pense pas que je serai le bienvenu.

— C'est avec ton père et Dax que les Quileutes avaient un problème, pas avec toi.

— Mais je suis coupable par association.

— Eh bien, je serai avec toi.

Jim regarda sa montre.

— Et à quelle heure veux-tu y aller ?

— Pourquoi, ça t'ennuie à ce point de venir avec moi ?

— Non. Je veux en savoir davantage, comme toi, mais j'aimerais d'abord parler à Dax.

— Tu crois que tu réussiras à lui faire dire ce qu'il fait ici ?

— Personne ne peut forcer Dax à parler. Le seul qui y arrivait, c'était notre père, et c'était parce qu'il le menaçait de lui flanquer une raclée.

— D'accord, va parler à Dax. Je vais recharger mon téléphone et appeler un jardinier, dit Scarlett. Il faut aussi que je fasse installer une ligne de téléphone fixe.

— Bonne idée.

Jim se dirigea vers la porte, mais hésita sur le seuil.

— Ça va aller ? Tu penses que tu peux rester ici toute seule ?

— Ne t'inquiète pas, je ne risque rien. D'autant plus que maintenant, on voit la maison de la route.

— Ce n'est pas une mauvaise chose, Scarlett.

Il lui fit un petit geste d'adieu et s'éloigna.

Quand Jim arriva chez lui, Dax était en train de bricoler sur une moto, les mains pleines de cambouis.

Jim gara sa Harley et rejoignit son frère.

— Tu as besoin d'un coup de main ?

— Tu peux me passer cette clé, là, près de ton pied ?

S'accroupissant, Jim ramassa l'outil et le tendit à son frère.

— T'es parti un bout de temps, remarqua Dax. Vous avez fini par vous entendre, toi et cette petite pouliche ?

— Non. Et même si c'était le cas, je ne te le dirais pas. Quelqu'un est entré chez Scarlett et a vandalisé une de ses peintures.

— Ça craint. Tu penses que c'est le même qui a allumé l'incendie ?

Les yeux plissés, Dax fixait la bougie qu'il essayait de démonter.

— Sans doute. Tu sais ce qu'il a mis sur la peinture ?

— Un truc obscène ?

— Dans un sens, oui. Il a peint trois bonshommes qui se tiennent par la main.

Dax posa sa clé et lâcha un juron.

— Qu'est-ce que ça veut dire ?

— C'est évidemment le trio Timberline.

— Évidemment ? Comment tu as déduit ça ?

— Parce qu'ils se tiennent par la main.

— Tu ne crois pas que c'est plutôt un truc du genre plan à trois ? Obscène, quoi…

Jim donna un coup de pied dans le tibia de son frère.

— Ce n'est pas un plan à trois, Dax, c'est le trio Timberline.

— Tu es obsédé par cette histoire, frangin, répliqua Dax en rejetant son catogan dans son dos.

— Tu sais bien pourquoi.

Jim saisit la clé à molette et la fit sauter dans ses mains.

— Qu'est-ce que tu sais de cette nuit-là ? De la nuit où on a essayé de m'enlever ? reprit-il.

— Rien du tout, JT. Je dormais, tu te rappelles ?

— Qu'est-ce que tu fais à Timberline, Dax ?

Se relevant, il toisa son frère, les bras croisés.

— Tu commences à m'échauffer les oreilles, grogna celui-ci. Si tu ne veux pas que je prenne les motos de Slick, tu n'as qu'à le dire.

— Rien à voir avec les… Oh ! laisse tomber !

Jim laissa choir la clé à molette et s'en fut dans la maison.

Même s'il avait essayé de cacher sa réaction, Dax avait manifestement été secoué par les révélations de Jim. Pourquoi ?

Sa soudaine réapparition à Timberline, faisant suite à

celle de Rusty et Chewy, avait forcément une signification. Jim avait le pressentiment que c'était lié à l'incendie.

Il lava la vaisselle du petit déjeuner, puis alla dans sa chambre prendre le linge sale. Saisissant le T-shirt que Scarlett avait plié sur le lit, il le pressa contre son visage.

Son odeur légère lui rappela les heures du petit jour qu'il avait passées auprès d'elle. Il laissa tomber le vêtement dans le panier à linge. Comment avait-il pu résister à la tentation ?

Non que s'endormir ait été facile. Le souffle qui s'échappait de ses lèvres entrouvertes, les petits mouvements de son corps doux et tiède, le contact fugace de sa main ou son pied l'avaient torturé.

Il fourra le linge dans la machine à laver, la mit en route, puis ressortit aider son frère, lequel lui jeta un regard plein de suspicion.

— D'accord, plus de questions, dit Jim en levant les mains. Je veux seulement te donner un coup de main.

Les deux frères travaillèrent côte à côte plus d'une heure, jusqu'à ce que le portable de Jim se mette à sonner. C'était Scarlett. Il s'essuya les mains et prit l'appel.

— Quoi de neuf, Scarlett ? demanda-t-il en ignorant le sourcil haussé de Dax.

— Je vais chercher mon téléphone aujourd'hui et j'aurai la ligne dès demain. J'ai aussi fait faire deux devis pour le jardin. Je vais choisir celui que m'a recommandé mon cousin Jason. Tu es prêt ?

— J'étais en train de réparer une moto avec Dax. Il faut que je prenne une douche et que je me change. Tu veux qu'on y aille avec ma moto ?

— Bien sûr. Ma voiture est pleine de suie.

— Ce sera plutôt voyant. Tu ne préfères pas plus de discrétion ?

— Difficile d'être discret pour un type de ton gabarit.

— Je préférerais ne pas attirer l'attention. Personne n'a besoin de savoir pourquoi nous sommes là.

— J'ai le droit de rendre visite à ma grand-mère et d'amener un vieil ami du lycée, tout de même. 13 h 30, ça te va ?

— D'accord. Conduis ta voiture jusqu'ici, je dirai à Dax de te la laver.

— Si tu penses que ça ne le dérange pas.

Jim jeta un regard à son frère.

— Ne t'en fais pas pour ça, il aime tout ce qui a un rapport avec les voitures.

Scarlett raccrocha, et Jim fourra son portable dans sa poche.

— Un autre rendez-vous amoureux ? lança Dax en repoussant une mèche sur son front et en y laissant une traînée de graisse.

— On va à la réserve.

— Pour quoi faire ? interrogea son frère, les yeux plissés.

— Scarlett doit apporter quelque chose à sa grand-mère.

— Et elle a besoin de ton aide ?

— Elle veut juste de la compagnie.

Si Dax gardait ses motivations pour lui, il pouvait bien faire de même. Il avait révélé des tas de choses à son frère et n'avait rien obtenu en retour.

— Ça t'embête de laver sa voiture si elle la laisse ?

— Pas de problème.

Le temps que Jim se douche et se change, Scarlett arriva. Il se précipita dehors avant qu'elle n'ait le temps d'engager la conversation avec Dax. Mieux valait éviter que son frère apprenne quel était le but de leur visite à la réserve.

Il s'efforça de croiser son regard tandis qu'elle saluait Dax, mais elle l'ignora.

— C'est une des motos que tu vas prendre ? demanda-t-elle.

Dax se leva en fourrant son chiffon dans sa poche arrière.

— Si j'arrive à la démarrer. Pourquoi tu emmènes mon frère à la réserve ?

— Ma grand-mère veut le rencontrer pour le remercier de m'avoir sauvée de l'incendie.

Jim poussa un soupir de soulagement. Il était inutile de s'inquiéter avec Scarlett.

— Eh ouais, il est comme ça, notre JT ! s'exclama Dax en tapant le dos de son frère. Du bois dont on fait les héros.

— J'espère que ce n'est pas un sarcasme, parce qu'il s'est montré vraiment héroïque en traversant l'incendie pour venir me chercher, intervint Scarlett.

— Pas du tout. Autant je suis un voyou, repartit Dax en agitant les sourcils d'un air comique, autant lui a toujours été un type bien.

— Tu n'avais pas besoin de devenir un voyou, Dax, intervint Jim. Tu as laissé Slick t'influencer.

Son frère abattit une main sur sa nuque et la lui pressa comme dans un étau.

— Le destin n'est pas tendre pour tout le monde.

— On ferait mieux d'y aller, dit Jim en se dégageant.

— Tu es sûr que ça ne te fait rien de nettoyer ma voiture ? demanda Scarlett à Dax.

— Tu verras, elle sera comme neuve quand j'aurai fini. Amusez-vous bien, ajouta Dax avec un clin d'œil.

Jim fit rouler sa moto jusqu'à la route. Puis il tendit le casque à Scarlett et enfourcha son engin.

— Tu as réussi à lui tirer les vers du nez ? demanda Scarlett avant de mettre le casque intégral.

— Non. Mais je suis content que tu ne lui aies pas révélé le motif de notre visite à ta grand-mère.

Il démarra le moteur de la Harley.

— S'il n'est pas franc avec moi, pas question que je le sois avec lui. Pas avant qu'il m'ait dit ce qu'il est venu faire ici.

— Tout à fait d'accord avec toi. Tu lui as parlé de la peinture ?

— Oui, et ça l'a ébranlé — dans la mesure où il se laisse émouvoir par quelque chose.

— Mais il n'a rien dit ?

— Il a plaisanté.

Scarlett souffla.

— Il a déjà vu l'autre type ? Chewy ?

— Je ne crois pas, mais il ne me le dirait pas, de toute façon.

Scarlett se mit en selle derrière lui et, comme la veille, la sensation de ses bras autour de sa taille électrisa Jim. Cela faisait longtemps qu'une femme ne lui avait pas fait cet effet.

Il aimait beaucoup Scarlett. Il l'avait toujours aimée, même du temps du lycée. Elle était différente des autres filles, avait toujours un projet en tête. Mais ce n'était pas parce que cette attirance semblait réciproque qu'il devait lui donner une réelle importance. Il n'était pas prêt pour une relation, et Scarlett n'était pas le genre de femme qu'on prenait et qu'on quittait.

Il prit la direction de la réserve, vers le nord. Bordée de bois épais, la route suivait les méandres de la rivière. Bientôt la réserve apparut, parsemée de petites maisons. Au bord de la route, des vendeurs ambulants proposaient leur marchandise.

Ils dépassèrent une vieille femme et une petite fille qui marchaient sur le bas-côté. La petite fille agita la main en sautillant d'excitation, et Jim la salua de la main.

Enfin, Jim ralentit pour pénétrer sur le territoire quileute. Au bout d'un moment, Scarlett lui désigna une maison brune et verte. Il coupa le moteur.

— Merci d'avoir dit bonjour à Prudence. Ça a dû éclairer sa journée.

— Prudence ? La petite fille avec la vieille femme ?

Scarlett enleva son casque et le lui tendit.

— Elle va à l'école de la réserve, mais elle voudrait fréquenter l'école publique l'année prochaine. J'essaie de convaincre sa grand-mère que ça lui fera du bien et qu'elle s'y épanouira.

— C'est ce qui s'est passé pour toi ?

Scarlett secoua la tête, ce qui fit tomber ses cheveux sur ses yeux.

— Je n'en sais rien. Bien sûr, cela m'a permis de rencontrer Mme Rooney, la prof de dessin. C'est elle qui m'a encouragée à aller aux beaux-arts.

— Où tu t'es épanouie, insista Jim en hochant la tête.

Un petit sourire aux lèvres, Scarlett désigna du doigt la maison basse, dont on aurait dit qu'elle avait poussé hors de la forêt.

— Grand-mère veut vraiment te rencontrer. Je n'ai pas menti à Dax.

— Tu lui as parlé de moi ?

— Bien sûr. Je lui ai raconté toute l'histoire de la découverte du corps et de l'incendie.

— Et tu lui as parlé des bonshommes ?

— Non. Je préfère observer sa réaction quand je lui en parlerai.

Jim descendit de moto et, se plantant sur ses deux pieds, pencha la tête de côté.

— Personne ne va me poursuivre avec une fourche, n'est-ce pas ?

— Au moins, tu n'as pas parlé de tomahawk, plaisanta Scarlett en lui donnant une pichenette sur l'épaule. Pourquoi tu t'inquiètes ? Personne ne se souvient des préjugés de ton père.

— Et de Dax. Ne l'oublie pas.

— Apparemment, il est devenu plus tolérant. En outre,

grand-mère a toujours préféré se faire sa propre opinion des gens.

— Une femme selon mon goût.

Scarlett lui pressa le biceps.

— Tu es aussi son genre d'homme. Ne la laisse pas te draguer.

Jim se mit à rire, mais Scarlett se contenta de hausser les sourcils avant de se diriger vers la maison. Elle frappa à la porte d'entrée et cria :

— Grand-mère ?

— Je suis là, répondit une voix forte.

Jim suivit Scarlett à l'intérieur. Un feu de cheminée réchauffait la pièce.

— Entrez, entrez. Je ne mords pas, même si je suis capable de faire une exception dans votre cas, lança la grand-mère avec un grand rire qui secoua ses minces épaules.

— Grand-mère, tiens-toi bien. Tu vas effrayer Jim, la gronda Scarlett.

La vieille dame agrippa les bras de son fauteuil et jaugea l'intéressé de ses grands yeux noirs.

— Il n'a pas l'air de s'effrayer facilement.

— Mais il n'a jamais rencontré quelqu'un comme toi.

Scarlett traversa la pièce et déposa un baiser sur la joue de la vieille dame.

— Grand-mère, je te présente Jim Kennedy. Jim, ma grand-mère.

Jim la rejoignit et enveloppa la petite main de la vieille femme dans la sienne.

— Ravie de vous rencontrer, madame.

— Enchantée de faire votre connaissance, jeune homme. Vous pouvez m'appeler Evelyn. Grand-mère par-ci, grand-mère par-là, ça me donne l'impression d'être une antiquité.

— Je t'ai apporté la laine, dit Scarlett en sortant les pelotes de son sac.

— Mets-la dans le panier. Vous voulez boire quelque chose ? Du thé ? Du café ? Quelque chose de plus fort ? termina-t-elle avec un clin d'œil.

— Jim ne boit pas, grand-mère, et il est un peu tôt pour moi.

— Vous ne ressemblez pas à Slick, alors ?

— Non, madame. Un peu d'eau, ce sera parfait.

— Va nous faire du thé, Scarlett, et apporte un verre d'eau à Jim.

— D'accord.

Scarlett leva les yeux au ciel avant de se diriger vers la cuisine.

— Asseyez-vous, Jim, dit Evelyn en tapotant le coussin à côté d'elle.

Jim s'exécuta et s'assit légèrement de biais pour affronter son regard pénétrant.

— Un héros de guerre, hein ?

— Je me suis contenté de survivre.

— Vraiment ?

La vieille dame referma ses doigts frêles autour de son poignet avec une force surprenante et ferma les yeux. Elle eut une sorte de sursaut et ses paupières cillèrent.

— Vous avez fait davantage que survivre. Vous avez aidé les autres, mais…

Elle pressa ses doigts plus fort.

— Vous vous sentez coupable. Très coupable. Ils ont pris les trois autres et vous ont épargné.

— Les trois autres ?

Jim se lécha les lèvres. Elle ne pouvait pas être en train de parler de son emprisonnement en Afghanistan. Il y avait bien plus de trois personnes détenues.

— Vous voulez parler du trio Timberline ?

Les yeux d'Evelyn se rouvrirent.

— C'est pour ça que vous êtes ici ?

— Grand-mère, est-ce que tu es en train de lire dans son cerveau ?

Scarlett entra dans la pièce, portant un plateau. Evelyn lâcha le poignet de Jim.

— Pourquoi êtes-vous revenu à Timberline, Jim ?

— Pour régler les affaires de mon père.

La vieille dame plissa les yeux et prit la tasse que lui tendait Scarlett.

— N'essayez pas de tromper une vieille femme, Jim.

— Surtout une vieille femme qui a un don, commenta Scarlett.

Elle s'assit à côté de Jim et posa un verre d'eau et une tasse de thé sur la petite table devant eux.

— Pourquoi ne racontes-tu pas à grand-mère ce qui t'est arrivé enfant ?

— Je pensais que ce sujet était tabou ici, répondit-il en tapotant son verre d'eau du bout de l'ongle.

Par-dessus le rebord de la tasse, les yeux noirs d'Evelyn dévisagèrent Scarlett.

— C'est ce que tu lui as dit ?

— Allons, grand-mère. Combien de fois m'as-tu dit de cesser de t'interroger sur les kidnappings ? Combien de fois les anciens m'ont-ils fait taire ?

Evelyn haussa les épaules.

— La plupart des anciens sont morts, de toute façon.

— Tu veux dire que maintenant tu peux parler ?

Scarlett se pencha en avant, heurtant la cuisse de Jim.

— Je ne sais pas ce que tu t'imagines, Scarlett, répondit sa grand-mère, mais j'aimerais d'abord entendre l'histoire de Jim. Qu'est-ce qui vous est arrivé ? Vous en portez toujours la marque, même après tout ce que vous avez vécu pendant la guerre, y compris votre captivité.

— Ma cap… Comment êtes-vous au courant de cela ?

— Je l'ai senti, Jim. Racontez-moi ce qui s'est passé ici.

Jim se lança dans le récit de la tentative de kidnapping dont il avait fait l'objet et des menaces de son père.

Evelyn l'écouta les yeux fermés, en sirotant son thé et en hochant la tête, comme si rien de tout cela ne la surprenait.

Quand il eut fini, un lourd silence s'abattit sur la pièce. Evelyn semblait dormir. Jim lança un regard interrogateur à Scarlett qui mit un doigt sur ses lèvres.

Enfin, Evelyn poussa un gros soupir qui fit refluer la vapeur de son thé.

— Vous pensez sans doute que l'animosité régnait entre les Seigneurs du Chaos et les Quileutes ?

— Je sais très bien que mon père était raciste. Il avait d'affreux préjugés à l'égard des Quileutes et il n'hésitait pas à les exprimer à voix haute.

— Oui, c'était un de ses traits de caractère. Mais vous croyez que la tribu n'avait rien à se reprocher ?

— Je sais qu'il y a eu des bagarres.

— En effet. Nous avions aussi nos fauteurs de troubles. Vous le saviez ?

— Des jeunes gens qui n'avaient pas grand-chose à faire ? dit Jim en faisant tourner l'eau dans son verre. Je peux l'imaginer.

En son temps, il avait été l'un d'eux.

— Ils se débrouillaient pour avoir d'autres activités… Des activités illégales.

— Vous êtes en train de me dire que les Seigneurs du Chaos et les Quileutes travaillaient main dans la main ?

— Leurs chemins se croisaient.

— Grand-mère, qu'est-ce que cela a à voir avec le trio Timberline ?

— Le trafic de drogue, précisa Jim en posant son verre sur la table. Les Seigneurs du Chaos distribuaient la drogue sur toute la péninsule de Washington, et leurs fournisseurs étaient ici.

— C'étaient des membres de la tribu ? demanda Scarlett en regardant tour à tour Jim et Evelyn.

Ce dernier préféra laisser répondre la vieille dame.

— Il y avait des brebis galeuses, Scarlett, dit-elle en baissant la voix. Tu te souviens sûrement des querelles de ton père avec ton oncle Danny. Heureusement, l'influence de Danny ne s'est pas étendue à toute la tribu, bien qu'il n'ait pas ménagé ses efforts pour cela.

— Mais les anciens devaient le savoir, ils devaient être au courant pour Danny.

Se levant d'un bond, Scarlett se mit à déambuler dans la pièce, bras croisés.

— Pour quelle autre raison auraient-ils essayé de protéger les brebis galeuses ?

— On ne savait rien avec certitude. Nous n'avions aucune preuve.

— Attends..., reprit Scarlett en pressant ses doigts contre ses tempes. Je ne comprends toujours pas quel rapport cela a avec l'enlèvement du trio.

— Je ne peux pas te le dire, répondit Evelyn en nouant les mains sur ses genoux. Je sais seulement que les Seigneurs du Chaos et ce gang de Quileutes faisaient du trafic ensemble, et que ces kidnappings étaient liés avec tout ça. Et maintenant que je connais l'histoire de Jim, j'en suis encore plus convaincue.

Jim se frotta la mâchoire du poing.

— Les anciens vous ont-ils ordonné de vous taire, Evelyn ?

— Oui, en effet.

Elle leva la main pour prévenir la réaction de Scarlett.

— Je n'avais aucune preuve à communiquer à la police, Scarlett, alors ne me regarde pas comme ça. On ne m'a jamais laissée en trouver une.

— Il n'y avait donc aucun élément matériel ?

Scarlett s'assit au bord de la petite table et prit la main de sa grand-mère.

— Il y avait le ruban rose.

— Le ruban rose ? s'exclamèrent Jim et Scarlett à l'unisson.

— C'est toi qui l'as trouvé, tu t'en souviens, Scarlett ? Tu l'as ramassé par terre. Tu me l'as apporté et tu t'es plainte qu'il te brûlait les mains. Tu ne comprenais pas encore que tu avais le don, alors tu ne savais pas ce que ça signifiait.

— Mais vous, vous le saviez, l'interrompit Jim.

— Je n'ai pas pu le lire, avoua Evelyn en se réchauffant les mains autour de sa tasse. On me l'a volé.

— C'est moi qui l'ai volé, avoua Scarlett.

De surprise, Evelyn renversa un peu de son thé.

— Tu as pris le ruban ?

— Je ne comprenais pas pourquoi tu ne voulais pas que je le garde, alors j'ai fouillé ta corbeille de tricot et je l'ai repris.

— Et comment saviez-vous que ce ruban rose avait un rapport avec l'affaire des enlèvements ? demanda Jim.

Les sourcils froncés, Evelyn parut se replonger dans le passé.

— Je ne le savais pas, au début. Je voulais seulement protéger Scarlett de visions dont elle n'aurait pas su quoi faire. Mais la rumeur des kidnappings a commencé à se propager. J'ai entendu dire qu'une des fillettes enlevées, Kayla Rush, portait un ruban rose. Je l'ai cherché, mais il avait disparu.

— Je suppose que ce serait trop espérer que tu l'aies encore, dit Jim à Scarlett avec un soupir.

— En effet. J'ai encore des bricoles de mon enfance, mais ça m'étonnerait que je l'aie gardé.

— Tu ne l'as jamais montré à personne, n'est-ce pas ?

Voyant Evelyn s'efforcer de se redresser dans son fauteuil, Jim tendit la main pour l'aider.

— Peut-être à quelques amies. Je ne me souviens pas.

Scarlett se pencha vers la table pour rassembler le verre de Jim et sa tasse.

— Tu penses que c'est pour ça qu'on m'en veut, maintenant ? Parce que je sais quelque chose ?

— Peut-être, marmonna Evelyn en tendant la main vers sa corbeille de tricot, à ses pieds. Certains membres du gang sont revenus à la réserve, y compris Danny.

— Voilà qui est intéressant, commenta Jim en rapprochant la corbeille d'Evelyn. Parce que certains Seigneurs du Chaos sont aussi revenus à Timberline. On pourrait croire que quelqu'un ou quelque chose les rappelle ici.

— J'espère bien que non, déclara Evelyn en prenant ses aiguilles à tricoter.

Jim et Scarlett virent tous deux que ses mains tremblaient légèrement.

— Nous allons te laisser tranquille, grand-mère, annonça Scarlett en caressant les cheveux de son aïeule. Tiens-nous au courant, si tu te souviens d'autre chose.

— Merci, Evelyn, dit Jim.

La vieille dame pointa ses aiguilles dans sa direction.

— Vous n'avez rien à vous reprocher, jeune homme.

Il lui fit un clin d'œil et suivit Scarlett hors de la maison.

— C'était très intéressant, mais pas très utile, commenta-t-il.

— Qui sait ? Je pourrais chercher ce ruban rose et essayer d'en tirer quelque chose.

— Le jeu en vaudrait la chandelle, en effet.

En approchant de sa moto, garée près de la maison, il se crispa soudain et lâcha un juron.

— Qu'est-ce qui se passe ? l'interrogea Scarlett.

Jim se précipita vers la Harley et s'agenouilla.

— Quelqu'un a lacéré mes pneus !

11

Scarlett frissonna et tourna vivement la tête pour inspecter la route. Avait-on fait cela pour éloigner Jim ou parce qu'on ne voulait pas qu'ils parlent à sa grand-mère ?

— Je suis sûr qu'on a fait ça avec un couteau, dit Jim en passant la main sur un des pneus.

Scarlett s'accroupit à côté de lui, épaule contre épaule.

— Mais pourquoi faire ça ici ?

— C'est soit quelqu'un de la réserve qui en veut encore à Slick, soit quelqu'un qui m'en veut à moi.

À cet instant, un camion s'arrêta près d'eux, dans une bouffée de gaz d'échappement. Scarlett se releva, la main posée sur la bouche, et vit son cousin Jason lui faire signe à travers le pare-brise.

— Je croyais que c'était mon tour de venir voir grand-mère, dit-il en sortant du véhicule.

— Je devais lui apporter quelque chose, rétorqua Scarlett.

Jason écarquilla les yeux en apercevant les pneus de la moto.

— Qu'est-ce qui s'est passé ?

— Je crois que quelqu'un veut que je reste à la réserve, répondit Jim en tournant la tête vers lui.

— C'est quelqu'un d'ici qui a fait ça ? s'exclama Jason en se grattant la tête sous son bonnet noir.

— Tu viens d'arriver ? Tu n'as rien vu ? demanda Scarlett en observant son cousin.

— Moi ? s'exclama Jason en pressant son pouce sur sa poitrine. Tu crois que c'est moi qui ai fait ça ?

— Est-ce que c'est ce que j'ai dit ? Je te demande juste si tu as vu quelque chose… Ou quelqu'un.

Jason fit un pas en direction de son camion.

— Je viens d'arriver. Je n'ai vu personne, je t'assure.

Jim frotta ses deux mains l'une contre l'autre et se releva.

— La rancune contre les Seigneurs est toujours vivace par ici, non ?

— Pas que je sache. De l'eau est passée sous les ponts, mon vieux. Ça ne va pas entamer mes chances d'acheter une de tes merveilles, si ?

— Non, surtout si tu nous ramènes chez moi, ta cousine, ma moto et moi.

— Bien sûr. Pas de problème.

Jason désigna la maison d'Evelyn.

— Il faudrait peut-être que je lui dise bonjour, d'abord.

— Je suis sûre qu'elle a envie de te voir, mais ne lui dit pas ce qui s'est passé, dit Scarlett en lui prenant le bras. Je ne veux pas qu'elle s'inquiète.

— Comme tu veux, mais ça m'étonnerait qu'elle se prenne la tête pour des pneus lacérés.

— Garde ça pour toi, c'est tout.

— Je peux charger ma moto sur ton plateau ? demanda Jim.

— Vas-y, ou alors attends-moi, je te donnerai un coup de main.

Jason continua son chemin et disparut dans la maison.

— Tu crois qu'il sait quelque chose ? questionna Jim.

Il abaissa le hayon du camion de Jason et fourra une main dans sa poche, en parcourant les alentours d'un regard acéré.

— Non. Qu'est-ce que tu regardes ?

— Je cherche quelque chose qui pourrait me servir de rampe.

— Grand-mère a des vieux matériaux de construction derrière la maison. Je n'arrête pas de lui dire de s'en débarrasser, mais elle n'aime pas jeter.

— Montre-moi.

Ils contournèrent la maison.

— Ces planches ? demanda Scarlett.

— Ça ira.

Ensemble, ils traînèrent une grande planche de bois jusqu'au camion de Jason. Jim était en train de la placer contre l'arrière du véhicule quand Jason ressortit.

— Laisse-moi te donner un coup de main.

Courant jusqu'à eux, il prit la place de Scarlett à l'autre bout de la planche.

— Je vais la tenir pendant que tu fais monter la moto.

Jim poussa son engin sur la rampe improvisée, puis la coucha sur le flanc.

— Merci.

— Tu n'en as pas parlé à grand-mère ? demanda Scarlett à son cousin.

— Je lui ai dit que la moto de Jim était en panne et que j'allais vous raccompagner.

— Merci.

Tous trois montèrent dans la cabine, Scarlett serrée entre Jason et Jim.

Sur le trajet, ils parlèrent de l'identité du vandale, mais Jim et Scarlett restèrent bouche cousue quant à leurs soupçons.

Une fois chez lui, Jim déchargea la moto avec l'aide de Jason, puis invita ce dernier à jeter un coup d'œil aux autres engins.

Tandis qu'ils étaient dans le garage, Scarlett s'assit sous le porche, à même le plancher, les jambes étendues devant elle. Tout en entrechoquant les pointes de ses bottes, elle songea que Dax était parti, mais qu'il allait sans doute revenir. Il avait à faire à Timberline, et Jim était convaincu qu'il ne s'agissait pas seulement de bricoler les motos de Slick.

Enfin Jason émergea du garage, un grand sourire aux lèvres.

— Il y en a une qui te plaît ? cria-t-elle.

— Oh oui ! Tu veux que je te ramène chez toi ? Je suis passé devant ton bungalow ce matin. C'est toujours le bazar !

— J'ai laissé ma voiture ici, répondit Scarlett en désignant d'un geste son véhicule, qui avait retrouvé sa couleur d'origine. Et quelqu'un doit venir demain nettoyer le jardin. C'est ton copain Tony.

— Il me l'a dit.

D'un geste de la main, Jason salua Jim qui verrouillait le garage.

— Merci, mon vieux. Je passerai plus tard avec le cash.

Tandis qu'il montait dans son camion et faisait demi-tour, Jim rejoignit Scarlett en faisant tinter ses clés.

— Tu lui as proposé un bon prix, non ? lança-t-elle.

— C'est un type sympa, vraiment reconnaissant.

— Ça ne va pas embêter ton frère que tu vendes une moto à bas prix ?

— Du moment que je lui en laisse quelques-unes, il s'en fiche. Il a beaucoup de défauts mais il n'est pas vénal.

— Alors pourquoi a-t-il commis autant de délits ?

— Tu m'en diras tant. Pour le frisson ? Pour défier les autorités ?

Scarlett suivit du doigt une fente dans la rambarde en bois.

— Je me demande si c'était la même chose pour le gang de Quileutes ?

— Peut-être, mais ça ne veut pas dire que l'appât du gain ne concerne pas la plupart des délinquants. C'est juste que cela n'a jamais intéressé Dax.

— Donc, le gang des Quileutes fabriquait ou achetait

de la drogue et la vendait aux Seigneurs du Chaos qui la revendaient à leur tour dans la rue.

— Ou la distribuaient ailleurs.

— Et d'une façon ou d'une autre, la drogue et l'argent sont liés aux enlèvements. Mais comment ? dit-elle pensivement, en arrachant un éclat de peinture.

— Un trafic d'enfants, peut-être.

— C'est horrible ! s'exclama Scarlett.

— Il se passe des choses terribles dans le monde.

Jim recouvrit la main de Scarlett de la sienne, et elle sentit sa chaleur s'insinuer dans sa chair.

— Tu n'as pas peur de rentrer chez toi toute seule ?

— Il fait jour. Tout ira bien, répondit-elle en étendant l'autre bras.

— Finalement, je n'ai pas encore installé les nouvelles serrures.

— De toute façon, elles ne m'auraient pas protégé contre l'incendie, ni contre les intrus d'ailleurs, puisque les pompiers ont laissé la maison ouverte.

— C'est vrai, mais ce n'est pas une raison pour négliger les mesures de sécurité. Hier soir, c'était un événement extraordinaire.

— Le plus drôle, avec ces événements extraordinaires, c'est qu'ils m'arrivent tout le temps.

— Depuis qu'on a déterré l'affaire du trio…

— À peu près, en effet.

Dégageant sa main, Scarlett se releva en agrippant la rambarde du porche.

— Ma cousine Annie va venir m'aider à nettoyer tout ça cet après-midi, alors je ne serai pas toute seule. Je vais fouiller dans mes vieilleries.

— Tu espères retrouver le ruban rose ? demanda Jim en se levant également.

Posté sur une marche au-dessus d'elle, il semblait encore plus grand que d'ordinaire.

— Exactement.

— Sois prudente, Scarlett, dit-il en lui caressant le bras. N'en parle à personne.

— Ne t'inquiète pas. Je ne vais pas le crier sur les toits. Selon moi, personne n'est capable de garder un secret à Timberline.

— Pas même les hommes du shérif.

Elle se pencha en arrière pour le dévisager.

— Pourquoi dis-tu ça ?

— Comment cette histoire de ruban rose se serait-elle répandue, autrement ? On pourrait penser que la police et le FBI auraient préféré ne pas en parler.

— Les Quileutes sont comme ça. Ils entendent des choses. Je parie que cette information n'était pas connue des autres habitants de Timberline.

Se penchant en avant, Jim posa son front contre le sien.

— Fais attention, c'est tout. On ne sait pas qui s'intéresse à tout ça.

Scarlett leva la main et toucha la mâchoire de Jim. Son souffle chaud lui caressa la joue. D'un doigt, Jim lui releva le menton et lui effleura les lèvres.

À cet instant, le rugissement d'une moto se fit entendre. Ils se séparèrent et, en se retournant, Scarlett vit arriver Dax, ses longs cheveux blonds flottant derrière lui.

— Qu'est-ce que tu vas lui dire à propos des pneus ? demanda-t-elle.

— Je ne peux pas le lui cacher, mais il n'a pas besoin de savoir de quoi nous avons discuté avec ta grand-mère.

Dax arrêta sa moto à côté de celle de son frère et fit le tour de l'engin endommagé. Puis il retira son casque et remonta ses lunettes de soleil sur son front en s'avançant vers eux.

— Qu'est-ce qui s'est passé, bon sang ?

— Quelqu'un a lacéré mes pneus à la réserve.

Dax secoua la tête et siffla entre ses dents.

— Les vieilles rancunes ont la vie dure, pas vrai ?

— C'étaient peut-être des ados, remarqua Jim en haussant les épaules. C'est le genre de choses que tu faisais à cet âge.

— J'imagine. Comment êtes-vous revenus ?

— Mon cousin nous a raccompagnés, expliqua Scarlett en désignant la route.

Jim descendit les marches du perron et fourra les mains dans ses poches.

— Je lui ai vendu une des motos de Slick.

— Bien joué, frangin.

— Je te donnerai la moitié de la somme.

— Du moment que tu ne lui vends pas une de celles que je veux, ça me va, conclut Dax en frottant ses yeux injectés de sang.

Son visage fatigué le faisait ressembler davantage à son père qu'à son frère.

— Je vais aller roupiller un peu. Je suis crevé.

Jim haussa un sourcil.

— Qu'est-ce que tu as fait aujourd'hui ?

— J'ai roulé.

— Tu n'as pas encore picolé ?

— Je suis trop vieux pour ça, frangin, répondit Dax en riant. À plus, Scarlett.

— Merci d'avoir lavé ma voiture.

Dax se contenta d'un hochement de tête, et les contourna pour entrer dans la maison d'un pas lourd. Il claqua la porte derrière lui.

Jim fixa Scarlett en se mordillant le pouce.

— Il y a quelque chose qui cloche chez lui.

— On peut en dire autant de pas mal de gens ici, remarqua Scarlett en cherchant ses clés de voiture. Je rentre.

— Quand j'aurai changé mes pneus, je passerai t'installer les serrures.

— Je serai là. Désolée pour ta moto, et désolée que ça se soit passé dans la réserve.

— Ce n'est pas ta faute. Je me demande seulement si la même chose serait arrivée si nous avions pris ta voiture.

— Quelque chose me dit que oui.

Encore troublée par le baiser de Jim, elle se glissa dans sa voiture. Elle se demandait certes ce qui serait arrivé à son véhicule s'ils l'avaient pris pour se rendre à la réserve, mais elle se demandait plus encore ce qui se serait passé si Dax n'avait pas interrompu ce baiser.

Dirigeant le tuyau d'arrosage contre la dernière fenêtre, Annie la trempa de haut en bas.

— Ce retardateur de feu a fait encore plus de dégâts que l'incendie, remarqua-t-elle.

— Pas tout à fait, répondit Scarlett.

Annie arrêta l'eau, et Scarlett frotta la vitre avec un chiffon avant de passer la raclette.

— Je te suis vraiment reconnaissante de ton aide, dit-elle à sa cousine.

— Et moi, je suis heureuse que tu n'aies pas été blessée. Qui a pu faire une chose aussi stupide ? L'année commence mal pour toi.

— Mais ça va s'améliorer, répliqua Scarlett en touchant machinalement sa lèvre inférieure.

Sa rencontre avec Jim avait réveillé sa joie de vivre.

Annie se mit en devoir d'enrouler le tuyau.

— Je pense qu'au final c'est une bonne chose que ces arbres aient disparu. Je n'ai jamais aimé me garer dessous, et ce sentier, au milieu… Sinistre.

— Mais très discret.

— Trop discret, si tu veux mon avis. Quand est-ce que Tony vient défricher ?

— Demain. Je lui ai demandé aussi de redessiner le jardin.

— Tu as encore besoin de moi ? J'ai rendez-vous avec des amis à Port Angeles, ce soir, alors il faut que j'y aille.

— Non, je ferai le reste. Merci encore.

Scarlett aida sa cousine à ranger les produits de nettoyage dans la camionnette qu'elle utilisait pour son travail. Puis, quand Annie se fut éloignée, elle retourna dans la maison. Ayant sauté le déjeuner, elle alla prendre un yaourt dans la cuisine et l'emporta jusqu'au placard où elle rangeait ses vieilles affaires.

Le bungalow ne possédait pas de garage, seulement un appentis au fond du jardin, mais Scarlett n'y gardait que des fournitures de peinture. Elle gardait les photos, les coupures de journaux, les cartes, et autres souvenirs, dans des cartons sur les étagères de ce placard.

Elle traîna une chaise dans le couloir, puis prit deux boîtes sur l'étagère du haut. Avait-elle réellement gardé quelque chose d'aussi futile qu'un ruban ?

Quand sa grand-mère en avait parlé, elle s'était rappelé avoir subtilisé l'objet dans sa corbeille, à cause des sensations qu'il lui procurait. C'était un peu comme quand ses amies et elle tournaient sur elles-mêmes jusqu'à en avoir le vertige. Le simple fait de toucher le ruban lui donnait la même sensation.

Et quand sa grand-mère l'avait fait asseoir pour lui parler du don des chamanes, elle n'avait pas fait le lien avec le ruban.

Une boîte sous chaque bras, elle retourna au salon et s'assit en tailleur devant la cheminée. Tirant la première boîte à elle, elle fouilla dedans.

Les photos et les cartes de ses amies la firent sourire,

et elle essaya même la petite bague de fiançailles que lui avait donnée Tommy Whitecotton. Mais aucun ruban rose ne gisait parmi ces souvenirs.

Elle ouvrit la deuxième boîte et remua son contenu. Dans celle-ci, les photos et les souvenirs dataient de ses années de lycée. Elle feuilleta un paquet de photos récupérées auprès de ses amis, et s'arrêta sur celle d'un garçon brun à l'expression sérieuse.

Elle suivit du bout de l'index le visage juvénile de Jim. Elle avait dû rassembler son courage pour la lui demander. Retournant la photo, elle vit qu'il ne l'avait pas signée au dos. Peut-être la lui avait-elle volée.

Gloussant comme une collégienne, elle sortit le cliché du paquet et le laissa tomber sur la petite table de salon. À cet âge, Jim était déjà très mignon, et il n'avait fait qu'embellir avec les années.

Elle examina le reste des photos et des souvenirs, mais ne trouva pas de ruban rose, ni même de ruban d'une autre couleur. Refermant les boîtes, elle les empila toutes deux sur le comptoir de la cuisine.

Au moment où elle finissait son yaourt, elle entendit un klaxon à l'extérieur. Laissant tomber le pot dans l'évier, elle se précipita à la fenêtre et repoussa le rideau. Sa voiture était garée au-delà des troncs d'arbre carbonisés.

Ce devait être son klaxon, mais le son était inhabituel. Prenant ses clés dans son sac, elle sortit et pressa le bouton de déverrouillage des portières.

En ouvrant la portière côté conducteur, elle cilla devant un morceau de bois calé contre le klaxon, sur le siège.

Qu'est-ce que c'est que ça, bon sang ? se dit-elle.

Au moment où elle se penchait pour déplacer la bûche, elle sentit un mouvement derrière elle. Elle n'eut pas le temps de se retourner. Quelqu'un lui pressa le visage sur le siège.

Elle hurla et se débattit.

D'une main son agresseur lui agrippa la nuque en appuyant un doigt sur sa trachée-artère.

Elle tenta de donner des coups de pied derrière elle, mais celui ou celle qui la maintenait ainsi se pressa sur son dos et piqua la pointe d'un couteau sur sa gorge, juste sous la mâchoire.

Elle se figea, un hurlement bloqué dans la gorge.

Alors elle sentit une haleine chaude contre sa joue, tandis qu'une voix rauque murmurait à son oreille :

— On t'a avertie. Laisse tomber.

12

Après avoir monté de nouveaux pneus sur sa moto, Jim roula jusque chez Scarlett. Depuis la route, la vue dégagée que l'on avait sur la maison le ravit. *Quand les troncs seront ôtés, Scarlett sera beaucoup plus en sécurité,* se dit-il avec satisfaction.

Mais en avisant la portière ouverte de sa voiture, il fronça les sourcils. Et les battements de son cœur redoublèrent quand il aperçut le bout de ses bottes.

Il se gara derrière le véhicule et descendit de moto.

— Scarlett ?

Au moment où il atteignait la portière, elle roula sur le dos et se mit à tousser.

Un seul regard à son visage pâle de frayeur et strié de larmes lui suffit. Il la souleva dans ses bras et la fit sortir de la voiture. Elle tremblait contre lui.

— Que s'est-il passé, pour l'amour du ciel ? Tu es blessée ?

Elle renifla plusieurs fois en tremblant.

— Quelqu'un vient de me menacer. Il m'a mis un couteau sur la gorge.

Jim sentit son pouls bondir et il resserra les bras autour d'elle.

— Quand ça ? Pourquoi étais-tu étendue dans la voiture ? Il t'a fait du mal ?

— Non, mais il m'a plaquée sur le siège. C'était il y a

au moins cinq minutes. Je suis sûre qu'il est parti depuis longtemps, mais j'avais trop peur pour bouger.

— Tu as pu voir son visage ?

Jim parcourut du regard les bois entourant la maison.

— Dans quelle direction est-il parti ?

— Je n'ai pas entendu de voiture, alors il a dû arriver et repartir à pied, sans doute par la forêt. Il ne voulait pas être vu de la route, j'imagine.

— Tu ne l'as pas vu ?

— Il s'est approché par-derrière et m'a écrasé la figure sur le siège.

— Comment a-t-il pu faire tout ça sans se faire voir ?

— Il m'a piégé, expliqua Scarlett en donnant un coup de pied dans le morceau de bois. Il a coincé ce truc contre le klaxon. Quand je suis sortie pour voir ce qui se passait, il est arrivé derrière moi. Le bruit était assourdissant, alors je ne l'ai pas entendu.

Jim caressa ses longs cheveux.

— Qu'est-ce qu'il te voulait ? Il a dit quelque chose ?

— Il m'a dit que j'avais été avertie et qu'il fallait que je laisse tomber. Manifestement, il parlait de l'affaire du trio.

— Tu veux que je parte à sa recherche ? demanda Jim en la prenant par les épaules.

— Non, dit-elle en saisissant son blouson. Il a trop d'avance, et puis, il pourrait…

— Je n'ai pas peur de lui, Scarlett. C'est un lâche.

— Tu ne le trouveras pas, Jim. Ne me laisse pas toute seule.

Il lui caressa la joue.

— Je n'irai nulle part, mais il faut appeler le shérif.

— Il portait des gants. Les flics ne trouveront rien.

— Laisse-les s'occuper de ça. S'il a traversé le bois, il a peut-être laissé des traces derrière lui. Et je crois que je t'ai déjà dit à quel point c'est important de signaler tous ces incidents ?

— Les hommes du shérif vont estimer que je trouble l'ordre public.

— Laisse-les parler. De toute façon, ils n'ont pas l'air de faire leur boulot. Meurtre, incendie criminel, vandalisme... Quand est-ce que ça va s'arrêter ?

— Ça s'arrêtera quand on cessera d'enquêter sur le trio.

Jim souleva le morceau de bois du bout du pied, puis le laissa retomber.

— Mais comment savent-ils que tu t'intéresses à l'affaire ? Je me demande si ce n'est pas plutôt le fait qu'on se soit associé pour enquêter tous les deux.

— Mais comment savent-ils que nous ne sommes pas seulement de vieux amis ou...

— Un peu plus que ça ?

Jim sentit son sang courir plus vite dans ses veines à l'idée d'une liaison avec Scarlett.

— Sans doute parce que nous avons trouvé le cadavre ensemble et que nous sommes allés rendre visite à ta grand-mère.

— Peut-être devrions-nous faire croire que nous ne nous voyons pas seulement pour enquêter, dit-elle en entortillant une mèche de cheveux autour de son doigt.

— Alors il faut qu'on se montre en public ? Tu veux qu'on aille dîner dehors, ce soir ?

— Ça pourrait donner le change. Bien sûr, poursuivit-elle, il faudra que ça ait l'air d'autre chose que d'une réunion de travail.

— Eh bien, c'est possible, répondit Jim, mais il faut d'abord faire venir la police.

Stevens répondit une nouvelle fois à leur appel. Mais, après avoir quadrillé le bois, son collègue et lui revinrent bredouilles.

Ils parurent écarter tout lien avec l'affaire du trio et posèrent de nombreuses questions à Scarlett sur les chasseurs, car elle avait plusieurs fois saboté leurs pièges et protesté contre l'extension de leurs terrains de chasse.

Quand les policiers s'en furent, elle leva les yeux au ciel.

— La police de cette ville semble penser que je suis responsable de ces agressions à cause de ma position contre la chasse. Je n'aime pas les chasseurs, mais je ne peux pas dire que ce sont des types violents, pas contre les gens, en tout cas. Nous avons eu bon nombre d'altercations, mais aucun d'eux ne s'en est pris physiquement à moi.

— Il n'est jamais trop tard pour commencer.

— J'étais trop occupée ces derniers temps pour faire entendre ma voix à ce sujet. Pourquoi deviendraient-ils tout à coup agressifs ? Non, tout ça a commencé quand j'ai rencontré Beth qui voulait réaliser un épisode de *Cold Case Chronicles* sur l'affaire.

— Tu ne m'avais pas dit que c'était une couverture pour une enquête personnelle ?

— Si, c'est vrai, mais personne ne le savait, en dehors de l'agent du FBI chargé de rouvrir le dossier. Duke Harper, c'était son nom.

Croisant les bras, Jim s'appuya de la hanche au pilier du porche.

— Tu crois qu'il me parlerait de ce qu'il a découvert ? Tu as ce genre de relation avec lui ?

— J'ai développé des liens amicaux avec Beth et lui. Ils se voyaient avant et ils sont toujours ensemble, pour autant que je sache.

— Ça ne t'ennuie pas de l'appeler ou de me donner son numéro ?

— Pas de problème.

Scarlett frotta son cou, où une marque rouge vif témoignait de l'agression qu'elle avait subie.

— Tu veux poser les serrures maintenant ?

— Oui, mais je pense que tu devrais aussi t'équiper de caméras de sécurité. Si tu en avais une, on saurait qui t'a attaquée à l'heure qu'il est.

Tandis que Jim se mettait au travail, Scarlett se retira dans son atelier. Quelques minutes plus tard, il passa la tête par la porte. Scarlett était penchée sur son ordinateur portable.

— Tu travailles ?

— Oui je fais l'inventaire des toiles que je vais présenter à ma prochaine exposition.

— Quand est-ce ?

Jim se fraya un chemin vers la porte du fond, entre les toiles, les pots de peinture et les matériaux de toute sorte.

— Dans quelques semaines, à West Hollywood.

Il feignit de se concentrer sur la porte-fenêtre. Scarlett exposait dans le monde entier, il l'avait lu sur Internet. Les critiques se répandaient en louanges, et les acheteurs fortunés s'arrachaient ses toiles.

— Qu'est-ce que tu fais du bungalow quand tu t'en vas ?

— Mes cousins viennent jeter un coup d'œil de temps en temps, et Jason y dort parfois.

Elle pianota sur le clavier puis referma son ordinateur.

— Tu veux repasser chez toi avant qu'on aille dîner ?

— Oui, il faut d'abord que je me change, dit-il en montrant son T-shirt noir. Je le portais pour changer les pneus de ma moto. Je ne serai pas long. Tu as faim ?

Les yeux de Scarlett le détaillaient avec un intérêt qui fit courir un frisson sur sa peau.

— Je suis affamée, dit-elle.

Il finit sa tâche en un temps record, tandis que Scarlett errait dans l'atelier, sélectionnant des toiles pour l'exposition. En remballant ses outils, Jim se sentit plus que prêt à profiter de la soirée avec Scarlett. Une soirée durant laquelle, ils ne regarderaient pas derrière eux toutes les deux minutes. Un moment précieux, avant le départ de Scarlett.

Sur le seuil de la maison, il demanda :

— Tu veux y aller à moto ou en voiture ?

— J'ai eu assez d'émotions pour la journée. Je passerai te prendre vers 19 heures.

Il hésita puis revint vers elle.

— N'ouvre à personne et ne sors pas, même si on klaxonne ou si tu entends un animal crier.

— Tu veux me faire peur ? dit-elle en jetant un coup d'œil par la fenêtre.

— La peur n'est pas mauvaise conseillère. Je te rappelle qu'on a incendié ton terrain et qu'on t'a menacée.

Il croisa les bras pour ne pas être tenté de la reprendre dans ses bras. Qui sait où cela aurait pu le mener ?

— En fait, reprit-il, tu devrais peut-être partir plus tôt en Californie.

— Tu essaies de te débarrasser de moi ?

— J'essaie de te protéger, Scarlett. Laisse les hommes du shérif se charger du meurtre de Rusty et laisse-moi m'occuper de mes souvenirs. Je ne découvrirai sans doute jamais ce qui s'est passé cette nuit-là, et cela vaut peut-être mieux.

— Je n'arrive pas à croire que tu t'en contentes. C'est pour cette raison que tu es revenu à Timberline. Tu dois affronter ton passé.

— Ça pourrait prendre des années, dit-il en secouant la tête.

— Oh ! attends ! s'exclama Scarlett en levant l'index. Je t'ai envoyé le numéro du Dr Shipman dans un texto. Tu l'as reçu ?

— Je ne sais pas. Tu me le redonneras ce soir, au dîner.

— Tu as de la chance, je l'ai aussi noté et collé sur le réfrigérateur.

Pivotant sur ses talons, elle alla dans la cuisine et en revint avec un Post-it au bout du doigt.

— Le voilà.

— Merci, répondit Jim en le fourrant dans sa poche. À tout à l'heure.

Quand il arriva chez lui, Dax était allongé sur le canapé, en train de regarder une émission sur la pêche.

En jetant ses clés sur la table de la cuisine, Jim lui décocha un bref regard.

— Tu es resté là tout l'après-midi ?

— Je suis fatigué.

— Dis-moi, tu ne serais pas tombé sur Chewy par hasard ce matin ?

— Si, effectivement, je l'ai croisé.

— Et c'est un alignement planétaire qui vous a ramenés tous les deux à Timberline ? En même temps que Rusty ?

— La mère de sa copine vit à Port Angeles. Elle y est en ce moment. Ce n'est pas un gros détour de venir jeter un coup d'œil à son ancien terrain de jeux. Et je t'ai dit que je ne savais rien de Rusty.

— Vous avez parlé de lui, avec Chewy ?

— Pas du tout.

Dax se redressa.

— Regarde ce poisson. Il faut que je me remette à la pêche pendant que je suis ici... Et à la chasse aussi, peut-être.

Jim fit halte au seuil du couloir.

— Ce n'était pas ton truc, la chasse.

Dax plongea la main dans un sac de pop-corn maison.

— C'était plutôt le vôtre, à Slick et à toi, non ? Il t'a appris à tirer à la carabine comme un pro. Et tu as mis ça à profit pour chasser un autre genre d'animal.

Jim tressaillit.

— J'ai sauvé plus de vies que je n'en ai prises.

— Je sais, JT, répliqua Dax en se fourrant une pleine

poignée de pop-corn dans la bouche. Et Scarlett, elle en pense quoi ? Elle s'efforçait de sauver des dindons sauvages ici, pendant que toi, tu faisais…

Jim donna un coup de poing dans le mur et couvrit les derniers mots de Dax en claquant la porte de sa chambre.

Avait-il besoin qu'on lui rappelle que Scarlett ne voulait pas de lui ?

Même si elle avait conservé sa photo du temps du lycée.

Scarlett s'aventura sous le porche, en tournant la tête de tous côtés. Pourquoi Jim avait-il insisté sur le fait qu'elle était devenue la proie d'un inconnu malveillant ? Elle avait suffisamment peur sans cela.

Elle courut sur la pointe des pieds jusqu'à sa voiture, claqua la portière et poussa un long soupir. Même lorsqu'elle était chez elle, elle avait peur de son ombre ; cela l'exaspérait.

Quelques minutes plus tard, elle donna un bref coup de klaxon, devant la maison de Jim. Un rectangle de lumière apparut, sur lequel se détacha sa silhouette imposante.

Elle retint son souffle en le regardant descendre le perron. Pourquoi s'inquiétait-elle ainsi pour lui ? Sa démarche était hésitante, certes, mais il semblait parfaitement capable de se déplacer sans son aide.

Quand il fut près de la voiture, elle déverrouilla les portières et laissa tomber son sac à main sur la banquette arrière. Une odeur de savon et de cuir pénétra avec lui dans l'habitacle. Cette senteur qui lui était si particulière et qu'elle n'était pas près d'oublier.

Clignant les yeux, elle se força à sourire.

— On va chez Sutter ? C'est l'endroit où il faut être vu en ville.

— C'est la raison de cette invitation.

— Invitation ? Ça veut dire que c'est toi qui payes ?

Elle s'efforçait de garder un ton léger. Leur volonté de s'afficher en public était-elle le seul motif de ce dîner ?

— Bien sûr que c'est moi qui règle l'addition. De quoi aurais-je l'air, sinon ? s'indigna Jim en bouclant sa ceinture.

— D'un radin. Je suis contente que nous soyons d'accord sur ce point.

— Combien vaut de la nourriture de lapin, de toute façon ? Je parie que tu ne coûtes pas cher à nourrir !

— Visiblement, tu n'es jamais entré dans un magasin bio, remarqua Scarlett en riant.

Ils roulèrent en silence, Jim tripotant la radio pour trouver une musique d'ambiance. En ville, Scarlett se gara dans un parking public, de l'autre côté de la rue.

Jim descendit avant même qu'elle ait coupé le moteur et fit le tour du véhicule pour lui ouvrir la portière.

— Je m'exerce à tenir mon rôle, dit-il plaisamment.

Scarlett sortit de la voiture et lui prit le bras.

— Moi aussi, répliqua-t-elle.

Il lui ouvrit également la porte du restaurant. Bon nombre de têtes se tournèrent sur leur passage. C'était comme ça dans les petites villes, tout le monde se mêlait de vos affaires. Mais cette curiosité allait peut-être les aider à attirer l'attention sur leur relation plutôt que sur l'enquête qu'ils menaient ensemble.

— Il y a environ dix minutes d'attente, leur dit l'hôtesse en tapotant sa liste de son crayon. Vous voulez patienter au bar ou revenir plus tard ?

— Nous attendrons, dit Jim.

Faisant pivoter Scarlett, il lui désigna les œuvres suspendues au mur derrière eux.

— Tu as déjà exposé ici ? Ou cet endroit est trop ringard pour toi ?

— Pas du tout. Ça ne me dérangerait pas d'accrocher mes aquarelles ici. Les gens aiment la peinture locale.

— Mais tu n'y mettrais pas tes toiles modernes ?

— Pour leur faire peur ? Certainement pas.

Ils contemplèrent les toiles jusqu'à ce que l'hôtesse revienne vers eux.

— Votre table est prête. Elle est au centre de la salle, ça ne vous ennuie pas ? Si vous attendez dix minutes de plus, je pourrai vous placer dans un endroit plus intime.

— Non, c'est parfait, déclara Scarlett en se dirigeant vers la seule table libre de tout le restaurant.

Jim lui tira sa chaise, et ils remercièrent l'hôtesse.

— La petite amie de Jason travaille ce soir ? demanda Jim quand ils furent assis.

— Je n'en sais rien, mais apparemment pas, dit Scarlett en regardant autour d'elle.

— Nous devons donner le change sur notre relation, mais ça ne veut pas dire que nous ne pouvons pas parler de l'affaire, dit Jim en lui prenant la main.

— Ton frère a été plus bavard, aujourd'hui ?

— Non, mais il m'a dit avoir rencontré Chewy.

Les doigts de Scarlett jouaient avec ceux de Jim.

— Ton frère, Chewy et Rusty sont tous à Timberline. Rusty meurt. Puis ma grand-mère nous dit que certains membres de l'ancien gang quileute sont revenus, parmi lesquels mon oncle, résuma pensivement Scarlett.

— Ils sont forcément revenus pour la même raison. Une raison qui a à voir avec leur association à l'époque des kidnappings.

— C'est très probable, mais personne ne parle.

La serveuse s'approcha de leur table pour leur proposer des boissons.

— Ça ne t'ennuie pas si je prends une bière ? questionna Scarlett

— Non, mais si tu en bois plus d'une, je prendrai le volant au retour.

— Marché conclu. Il va m'en falloir au moins cinq, après une journée pareille.

Elle leva les mains.

— Je plaisante.

— Bois-en cinq si ça te fait plaisir, Scarlett. Je ne fais pas partie de la ligue anti-alcoolique.

— Quand as-tu arrêté de boire ? demanda-t-elle.

— Quand j'étais dans l'armée.

— Sacrée période pour devenir sobre.

— Comme tu dis.

— As-tu appelé le Dr Shipman, cet après-midi ?

— Le temps que je pense à le faire, elle était déjà partie. Je la rappellerai demain.

La serveuse revint avec la bière et le soda de Jim.

— Vous avez fait votre choix ?

Quand elle eut pris leur commande, Jim demanda :

— Ça ne t'ennuie pas que je mange des côtelettes de porc ?

— Je ne fais pas non plus partie d'une association végétarienne, dit Scarlett en faisant tinter son verre contre le sien.

Jim se pencha et, du doigt, essuya sa lèvre.

— Tu as de la mousse au coin de la bouche.

— Bien joué, Kennedy.

— Ce n'était pas pour la galerie, tu avais vraiment de la mousse sur les lèvres.

— Et si tu laissais tomber toute cette histoire ? lui lança soudain Scarlett. Quelque chose d'inexplicable t'est arrivé dans ton enfance, mais ça ne doit pas t'empêcher de vivre.

— Je n'en sais rien, dit-il en remuant les glaçons avec sa paille. Cela m'a hanté tout le temps de ma captivité. C'est drôle, mes ravisseurs m'ont fait subir des tas de tortures, mais mon cauchemar récurrent était cette tentative d'enlèvement.

— Tu en as gardé une terreur particulière parce que

tu étais petit. Je ne crois pas qu'on puisse surmonter ses peurs d'enfant.

— Et quelles étaient les tiennes ? Je t'ai toujours vue comme une jolie fille qui savait ce qu'elle voulait.

— C'est parce que je faisais bonne figure.

Elle but une longue gorgée de sa bière, savourant la sensation de chaleur dans son ventre.

— Tu sais que j'ai perdu mes parents et mon petit frère dans un accident de voiture.

— Je ne savais pas que tu avais eu un frère. Je suis navré de l'apprendre.

— Il n'avait pas encore un an. J'aurais dû les empêcher de partir, ce jour-là.

— Quel âge avais-tu ?

— Six ans. Et avant que tu ne me dises que j'étais trop jeune, sache que c'était l'une des premières manifestations de mon don.

— Qu'est-ce que tu veux dire ?

— J'ai fait semblant d'avoir mal au ventre pour rester à la maison, parce que j'avais un pressentiment.

Jim lui caressa le bras.

— Dire que ta grand-mère me conseillait de ne pas me sentir coupable. J'espère qu'elle t'a persuadée de la même chose.

— J'ai travaillé là-dessus. Comment crois-tu que je connais le Dr Shipman ?

— C'était censé être un dîner intime. Nous sommes bien trop sérieux, Scarlett. Tout le monde va se dire que nous parlons de notre enquête.

Se penchant vers elle, il l'embrassa doucement.

— Tu penses que ça suffira à les convaincre du contraire ?

— Disons que c'est un début.

Jim aurait aimé pousser le jeu un peu plus loin, mais la serveuse revint à cet instant avec leurs plats.

Changeant de sujet de conversation, ils parlèrent de leurs vies respectives depuis le lycée. Les yeux de Jim s'illuminèrent quand il évoqua son travail avec les anciens combattants.

— L'idée que tu as eue est formidable, dit Scarlett en posant sa fourchette au bord de son assiette. Proposer des activités artistiques…

— Mais je me demande laquelle marcherait le mieux : la sculpture peut-être ?

— Peinture, sculpture, poterie, peu importe… Ce genre d'activités existait là où tu travaillais ?

— Non, mais je suis sûr que ça pourrait se faire.

— Je pourrais demander à mes amis artistes de proposer des cours sur leur temps libre.

— Ça serait fantastique si tu nous amenais des bénévoles.

Souriante, Scarlett reprit sa fourchette. L'approbation de Jim lui réchauffait le cœur. Elle découpa un morceau de ses lasagnes aux épinards. Son opinion comptait de plus en plus pour elle. Trop peut-être : il avait ses propres démons à terrasser, et elle avait une exposition à préparer.

— Tiens donc, Scarlett ! s'exclama quelqu'un non loin d'eux.

Scarlett se retourna et un petit frisson de peur la parcourut quand elle croisa le regard de son oncle. Comme toujours, il était apparu subitement, aussi furtif qu'un chat.

— Oncle Danny. Tu es de retour à Timberline ?

Après un bref regard à Jim, Danny écarta les bras.

— Je suis là, non ?

— Je… Je ne savais pas que tu allais revenir.

Scarlett serra les dents en entendant sa voix se briser. Il était hors de question d'avouer qu'Evelyn avait parlé de lui le jour même. Mais même quand elle n'essayait pas de lui cacher quelque chose, le regard glacial de son oncle suffisait à la réduire à l'état d'enfant balbutiante.

— Tu ne devrais pas te fier à la rumeur, dit-il en faisant mine de lui tirer dessus avec deux doigts. Les bruits qui courent dans la réserve sont presque toujours faux.

— Désolée. Je te présente Jim Kennedy, ajouta-t-elle en inclinant la tête dans la direction de l'intéressé. J'étais au lycée avec lui. Jim, voici Danny Easton, mon oncle.

— Je me souviens de la famille Kennedy, père et fils. Tu es raciste, toi aussi ?

Pétrifiée, Scarlett braqua son regard sur Jim. Celui-ci repoussa son assiette et croisa les bras.

— Apparemment, le fait d'être racistes ne les empêchait pas de faire du trafic avec vous et vos hommes.

Scarlett retint son souffle. Les lèvres pincées, Danny fusilla Jim du regard.

— On dirait que tu accordes foi aux rumeurs, toi aussi. Désolé, Scarlett, je me joindrais bien à vous, mais on m'attend au bar.

— Tu vas passer voir grand-mère pendant que tu es là ?

— Pourquoi ? Elle ne m'a jamais aimé. Notre famille n'était pas assez bonne pour ta mère.

Scarlett baissa les yeux vers son assiette.

— Elle n'avait rien contre papa.

Cela fit ricaner Danny qui pivota sur ses talons et s'éloigna en martelant le sol de ses bottes.

— On ne peut pas dire que l'ambiance est au beau fixe dans la famille, hein ? remarqua Jim.

— Oncle Danny n'est pas un ami des Quileutes, il ne leur apporte que des ennuis. Quand mes parents ont commencé à se fréquenter, ma grand-mère s'inquiétait à l'idée que sa fille entre dans la famille Easton. Mais, comme je te l'ai dit, elle se forge sa propre opinion sur les gens et elle a fini par comprendre que mon père était du bon côté. Quant à Danny…

— Je ne me souviens pas de lui et j'ignorais qu'il avait son propre gang.

— Ça m'a surprise aussi, mais je savais qu'il était *persona non grata* à la réserve.

— Une autre pièce du puzzle. Rusty, Chewy et mon frère qui convergent vers Timberline, et maintenant Danny Easton qui débarque dans le paysage. C'est comme un amoncellement de nuages noirs.

Jim agita les glaçons dans son verre.

— Je suppose que tu l'aurais reconnu si c'était lui qui t'avait mis un couteau sur la gorge ? l'interrogea-t-il.

— Sans doute, mais tu sais ce que je trouve le plus troublant ?

— Voyons voir, commença Jim en comptant sur ses doigts : un cadavre, un incendie criminel, une peinture vandalisée, une agression au couteau ?

— En dehors de tout ça, dit Scarlett en s'emparant du couteau à beurre et en passant la lame sur son pouce, il y a le fait que l'homme qui m'a attaquée portait des gants.

— C'est ça l'aspect le plus troublant pour toi ?

— Des gants pour éviter un contact direct avec moi.

— Ce ne serait pas la première fois que quelqu'un qui projette une agression se soit muni de gants. Si c'est le même qui a tué Rusty et qui s'est introduit chez toi, on sait déjà qu'il ne laisse pas d'empreintes.

— Je sais, mais il y a une autre raison qui aurait pu le pousser à en porter : éviter que cela éveille quelque chose en moi.

— Tu penses donc que c'est quelqu'un qui te connaît ou qui a entendu parler de ton don ?

— Oncle Danny est au courant. Il sait tout de notre don.

— Tu vois avec qui il est, au bar ? demanda Jim en pointant le pouce derrière lui.

— Non, il est caché par le mur.

— Tu n'irais pas faire un petit tour aux toilettes pour dames ? Je le ferais bien moi-même, mais les toilettes pour hommes sont de l'autre côté.

— Bonne idée, s'écria Scarlett.

Posant sa serviette à côté de son assiette, elle se leva. Danny ne soupçonnerait pas qu'elle l'épiait, car on pouvait se rendre aux toilettes sans passer par le bar. Sans un regard dans cette direction, elle emprunta le couloir qui y menait.

En se lavant les mains, elle se regarda dans le miroir. Elle se comportait toujours comme s'il s'agissait d'un rendez-vous amoureux, songea-t-elle, mais l'ambiance avait changé depuis l'apparition de Danny.

Jetant l'essuie-main dans la poubelle, elle poussa la porte et sortit. Elle avait l'intention de ne jeter qu'un bref regard pour identifier le ou les compagnons de Danny, mais ce qu'elle vit la figea sur place.

Virant vers le bar, elle alla enfoncer un doigt dans le dos de son cousin Jason.

— Qu'est-ce que tu fais avec lui ? demanda-t-elle d'un ton ferme.

Danny arbora un demi-sourire en voyant Jason sursauter.

— Scarlett ! Qu'est-ce que tu fais ici ? s'exclama Jason.

— Je dîne avec Jim. Mais c'est plutôt toi qui devrais m'expliquer ce que tu fais ici.

— Je… Je suis venu chercher le salaire de Chloe. Elle ne se sent pas bien. Et… je suis tombé sur ton oncle.

— Vraiment ? C'est bizarre parce qu'il vient juste de me dire qu'il avait rendez-vous avec quelqu'un.

Danny lui tapota l'épaule.

— Mais oui, Scarlett, et ce n'est pas Jason. Détends-toi. Je ne vais pas user de ma mauvaise influence sur ton cousin. Tu ne devrais pas plutôt t'inquiéter de celle de JT et Dax Kennedy ? Au moins, moi, je ne sors pas de prison.

— Ce qui ne veut pas dire que tu ne devrais pas y être,

répliqua Scarlett. Quant à toi, Jason, poursuivit-elle en agitant l'index sous le nez de son cousin, quelle que soit son offre, sache que tu devras la payer très cher plus tard. Le jeu n'en vaut pas la chandelle. Passe ton chemin.

Cela dit, elle se détourna pour rejoindre Jim.

— Toujours sympa de te rencontrer, Scarlett ! lui cria Danny

Arrivée à sa table, elle se laissa tomber sur sa chaise.

— Que s'est-il passé ? Qui est avec Danny ?

— Mon cousin Jason.

— Danny est son oncle, à lui aussi ?

— Non. Jason et Annie sont les neveux de ma mère. Ce sont des Foster, pas des Easton.

— Et tu ne veux pas que Jason le fréquente ?

— Danny ne s'intéresse pas à la famille, à moins de pouvoir en tirer profit. J'ai peur qu'il ne donne à Jason toutes sortes de fausses idées sur les moyens de s'enrichir. Des moyens illégaux, évidemment.

Jim bougea les jambes sous la table, et ses genoux vinrent heurter les siens.

— Jason a l'air d'avoir la tête sur les épaules.

— Oui, mais l'activité ralentit dans le bâtiment, et Chloe essaie toujours de finir ses études. Elle a dû s'arrêter le semestre dernier par manque d'argent. Ils n'ont pas grand-chose, et je sais combien Danny peut être persuasif.

— Tu veux que je parle à Jason ? J'ai une certaine expérience quand il s'agit de résister aux forces du mal.

— Tu ferais ça ? s'exclama-t-elle en lui prenant la main. Ce serait formidable.

— Il passe demain pour chercher sa moto. Je lui en toucherai un mot à ce moment-là.

Jim prit la main de Scarlett et l'embrassa.

— Ce n'était pas une soirée très romantique, n'est-ce pas ?

— Honnêtement ? dit Scarlett en effleurant la barbe

naissante de Jim. C'est la meilleure soirée que j'aie passée depuis longtemps.

— Alors, tes amis artistes ne doivent pas être bien rigolos. Et juste pour donner l'impression que je te fais la cour, j'ai payé l'addition pendant que tu jouais les limiers au bar.

— Cela me va droit au cœur.

— Imagine ce que ce serait, si je m'y mettais vraiment.

Scarlett sentit son cœur chavirer en croisant le regard de Jim, mais elle se reprit très vite et ramassa son sac.

— Je crois que je suis prête à quitter cet endroit.

— Moi aussi.

Ils se dirigèrent vers la sortie. Lorsqu'ils arrivèrent au milieu de la salle, Darcy Kiesling, une vieille amie de lycée, arrêta Scarlett.

— J'ai entendu dire que tu t'étais fait agresser. Ça va, tu n'as rien ?

— Non, je vais bien. C'étaient plutôt des menaces, pas vraiment une agression.

— Peu importe le nom que tu lui donnes, quelqu'un t'a mis un couteau sous la gorge, insista Darcy en plaquant une main sur la sienne. Et le type t'a vraiment interdit d'enquêter sur l'affaire du trio ?

— Peut-être, répondit Scarlett en haussant les épaules. Je ne sais pas pourquoi il m'a dit ça. Je n'enquête sur rien du tout.

— Hum, je voudrais bien que tout ça se termine.

Ce disant, Darcy avisa Jim et le dévisagea des pieds à la tête.

— Tu te souviens de Jim Kennedy ? demanda Scarlett

— Bien sûr, et vous vous souvenez de Renée Meyers ?

Darcy leur présenta les deux femmes assises avec elles. Elles regardèrent Jim avec intérêt.

— Qu'est-il arrivé à ta jambe ? interrogea Darcy en rejetant ses cheveux en arrière.

— C'est une longue histoire, Darcy, et je n'ai pas envie de gâcher votre dîner. Profitez bien de votre soirée.

Il s'éloigna en boitant, tandis que Scarlett adressait un sourire d'excuse aux femmes.

— Bonne soirée.

Elle rattrapa Jim et lui prit le bras sur le trottoir.

— Je crois que tu leur as vraiment gâché le dîner.

— J'ai été trop cassant ?

— Juste un peu, dit-elle. Ça t'ennuie quand on t'interroge sur ta jambe ?

— Je comprends leur curiosité, surtout quand il s'agit de gens qui m'ont connu avant. Mais ce n'est pas un sujet à aborder dans une conversation de ce genre. Tu crois vraiment que Darcy et ses amies ont envie d'entendre ce qui m'est arrivé dans ce trou ?

Scarlett cessa de marcher et agrippa la poche arrière de Jim pour le freiner.

— Sans doute pas, mais moi, je suis tout ouïe si tu as envie de parler.

Revenant vers elle, Jim posa ses mains sur ses épaules.

— Je ne te ferai jamais une chose pareille, Scarlett. C'est déjà assez que tu aies des flashs à chaque fois que je te touche.

Il laissa retomber ses mains, comme s'il craignait qu'elle ne lise ses pensées sur-le-champ.

— Ça n'arrive pas si souvent, dit-elle en mêlant ses doigts aux siens. Je t'assure que je ne pense pas à la torture et aux camps de prisonnier en ce moment.

— Alors à quoi penses-tu ? dit-il en attirant Scarlett si près qu'une mèche de ses cheveux vint caresser son visage.

— Parfois, je ne pense pas du tout, murmura-t-elle.

Son baiser la prit au dépourvu, et elle sentit ses jambes se dérober sous elle. Agrippant le blouson de Jim pour ne pas vaciller, elle lui rendit son baiser.

— Allons chez toi, chuchota-t-il.

Scarlett se contenta de hocher la tête, et ils hâtèrent le pas en direction de la voiture.

— Je vais conduire, annonça Jim quand ils furent devant le véhicule

— Mais je n'ai bu qu'une bière.

Jim claqua des doigts, et elle laissa tomber les clés dans sa paume. Il lui fit faire le tour de la voiture et lui ouvrit la portière.

Scarlett n'avait jamais rencontré un homme aussi enclin à prendre les choses en main. Quand elle l'avait rencontré, elle avait cru devoir le protéger, comme ses précédents petits amis. Mais il lui avait démontré qu'elle se trompait du tout au tout. Certes, il avait ses problèmes, mais il semblait tout à fait capable de les résoudre sans son aide.

Ce qui ne voulait pas dire qu'elle ne pouvait pas la lui proposer.

— Je vais d'abord passer chez moi, si ça ne t'ennuie pas, dit Jim en s'engageant sur la route principale. Je veux vérifier que Dax a bien fermé le garage.

— D'accord, mais inutile de prendre ta brosse à dents. J'en ai des neuves à la maison.

— Est-ce une façon de me reprocher de ne pas en avoir eu pour toi ?

— En fait, j'étais ravie de constater que tu n'as pas l'habitude de recevoir des invitées.

Jim lui pinça le menton.

— J'aurais aimé être mieux préparé à te recevoir. Dans tous les sens du terme.

— Mais si tu t'étais préparé, cela aurait gâché le suspense.

— Tu aimes le suspense ? Parce que je pense que nous en avons eu plus que notre part ces jours-ci.

— Ce n'est pas ce que tu voulais quand tu es revenu pour résoudre le mystère de ton enfance ?

— Je ne pensais pas qu'on me mettrait autant de bâtons dans les roues.

— Oui, on se demande bien ce que cherchent ceux qui nous en veulent tellement.

Ils étaient arrivés chez Jim. Celui-ci montra la maison du doigt.

— J'ai bien fait de faire un détour. Regarde, Dax a laissé la porte du garage ouverte… À moins qu'il soit toujours en train de bricoler.

— Allons voir, dit Scarlett.

Elle descendit de voiture, et Jim claqua sa portière.

— Dax ? appela-t-il en marchant vers le garage.

Des gouttes de pluie frappèrent le sol. Debout près de la voiture, Scarlett les sentit tomber sur sa tête et courut se mettre à l'abri sous le porche. Quand elle atteignit la dernière marche, le vent fit claquer la porte moustiquaire.

Tournant la tête, elle remarqua que la porte d'entrée était ouverte.

— Jim ! Je crois qu'il est dans la maison, cria-t-elle.

Mais celui-ci ne répondit pas et ne se montra pas à la porte du garage.

Pivotant sur elle-même, Scarlett mit la main sur la poignée, qui lui parut gluante. Elle retira vivement ses doigts et les leva devant ses yeux.

La vue du sang la fit hoqueter. Dans sa tête, une petite voix lui ordonna de faire demi-tour et de prendre la fuite, mais elle l'ignora.

Mue par une sorte d'automatisme, elle referma les doigts sur la porte moustiquaire, l'ouvrit en grand et fit un pas à l'intérieur. Ce faisant, elle faillit trébucher sur les jambes de Dax, allongé dans une mare de sang.

13

Pour la deuxième fois de la semaine, Scarlett poussa un hurlement à glacer le sang.

Fou d'inquiétude, Jim laissa tomber le pneu qu'il était en train d'examiner et fit demi-tour, prenant soin de ne pas s'appuyer sur sa mauvaise jambe.

Il courut vers la maison. Le dos de Scarlett était visible dans l'encadrement de la porte. Le cœur battant, il gravit d'un bond les marches du perron et l'attira contre lui.

La vue du corps de Dax lui souleva l'estomac. Il tendit précipitamment son téléphone à Scarlett.

— Appelle le 911.

S'agenouillant près de son frère, il lui tâta le pouls.

— Il est vivant.

Il fit rouler Dax sur le dos et déchira sa chemise, déjà lacérée par le coup de couteau qu'il avait reçu.

— Va me chercher une serviette, ordonna-t-il.

Toujours au téléphone, Scarlett enjamba le corps inerte de Dax et revint quelques secondes plus tard avec plusieurs serviettes. Elle en lança une à Jim.

— L'ambulance est en route, lui dit-elle.

Jim enroula la serviette et la pressa sur la blessure de Dax. Si le coup avait touché une artère, il n'avait pas une chance d'en réchapper.

Il exerça autant de pression que possible tout en murmurant :

— Tiens bon, frangin. Tu ne peux pas laisser tomber maintenant.

— Je peux faire autre chose ? demanda Scarlett. Il a des coupures aux mains. Tu crois qu'il faut arrêter les saignements, là aussi ?

Une sirène se fit entendre au loin.

— Va sur la route pour leur indiquer le chemin.

Scarlett sauta sur ses pieds et sortit en trébuchant.

Une minute plus tard, deux ambulanciers firent irruption et repoussèrent Jim.

— Vous avez bien réagi. On va s'occuper de lui, maintenant.

Jim recula, laissant la serviette où elle était. Il contempla ses mains, tachées du sang de son frère.

— Il a d'autres blessures ? Des allergies ? Il suit un traitement ? l'interrogea un des secouristes d'un ton pressant.

— Des coupures aux mains. Il n'a pas d'allergies à ma connaissance, ni aucune maladie, en dehors de l'alcoolisme et de la toxicomanie.

— En cours ?

— En convalescence. Il est sobre depuis un an.

D'autres sirènes retentirent, et Jim franchit le seuil de la maison, tenant ses mains ensanglantées devant lui.

Scarlett interrompit sa conversation avec l'adjoint du shérif pour le rejoindre.

— Il est toujours… ?

— Oui, mais il est inconscient.

Un secouriste les contourna d'un pas pressé pour sortir une civière de l'ambulance.

Comme pour Rusty, songea Jim. À la différence près que, cette fois, il priait pour que son frère s'en sorte.

L'adjoint lui parlait, mais il n'arrivait pas à comprendre ses paroles. En voyant les ambulanciers charger le corps de Dax dans leur véhicule, il fit un pas en avant.

— Je vais avec lui.

— Suivez-nous dans votre voiture, car nous devons lui administrer des soins.

Scarlett le rejoignit et lui mit une serviette propre dans les mains.

— Prends ma voiture. Je vais finir avec l'adjoint, et on te retrouve à l'hôpital.

S'essuyant machinalement les mains, il hocha la tête et retourna à la voiture dans laquelle Scarlett et lui venaient de partager un moment d'intimité.

Il inspira à fond en passant la marche arrière. Scarlett devait quitter Timberline. Il fallait montrer à l'auteur de tous ces crimes qu'elle ne s'intéressait pas à l'affaire du trio. Mais qu'en était-il le concernant ?

Les choses avaient pris un tour personnel, et il irait jusqu'en enfer pour retrouver celui qui avait tenté d'assassiner Dax. L'enfer, il connaissait déjà, alors que lui importait d'y retourner ?

Il suivit les feux arrière de l'ambulance en marmonnant des prières. C'étaient celles qu'il récitait durant sa captivité, chaque fois qu'on arrachait un prisonnier à sa cellule. Elles ne lui avaient guère servi à l'époque, mais il ne pouvait pas faire grand-chose pour Dax, à part se jurer de résoudre le mystère.

L'ambulance stoppa devant l'entrée des urgences, et Jim la dépassa pour trouver une place un peu plus loin.

Le temps qu'il se gare et revienne sur ses pas, les ambulanciers avaient déjà fait entrer la civière dans le bâtiment.

Il fit halte à la réception et se pencha vers l'infirmière.

— Une ambulance vient d'amener mon frère, Dax Kennedy. Vous pouvez prévenir le médecin que je suis ici et que j'attends des nouvelles ?

L'infirmière prit note de l'information et retourna à son ordinateur.

Jim se mit à errer dans la salle d'attente. Il contempla le distributeur de boissons, se servit un verre d'eau à la fontaine, puis remua les magazines de chasse et de golf sur la petite table avant de revenir à la réception.

— Des nouvelles ? demanda-t-il.

— Non, monsieur.

Cette fois, l'infirmière ne leva même pas les yeux.

Avec un long soupir, il se laissa tomber sur une chaise, près d'une femme qui feuilletait un magazine de pêche, le visage crispé, les jointures blanchies par la tension.

La porte d'entrée s'ouvrit à la volée, et Scarlett se précipita vers lui, Stevens sur les talons.

— Tu as des nouvelles ? Il va s'en sortir ?

— Non, je n'ai vu personne.

— Il aura peut-être plus de succès, dit-elle en désignant Stevens qui s'adressait à l'infirmière. Il veut voir le médecin.

— Dax a eu le temps de te parler ou il était déjà inconscient ? demanda Jim.

— Il était déjà évanoui.

— Tu as vu ou entendu quelque chose ?

— Non. Et toi ? Il n'y avait rien dans le garage ?

— Dax a laissé ses outils par terre, comme si on l'avait appelé du dehors. J'ai cru qu'il était allé chercher quelque chose à boire ou répondre au téléphone. Je pensais que tu allais le trouver dans la maison.

— Je l'ai trouvé, dit-elle en serrant les dents.

— Scarlett, il faut que…

— Monsieur Kennedy ?

Jim se leva et se dirigea vers le médecin qui venait de pénétrer dans la salle d'attente.

— Oui, c'est moi.

— Je suis le Dr Verona, dit le médecin en remontant ses lunettes pour se frotter les yeux. Je dois vous dire que c'est grave. Votre frère a perdu beaucoup de sang.

— Il va s'en sortir ?

— Je ne peux pas me prononcer pour l'instant. Il est dans le coma. Nous allons le transférer aux soins intensifs.

— Pouvez-vous me donner une idée de ses chances de survie ?

— Je dirais cinquante pour cent, peut-être moins. J'ai vu survivre des patients qui étaient plus mal en point que lui et d'autres succomber alors qu'ils étaient moins gravement atteints. En tout cas, aucun des organes vitaux n'est touché, ce qui est un atout.

Le médecin continua ses explications, mais tout ce que Jim retint c'est que son frère avait une chance sur deux de s'en sortir. Dax avait déjà déjoué des pronostics plus défavorables, il pouvait gagner ce pari.

Même s'il n'avait pas vu son frère depuis des années, il n'était pas préparé à sa perte.

— Sa petite amie ! lança-t-il soudain. Il a une petite amie à Seattle en ce moment. Je devrais l'appeler. Vous avez ses affaires personnelles ?

— L'infirmière va vous les donner. Je transférerai votre frère demain matin et je demanderai au médecin responsable de vous appeler.

— Merci, docteur. Puis-je aller le voir ?

— Bien sûr. L'infirmière va vous conduire.

Voyant le médecin tourner les talons, Stevens l'interpella.

— Je souhaiterais vous poser quelques questions, docteur. Il s'agit d'une tentative d'homicide.

— Je n'ai que quelques minutes, répondit le médecin, mais nous pouvons parler dans ce bureau si vous voulez.

Quand ils eurent disparu, Jim se pencha au-dessus du comptoir et s'adressa à l'infirmière.

— Le Dr Verona m'a dit que je pouvais voir mon frère.

Elle leva un doigt et s'empara du téléphone.

— Dis à Tiana que le 528 a de la visite. Son frère veut le voir.

Jim haussa les sourcils, choqué.

— Il s'appelle Dax, intervint Scarlett.

— Désolée, répliqua l'infirmière en étendant les bras. Ce n'est qu'une façon de parler. Il est entre de bonnes mains. Le Dr Verona est le meilleur traumatologue des environs.

La porte du service s'ouvrit, et une infirmière en blouse rose pointa la tête.

— Vous êtes le frère de Dax ? Par ici, je vous prie.

Jim prit la main de Scarlett.

— C'est ma femme. Elle vient avec moi.

— Non, rétorqua l'infirmière en levant les yeux au ciel, ce n'est pas votre femme. C'est Scarlett Easton, et je sais très bien qu'elle n'est pas mariée. Mais elle peut venir quand même.

— Tiana… dit soudain Scarlett en claquant des doigts. Ta grand-mère et la mienne étaient amies !

— C'est ça. Tiana Gokey. Je n'ai pas grandi dans la réserve parce que mes parents en sont partis, mais je suis revenue quand ma grand-mère est tombée malade.

— Merci de me laisser voir Dax. C'est moi… qui l'ai trouvé.

— Heureusement que vous avez réagi vite, tous les deux. S'il survit, ce sera grâce à vous.

Tiana repoussa un rideau, et Jim cilla en voyant son frère branché de toutes parts à des machines.

— Le médecin dit qu'il a une chance sur deux de s'en sortir.

— S'il le dit, il faut le croire. C'est le meilleur médecin de l'hôpital.

Elle inséra une feuille dans le support accroché au pied du lit.

— Nous allons le transférer demain matin. Prenez votre temps.

— Merci, Tiana.

Jim tira une chaise près du lit de son frère et contempla les tubes et les câbles entrecroisés sur son corps.

— Il est dans un état terrible.

— Chut ! dit Scarlett en lui pressant l'épaule. Il peut peut-être t'entendre. Sois positif.

Jim se pencha vers le visage livide de son frère et lui murmura les mots d'encouragement qu'il adressait aux anciens combattants placés sous sa responsabilité.

— Seigneur, j'espère qu'il va s'en tirer.

— Il faut garder confiance.

En s'avançant pour remonter le drap, Scarlett effleura le bras de Dax au passage. Elle sursauta et eut un mouvement de recul.

— Que se passe-t-il ? interrogea Jim, les yeux plissés. Tu as senti quelque chose ?

Scarlett fixa ses doigts, qui tremblaient.

— J'ai eu un flash.

— J'espère que c'était l'assaillant de Dax.

— Pas vraiment. C'était… Je ne sais pas. Il faudrait que j'essaie encore, dit-elle en remuant les doigts.

— Pas si ça te doit te bouleverser.

Jim retint son souffle, partagé entre l'envie d'en savoir davantage et celle de protéger Scarlett.

Celle-ci repoussa un peu le drap et posa les doigts sur la main de Dax, au-dessus de l'aiguille de la perfusion. Fermant les yeux, elle poussa un long soupir. Sa tête tomba en avant, et son souffle s'accéléra, tandis que ses paupières frémissaient.

Soudain, le rideau barrant l'entrée fut repoussé. Scarlett retira vivement sa main.

— Désolée, dit Tiana avec un grand sourire, nous devons faire des analyses avant de transférer le blessé.

Jim recula sa chaise pour cacher Scarlett.

— Bien sûr. Merci de m'avoir laissé le voir.

Du coin de l'œil, il vit Scarlett ciller et repousser ses cheveux en arrière. Puis elle tapota la main de Dax et lissa le drap.

— Tiens bon, Dax, murmura-t-elle.

Ils retournèrent en silence à la réception, où Stevens les attendait.

— Vous avez besoin d'autre chose, Quentin ? demanda Scarlett.

— Kennedy, vous pourriez venir au commissariat demain ? Je voudrais vous poser quelques questions sur votre frère. Un autre Seigneur du Chaos a été vu en ville, Charles Swanson, dit Chewy. Vous le connaissez ?

— Oui.

— Votre frère et lui sont en bons termes ?

— Je n'en ai aucune idée, Stevens. On peut en reparler demain ?

— Naturellement. Ça va aller pour vous ? C'est une véritable vague de catastrophes qui a l'air de vous être tombée dessus.

— Ne m'en parlez pas. Je suppose que ma maison est considérée comme une scène de crime, maintenant ? demanda Jim

— Tout à fait.

Scarlett le tira par la manche.

— Tu peux dormir chez moi, ce soir.

C'était leur projet à l'origine, et cela paraissait une idée encore meilleure à présent. Si Stevens fut surpris, il n'en montra rien.

— C'est sans doute une bonne idée, commenta-t-il, puisque nous n'avons encore rien sur l'incendiaire, et que c'est peut-être le même qui vous a menacé et a poignardé Dax.

— Un type fort occupé… Et désespéré, si je ne me trompe, intervint Jim en se grattant le menton.

— Tout de même, j'ai du mal à croire qu'une affaire vieille de vingt-cinq ans fasse encore autant de dégâts, remarqua Stevens en vissant son chapeau sur sa tête.

— Si les ravisseurs craignent toujours d'être découverts, ils s'appliquent à faire taire tous ceux qui ont été mêlés de près ou de loin aux enlèvements.

— Vous êtes en train de me dire que votre frère était mouillé là-dedans ? Et Scarlett ? Elle n'était qu'une enfant à l'époque, comme vous.

— Oui, mais les enfants en savent parfois plus que les adultes ne le pensent.

— D'accord. Je vous laisse partir. J'ai informé le shérif, alors prenez contact avec nous demain matin, Kennedy.

— Je n'y manquerai pas.

Une main posée au creux de ses reins, Jim escorta Scarlett vers la sortie. Quand ils furent à l'abri dans la voiture, il se tourna vers elle.

— Tu as perçu quelque chose en touchant Dax ?

— Rien. Je venais juste de commencer quand Tiana est entrée. Mais ce qui m'étonne c'est qu'elle avait prétendu peu de temps auparavant que tu pouvais prendre ton temps.

— Tu sais comment c'est à l'hôpital.

Jim s'interrompit une seconde.

— Qu'est-ce que tu veux dire ? Tu penses qu'elle t'a interrompu exprès ?

— Elle est quileute. Elle sait qui je suis.

— Alors, elle essaie peut-être de protéger quelqu'un, dit Jim.

— Comme je te l'ai déjà dit, il y a quelque chose dans cette affaire qui rend la tribu nerveuse.

— Mais pas ton oncle Danny, apparemment.

— Je vais rendre visite à Jason, demain, pour savoir ce que Danny lui voulait, dit Scarlett d'un ton décidé.

— Tu crois qu'il te le dira ?

— Je sais comment l'interroger.

Scarlett fit craquer ses jointures, puis lui adressa un clin d'œil.

— Et maintenant, allons-y. Tu dois être épuisé.

— Je suis quand même en meilleur état que Dax.

Tandis que Jim démarrait et se dirigeait vers la sortie de l'hôpital, Scarlett se laissa aller en arrière sur son siège. L'ambiance de la soirée était passée de délicieuse à tragique ; que pouvait-elle faire pour la remettre sur les rails ?

Elle soupira, et Jim lui heurta l'épaule.

— Tu préfères que j'aille à l'hôtel pour te laisser en paix ? demanda-t-il.

— En paix ? De quoi est-ce que tu parles ?

— Ça ne me pose pas de problème, mais je pense que tu ne devrais pas rester seule, pas avec tout ce qui se passe en ce moment.

— Je ne veux pas rester seule, Jim.

Elle se tourna vers lui et posa une main sur sa cuisse.

— J'ai une idée, déclara-t-elle.

Elle avait baissé la voix, et il pencha la tête pour mieux l'entendre.

— Dis-moi.

— Il y a un joli petit hôtel dans le quartier d'Evergreen. Il possède un jacuzzi, un bar et de grands lits. Et le meilleur de tout, c'est qu'il n'y a ni cadavre ni incendie à proximité.

Jim fit halte au carrefour, clignotant en marche.

— Tu te sentirais en sécurité dans cet hôtel ?

— Avec toi, oui.

Du poing, il fit basculer le clignotant vers la gauche.

— Indique-moi le chemin.

Elle le pilota jusqu'au lieu indiqué.

— Ça a l'air joli, commenta Jim en contemplant la façade l'hôtel

— C'est un peu cher, mais c'est beaucoup mieux que les bouges du centre-ville.

Une fois Jim et elle enregistrés à la réception, Scarlett s'assura que le spa et le bar étaient encore ouverts, et ils montèrent à leur chambre, au troisième étage.

Jim se débarrassa de son blouson d'un coup d'épaule et passa ses pouces dans sa ceinture.

— Tu n'arrêtes pas de parler du jacuzzi, mais pour autant que je sache, aucun de nous n'a de maillot de bain.

— Chut, dit-elle en mettant un doigt sur les lèvres. Je pense qu'on pourra se baigner en sous-vêtements. Il n'y a personne à cette heure-là.

— J'ai toujours su que tu étais une rebelle.

S'asseyant au bord du lit, il se déchaussa en quelques secondes.

Scarlett alla prendre des serviettes dans la salle de bains, et en lança une à Jim.

— Au cas où il n'y en aurait pas en bas.

Pieds nus, en jean et T-shirt, ils descendirent dans le hall et s'engagèrent dans le couloir menant au gymnase et à la piscine. Pour la première fois depuis longtemps, Scarlett se sentait effectivement rebelle.

Mettant sa main en visière, elle pressa le nez contre la vitre de la piscine.

— Vide, exactement comme j'aime.

Jim fit glisser sa carte dans la fente de la serrure et poussa la porte quand la lumière verte se mit à clignoter.

Scarlett sentit l'air humide se déposer sur sa peau. Du bout de l'orteil, elle alla tâter la température de l'eau.

— Elle est chaude.

— Mais elle est encore plus chaude là-bas, remarqua Jim en pointant du doigt le jacuzzi bouillonnant dans un coin.

S'appuyant de la main sur le carrelage, Scarlett tendit le cou vers le petit bassin.

— Sympa et intime, dit-elle

— Laissons les serviettes à côté, au cas où.

Jim posa sa serviette au bord du jacuzzi et jeta un coup d'œil derrière lui avant d'enlever son T-shirt.

La vapeur de l'eau réchauffait les joues de Scarlett. À moins que ce ne soit la vue du torse musclé de Jim.

— Allez, que la fête commence !

Jim tourna un des robinets, et les jets firent bouillonner l'eau.

Il retira son jean et descendit la première marche d'un mouvement fluide, son caleçon flottant autour de ses cuisses.

— Tu es rapide, remarqua Scarlett.

Elle souleva son T-shirt et le fit passer par-dessus sa tête. Son soutien-gorge, qui n'avait rien de très sophistiqué, la couvrait mieux qu'un haut de bikini. Alors pourquoi se sentait-elle nue sous le regard affamé de Jim ?

— Et voilà le bas.

Elle retira son jean et entra dans le jacuzzi, l'eau léchant son corps. Elle se cogna les genoux contre ceux de Jim et il lui prit les mains.

— Viens de ce côté. Comme ça, on pourra surveiller la porte tous les deux.

Elle se laissa tirer à travers l'eau bouillonnante et s'assit près de lui, posant la tête contre la paroi.

Les jets d'eau lui martelaient les reins. Elle étendit les jambes et agita les orteils dans les bulles.

— C'est le paradis ici. De quoi oublier tout ce qui s'est passé ces derniers jours.

— Tout ? demanda-t-il en lui passant un bras autour des épaules. Même ce… courant qui circule entre nous ?

— Mais si on cède à ce courant, comme tu dis, comment cela va-t-il finir ? dit-elle en l'éclaboussant.

— Eh bien, je vais te faire l'amour avec une passion débridée, voilà comment ça va finir.

L'eau devint plus chaude, et Scarlett gigota pour se rapprocher de lui, cuisse contre cuisse.

— Ce n'est pas que je n'ai pas envie de faire l'amour, surtout avec une passion débridée, dit-elle, mais que se passera-t-il quand tu auras trouvé ce que tu cherches ? Quand tu vendras la maison de ton père ? Quand tu iras étudier ailleurs ?

— Et quand tu t'en iras pour ta prochaine exposition ? ajouta Jim.

Elle hocha la tête et posa son menton sur l'épaule de Jim, cillant à cause des gouttes d'eau qui coulaient sur son visage. C'était certainement l'eau, parce que ce ne pouvait pas être des larmes.

— Je ne sais pas, dit-elle. Je peux seulement t'offrir l'instant présent. J'ignore ce qui se passera dans un jour ou deux, mais je sais que je te veux.

Il grogna doucement dans son oreille.

— Et moi, je sais que je veux être en toi.

Scarlett frissonna et glissa un peu plus sous l'eau, s'agrippant à la cuisse de Jim.

— Mais je comprendrais que tu ne veuilles pas aller plus loin, reprit Jim. Je ne peux rien te promettre. Et peut-être préfères-tu qu'il en soit ainsi. Pourquoi t'engager sur le long terme avec un type aussi cabossé que moi ?

Scarlett jeta un bref coup d'œil à l'entrée de la piscine et, rassurée, se mit à califourchon sur les genoux de Jim. Elle lui posa un doigt sur les lèvres, puis le remplaça par un baiser mouillé.

— Tu ne peux te tromper davantage. Du coup, je me demande comment tu pourrais me faire l'amour avec une passion débridée, alors que tu n'as pas l'air de me comprendre, ni moi, ni ce que je désire.

Il lui ceignit la taille de ses bras.

— Alors tu cherches une relation à long terme ou une passade ?

— Pour un homme, tu passes bien trop de temps à analyser les choses.

Elle se pressa contre lui, et sentit son pénis durcir contre sa cuisse.

— Ou peut-être que non…

Glissant ses mains sous l'élastique de sa culotte, Jim lui caressa les fesses.

Elle inclina la tête pour faire courir le bout de sa langue sur la cicatrice qui barrait le torse de Jim. Puis elle plaqua ses hanches contre lui. En grognant, il lui baissa son slip. Scarlett se laissa tomber en avant pour loger sa tête entre son épaule et son cou. Fermant les yeux, elle retint son souffle. L'eau chaude courait sur sa peau nue, la faisant frissonner. Jim fit courir deux doigts sur sa peau, laissant une traînée de feu qu'elle sentit même sous l'eau.

Elle jeta un coup d'œil derrière elle.

— Tu crois qu'on va nous voir ?

— Je vais garder un œil sur la porte et les mains sur ton corps, ça te va ?

Il la caressa de nouveau, puis introduisit deux doigts en elle.

Scarlett s'effondra contre lui, en lui passant les bras autour du cou. Jim était vraiment un voyou : c'était exactement ce genre de comportement qui inquiétait les parents, et avec raison.

Tout en continuant de l'explorer, il fit passer son pouce d'avant en arrière sur sa chair palpitante, activant le brasier au fond de son ventre. Elle pressa les lèvres sur sa gorge, là où son pouls battait sauvagement.

Puis elle passa la main entre leurs corps, là où les doigts de Jim jouaient à la rendre folle. Il l'emprisonna entre ses doigts.

— Tu veux sentir à quel point tu es excitée ?

Avant qu'elle puisse trouver une réplique, il reprit ses mouvements et elle sentit le bourgeon de son désir. Guidée par sa main, elle se caressa elle-même. Puis il porta sa main à ses lèvres et en embrassa la paume.

Il continua à la caresser, tandis qu'elle effleurait des doigts son érection. Jim était peut-être cabossé, comme il disait, mais il ne faisait pas de doute que son corps était en parfait état de marche.

Soudain, elle se tendit, serra Jim entre ses cuisses et se laissa emporter par le plaisir avant de retomber contre lui, jouissant des dernières vagues de son orgasme.

Prenant son visage entre ses mains, il cueillit ses soupirs sur ses lèvres. Quand le dernier spasme de plaisir la quitta pour glisser dans l'eau, elle laissa traîner ses ongles sur la chair ferme de son érection.

— Allons finir ça dans notre chambre, derrière une porte close, murmura Jim. Une fois que j'aurai commencé, je ne sais pas si je pourrai m'arrêter.

Du bout de la langue, elle attrapa une goutte d'eau qui glissait sur sa poitrine.

— C'était interdit, ce qu'on vient de faire ?

— S'il y avait eu quelqu'un dans la piscine, je suis sûr que oui, mais si tu n'en parles pas, je ne dirai rien non plus.

Il fit glisser ses mains sous son slip pour le remettre en place, puis remonta les bretelles de son soutien-gorge.

— Ce n'est pas la peine, dit-elle en lui immobilisant

les mains. Je ne vais pas me rhabiller par-dessus ces sous-vêtements trempés.

Il haussa un sourcil.

— Tu as l'intention de te balader comme ça dans le hall ?

— On va enlever tout ça, se sécher et remettre nos vêtements.

Du pouce, elle caressa la lèvre inférieure de Jim.

— On roulera nos sous-vêtements dans les serviettes, et personne ne remarquera rien.

— Tu as déjà fait ça ? demanda-t-il en se soulevant pour retirer son caleçon.

Elle toussota en voyant sa nudité dans l'eau.

— Pas toi ?

— Tu as l'air d'une spécialiste…

— Ce n'est que du bon sens, dit-elle en se tapotant la tête.

— Alors mieux vaut le faire tout de suite.

Courbé en deux, il attrapa sa serviette et se releva dans le bassin, cerné par l'écume. L'eau dégoulina sur son tatouage et ses fesses.

Scarlett sentit un frisson de désir la parcourir. Quelle que soit l'issue de cette relation, elle ne regretterait pas cette nuit, se dit-elle.

Jim tamponna le haut de son corps avec sa serviette, puis sortit du bassin pour finir de se sécher. Enfin il enroula la serviette autour de ses hanches et enfila son jean.

— Tu as raison, dit-il en secouant son T-shirt. C'est beaucoup mieux qu'un caleçon mouillé.

— Et beaucoup plus agréable à regarder, répliqua-t-elle avec un clin d'œil.

— Tu vas passer toute la nuit à me reluquer ou tu te rhabilles ?

— Ça ne me déplairait pas, Jim Kennedy, mais je ne vais pas me contenter de te reluquer.

Se débarrassant de son slip et de son soutien-gorge,

elle se leva dans l'eau. Jim se plaça entre elle et l'entrée de la piscine.

— Au cas où quelqu'un viendrait piquer une tête, expliqua-t-il.

— Oh ! tu crois que ça arrive ? dit-elle en riant.

Jim s'approcha d'elle et lui enfila son T-shirt. Elle drapa la serviette autour de sa taille et mit son jean. Enfin, elle essora ses sous-vêtements et les enroula dans la serviette.

— Et voilà. Comme ça, on ne dégoulinera pas partout, s'exclama-t-elle

— Le trajet n'est pas long jusqu'à la chambre, de toute façon.

— Si ça ne t'ennuie pas, je vais m'arrêter au bar pour demander un verre de vin.

— Du moment que tu l'emportes avec toi. Parce que je n'ai pas l'intention de t'attendre une minute de plus, Scarlett Easton, dit-il en lui arrangeant les cheveux dans le dos.

Dressée sur la pointe des pieds, elle lui mit son ballot mouillé dans les bras et l'embrassa sur les lèvres.

— Tu peux prendre mes vêtements ? demanda-t-elle, je détesterais les laisser tomber au milieu du bar.

— Pas de doute, ça serait embarrassant.

Dans le couloir, Scarlett frissonna. Elle s'était sentie en sécurité dans le jacuzzi, et l'air frais du corridor lui faisait l'effet d'une douche glacée. Elle frotta ses mains l'une contre l'autre. Bientôt Jim la prendrait dans ses bras pour faire l'amour... Et elle se sentirait de nouveau à l'abri.

Ils s'arrêtèrent devant les ascenseurs, et Jim pressa le bouton d'appel.

— Tu as de l'argent ? demanda-t-il.

— Je vais le mettre sur notre compte — chambre 382, n'est-ce pas ?

— Oui. Tu es sûre que tu ne veux pas que je vienne

avec toi ? Je peux séjourner quelques minutes dans un bar sans devenir fou, tu sais.

— Je sais bien. Étends nos sous-vêtements pour les faire sécher. Et fais couler la douche pour qu'elle soit bien chaude.

L'ascenseur fit entendre une note aiguë en arrivant au rez-de-chaussée.

— J'arrive tout de suite.

Scarlett agita la main tandis que les portes se refermaient sur Jim. Puis elle tourna les talons pour traverser le hall en ligne droite. En approchant du bar, elle perçut les accents folks d'une musique *live*.

Qui aurait cru que la vie nocturne s'était développée à ce point à Timberline ? L'arrivée d'Evergreen Software avait vraiment changé l'ambiance.

Pieds nus sur la moquette épaisse, elle pénétra dans le bar aux lumières tamisées. Elle aperçut un homme et une femme assis dans le fond mais, absorbés par leur conversation, ils ne levèrent même pas les yeux à son entrée. Le barman lui jeta un bref coup d'œil avant de reporter son attention sur un écran TV silencieux. Assise devant la scène, une femme lança un regard noir à Scarlett et mit un doigt sur ses lèvres. Ce devait être la petite amie du musicien.

Scarlett commanda un verre de vin et fourra un bretzel dans sa bouche, tout en marquant du pied le rythme de la musique.

Le barman lui servit sa boisson.

— Vous voulez que je vous ouvre un compte ?

— Non, je vais l'emporter dans ma chambre. Donnez-moi l'addition.

Elle la signa, puis leva son verre à la santé du barman.

— Merci.

Un groupe de gens massé devant les ascenseurs éclata de rire au moment où elle sortait du bar. Soudain consciente du fait qu'elle se baladait pieds nus, un verre à la main, elle décida de prendre l'escalier. Trois étages, ce n'était rien.

Poussant la porte coupe-feu, elle commença à gravir les marches. Mais alors qu'elle venait juste de dépasser le premier palier, une porte s'ouvrit au-dessus d'elle. Apparemment, il n'était pas possible d'éviter de croiser quelqu'un.

Un murmure flotta dans la cage d'escalier, et elle ralentit le pas. S'agissait-il aussi d'un couple en quête de tranquillité ?

Le murmure laissa la place à la voix grave d'un homme.

— On ne peut pas recommencer, dit-il, pas avec ces deux-là qui mettent leur nez partout.

— Je me débrouillerai pour que ça en vaille le coup, comme la dernière fois, répliqua une autre voix masculine.

Le premier homme laissa échapper un ricanement.

— Ça n'a pas marché si bien que ça, il y a vingt-cinq ans…

Scarlett se figea, retenant son souffle.

— Ce n'était pas de ma faute. Je peux m'occuper d'elle, mais il faut que tu te débarrasses de lui — et que ça ait l'air d'un accident.

— Ça ne devrait pas être trop difficile, avec sa patte folle. En plus, j'ai entendu dire qu'il était un peu fêlé.

Scarlett monta une marche, tenant son verre d'une main tremblante.

Soudain, la porte du rez-de-chaussée s'ouvrit et elle entendit Jim appeler :

— Hello ?

Terrifiée à l'idée qu'il prononce son prénom, elle pivota sur elle-même pour redescendre. Mais à ce moment, son orteil heurta le bord de la marche, et elle laissa tomber son verre.

Celui-ci se brisa en mille morceaux, trahissant sa présence avec autant de discrétion qu'un coup de canon.

14

Jim sursauta en entendant le verre se briser. Il reprit son souffle pour appeler Scarlett mais, une fraction de seconde plus tard, elle apparut devant lui, le visage pâle, un doigt sur les lèvres.

C'est alors qu'il les entendit. Des pas lourds à l'étage supérieur.

Ouvrant la porte plus grand, il attrapa Scarlett par le bras et l'attira dans le couloir.

Elle n'articula qu'un mot :

— Cours !

Mais comment fuir les gens qui descendaient ? Prenant la main de Scarlett, il l'entraîna à sa suite, cherchant une issue.

Avisant un placard à balais dont la porte était ouverte, il s'y précipita avec elle et referma derrière eux. Puis il tira son arme de sa poche et pressa Scarlett contre sa poitrine.

En entendant la porte du palier s'ouvrir, il se tendit et sentit Scarlett se raidir contre lui. Approchant les lèvres de son oreille, il lui souffla :

— Chut !

La moquette du couloir étouffait les pas qui venaient dans leur direction, mais pour ses oreilles entraînées, c'était comme l'arrivée d'une horde d'éléphants.

Il ignorait ce que Scarlett fuyait, mais la panique qu'il avait lue sur son visage lui disait tout ce qu'il avait besoin de savoir.

Il passa sa langue sur ses lèvres en entendant les pas approcher, et crispa le doigt sur la détente. La poignée de la porte s'abaissa puis stoppa avec un déclic.

Une goutte de sueur glissa sur le front de Jim et le long de sa tempe. Il sentait l'haleine de Scarlett à travers son T-shirt, mais elle ne bougeait pas.

Les pas s'éloignèrent.

Jim posa un doigt sous le menton de Scarlett et secoua la tête. Les hommes les attendaient-ils dans le couloir ? Savaient-ils que Scarlett et lui s'étaient réfugiés dans ce placard ? Il posa l'oreille contre la porte, mais ne distingua rien d'autre qu'un murmure. S'il le fallait, ils camperaient toute la nuit dans ce réduit — bien que ce ne soit pas la soirée qu'ils avaient envisagée.

Dos à la porte, il se laissa glisser au sol, entraînant Scarlett avec lui. Le chariot de ménage et les étagères de serviettes leur laissaient juste assez de place pour s'asseoir, genoux pliés.

Scarlett se nicha entre ses jambes et appuya sa tête contre sa poitrine.

— Ça va ? lui chuchota-t-il en lui embrassant la tempe.

Elle hocha la tête.

Il resserra les bras autour d'elle. Il était curieux de savoir ce qui s'était passé, mais la sécurité primait. Ils avaient du temps, et il était patient. N'avait-il pas attendu la mort neuf mois durant, dans sa prison misérable ?

Environ une heure plus tard, il effleura l'épaule de Scarlett.

— Tu dors ?

— Je somnole. On peut parler maintenant ?

— Je pense qu'on peut sortir sans risque.

Se tournant pour lui faire face, Scarlett lui posa les mains de chaque côté du visage.

— Comment te sens-tu ? Tu n'as pas eu de flash-back ? De crise ?

— Pas la moindre.

Il se releva en s'appuyant à la porte et s'étira autant qu'il le put. Puis il aida Scarlett à se mettre debout et lui frotta le dos.

— Tu penses qu'ils sont toujours là à nous attendre ? demanda-t-elle.

Empoignant son arme, il la tint devant lui.

— Je crois qu'ils sont sortis par la porte qui donne sur l'extérieur. Ils pensent sans doute que nous avons pris la fuite. Je n'ai pas entendu de bruit de ce côté du couloir, mais reste derrière moi.

Jim abaissa la poignée de la porte en retenant son souffle, puis l'entrouvrit à peine pour jeter un coup d'œil dans le couloir.

— Je crois que ça va.

Son arme braquée devant lui, il sortit.

— On va prendre l'ascenseur. Ne t'arrête pas de marcher et cours si je te le dis.

Il pressa le bouton d'appel de la cabine et poussa un soupir de soulagement quand les portes s'ouvrirent presque immédiatement. Poussant Scarlett à l'intérieur, il se plaça devant elle jusqu'à la fermeture.

Leur ascension jusqu'au troisième étage prit plusieurs minutes, durant lesquelles ils gardèrent un silence tendu. Jim retint son souffle jusqu'à ce qu'il claque la porte de leur chambre derrière eux.

Scarlett se jeta sur le lit, un bras en travers du visage. Il s'assit au bord du lit et lui massa un pied.

— Que s'est-il passé dans l'escalier ?

Inspirant à fond, Scarlett se redressa sur ses coudes.

— Ces types projettent de se débarrasser de nous.

Jim serra les dents, sans cesser de masser le pied glacé de Scarlett.

— Quels hommes ? Tu les as reconnus ?

— Je n'ai pas pu les voir, et ils parlaient tout bas. C'est l'acoustique de la cage d'escalier qui m'a permis d'entendre ce qu'ils disaient.

— Pourquoi veulent-ils se débarrasser de nous ?

— Parce que nous nous mêlons de leurs affaires. Et ils projettent d'autres enlèvements, dit-elle en s'asseyant.

— Quoi ?

— Ils ont parlé de recommencer ce qu'ils ont fait il y a vingt-cinq ans. Il faut le dire au shérif Musgrove. Il faut avertir tout le monde.

Jim lui caressa le mollet.

— S'ils te visent, il faut d'abord que tu quittes Timberline. J'aurais peut-être dû les laisser nous rattraper, pour qu'on puisse les identifier.

— Ils savent qui je suis, de toute façon.

Retombant sur le matelas, elle pressa un oreiller contre sa poitrine.

— J'ai laissé tomber mon verre. Ce ne sera pas sorcier de questionner le barman.

— Tu le connaissais ?

— Non.

— Donc il pourra seulement leur dire qu'il a servi un verre de vin à une femme aux cheveux noirs. Ce n'est pas grand-chose.

— Nous non plus, nous n'avons pas grand-chose. Tu as eu des nouvelles de Dax ?

— J'ai appelé l'hôpital pendant que tu étais en bas, et son état est stationnaire.

— Pourquoi es-tu redescendu me chercher ?

— J'ai eu le pressentiment que quelque chose clochait. Ou peut-être est-ce l'idée de te laisser errer toute seule qui ne me plaisait pas, après tout ce qui s'est passé.

— Je commence peut-être à déteindre sur toi. Normalement, c'est moi qui ai des pressentiments.

Elle sembla hésiter un instant et finalement murmura :

— Je… Je crois que l'un des hommes était mon oncle.

— Mais comment le prouver ? Comment prouver quoi que ce soit ?

Jim s'allongea à côté de Scarlett.

— Il est peut-être temps d'appeler l'agent du FBI dont tu m'as parlé et de lui raconter tout ce que nous savons.

— Ce qui se résume à pas grand-chose.

— Il pourra peut-être donner du sens à ce que nous avons récolté. Après tout, c'est lui qui a fait le rapprochement entre les Seigneurs du Chaos et le trafic de drogue.

— Je l'appellerai demain, dit Scarlett en bâillant. Et dire que nous étions censés nous détendre. Je n'ai même pas bu mon vin.

Jim laissa traîner sa main sur son corps, puis la passa sous son T-shirt. Enveloppant l'un de ses seins, il taquina du pouce le mamelon dressé.

— J'ai les moyens de te détendre, sans jacuzzi et sans alcool.

Elle soupira en battant des paupières.

— C'est vrai que nous n'avons pas terminé ce que nous avons commencé…

— Cette pensée est la seule chose qui m'a aidé à ne pas devenir fou dans ce réduit.

Il roula le T-shirt de Scarlett vers le haut et glissa sa langue dans son nombril.

Elle lui peigna les cheveux de ses doigts.

— Tu sais ce qui me détendrait vraiment, maintenant ?

Relevant la tête, il la contempla, les yeux plissés.

— Ne me dis pas que ce serait regarder la télévision.

Sans répondre, Scarlett se dégagea et le poussa jusqu'à ce qu'il se retrouve sur le dos. Puis elle l'enfourcha, remonta son T-shirt et fit courir ses ongles sur sa poitrine.

Se berçant sur lui, elle murmura :

— Oublie la télévision. J'ai tout ce qu'il faut pour nous distraire au bout de mes doigts.

Il ferma les yeux et la laissa faire.

Scarlett repoussa les draps d'un coup de pied et se frotta les yeux. À travers la porte de la salle de bains, le bruit de l'eau courante lui parvenait.

Elle sauta du lit. Si Jim avait l'intention de lui faire quitter Timberline, elle entendait profiter de lui au maximum avant.

Elle se faufila dans la salle de bains remplie d'une vapeur aux senteurs d'agrume, et tira d'un grand geste le rideau de douche.

Jim l'empoigna et l'attira sous le jet d'eau chaude. Elle poussa un cri, ce qui le fit rire.

— Si tu crois pouvoir surprendre un ancien sniper, il faut y réfléchir à deux fois, chérie.

Elle lécha les gouttes d'eau glissant sur sa poitrine.

— Pourquoi t'es-tu sauvé ?

— Sauvé ?

Il fit courir ses mains savonneuses dans son dos.

— J'ai eu un appel de l'hôpital et je me suis dit que je ferais mieux d'y aller.

— Ce sont de mauvaises nouvelles ? demanda-t-elle en plantant ses doigts dans les flancs de Jim.

— Non. Mais elles ne sont pas bonnes non plus. Il est toujours dans le coma. Ils m'ont appelé pour me dire qu'ils allaient le transférer.

— Tu vas lui rendre visite ce matin ?

— Oui. Comme tu me l'as dit hier soir, il est peut-être conscient de ce qui se passe autour de lui.

Il l'embrassa.

— Je t'abandonne.

Scarlett finit de se laver, mais c'était devenu beaucoup moins intéressant sans Jim.

Quand elle sortit de la salle de bains, elle le vit habillé, fixant son téléphone les sourcils froncés.

— C'est Dax ?

Il leva les yeux.

— Non, je viens de recevoir un texto bizarre, d'un numéro inconnu.

— Vraiment ?

S'enveloppant de sa serviette, Scarlett s'approcha sur la pointe des pieds et jeta un coup d'œil par-dessus son épaule.

— Qu'est-ce qu'il dit ?

Retrouve la drogue. Stoppe les enlèvements. Commence par le début.

— Quoi ? dit-elle en retombant sur ses talons. Qui a envoyé ça ? Qu'est-ce que ça veut dire ?

Jim tira une chaise et s'assit au bord, tapotant son téléphone contre son menton.

— Réfléchissons une minute. Les Seigneurs du Chaos vendaient de la drogue à l'époque. Même Gary Binder était mouillé là-dedans et il a été éliminé.

— Et ce trafic avait un lien avec les enlèvements.

— Les Seigneurs devaient se procurer la drogue quelque part, parce qu'ils ne la fabriquaient pas, et ils devaient se procurer de l'argent pour l'acheter.

— Tu veux dire en ayant d'autres activités criminelles ? demanda Scarlett en se massant les tempes. Mais quel rapport avec les enlèvements ?

— Peut-être qu'ils faisaient un échange, dit Jim d'un ton dubitatif.

— Qu'est-ce que tu veux dire ?

— Ils rendaient service à leurs fournisseurs.

— Quel genre de services ? Ils réparaient leurs motos ?

— Ils leur fournissaient des enfants…

Scarlett écarquilla les yeux.

— Tu penses que les Seigneurs du Chaos kidnappaient des enfants pour les échanger contre de la drogue ?

— Oui, c'est ce que je pense.

— Et qui fournissait cette drogue ?

— Réfléchis.

— Mon oncle.

— Bingo, s'exclama Jim.

— Mais pourquoi aurait-il ordonné qu'on enlève ces trois enfants-là ?

— Je ne sais pas, mais la conversation que tu as entendue semble indiquer qu'il veut recommencer.

— Oh non, s'exclama Scarlett en secouant la tête, projetant des gouttes d'eau en tous sens. Cette ville ne peut pas revivre ça. Quand Wyatt Carson a enlevé les gosses, les habitants ont été dévastés.

— Revenons au texto, déclara Jim en pianotant sur la commode. Apparemment, la drogue a disparu.

— Et une fois qu'ils l'auront trouvée, elle servira de monnaie d'échange pour une nouvelle série d'enlèvements. Mais quel est le but de ces kidnappings ? Où sont Kayla, Stevie et Heather ?

— Je comprends que tu n'aies pas envie d'y penser, mais je suis presque sûr qu'il s'agit d'un trafic d'enfants.

— Mon oncle aurait fait ça ? s'exclama Scarlett en tortillant le coin de sa serviette entre ses doigts. Je sais que ce n'est pas un type bien, mais ça…

— Quoi d'autre ? S'il s'agissait d'un malade qui assassine les enfants, il aurait agi seul. Pourquoi monter une combine aussi élaborée et payer une bande de motards pour qu'ils enlèvent des gosses ?

— Et pourquoi ces motards-là ? dit Scarlett en frissonnant.

Jim resserra la serviette autour d'elle.

— Va t'habiller et te sécher les cheveux. Tu trembles de froid.

— Cette conversation ne risque pas de me réchauffer.

Pivotant sur elle-même, elle se dirigea vers la salle de bains.

— Et je viens avec toi voir Dax ! cria-t-elle de l'intérieur.

Une heure plus tard, après avoir réglé leur note en ligne, ils se glissèrent hors de l'hôtel.

En sortant du parking au volant de sa voiture, Scarlett jeta un coup d'œil à l'entrée de l'hôtel dans son rétroviseur.

— Si c'était Danny, dans l'escalier, il ne peut pas savoir que je l'ai entendu. Je suis heureuse que tu n'aies pas prononcé mon nom.

— Moi aussi, mais il faut quand même surveiller tes arrières.

— Toi aussi, lui dit-elle en tirant sur la manche de sa chemise. Tu penses qu'on va remarquer que nous portons les mêmes vêtements qu'hier ?

— Ça n'a pas d'importance. Mais si tu veux passer chez toi pour te changer…

— Ça ne fait rien. Au moins, j'ai pris une douche.

— Je m'en souviens, dit-il en lui effleurant la cuisse du poing.

— Jim, à propos d'hier soir…

Elle se mordit la lèvre inférieure.

— C'était une nuit inoubliable, dit-il d'un ton grave.

— Je ne l'oublierai jamais, approuva-t-elle, les yeux pleins de larmes.

Et peut-être ses souvenirs seraient-ils tout ce qui lui resterait de Jim Kennedy. Lui suffiraient-ils ?

Scarlett se gara dans le parking du bâtiment central de l'hôpital, situé à la perpendiculaire des urgences. Ils montèrent aux soins intensifs. Jim s'adressa à l'infirmière affectée à l'accueil, qui lui donna le numéro de chambre de Dax et l'autorisation d'aller le voir.

En ouvrant la porte de la chambre, cependant, il se figea.

Scarlett, qui le suivait de près, se cogna dans son dos.

— Qui êtes-vous ? demanda Jim.

Regardant par-dessus son épaule, Scarlett croisa le regard furibond d'une rouquine, assise au chevet de Dax.

— Et qui êtes-vous, vous ? Si vous faites un pas de plus, je hurle au meurtre, s'écria la rouquine.

— Du calme, dit Jim. Je suis le frère de Dax, Jim Kennedy.

La rouquine le dévisagea des pieds à la tête, et les plis de sa bouche s'adoucirent.

— Vous êtes JT, je vous reconnais, maintenant. Vous ressemblez à mon homme, en plus doux peut-être.

— Vous êtes Belinda ?

— Je suis venue dès que j'ai eu l'appel de Stevens. Et vous qui êtes-vous ? demanda-t-elle en désignant Scarlett d'un geste du menton.

— Je m'appelle Scarlett Easton. Je suis une amie de Jim.

— C'est vous qui l'avez trouvé, affirma Belinda en rejetant sa crinière par-dessus son épaule. Je vous en suis reconnaissante.

Scarlett contourna Jim pour s'approcher du lit.

— Comment va-t-il ?

— Pas bien, mais c'est un battant. Il s'en sortira, même s'il a d'autres problèmes.

Jim s'avança dans la petite pièce et posa une fesse au pied du lit de Dax.

— Quels problèmes ?

— Vous n'avez pas eu mon texto ? Si vous ne retrouvez pas la drogue et si vous n'arrêtez pas les ravisseurs, ils vont revenir s'occuper de Dax. Et cette fois, ils le tueront.

15

Stupéfait, Jim agrippa la barre en métal du lit de Dax.

— C'est vous qui m'avez envoyé ce texto ?

— Dax m'a dit de le faire s'il lui arrivait quelque chose.

Elle agita la main en direction de la forme immobile sur le lit.

— Je pense que c'est le cas.

Jim se pencha en avant.

— Que savez-vous, Belinda ? Que vous a-t-il dit ?

La jeune femme haussa un sourcil.

— Je ne vous dirai rien ici.

— Vous avez déjà pris le petit déjeuner ?

— Une tasse de café et une barre de céréales.

— Scarlett et moi, nous vous invitons.

Se mettant debout, Belinda jeta son blouson de cuir sur son épaule.

— Dax dit que vous êtes un tireur d'élite. Vous êtes armé ?

Jim tapota sa poche.

— Bon, parce que sans protection je ne vais nulle part dans cette ville pourrie.

— On pourrait aller dans un des restaurants du nouveau centre commercial, dit Scarlett en posant la main sur le bras de Jim. Mieux vaut ne pas nous montrer avec Belinda chez Sutter.

— J'aime la façon de penser de cette femme, déclara Belinda.

Elle enfila son blouson d'un coup d'épaule, faisant disparaître les tatouages qui couvraient son bras gauche.

Levant un doigt, Jim alla d'abord se pencher sur son frère.

— Tiens bon, Dax. On va résoudre tout ça.

Tandis qu'ils se dirigeaient vers l'ascenseur, Belinda fit halte à la réception pour s'adresser à l'infirmière.

— Vous m'appellerez s'il y a du nouveau, hein ?

L'interpellée recula sa chaise de quelques centimètres.

— Oui, madame.

Ils pénétrèrent dans l'ascenseur, et Jim se pencha vers Belinda, agressé au passage par une capiteuse bouffée de parfum.

— Ils ont peur de vous ?

— Ils vaudraient mieux pour eux.

Belinda voulut laisser sa voiture à l'hôpital, si bien que Scarlett les conduisit au centre commercial, non loin de l'hôtel où ils avaient passé la nuit.

La vue de cet hôtel lui tirerait toujours un sourire, songea Jim, même si Scarlett disparaissait de sa vie. Mais elle voulait davantage qu'une aventure, c'était ce qu'elle avait dit. Elle était toujours la fille intelligente qu'il avait connue au lycée et elle avait rempli les promesses de sa jeunesse.

Mais il avait encore un long chemin à parcourir, et rien n'obligeait Scarlett à l'accompagner tout du long.

— C'est ouvert à l'heure du petit déjeuner, annonça celle-ci en se garant. Avec un peu de chance, nous ne croiserons personne de connu.

— Et si c'est quand même le cas ? demanda Belinda en retirant un chewing-gum de sa bouche pour le coller dans son emballage.

— Pourquoi mentir ? intervint Jim. Vous êtes la petite

amie de Dax, et vous êtes ici parce qu'il est blessé. Nous prenons simplement le petit déjeuner ensemble.

Néanmoins, il survola des yeux la salle de restaurant presque vide, et poussa un soupir de soulagement en ne reconnaissant personne.

Ils s'installèrent dans un box sur la droite, et une serveuse vint leur verser du café.

Jim posa les coudes sur la table.

— Dites-nous ce que vous savez, Belinda. Si Dax s'était confié à moi au lieu de vous charger de m'envoyer un message crypté, il ne serait peut-être pas couché dans un lit d'hôpital maintenant.

— Je ne sais pas grand-chose, déclara Belinda en arrosant son café de crème. Dax est sorti de prison et il est venu me voir à Seattle. Notre relation se passait bien. Il avait décroché des cachets et de l'alcool. Mais il a reçu un appel qui l'a complètement déstabilisé.

— Dax ? Rien ne le déstabilise.

— Je sais, d'accord ? Mais celui-là l'a bouleversé.

— Il vous a dit de quoi il s'agissait ? demanda Scarlett.

— Pas en détail. Ça avait un rapport avec son passé. Il a pris la décision de l'ignorer mais, à ce moment-là, il a découvert que vous étiez à Timberline, JT.

— Moi ? Il est revenu à Timberline à cause de moi ?

Belinda suivit du doigt le bord de sa tasse.

— Il était fier comme un paon de vous, de votre engagement dans l'armée. Il n'arrêtait pas de se vanter de son petit frère médaillé.

Un nœud se forma dans la gorge de Jim.

— Je ne… Nous n'avons pas été souvent en contact.

Belinda haussa ses épaules minces.

— Il sortait de prison. Il avait peur que vous n'ayez pas envie de le voir.

Jim ouvrit la bouche pour poser une question, mais la

referma en voyant approcher la serveuse. Ils passèrent commande.

— De quoi voulait-il me protéger en venant à Timberline ? reprit Jim, après son départ.

— Il ne me l'a pas dit et il ne voulait pas que je vienne avec lui. Tout ce que je sais, c'est que ce coup de fil avait quelque chose à voir avec ce que votre père et lui faisaient. J'ai eu l'impression que son interlocuteur voulait qu'il reprenne ce que les Seigneurs du Chaos avaient laissé en plan.

Scarlett tapota son verre d'eau.

— Rusty et Chewy ont aussi été rappelés, dit-elle. Et en ce qui concerne Chewy, on dirait qu'il est venu de son plein gré. À moins qu'on ne retrouve son cadavre, comme pour Rusty.

— Mais qu'est-ce qui se passe dans cette ville ? s'exclama Belinda en enveloppant sa tasse de ses mains comme pour se réchauffer. Qui a rappelé les Seigneurs et dans quel but ?

Scarlett lança un regard à Jim.

— Nous n'en sommes pas sûrs, et il vaut mieux que vous n'en sachiez pas plus. Nous pensons que quelqu'un a engagé les Seigneurs pour kidnapper des enfants, il y a vingt-cinq ans, et les utiliser comme monnaie d'échange dans le trafic de drogue qui sévissait alors dans la péninsule de Washington.

Belinda écarquilla les yeux.

— Dax aurait kidnappé des enfants ? Je n'y crois pas !

— Ce n'est pas pour l'excuser, Belinda, mais il n'était qu'un adolescent à l'époque, et il était sous l'influence de notre père, intervint Jim. C'était difficile de défier son autorité, je peux vous l'assurer. Et puis Dax était déjà dépendant de la drogue. Qui sait quel genre de pression les Seigneurs ont exercé sur lui…

— Vous savez ce qui est le plus important ? reprit Scarlett

en touchant le poignet tatoué de Belinda. C'est que cette fois, il a dit non. C'est pour ça qu'il est à l'hôpital, en train de lutter pour sa vie.

La serveuse apporta leurs assiettes, mais personne n'y toucha, même après son départ.

Belinda poussait une pomme de terre autour de son assiette avec sa fourchette.

— Je pense qu'il a fait semblant d'accepter pour gagner du temps et vous protéger. Je crois qu'il a pris en charge un colis de drogue.

— Et moi, je pense que vous avez raison, dit Jim en hochant la tête. Il a pris la drogue, l'a cachée et a ensuite dénoncé le marché.

— C'est pour ça que vous avez envoyé ce texto à Jim, Belinda. Mais qu'est-ce qu'il veut dire ?

— Il ne me l'a pas expliqué. Il me l'a envoyé hier, et m'a dit de le transmettre à son frère s'il lui arrivait quelque chose. Quand je l'ai appelé pour lui demander ce qui se passait, il a refusé de me répondre.

Elle se tamponna le nez avec une serviette en papier.

— Le début, ça veut forcément dire quelque chose pour lui et moi, remarqua Jim en se grattant le menton. Mais je préférerais qu'il n'ait pas été aussi vague. Quel début ? L'affaire du trio Timberline ?

— Qu'est-ce qui est arrivé à ces gosses ? questionna Belinda.

Elle finit par entamer son omelette et découpa une petite bande qu'elle porta à sa bouche.

— Personne ne le sait. Ils ont disparu comme ça, pouf ! dit Scarlett en claquant des doigts. Pas de corps, aucune trace.

La fourchette de Belinda claqua contre l'assiette quand elle la laissa tomber.

— C'est horrible. Moi-même, j'ai un petit garçon, et

je ne peux pas imaginer ce que je ferais s'il lui arrivait quelque chose. Dax est comme un père pour lui. Je n'arrive toujours pas à accepter l'idée qu'il ait pu tremper dans des kidnappings d'enfants.

— Et celui qui les a orchestrés il y a vingt-cinq ans, veut recommencer. C'est ce que je ne comprends pas. Pourquoi ?

Scarlett repoussa son assiette encore pleine.

— Aussi longtemps qu'on ne retrouve pas la drogue, ils ne pourront pas le faire. Ceux que Danny a engagés pour enlever les enfants ne le feront pas sans toucher leur part de la drogue, déclara Jim.

— Danny ?

Belinda quitta sa tasse des yeux.

— Vous savez ?

Scarlett donna un coup pied à Jim sous la table.

— Nous... avons des soupçons, mais pas de preuve, dit-elle.

— C'est peut-être par là qu'il faut commencer, ajouta Jim. Si c'est lui qui a organisé le trafic à l'origine, peut-être est-ce ce que Dax veut dire. Il faut commencer par lui. Il faut commencer par la réserve.

— La réserve ? répéta Belinda en les regardant tour à tour. Ce Danny, c'est un Amérindien, comme vous ?

— Malheureusement nous sommes parents, mais oubliez ce que nous vous avons dit au sujet de son implication. Vous avez joué votre rôle en transmettant ce texto à Jim. Maintenant, il faut que vous vous occupiez de Dax. Et vous ne pourrez pas le faire avec un estomac vide, conclut Scarlett en pointant sa fourchette vers l'assiette de Belinda.

— Tout comme tu ne peux pas enquêter sans rien manger, rétorqua Jim en poussant l'assiette de Scarlett devant elle.

— Tu ne veux plus me faire partir ?

— Comment pourrais-je aller à la réserve sans toi ?

— Grand-mère t'a adopté. Je suis sûre qu'elle sera ravie de s'entretenir avec toi.

Voulait-elle repartir à San Francisco ? Il aurait dû insister au lieu de l'entraîner encore plus loin dans cette affaire.

Jim coinça une mèche des cheveux de Scarlett derrière son oreille.

— Alors j'irai tout seul.

— Oh non !

Elle piqua une pomme de terre avec sa fourchette.

— Grand-mère est peut-être prête à t'adopter, mais les autres continuent de te haïr. Je ne te quitterai pas d'un pouce.

Tous trois se débrouillèrent pour finir leur petit déjeuner, et ils quittèrent le restaurant sans avoir croisé personne de connaissance. Plus vite Belinda pourrait faire quitter la ville à Dax, mieux ce serait.

Quand ils l'eurent déposée à l'hôpital, Jim se tourna vers Scarlett.

— On peut aller chez le shérif d'abord ? Stevens voulait que je passe quand Musgrove serait là.

Leur visite au commissariat fut une perte de temps. Les policiers ne savaient pas grand-chose sur l'affaire de Dax, et Musgrove n'était même pas là.

En sortant, Jim marmonna :

— Combien de temps peut-on passer à jouer au golf ?

— Surtout à la fin de l'automne dans la péninsule de Washington, remarqua Scarlett en renversant la tête pour contempler le ciel gris.

Ils montèrent tous deux en voiture, et Jim posa sa main sur la sienne.

— Encore un arrêt ? J'aimerais passer chez moi pour me changer.

— Bien sûr. Même si je te trouve parfait comme ça, dit-elle en le regardant de haut en bas.

— Au moins, mon caleçon est sec.

Elle sourit, et ses épaules se détendirent.

Jim n'était pas un grand humoriste, mais il fallait bien

alléger l'atmosphère. En la regardant mettre le contact, il songea qu'elle était si tendue qu'il craignait de la voir craquer.

Se penchant en avant, il frappa soudain le tableau de bord.

— Je pense que nous allons finir par comprendre toute cette histoire, Scarlett. Petit à petit, les morceaux du puzzle s'assemblent.

Elle s'engagea sur la voie rapide, en direction du centre-ville.

— « Commence par le début. » Alors tu penses que tout a commencé par Danny et la réserve ?

— C'est lui qui a organisé les kidnappings, ou bien il faisait partie du complot qui les a organisés il y a vingt-cinq ans. À moins que…

Jim se massa la nuque, où une douleur commençait à pointer.

— À moins que quoi ? demanda Scarlett en tournant la tête vers lui.

— À moins que ce ne soit moi, le début. Les enlèvements ont débuté après qu'on a essayé de me kidnapper, et au lieu de faire arrêter le type, mon père a eu une longue conversation avec lui. C'est peut-être là que tout a commencé.

— Tu crois que ton père a passé une sorte de marché avec les ravisseurs cette nuit-là ? reprit Scarlett, les yeux écarquillés.

— Peut-être.

— Tu as des raisons de penser que c'était Danny qui était dans ta chambre ?

— Je ne me souviens pas assez de l'homme pour faire le rapprochement.

— Je pourrais peut-être le voir pour toi.

— Non.

— Si c'est un Quileute, je suis sûre que je pourrai le sentir. Si mes visions étaient si claires pour Beth, c'est qu'elle était en partie quileute elle-même. Ça pourrait nous révéler ce que nous voulons savoir, Jim.

— Je pense que je le sais déjà. Je n'ai pas besoin de confirmation supplémentaire, surtout si cela risque de te faire du mal.

— Ça ne me fait pas du mal, s'exclama-t-elle avec un geste de la main.

— Mais ce n'est pas non plus un lit de roses.

— Les lits de roses sont très surévalués. Regarde-toi…

— Moi ? s'étonna Jim.

— Ta vie n'a pas été facile.

— C'est un euphémisme. Tu ne penses pas que j'aurais aimé que ça se passe autrement ?

— On n'a pas le choix, parfois. Mais toutes les épreuves que tu as traversées ont fait de toi l'homme que tu es.

— Une épave ? dit-il en pinçant les lèvres.

— Jim Kennedy, tu es le type le plus solide que j'aie jamais rencontré. Bien sûr, tu es tout cabossé, mais tu n'es pas défait.

— Donc, tu es en train de me dire que tu es contente que j'aie traversé l'enfer ?

Elle lui assena une claque sur le bras.

— Bien sûr que non. Tu sais ce que je veux dire. Si tu peux le supporter, moi aussi. Ce n'est pas si grave que ça.

— Voyons d'abord ce que ta grand-mère a à dire. Si nous lui expliquons nos soupçons, elle pourra peut-être compléter le puzzle.

— Mais on ne trouvera pas de drogue à la réserve. Ton frère n'aurait jamais pu la dissimuler là, et il ne l'aurait pas voulu, de toute façon.

— Tu as raison, reconnut Jim en lui tapotant le genou. Si le début de l'affaire est ma tentative d'enlèvement, il l'a peut-être cachée sur le terrain de notre père.

— Et peut-être est-ce pour cela qu'il a été poignardé.

Un des hommes de Danny est venu la chercher, et Dax n'a pas voulu parler.

Quand Scarlett s'arrêta devant le bungalow, les rubans jaunes barrant l'entrée du porche rappelèrent à Jim l'état de son frère et la gravité de leur quête. Qui aurait cru que Dax Kennedy allait se révéler comme étant un type bien ?

Jim ouvrit sa portière et se tourna vers Scarlett.

— Attends-moi ici. Je vais passer par-derrière. Il ne me faudra que deux minutes pour me changer.

— J'espère que ça ne te dérange pas si je laisse le moteur en marche.

— Tu veux dire que tu partirais sans moi ?

— Je veux dire que si quelqu'un approche de la maison, je lui roulerai dessus.

— Ah, d'accord, répliqua Jim.

Il lui adressa un bref sourire, mais il eut le sentiment qu'elle parlait sérieusement.

Il ne lui fallut en effet que quelques minutes pour enfiler des vêtements propres et contempler le sol taché de sang dans l'entrée. Si seulement Dax s'était fié à lui, ils auraient pu faire face ensemble. Mais son frère continuait de le protéger comme il l'avait fait dans leur enfance contre leur père — quand ce dernier exigeait que son fils suive ses traces. Dax s'était sacrifié pour épargner son petit frère.

Sentant ses yeux s'embuer, Jim les essuya du dos de la main. Puis il sortit par-derrière et rejoignit la voiture dont le moteur tournait à l'arrêt.

— Tu n'as rien vu de bizarre ? demanda-t-il à Scarlett.

— Non, répondit-elle en faisant marche arrière. À moins que le silence ne compte pour bizarre. On dirait que la forêt se tait, aujourd'hui, qu'elle retient son souffle.

— C'est ton hypersensibilité qui te joue des tours. Espérons que tu te trompes, cette fois, et qu'aucune autre tragédie ne nous attend.

— Si malgré tout c'est le cas, nous allons l'empêcher de ce pas.

Scarlett prit la route de la réserve, comme si la réponse les attendait là-bas. Jim, lui, ne pensait pas que ce serait si facile.

— N'appuie pas autant sur le champignon, lui dit-il.

— En fait, j'ai le pied sur le frein. C'est parce que la route descend.

Elle fit signe à Prudence et à sa grand-mère sur le bas-côté, puis s'arrêta devant la maison de son aïeule.

Jim et elle descendirent de voiture. Sur le perron, Scarlett poussa la porte et appela.

Assise dans le même fauteuil que la fois précédente, Evelyn détacha les yeux de son tricot et leur adressa un regard vif.

Scarlett traversa la pièce et s'agenouilla près d'elle.

— Ça va, grand-mère ? Tu as l'air fatiguée.

La vieille femme posa la main sur la tête de sa petite-fille, tout en regardant Jim.

— Votre frère a été attaqué.

— Oui. La nouvelle s'est déjà répandue ?

— Il va s'en sortir ?

— Les médecins l'ignorent pour l'instant. Selon eux, il a une chance sur deux de s'en sortir.

— Faites-lui quitter Timberline dès que vous le pourrez.

— Tu sais quelque chose, grand-mère ? questionna Scarlett en touchant le genou d'Evelyn. Nous pensons que les kidnappings vont recommencer, et puis il y a la drogue — celle qui a disparu. Dès qu'elle aura été retrouvée par ceux qui la veulent, les enlèvements reprendront.

Les aiguilles à tricoter s'immobilisèrent, et Evelyn ferma les yeux.

— Je ne sais pas pourquoi il a enlevé ces enfants.

— Mais tu sais qui c'était ? C'était oncle Danny ?

— Non, pas à cette époque.

Evelyn démêla d'une main tremblante l'écheveau de laine qui était posé sur ses genoux.

— Ce n'était pas Danny le chef, mais il a joué un rôle, en tant que chef du gang des Quileutes.

— Mais qui était-ce, Evelyn ? demanda Jim. Qui a décidé des enlèvements et pourquoi ?

— Tu te souviens de Rocky Whitecotton, Scarlett ? demanda sa grand-mère.

Scarlett fronça les sourcils.

— Whitecotton ? De la famille de Tommy ?

— Oui, un de leurs cousins, un grand type costaud qui avait beaucoup d'influence dans la tribu. Il se servait de ce pouvoir pour répandre la dissension et la haine dans la réserve. Il a essayé de recruter ton père, mais il a eu plus de chance avec Danny.

— Tu es en train de nous dire que c'est Rocky Whitecotton qui est à l'origine des kidnappings, grand-mère ?

— C'est ce que tout le monde pensait.

— Mais personne n'en a parlé au shérif ou au FBI ? l'interrogea Jim en serrant les dents.

Les Quileutes ne valaient pas mieux que les Seigneurs du Chaos, se dit-il, ils protégeaient les leurs aux dépens des autres.

— Nous n'étions pas certains, Jim. Et ses menaces nous terrifiaient. Personne n'avait de preuve, juste des soupçons.

Scarlett sauta sur ses pieds.

— Rocky est parti depuis des années.

— En effet, depuis vingt-cinq ans, répondit Evelyn en hochant la tête.

— Mais pourquoi ? s'écria Scarlett en ouvrant les bras. Pourquoi Rocky a-t-il kidnappé trois enfants de Timberline ?

— Ça, je ne peux pas te le dire, Scarlett. Je peux seulement te faire part des soupçons que j'ai depuis des années.

Je sais que Rocky avait une sorte d'organisation criminelle à sa botte et qu'il a recruté Danny et a essayé de faire de même avec ton père.

Traversée d'une sourde douleur, Scarlett reprit son souffle.

— L'accident qui a emporté mes parents est arrivé avant les enlèvements…

— Oui, dit sa grand-mère en baissant les yeux sur son tricot.

— Tu penses que…

Sans achever sa phrase, Scarlett fit le tour de la pièce, taraudée par une peine indicible.

— Est-ce que mon père a été puni parce qu'il avait refusé d'obéir à Rocky ? reprit-elle au bout d'un instant.

Evelyn posa la main sur son front.

— Tu ne crois pas que j'y ai souvent pensé pendant toutes ces années ?

Jim passa un bras autour de la taille de Scarlett et l'attira contre lui.

— Et maintenant Danny est de retour pour se mettre aux ordres de Rocky. Je pense qu'il est temps que nous appelions l'agent Harper et que nous lui disions tout ce que nous savons.

— Mais si Chewy ou un autre membre des Seigneurs met la main sur la drogue, ils n'attendront pas pour mettre les plans de Danny à exécution.

— On ne va pas cesser de la chercher, mais il nous faut les moyens de la police pour stopper Danny. Et on ne peut pas compter sur Musgrove.

Evelyn secoua la tête.

— Danny a dû le mettre dans sa poche. Ne lui faites pas confiance.

Scarlett chuchota à l'oreille de Jim :

— Tu crois qu'on devrait lui parler de l'indice ?

— Elle pourra peut-être nous aider.

— Grand-mère, le frère de Jim nous a laissé un indice sur l'endroit où se trouve la drogue. Il lui a fait parvenir ce message : « Retrouve la drogue. Stoppe les enlèvements. Commence par le début ». Ça te dit quelque chose ?

— Si votre frère connaît l'existence de Rocky, ça pourrait être ici, à la réserve, puisqu'il semble être à l'origine de toute cette histoire. Mais Danny le saurait aussi.

— Mais oui, dit Jim en claquant des doigts. Dax m'a forcément laissé un indice que seuls lui et moi pouvons comprendre.

— Ce qui nous ramène au bungalow de ton père. C'est là qu'on a essayé de te kidnapper, conclut Scarlett.

— Peut-être qu'il ne faisait pas allusion au début de l'affaire du trio, ni à la participation des Seigneurs. Il n'avait aucun moyen de savoir ce que nous avions découvert, toi et moi.

Scarlett frotta le dos de Jim.

— C'est le début de quelque chose entre vous.

— Nous n'avons jamais été proches, Dax et moi. Il était beaucoup plus âgé que moi et a suivi très tôt les traces de notre père.

— Alors c'est le début des Seigneurs du Chaos, puisque ça ne te dit rien.

Evelyn entrechoqua ses aiguilles.

— Le commencement… La naissance est un commencement.

— Nous ne sommes même pas nés dans le même hôpital.

— Avant ça. Le commencement de vos vies. Le commencement de la famille Kennedy. Quelque chose que seuls des frères peuvent savoir.

Jim se raidit soudain.

— Vous savez ? insista Evelyn. Vous vous souvenez de quelque chose ?

— Dax était plus vieux que moi quand notre mère est

partie. Et il a toujours eu un faible pour elle. Il ne lui a jamais reproché d'être partie. Il m'a raconté qu'elle disait toujours que son seul souvenir heureux était le jour où notre père l'avait demandée en mariage.

— Le commencement, répéta Scarlett en lui pressant la main. C'était dans un endroit particulier ?

— Sous l'arbre de Noël.

— Dans le bungalow ?

— Non, dans la forêt, près de la vieille mine, là où Carson a caché les enfants. Mes parents avaient l'habitude de se balader par là, d'aller y fumer, le genre de choses que font les adolescents. Il y a un grand pin là-bas, et c'est là que mon père l'a demandée en mariage. Dax adorait cette histoire, peut-être parce que c'était la seule chose tendre de sa vie, et que ça lui rappelait notre mère.

— Tu penses qu'il a enterré la drogue là-bas ?

— C'est un endroit que seuls lui et moi connaissons.

— Alors allons-y. Si nous trouvons une preuve, le FBI sera obligé de nous écouter.

— On va passer chez moi prendre des pelles. Et je vais appeler Duke Harper en chemin.

Scarlett se détacha de Jim pour embrasser sa grand-mère sur la joue.

— Merci de nous avoir raconté tout ça, grand-mère. Ne te fais pas de souci, tout ira bien.

À son tour, Jim pressa les mains de la vieille dame.

— Je prendrai soin d'elle, Evelyn.

Quand ils furent dehors, Jim leva la main.

— Tu veux que je conduise ?

— Non, je prends le volant. Je suis douée pour appuyer sur le champignon, tu te souviens ?

Ils s'éloignèrent de la maison et tournèrent à droite à la sortie de la réserve. À cet instant, les cieux s'entrouvrirent pour laisser tomber un véritable déluge.

La voiture arriva au sommet de la colline et entama sa descente. Scarlett était penchée en avant pour distinguer la route. Le véhicule prit de la vitesse.

— Je ne plaisantais pas, Scarlett. Ralentis, s'il te plaît.

— Je… Je ne peux pas.

Pompant sur la pédale de frein, Scarlett entendit le bruit inquiétant du métal heurtant le métal. La voiture fit une embardée sur la droite.

Toute sa famille avait disparu dans un accident sur cette route, et peut-être allait-elle connaître le même destin.

16

Jim agrippa le bord de son siège quand la voiture frôla le bas-côté, giflée par les feuilles et les branches mouillées. Le cœur battant, il vit défiler les arbres à toute allure.

Les deux mains sur le volant, Scarlett luttait pour redresser la voiture.

— Le frein à main, hurla-t-il. Tire le frein à main.

Scarlett s'exécuta, et la voiture se mit à zigzaguer. Les roues arrière patinèrent sur la chaussée glissante, et ils dérapèrent vers le bas-côté.

Le véhicule ralentit mais, quoi que fasse Scarlett, ses roues semblaient animées d'une volonté propre. À travers le pare-brise, la forêt parut foncer sur eux. Un gros tronc d'arbre se dressa soudain du côté de Jim.

— Accélère, cria-t-il à Scarlett.

Elle n'hésita pas. La voiture bondit en avant une dernière fois, avant que l'arrière ne heurte l'arbre dans un fracas épouvantable.

Après une seconde de silence, Jim ordonna à Scarlett :

— Ouvre ta portière. Il faut qu'on sorte.

L'arbre bloquait la portière de son côté. Il passa de l'autre côté et se retrouva presque sur les genoux de Scarlett. Heureusement l'airbag ne s'était pas déployé, si bien qu'ils purent sortir du véhicule.

Jim entraîna Scarlett aussitôt sur la route, et tous deux

virent des nuages de fumée noire s'élever de la voiture accidentée.

Jim poussa Scarlett sous un arbre et se mit devant elle pour la protéger. Le souffle court, il attendit l'explosion.

Heureusement, grâce à la pluie, le feu s'éteignit de lui-même, et seul un filet de fumée s'éleva à travers les arbres.

— Ça va ? Ton dos ? Ta nuque ? demanda Jim à Scarlett en repoussant ses cheveux mouillés sur ses joues.

— Je crois, dit-elle en cillant. Et toi ?

— J'ai été secoué, mais je n'ai rien de cassé.

— Oh mon Dieu, s'exclama-t-elle en se couvrant le visage de ses mains. Danny a essayé de nous faire la même chose qu'à mes parents.

— Il a dû trafiquer ta voiture quand nous étions à l'hôpital ou à la réserve.

— Ça prouve qu'il ne plaisante pas, Jim. Il veut se débarrasser de nous.

— Quand nous aurons trouvé la drogue et que nous aurons appelé Harper, nous pourrons mettre un terme à cette folie. Aucun risque que Chewy ou un autre Seigneur du Chaos fasse le sale boulot de Danny sans être payé. Dax l'a bien compris.

Un gros camion chargé de troncs d'arbre apparut au sommet de la colline. Quand il fut à mi-pente, le chauffeur klaxonna et ralentit.

— Ça va ? cria-t-il par la vitre.

— Nous, ça va, mais la voiture est inutilisable.

— Vous voulez appeler quelqu'un ?

Jim leva son portable.

— J'ai mon téléphone, merci !

Tandis que le poids lourd repartait, Jim appela le 911 pour signaler l'accident. Puis il drapa son blouson sur la tête de Scarlett pour la protéger de la pluie, tout en songeant qu'elle aurait dû être à San Francisco.

Le bruit familier des sirènes s'éleva alors qu'il la prenait dans ses bras pour la réchauffer. Une voiture de patrouille et un camion de pompiers apparurent sur la route, puis s'arrêtèrent à quelque distance d'eux.

Voyant Unger descendre de voiture, Scarlett fonça vers lui.

— Quelqu'un a saboté mes freins. J'en suis presque sûre, Cody.

— Y a pas à dire, commenta l'adjoint en se grattant le menton, vous n'avez pas de chance en ce moment.

Scarlett manqua s'étouffer d'indignation.

— Pas de chance ? C'est comme ça que vous appelez ça ?

— Est-ce que vous accusez quelqu'un, Scarlett ? Vous savez qui est à l'origine de ces agressions ? Parce que si c'est le cas, nous aimerions lui parler du meurtre de Rusty et de la tentative de meurtre sur Dax Kennedy.

Jim s'avança vers eux, effleurant au passage l'épaule de Scarlett. Même si Unger n'avait aucun respect pour son patron, Musgrove était quand même son supérieur, et Evelyn venait juste de les prévenir contre lui. Selon Jim, mieux valait se confier à un tiers, comme l'agent Harper.

— Je ne sais pas ce que vous en pensez, mais ceci n'a rien d'accidentel, dit Scarlett en agitant le bras en direction du véhicule.

Les pompiers avaient rapidement étouffé les flammèches qui menaçaient la végétation, et Jim les regardait à présent éteindre le reste des étincelles dans le véhicule.

— Vous avez de la chance qu'elle n'ait pas explosé, remarqua Unger.

— Jim nous a fait sortir rapidement, expliqua Scarlett en posant la main sur le bras de ce dernier.

Finalement, le chef des pompiers s'approcha d'eux, leur posa quelques questions et leur confirma que la voiture était hors d'état.

— Est-ce que l'intérieur a brûlé aussi ? demanda

Scarlett, mon sac est dedans, ainsi que mon téléphone. Je peux les récupérer ?

— Soyez patiente. Le métal est encore brûlant, il ne faudrait pas que vous vous brûliez.

Déjà les pompiers s'apprêtaient à repartir, appelés sur une autre scène d'accident.

— Et maintenant ? reprit Scarlett en frappant le sol du bout de sa botte.

— La dépanneuse est en route, et quelqu'un du comté va venir enquêter. Si c'est un acte de malveillance, il s'en rendra compte.

Unger rempocha son calepin.

— Vous voulez que j'attende le dépanneur avec vous ?

— Dans combien de temps sera-t-il là ? demanda Jim en évaluant la hauteur du soleil.

Il n'oubliait pas qu'ils allaient devoir creuser.

— La pluie a provoqué pas mal d'accidents cet après-midi. Quand j'ai appelé, l'opératrice m'a dit qu'il serait là dans une heure. Je peux vous raccompagner, si vous voulez.

Scarlett regarda sa montre.

— On va attendre ici. Je veux récupérer mon sac et mon téléphone. Le dépanneur m'aidera à les reprendre.

— Comme vous voudrez.

Une fois le policier parti, Jim prit son téléphone dans sa poche de blouson.

— Je vais appeler Harper.

— Laisse-moi lui parler, je te le passerai après, dit Scarlett.

Il laissa tomber l'appareil dans sa paume tendue.

Elle composa le numéro, attendit, puis secoua la tête.

— Bonjour, agent Harper, ici Scarlett Easton. Nous avons découvert un lien entre l'affaire du trio, les Seigneurs du Chaos et certains membres de la tribu des Quileutes. Pourriez-vous me rappeler quand vous aurez mon message ?

— Tu penses qu'il va mordre à l'hameçon ? demanda Jim.

— Le FBI l'a retiré des affaires classées juste au moment où il allait trouver quelque chose. Je pense qu'il saisira cette chance de creuser cette affaire un peu plus loin.

Elle lui rendit le téléphone, et il lui prit le poignet pour l'attirer à lui.

— Tu es sûre que ça va ? On peut aller aux urgences, si tu veux.

— J'aurai sûrement mal au dos et à la nuque demain matin, mais je ne suis pas blessée. En plus, on a une tâche à accomplir.

— Maintenant que ta voiture est hors-service, tu penses que tu pourras tenir des pelles sur ma moto ?

— Je suis devenue une motarde experte, dit-elle en redressant les épaules et en rejetant la tête en arrière.

— Si tu le dis… Pendant qu'on attend la dépanneuse, je vais prendre des nouvelles de Dax.

Il appela d'abord l'hôpital et laissa un message au médecin. Puis il téléphona à Belinda.

— Comment va Dax ?

— Il est toujours dans le même état, pas mieux, pas pire. J'ai dû remettre les pendules à l'heure avec quelques personnes, ici.

— Qu'est-ce que vous voulez dire, Belinda ?

— Une espèce d'infirmière a essayé de me chasser de sa chambre, tout à l'heure, mais je n'ai pas bougé. Et j'ai fini par découvrir que cette sorcière ne travaillait même pas ici.

— Quoi ?

Jim tira la manche de Scarlett et mit le téléphone sur haut-parleur.

— Quelle infirmière ?

— Une petite garce qui a déboulé comme une furie pour me dire que Dax ne pouvait pas avoir de visites.

— C'était une infirmière des soins intensifs ?

— Pas du tout.

— Comment l'avez-vous découvert ?

— Comme je ne voulais pas sortir, elle est partie en coup de vent, et je suis allée au poste des infirmières pour me plaindre. Elles m'ont dit que les visites étaient encore autorisées et m'ont demandé qui m'avait dit ça. Je ne savais pas son nom, mais je la leur ai décrite, et elles m'ont dit qu'aucune infirmière des soins intensifs ne ressemblait à cela.

Scarlett saisit le bras de Jim.

— Belinda, c'est Scarlett. De quoi avait l'air cette femme ?

— Grande, cheveux noirs, de grands yeux noirs, aussi froids que le pôle Nord.

— Belinda, ne quittez pas le chevet de Dax, vous m'entendez ?

— Je vous entends parfaitement, et vous n'avez pas besoin de me le dire deux fois. Je le surveille, faites-moi confiance.

Quand Jim eut raccroché, Scarlett donna un coup de pied dans le gravier du bas-côté.

— C'est Tiana Gokey. C'est forcément elle. Danny lui a dit de garder un œil sur Dax. Qui sait ce qu'il lui a dit d'autre ?

— Mon Dieu. Tu crois qu'elle irait jusqu'à le tuer ?

— Je ne sais pas. J'ignore ce qu'elle doit à Danny ou croit lui devoir. Il faut que tout ça finisse, Jim.

— Dès que nous aurons une preuve pour Harper, ça s'arrêtera.

À cet instant, Jim aperçut le dépanneur qui venait vers eux et le héla.

Quarante minutes plus tard, l'épave était sur le plateau du camion, et Scarlett avait récupéré ses affaires.

— Vous pouvez nous déposer chez moi ? demanda Jim, c'est sur votre route.

Ils se glissèrent sur le siège près du chauffeur, et celui-ci les reconduisit.

Quand ils eurent rassemblé des pelles, un rouleau de corde et une pioche dans le garage, Jim posa une main sur l'épaule de Scarlett.

— Tu n'es pas obligée de venir, tu sais. J'y arriverai tout seul.

— Je sais que tu peux le faire seul, Jim, mais je veux venir. C'est un membre de ma famille qui a causé toute cette pagaille.

— Danny ne compte pas plus pour ton peuple que Slick pour moi. Nous ne sommes pas responsables des actes des autres. Il est inutile que tu te mettes en danger pour racheter les Quileutes.

— Quel danger ? En dehors de Dax et nous, personne ne sait où se trouve la drogue, et nous pouvons encore nous tromper.

— Ne minimise pas les faits. Tu es visée depuis le début.

— Et c'est bien pourquoi je veux mettre fin à tout ça.

Il lui tendit une pelle.

— Alors, allons-y.

Il fourra deux lampes-torches et la corde dans l'une des sacoches de la moto, et mit la tête de la pioche dans l'autre.

Une fois sur son engin, il posa les deux pelles en travers de ses cuisses, et Scarlett tint le manche de la pioche, pour l'empêcher de tomber.

— Tiens-toi à moi d'une main. Je vais rouler doucement. Je voulais partir quand il faisait encore jour, mais l'obscurité va peut-être nous servir.

Il démarra, et Scarlett lui entoura la taille d'un bras. Ils ne croisèrent que deux voitures en route.

Quand ils arrivèrent dans le coin de forêt où Wyatt Carson avait dissimulé les enfants, Jim coupa le moteur et roula silencieusement. Au bout d'un moment, les branches basses devinrent si nombreuses qu'il décida de s'arrêter et de dissimuler sa moto dans le sous-bois. Inutile qu'on repère leur présence en ces lieux.

Il se chargea d'une pelle et de la pioche et tendit l'autre pelle ainsi qu'une des torches à Scarlett. Cela fait, il enroula la corde autour de son bras.

— Prête ? demanda-t-il à Scarlett

Celle-ci hocha la tête, l'air résolu.

Ils se faufilèrent dans les bois, Jim en tête. Quelques minutes plus tard, ils atteignirent la clairière, dominée par le grand pin sous lequel Slick avait demandé Wendy en mariage, une éternité auparavant. Jim ralentit le pas et leva la main.

Il avait prévu d'inspecter d'abord les alentours, mais Scarlett le dépassa d'un pas vif. Il tenta en vain de la rattraper.

— Si Dax a enterré la drogue, il devrait y avoir des traces de terre fraîches, déclara-t-elle. Et puis, l'averse a dû ramollir le sol, c'est une chance. En tout cas, Dax a dû laisser des traces.

Elle se dirigea vers le pin, balayant les environs de sa torche.

— Scarlett, attends, chuchota Jim en la suivant d'un pas prudent.

Puis il entendit le déclic d'un revolver qu'on arme. Tout de suite après, Scarlett hurla. En braquant sa torche vers elle, Jim découvrit Danny, un bras passé autour de sa gorge et un revolver posé contre sa tempe.

— Laisse tomber tes outils, Kennedy, grogna Danny, et pose ton arme.

— Nous avons appelé les hommes du shérif, Danny, dit Scarlett en tentant d'échapper à son ravisseur. Ils sont en route.

— Jolie tentative, Scarlett, mais je sais que ta grand-mère t'a mise en garde contre Musgrove. Tu ne risques pas de l'avoir appelée.

À cet instant, Chewy sortit de l'ombre, agitant une arme en direction de Jim.

— Jette tes outils, Kennedy, et avance vers la mine.

Jim hésita une seconde mais, voyant Danny poser son doigt sur la gâchette de son arme, il jeta sa pelle et sa pioche devant lui, sortit son revolver de sa poche et le jeta avec le reste.

— Comment sais-tu ce que grand-mère nous a dit ? Comment savais-tu que nous serions ici ? demanda Scarlett.

Si elle continuait à faire parler son oncle, songea Jim, il pourrait peut-être le désarmer. Quant à Chewy il était loin d'avoir inventé la poudre.

— J'ai demandé à Jason de la mettre sur écoute.

Scarlett s'étrangla.

— Ne t'inquiète pas pour ton cousin. Il ne savait pas ce qu'il faisait. Il a cru lui apporter un cadeau de ma part, un souvenir de mon frère chéri.

— Tu as tué mon père, n'est-ce pas ? Ou c'est Rocky qui l'a fait ?

— Chewy, emmène Kennedy près de la mine.

— Avance, Kennedy.

Chewy fit un pas en avant, son revolver brillant dans la lumière des torches, une pelle dans la main gauche.

Jim fit ce qu'on lui disait et baissa les yeux vers la mine. On avait enlevé les planches qui en barraient l'entrée, laissant un trou béant.

En voyant Chewy approcher, il se tint prêt à l'attaque.

— Désolé de faire ça à un Seigneur, mais tu n'étais pas vraiment des nôtres, pas vrai ? lança Chewy avec un ricanement.

Il lui balança la pelle en pleine poitrine, le faisant tomber à la renverse dans l'obscurité.

17

Scarlett hurla et chercha à s'échapper, mais Danny la rattrapa par le bras et la tira en arrière.

— Laisse-le, Scarlett. Avec un peu de chance, il perdra son autre jambe. Tu ne peux plus rien pour lui. En ce qui te concerne, tu dois retrouver la drogue.

Chewy se releva. Il s'était agenouillé pour sonder les profondeurs de la mine avec sa lampe-torche.

— JT est au fond. Il est probablement mort.

Scarlett laissa échapper un sanglot, puis elle sentit une vague de fureur l'envahir et se jeta sur Danny.

Il la gifla avec une telle force qu'elle faillit tomber à la renverse et se rattrapa de justesse à une branche basse.

— Commence à creuser, ordonna-t-il. Quand j'aurai la came en main, je la donnerai à Chewy et à son pote, et on s'en ira. On partira dans une autre région, enlever d'autres gosses.

Chewy repoussa ses cheveux pour dégager ses petits yeux stupides.

— Mais Rocky… ?

— Rocky n'a pas besoin de savoir d'où viennent les gamins. Il n'est pas venu depuis des années à Timberline.

Scarlett toucha sa joue.

— Qu'est-ce que Rocky veut faire de ces enfants ? Qu'a-t-il fait d'eux, il y a vingt-cinq ans ?

— Tu n'as pas besoin de le savoir, petite. Contente-toi de creuser. Il se peut même que je te laisse en vie.

Scarlett ricana. Elle n'y croyait pas une minute, mais il fallait s'accrocher à cet espoir. Si Danny et Chewy prenaient la drogue et la laissaient sur place, elle pourrait peut-être sauver Jim. Elle refusait de croire qu'il était mort.

Elle prit la pelle tandis que Danny braquait son arme sur elle.

— Pas de geste stupide. Creuse.

Chewy les rejoignit et balaya le sol près du pin avec sa torche.

Quelques cailloux émergeaient du sol, près de l'arbre. Danny les vit en même temps qu'elle.

— Là. C'est Dax qui a dû les aligner comme ça. Tu aurais dû me dire que la loyauté de Dax allait à son frère, Chewy. Je ne lui aurais jamais remis la came.

— C'est la prison qui a dû le changer. Au début, on pouvait compter sur lui.

Scarlett renifla. Selon elle, Dax avait obéi aux Seigneurs dans le seul but de protéger son petit frère. Jim l'avait-il compris ? Elle ferma les paupières. Il ne pouvait pas être mort. Elle le saurait, elle le sentirait.

Danny lui enfonça son arme dans le dos.

— Commence à creuser, ma petite, ou je vais t'obliger à accélérer le mouvement.

Scarlett prit la pelle et l'enfonça dans le sol humide. Puis elle la ressortit et rejeta une pleine pelletée de côté.

— Ce n'est pas si dur que ça, hein ? ironisa Danny.

Au bout de cinq minutes d'efforts, elle essuya une goutte de pluie — ou de sueur — sur son front.

— C'est toi qui as tué Gary Binder ?

— Ce looser ne savait pas grand-chose, mais il en savait assez pour donner des idées au flic du FBI. Harper commençait déjà à s'intéresser aux Seigneurs du Chaos. Gary aurait pu lui révéler le lien entre eux et les Quileutes.

— Mais pourquoi ? Pourquoi Rocky a-t-il enlevé ces enfants ?

Danny la frappa à l'arrière du crâne.

— Je t'ai dit de ne pas t'occuper de ça. Il donnait les ordres, et je les exécutais. Si ton père avait fait la même chose, il serait encore en vie aujourd'hui, et il n'aurait pas à s'en plaindre.

Les larmes montèrent aux yeux de Scarlett, et sa vue se brouilla.

— Et Rusty ?

— Il ne jouait pas le jeu, répondit Chewy en se raclant la gorge pour cracher. Comme Dax. Si Slick était encore vivant, il n'aurait pas hésité.

— Qui a essayé de kidnapper Jim ? demanda Scarlett en poussant la pelle avec le pied pour la faire entrer dans le sol.

— C'est moi, répondit Danny en toussant. Je ne me suis pas bien débrouillé, mais c'est ce soir-là que j'ai passé un marché avec Slick. L'aide des Seigneurs contre la nôtre.

— Un marché conclu en enfer, commenta Scarlett en jetant une nouvelle pelletée de terre aux pieds de Danny, recouvrant ainsi en partie les bouts ferrés de ses bottes.

— Pourquoi n'as-tu pas essayé de lire dans la mémoire de Kennedy, Scarlett ? C'est ce qui m'inquiétait le plus. La vérité était enterrée dans son esprit, et toi tu étais capable de la découvrir.

— Nous n'en avons pas eu besoin. Grand-mère te connaissait. Elle savait que tu étais impliqué, et puis j'ai entendu ta voix dans l'escalier, à l'hôtel.

— Alors, c'était toi.

Danny donna un coup de pied dans le tas de terre.

— Mais tu n'avais aucune preuve avant de savoir que Dax avait caché la drogue que je lui avais donnée. D'une façon ou d'une autre, on s'occupera de lui comme on l'a fait de son frère.

Scarlett serra les dents. Si Jim était mort, elle veillerait à ce que Danny ne s'approche jamais de Dax. S'il ne la tuait pas entre-temps.

Sa pelle heurta un objet.

— Il y a quelque chose, là-dessous.

— Continue à creuser.

Chewy orienta le faisceau de sa lampe dans le trou, éclairant le coin d'un sac en toile de jute.

Scarlett le racla du bout de la pelle, mais Danny la repoussa.

— Sors-le, Chewy, ordonna-t-il.

Le gros homme se pencha au-dessus du trou, saisit le sac par un coin et tira pour le dégager. Puis il le jeta par terre.

— La came est pour moi, Danny. Et en échange je vais m'occuper de te fournir les gosses que Rocky aura récoltés.

Avant même qu'il ait terminé sa phrase, Danny leva son arme et lui tira une balle dans la tête.

Le sang aspergea la joue de Scarlett qui eut un haut-le-cœur en voyant le gros homme s'écrouler à côté d'elle.

Danny se mit à rire.

— Comme si j'allais me fier à ce balourd pour enlever des gamins. On est revenu à la case départ, j'imagine, mais au moins j'ai une monnaie d'échange.

La folie qui animait son regard fit reculer Scarlett. Il allait la tuer, elle aussi, et personne ne pourrait retrouver Jim à temps.

Avec l'énergie du désespoir, elle pivota et fit face à son oncle, les poings levés.

C'est alors qu'un coup de feu retentit.

Durant une fraction de seconde, Scarlett crut que Danny lui avait tiré dessus mais, presque aussitôt, elle remarqua son expression de surprise.

Danny était bouche bée, le menton affaissé sur la poitrine. Une autre balle se ficha dans son torse et sa tête partit en arrière. Puis il s'écroula d'un coup.

Le regard de Scarlett passa de son corps à l'entrée de la mine, où pointait la tête de Jim.

Pleurant et riant à la fois, elle courut vers lui. Il s'accrochait à une corde, son arme à la main.

Se laissant tomber à genoux, elle s'allongea à plat ventre et hissa Jim hors du trou à l'aide de la corde passée sous ses bras. Enfin, avec force grognements, il s'écroula sur elle.

— Tu y es arrivé, soupira-t-elle en caressant sa joue couverte de boue

Souriant, il la serra contre lui et lui donna un baiser plein de terre.

— J'ai déjà vu pire, et la récompense n'a jamais été aussi délicieuse.

— On peut vous emmener chez un spécialiste à Seattle, Jim, dit le Dr Harrison. Je pense qu'il est possible de remettre votre jambe en état en la recassant.

Jim haussa les épaules et prit la main de Scarlett.

— Ce n'est qu'une petite boiterie. Si cela ne la dérange pas, moi elle ne me gêne pas.

— Je m'en moque, dit-elle en se penchant pour l'embrasser.

Il ne se lasserait jamais de ses baisers…

— Si vous le débarrassez de sa boiterie, il va devenir paresseux, plaisanta-t-elle.

— Paresseux ? Ça m'étonnerait de JT, lança Dax depuis son fauteuil roulant.

— Ce n'est qu'une option. Faites-moi savoir si ça vous intéresse, et je vous recommanderai à un confrère.

Le médecin désigna Dax de son stylo.

— Quant à vous, pas question de rester ici trop longtemps. Vous avez besoin de repos.

Belinda posa la main sur le bras du fauteuil roulant.

— Ne vous inquiétez pas, Doc. Je veillerai à ce qu'il soit sage.

Dax haussa les épaules, et elle le fit rouler hors de la chambre.

— Je te verrai plus tard, JT, dit-il avant de se reprendre : je veux dire, Jim.

L'intéressé leva le poing.

— Je suis fier de toi, frangin.

Quand le Dr Harrison fut également sorti de la chambre, Scarlett posa sa tête sur la poitrine de Jim.

De cela non plus, il ne se lasserait jamais…

— Dax va avoir du mal à quitter les Seigneurs ? demanda-t-elle. Ça a été dur pour toi.

— Mais c'était une autre époque. Les Seigneurs ont pratiquement disparu de la région. Personne ne se lancera à sa poursuite.

— Je n'arrive toujours pas à croire que tu aies pu sortir de la mine et tirer avec le revolver que tu avais à la cheville.

— Chewy ne m'a pas fouillé. Mais les snipers ont toujours une arme de rechange. Et j'avais enroulé la corde autour de mon corps, tu te souviens ? J'imagine qu'il ne l'a pas vue non plus.

— Il croyait sans doute que la chute te tuerait ou te paralyserait.

— Il avait tort.

Il caressa la joue de Scarlett.

— L'agent Harper est passé. Tu l'as vu ?

— Non. Quand ça ?

— Ils ont pu remonter la piste de la drogue jusqu'à Danny, mais ils n'ont encore aucune idée de l'endroit où se trouve Rocky Whitecotton. C'est comme s'il avait disparu de la surface de la Terre.

— Alors ils ne savent pas pourquoi il a enlevé ces enfants ni ce qu'il a fait d'eux ?

— L'affaire du trio Timberline reste un mystère. S'ils n'arrivent pas à retrouver Whitecotton, on ne saura peut-être jamais ce qui est arrivé à ces enfants.

— J'ai de la peine pour leurs familles, mais d'un autre côté, Timberline, pour moi, c'est fini. En dehors de grand-mère, bien sûr.

— Tu as parlé à Jason de ce qu'il avait fait ?

— Il se sent coupable. Il se doutait que Danny n'avait pas de bonnes intentions, mais il avait besoin de l'argent.

— Je suis sûr qu'il n'aurait pas agi ainsi s'il avait su que ça te mettrait en danger.

— C'est son problème, dit-elle en se tapotant la tempe, il ne réfléchit pas.

— Et toi ? Tu as réfléchi ?

— À propos de quoi ? demanda-t-elle en se blottissant contre lui.

— À propos de Seattle.

— J'ai toujours aimé Seattle.

— J'ai trouvé une formation de conseiller qui n'a pas l'air mal. Je pourrai même commencer à travailler tout de suite avec les anciens combattants.

— Ce serait formidable pour toi, Jim

— Et pour toi aussi. J'ai parlé d'art-thérapie au centre. Ça les intéresse… Si ça t'intéresse, toi aussi, bien sûr.

— On travaillerait ensemble, tous les deux ?

— Je pense que nous formerions une bonne équipe, c'est-à-dire si tu es prête à t'acoquiner avec un ancien combattant tout cabossé.

— Cabossé peut-être, mais pas brisé.

Elle pressa ses lèvres sur les siennes, et il sourit. *Non, pas brisé — pas du tout.*

ELLE JAMES

Les faux mariés

Traduction française de
VÉRONIQUE MINDER

BLACK ROSE

HARLEQUIN

Titre original :
NAVY SEAL SIX PACK

1

Benjamin « Montana » Raines était nonchalamment adossé au mur d'un immeuble où semblaient ne se trouver, à première vue, que des cabinets d'avocats et d'affaires publiques, ces instances qui font et défont les décisions politiques et sont dans les arcanes du pouvoir.

Mais les apparences sont souvent trompeuses.

Ce bâtiment hébergeait en réalité l'agence gouvernementale la plus secrète et la plus confidentielle du pays. Et Montana, sous ses allures nonchalantes, était un Navy Seal en mission. Il observait ainsi les passants avec la plus grande vigilance, mais aussi avec la curiosité naturelle qui le caractérisait.

L'animation de la capitale américaine contrastait fortement avec le calme et les paysages idylliques de son État natal, le Montana. La fraîcheur printanière qui régnait aujourd'hui à Washington le changeait agréablement de l'humidité, de la touffeur et des nuées de moustiques du sud du Mississippi où il était stationné avec les Seals. Si pour rien au monde il n'aurait échangé les grands espaces sauvages et ses chères montagnes du Montana contre les bayous du Mississippi, il n'en appréciait pas moins sa vie à la base de Stennis, ainsi que la Pearl River sur laquelle il s'entraînait.

Depuis maintenant quatre ans, il faisait partie des Seals de la Boat Team 22, plus simplement abrégée sous le sigle

SBT-22. Les hommes de son unité lui étaient plus proches que sa propre famille. Avec ses camarades, il avait vécu le pire comme le meilleur, et les liens qui s'étaient noués entre eux à la suite de nombreuses péripéties étaient désormais si forts qu'il considérait ces hommes comme ses frères et aurait donné sa vie pour eux. Il ne doutait pas que la réciproque soit vraie.

Habitué aux opérations d'infiltration en milieu fluvial et dans la jungle, il se sentait hors de son élément à Washington. Il éprouvait le plus vif intérêt pour ce qui se passait autour de lui, mais le béton, le goudron, les voitures et le bruit incessant qui se substituaient aux arbres, buissons et insectes de son quotidien dans le Mississippi le déconcertaient un peu. Et ce qui le gênait le plus, en définitive, était de ne porter ni arme ni gilet en Kevlar. Être en civil et jouer l'homme de la rue, un habitant lambda de Washington, était sa mission du jour. Plus précisément, il guettait l'arrivée de son nouvel équipier, une équipière en réalité, avec qui il allait participer à une opération top secret de vaste envergure.

Il avait été sélectionné en tant que spécialiste en explosifs, ainsi que pour sa capacité à se camoufler et à se fondre dans n'importe quel environnement, que ce soit dans un désert, au fin fond d'une forêt, sur un terrain de golf ou en ville. A priori, sa future équipière devait avoir le même talent. Était-ce pour cette raison qu'il ne l'avait pas encore repérée ? se demanda-t-il un peu amusé.

Cette mission d'infiltration et de camouflage au cœur de Washington où, en général, les gens cherchaient plutôt à se faire connaître et reconnaître risquait d'être une expérience particulièrement intéressante ! se dit-il avec un demi-sourire. Ici, tout le monde ambitionnait en effet de devenir quelqu'un : les hommes politiques et autres carriéristes, lobbyistes ou activistes, sans compter les riches et nantis, voire les célébrités, grandes ou petites, prêtes à les soutenir, à financer leur combat en faveur de telle ou telle cause, ou leur campagne électorale, dans des buts la plupart du temps plus intéressés qu'altruistes.

Montana ne s'intéressait pas plus à la politique qu'à la finance, et encore moins aux ambitions des grands de ce monde — ou de ceux qui se considéraient comme tels. Pour lui, rien ne valait une vie simple au cœur de la nature, une longue chevauchée dans les plaines verdoyantes, ou encore une nuit en plein air, sous un ciel constellé d'étoiles. À Washington, les étoiles étaient invisibles, masquées par la pollution lumineuse qui était visible depuis les satellites de la NASA. Il en allait de même pour les villes qui s'égrenaient le long de la côte Est.

Soudain, il se redressa : un coursier sur un vélo jaune et vert fluorescent, avec une remorque Y-Frame chargée d'enveloppes, paquets et colis de toutes les tailles en équilibre précaire, venait de s'arrêter non loin de l'endroit où il se tenait. Le jeune homme descendit de son vélo, déposa méthodiquement une bonne partie de son chargement sur le trottoir puis remit le tout en bon ordre dans sa remorque. Une fois ses paquets mieux empilés, il remonta sur sa bicyclette et reprit son chemin.

En oubliant un petit colis qui était tombé dans le caniveau.

Volontairement ou non ? se demanda Montana, sourcils froncés. Là-dessus, il tourna les yeux vers le coursier qui s'engageait dans la circulation en pédalant énergiquement.

— Hé ! s'écria-t-il.

Le jeune homme ne lui prêta pas la moindre attention. Sans doute ne l'avait-il pas entendu. Comme il était de toute façon trop loin maintenant pour qu'il se lance à ses trousses et le rattrape, Montana reporta son attention sur le colis et s'en approcha avec prudence. Le paquet comportait certainement l'adresse du destinataire ainsi que le numéro de téléphone du service de coursiers.

Il allait le ramasser quand un mouvement rapide dans son champ visuel lui fit vivement relever la tête. Il n'eut que le temps de voir une femme blonde courir vers lui à grandes foulées souples. Arrivée à sa hauteur, elle le bouscula brutalement. Surpris par cet assaut pour le moins inattendu, déséquilibré, il tomba à la renverse et finit étalé de tout son long. Immobile sur le trottoir, hébété et étourdi, le souffle coupé par la violence du choc, il vit l'impétueuse blonde se jeter sur lui pour mieux le plaquer au sol. Quand il se fut un peu ressaisi, il la saisit par les épaules pour la tenir à bout de bras.

— Qu'est-ce qui vous prend ?

— Ne bougez surtout pas ! lui ordonna-t-elle en se protégeant la nuque des mains avant de presser le visage dans le creux de son épaule.

Il ne comprenait pas la raison de ses agissements mais, galvanisé par son exhortation et son ton autoritaire, il leva le bras pour se protéger le visage.

Quelques secondes s'écoulèrent.

Un rire de femme lui parvint, ainsi que l'interjection méprisante d'un homme.

Enfin, une voix d'enfant s'éleva.

— Maman, qu'est-ce qu'elle fait au monsieur, la dame ?

— Chut ! Tu comprendras quand tu seras plus grand, répondit la mère, manifestement gênée.

Montana ouvrit alors les yeux et regarda autour de lui.

— Il devait se passer quelque chose ? demanda-t-il à la femme allongée sur lui.

Elle se redressa et regarda aussi autour d'elle.

— Le paquet oublié par le coursier est peut-être bourré d'explosifs, dit-elle avec le plus grand sérieux.

Montana éclata de rire.

— Ou de chocolats ! Ou de je ne sais quoi encore !

Il remarqua qu'elle avait un regard gris particulièrement intense.

— Écoutez, reprit-il, je mentirais si je vous disais que je n'apprécie pas qu'une jolie femme se jette sur moi mais, honnêtement, je préfère que ça se déroule dans l'intimité d'une chambre à coucher plutôt que sur un trottoir, au vu et au su des passants.

Elle se releva aussitôt, portant toujours sur le colis un regard étréci par la méfiance.

Montana, qui se relevait à son tour, vit alors le cycliste revenir. Ce dernier freina, le temps de ramasser son paquet sans leur prêter la moindre attention, puis repartit et disparut dans la circulation.

— La tragédie du siècle a été évitée ! ne put s'empêcher de plaisanter Montana. Merci pour votre vigilance ! On ne sait jamais ce que réservent de bons chocolats…

La femme se raidit et s'empourpra.

— Je vous prie de m'excuser, fit-elle avec hauteur.

Et, le menton haut, elle s'éloigna.

Montana reprit son poste non loin de l'entrée du QG de Stealth Operations Specialists, autrement dit SOS et, amusé, la suivit complaisamment du regard.

La jolie blonde retraversa la rue et leva ses yeux gris vers le numéro du bâtiment devant lequel elle arrivait. Puis elle fit volte-face, retraversa et s'arrêta devant lui.

— Vous ne seriez pas Kate McKenzie par hasard ? demanda-t-il avec un sourire en coin.

Elle opina avec un mouvement de paupières.

— Oui, c'est moi.

— Bien que l'on se connaisse déjà intimement, si je puis dire, permettez-moi de me présenter dans les formes : Benjamin Raines. Mes amis m'appellent Montana. Il paraît que nous allons être équipiers sur une opération d'infiltration et de camouflage particulièrement délicate.

Kate se sentait mortifiée. Bon sang ! Elle aurait aimé pouvoir disparaître six pieds sous terre ! Ravalant sa honte, elle se redressa fièrement et tendit la main à Benjamin Raines comme s'ils étaient deux parfaits inconnus. Ne l'étaient-ils pas, après tout ?

— Ravie de vous rencontrer, dit-elle, consciente de son ton et de son attitude guindés. J'espère que vous ne me garderez pas rancune de ce… ce petit incident.

— Ne vous inquiétez pas, ce sera notre secret, répondit-il avec un air de conspirateur.

Là-dessus, il lui serra la main. Sa poigne était énergique et franche.

Seigneur, cet homme incarne vraiment la puissance et la vigueur…, songea-t-elle avec un frisson. Tout à l'heure, lorsqu'elle s'était retrouvée sur lui, pressée contre son torse, elle avait eu intensément conscience de son corps vigoureux et musclé.

Elle savait par Becca, une ancienne camarade de fac qui l'avait contactée pour participer à cette mission, que son équipier serait un Navy Seal. Son imagination lui avait aussitôt fait entrevoir un colosse au regard impénétrable, à la parole lapidaire et aux allures de baroudeur. Mais elle avait devant les yeux un homme rieur, séduisant et détendu, vêtu d'un jean et d'une chemise en chambray bleu clair. Il aurait pu aisément faire de la publicité pour une marque de jean, ou jouer les jeunes premiers dans une comédie romantique.

— Nous n'attendions plus que vous, reprit-il d'une voix profonde et chaleureuse qui la fit frémir d'aise.

L'image d'un chocolat onctueux et chaud lui traversa l'esprit.

— Vous venez ? ajouta-t-il la précédant pour lui tenir la porte.

Jusqu'au bout du monde, beau gosse ! répondit-elle intérieurement avant de se reprocher aussitôt sa pensée. Elle était consciente de sa tendance malheureuse à s'emballer et à s'enflammer pour les beaux garçons. À vrai dire, elle manquait terriblement de discernement en ce qui concernait les hommes et les affaires de cœur. N'en avait-elle pas fait les frais ? Malgré tout, lorsqu'elle passa devant lui, le frôlant pour entrer, elle fut de nouveau sensible à son charme, et sentit un long et délicieux frisson la parcourir.

Ils prirent l'ascenseur. Dans un premier temps, elle ne souffla mot. Que pourrait-elle bien lui dire ? Comme le silence finissait par la gêner, elle se creusa la tête pour engager la conversation.

— Vous savez de quel genre de mission il s'agit ?

Il acquiesça d'un simple hochement de tête. Adossé à la paroi de la cabine, il la dévisageait tranquillement.

— Vous ne voulez vraiment pas me donner d'informations ? reprit-elle, le fixant sans ciller.

Puis, décidément troublée, elle détourna le regard. Montana l'intimidait. L'impressionnait ? Subissait-elle déjà son charme ? Allait-elle de nouveau tomber amoureuse d'un collègue ? Sa dernière aventure aurait pourtant dû lui servir de leçon ! Elle s'était follement éprise de son ancien équipier, homme attirant s'il en était, mais aussi agent double à la solde de la Russie. Elle n'en avait rien soupçonné et, aveuglée par ses sentiments pour lui, avait failli à sa mission. Cet écart amoureux fort imprudent lui avait presque coûté sa carrière à la CIA. À la suite de cette malheureuse histoire, elle avait été rétrogradée et reléguée au travail de bureau.

Elle s'était juré de ne plus jamais tomber dans les rets d'un collègue ou équipier, si séduisant soit-il. Pour se distraire de ses souvenirs fâcheux, elle porta son attention sur l'indicateur de niveau où les nombres défilaient au fur et à mesure que l'ascenseur franchissait les étages.

Soudain, un bruit sourd résonna dans la cage de l'ascenseur. Celui-ci s'immobilisa après un soubresaut et la lumière s'éteignit.

La voix calme de Montana se fit entendre.

— Ça va ?

— Oui, répondit Kate en tâtonnant prudemment. Que s'est-il passé ?

— L'explosion du colis piégé ?

À peine cette allusion moqueuse venait-elle de franchir les lèvres de Montana qu'une explosion ébranla la cabine. Déséquilibrée, Kate fut projetée contre le Seal.

Il referma les bras sur elle et la serra contre lui. Dans l'oppressant silence qui retombait, elle resta immobile, pressée contre le torse solide du Seal. Elle attendit avec anxiété une autre explosion et, éventuellement, le bruit des sirènes des voitures de pompiers et de police.

Mais le silence persista. Au bout d'un moment, elle reprit la parole.

— Vous pouvez me lâcher, je pense que c'est fini.

— On ne peut pas en être certain, objecta Montana en resserrant son étreinte. Attendons encore une minute ou deux.

En dépit de l'étrangeté de la situation, elle absorbait complaisamment sa chaleur et savourait la puissance de son corps musclé et vigoureux. Il devait avoir des abdominaux en tablette de chocolat..., songea-t-elle. Et il sentait si bon l'air frais... Presque malgré elle, elle inhala profondément.

— Vous avez raison, dit-il au bout d'un moment. C'est terminé.

Son souffle caressa sa joue et balaya une mèche de ses cheveux. Puis il la lâcha mais, comme aimantée, elle ne bougea pas. Elle avait les pensées en désordre et se trouvait maintenant dans un tel état d'émotion que le sang battait à ses tempes et bourdonnait dans ses oreilles. Elle expira enfin longuement et se fit violence pour s'écarter.

— J'imagine que vous n'avez pas de lampe de..., commença-t-elle.

Au même instant, une lueur perça l'obscurité. Elle secoua la tête avec fatalisme.

— C'est drôle, vous ne me semblez pas du genre à vous promener avec un stylo lampe-torche !

Elle entendit le sourire de Montana quand il lui répondit.

— C'est le patron de Becca qui me l'a donné. Il renferme aussi une minicaméra. Je suis peut-être un cow-boy du Montana, mais j'ai une âme de James Bond et j'adore les gadgets.

Il orienta le faisceau de sa lampe stylo vers le panneau de commande de l'ascenseur.

— J'imagine que le dispositif de demande de secours fonctionne même en cas de panne d'électricité...

— Il n'y a qu'une façon de le savoir, dit-elle en pressant sur le bouton.

Après quelques secondes, comme il ne se passait rien, elle haussa les épaules.

— Bon, on va essayer d'ouvrir les portes de la cabine. Comme ça, nous saurons où nous sommes. Ce sera toujours ça de gagné.

Montana coinça son stylo lampe entre ses dents, glissa les doigts entre les joints de caoutchouc et tira, jusqu'à ce qu'elle parvienne à passer à son tour les mains par l'ouverture pratiquée entre les portes métalliques.

— À trois ! lui dit-elle, prête à tirer de son côté. Un, deux, trois !

Au début, leurs efforts furent vains, mais ils insistèrent. Enfin, les portes s'ouvrirent assez pour leur permettre d'évaluer leur position.

Montana orienta le faisceau du stylo lampe vers le haut, et éclaira un espace qui donnait, si elle ne se trompait pas, sur le palier du quatrième étage.

— Vous pourriez passer au travers ? demanda Montana.

Elle secoua la tête.

— Vous plaisantez ? Seul un chat réussirait !

Il éclaira le plafond de l'habitacle.

— Il n'y a donc qu'un moyen de sortir de là. Pour commencer, vous allez devoir tenir la lampe.

Il le lui donna, puis se baissa et lui fit la courte échelle.

— Allez-y. Montez.

Indécise, elle fixa ses mains entrecroisées. Il soupira et reprit.

— À moins que vous ne vouliez me porter… Je vous préviens, je suis nettement plus lourd que vous !

— C'est bon, j'y vais…, fit-elle après avoir poussé un gros soupir.

Elle posa les pieds sur ses mains et leva les bras tandis que Montana se redressait pour lui permettre de toucher le plafond de la cabine.

Lorsqu'elle sentit sous ses paumes la trappe qui donnait sur le conduit, elle la poussa la fit céder, et passa la tête au travers.

— Je vois le palier du quatrième étage. On était presque arrivés, annonça-t-elle.

— Je vais vous lever aussi haut que possible afin que vous puissiez sortir.

S'aidant de ses coudes, elle se hissa hors de la cabine et s'assit sur l'ascenseur. Quand elle eut repris son souffle, elle se pencha vers Montana.

— À vous, maintenant. Je vous tends la main ?

— Inutile.

Il sauta, et agrippa les bords de la trappe.

Kate se leva, recula autant qu'elle le put et braqua le faisceau de la lampe dans la direction de Montana, en veillant à ne pas l'aveugler. Ce dernier se propulsa sans mal par l'ouverture ; ses biceps fléchirent et tendirent sa chemise en chambray sur ses puissantes épaules. Il passa la trappe avec aisance et la rejoignit.

Elle lui rendit son stylo lampe. Sans trop d'efforts, ils parvinrent à écarter les portes séparant la cage d'ascenseur du palier et se retrouvèrent au quatrième étage. L'éclairage d'urgence fonctionnait et leur permit de s'orienter.

— Suivez-moi, c'est par là, dit Montana.

Arrivé au milieu du couloir, il ouvrit une porte.

— C'est nous ! Tout le monde va bien ? lança-t-il.

Un faisceau de lumière passa sur son visage. Ébloui, il leva le bras devant ses yeux.

— Montana ? C'est toi ? fit une voix.

Kate constata qu'il y avait plusieurs personnes dans la pièce, éclairée par deux lampes autonomes. Des hommes qui avaient la stature et la musculature de Montana, ainsi que deux femmes et, enfin, un homme aux cheveux blancs, mince mais vigoureux.

— Des blessés ? demanda Montana.

— Non. Rien à signaler, répondit l'homme aux cheveux blancs. Je suis heureux que les normes de construction parasismiques aient été observées pour l'édification de cet immeuble ! Il est aussi solide que notre bunker !

Puis il s'avança de Kate, un sourire aux lèvres.

— Vous devez être notre caméléon, Kate McKenzie. Je suis Royce Fontaine, responsable de Stealth Operations Specialists, ou SOS.

— SOS ? répéta Kate en levant les sourcils. Et que fait SOS au juste ?

Royce répondit, souriant toujours.

— Stealth Operations Specialists est une agence gouvernementale secrète. Ses agents spéciaux prennent le relais de ceux du FBI et de la CIA lorsqu'ils sont arrivés au bout de leurs ressources et compétences. Ou lorsque la situation est sensible au plus haut point. La plupart de mes agents sont actuellement en mission, c'est pourquoi j'ai appelé des renforts.

Sur ces mots, il sourit à la ronde.

— Je suis ravi que vous ayez tous répondu présent !

Kate fit un petit signe à sa vieille camarade d'université, Becca Smith.

— Ce doit être une mission d'envergure, vu le nombre de participants, remarqua-t-elle.

Becca s'approcha et la serra affectueusement dans ses bras.

— J'ai été lapidaire, au téléphone, mais je ne voulais pas te donner trop d'informations. Je préférais que tu viennes au siège de SOS, qui est sécurisé. Nous ne pouvons faire confiance qu'aux personnes ici présentes.

— Vu l'explosion qui vient d'avoir lieu, certains individus cherchent manifestement à nous mettre des bâtons dans les roues, enchaîna Royce.

— Dans quelle histoire m'as-tu encore attirée ? souffla Kate à l'oreille de Becca.

Tout son être en frémissait d'excitation. Elle avait été formée aux opérations d'infiltration, et aimait le grand frisson et le risque. C'était justement pour cette raison qu'elle avait choisi d'entrer à la CIA. De plus, cette mission aurait le mérite de l'éloigner du travail de bureau, qu'elle abhorrait. Becca lui avait rendu un fier service en sollicitant son aide ! Son amie était intervenue auprès de ses supérieurs et avait promis, la mission terminée, de vanter ses mérites auprès d'eux afin qu'elle revienne définitivement sur le terrain. Encore fallait-il que cette mission soit menée à bien, conclut-elle.

Becca lui pressa la main et posa un doigt sur ses lèvres.

— Allons dans la salle de réunion, reprit Fontaine. Geek, l'un de nos informaticiens, va nous faire un briefing. Ensuite, nous nous rendrons dans le site alternatif de SOS, par précaution.

Sur ces entrefaites, tout le monde sortit. Avant d'emboîter le pas à Becca, Kate chercha Montana des yeux. Bien qu'elle ne le connaisse que depuis quelques minutes, elle avait l'impression qu'il était son point d'ancrage dans cette mission qui impliquait des Seals, la CIA, et le SOS.

Elle était impatiente d'en savoir davantage et sentait déjà l'adrénaline courir dans ses veines à l'idée de reprendre du service sur le terrain.

Quelle que soit la dangerosité de cette mission, ce serait tout de même mieux que de faire de la paperasserie à longueur de journée !

2

Montana se dirigea vers la salle de réunion, étonné que les lieux n'aient pas été immédiatement évacués après les explosions, mais Royce Fontaine avait manifestement une priorité : informer ses agents sur la mission.

— Prenez place, ordonna Fontaine quand ils furent tous rassemblés dans la salle de réunion. Un peu de patience, l'électricité ne va pas tarder à revenir. Nos techniciens y travaillent.

Au même instant, les lampes se rallumèrent.

Un soupir de satisfaction général s'éleva, accompagné de murmures et de sourires. Montana tira prestement une chaise pour Kate et attendit qu'elle se soit installée pour prendre place à côté d'elle.

Lorsque tout le monde fut assis autour de la grande table, Fontaine prit la parole.

— Je vais commencer par les présentations. Je définirai vos rôles par la suite.

Il tourna les yeux vers un homme qui entrait avec un ordinateur portable et poursuivit :

— Voici Geek, notre spécialiste en informatique. Un véritable petit génie. L'infrastructure informatique est le centre névralgique de SOS, le cœur de son activité. Autant dire que Geek a un rôle capital dans l'affaire qui nous occupe. Et voici Lance, ajouta-t-il en faisant un geste vers l'homme qui suivait Geek. C'est également un informaticien émérite qui l'assiste. Il se trouvera dans une camionnette banalisée et spécialement équipée, proche de l'endroit où se dérouleront nos opérations.

Il désigna ensuite une femme que Montana connaissait de vue, car il l'avait croisée lors de la dernière mission des Seals de la SBT-22 à Cancún, au Mexique. C'était Becca Smith, un agent SOS qui travaillait directement sous les ordres de Royce Fontaine.

— Becca Smith est intéressée au premier chef par cette affaire. L'auteur des meurtres en série que nous poursuivons a en effet tué son père, Marcus, et tenté d'assassiner le meilleur ami de ce dernier, Oscar Melton. Marcus et Oscar étaient, je le précise, des agents de haute volée de la CIA qui, de plus, collaboraient étroitement avec le Bureau de la sécurité internationale et de la non-prolifération.

Là-dessus, Royce Fontaine se tourna vers sa gauche et tendit la main vers une très jolie femme blonde aux yeux bleus qui, elle aussi, avait participé aux récents événements de Cancún.

— Natalie Layne, agent SOS, est, comme Becca, personnellement concernée. Sa sœur a en effet fait partie des femmes enlevées et victimes du trafic d'êtres humains au Mexique. Nous avons également le plaisir d'accueillir parmi nous Kate McKenzie, agent de la CIA et six Seals de la SBT-22 de Stennis, Mississippi.

Royce Fontaine déclina ensuite leur identité :

— Dutton Callaway, surnommé Duff. Sawyer Houston, Quentin Lovett, Jace Hunter, Cord Schafer, dit Rip, et enfin Benjamin Raines, surnommé quant à lui Montana, car il est originaire de cet État.

Montana opina.

— Un pack de six ! murmura Geek amusé.

Et après avoir connecté son ordinateur portable à un câble Ethernet, il pressa une touche de sa télécommande.

L'image de l'ordinateur bascula sur l'écran de projection qui se trouvait à l'autre extrémité de la salle.

— Avec autant de moyens informatiques et humains, on peut espérer que la paix reviendra dans le monde ! plaisanta Duff, l'un des camarades de Montana.

Fontaine secoua la tête.

— Du moins peut-on essayer d'en ramener un peu en neutralisant certains de nos ennemis, précisa-t-il.

Il s'adressa ensuite à Geek.

— Prêt pour le briefing ?

Geek acquiesça et pianota sur son clavier d'ordinateur. L'écran de projection afficha aussitôt plusieurs séries de chiffres.

— Voilà les éléments que nous avons actuellement en notre possession, commença Geek. Je précise que c'est grâce au père de Becca.

Il marqua une pause.

— Paix à son âme…

Après un bref silence, il reprit.

— Marcus Smith, le père de Becca se savait en danger. Il redoutait de manquer de temps pour nous communiquer les données que vous voyez sur cet écran et qu'il cherchait à décrypter.

— Je ne vois que des chiffres…, remarqua Montana. Que représentent-ils au juste ?

— Geek a passé la semaine dernière à essayer de les décoder, intervint Royce Fontaine.

Il regarda Geek et ajouta :

— Je vous laisse la parole.

— Au début, j'ai accumulé les échecs…, expliqua ce dernier. Je ne réussissais pas à donner de sens à ces chiffres. J'étais prêt à jeter l'éponge quand, tout à coup, j'ai eu une illumination !

Il se leva et s'approcha de l'écran de projection.

— Comme vous pouvez le voir, ce sont des séries de seize chiffres. Les huit premiers indiquent une date : le jour, le mois et l'année.

Il montra la seconde série.

— Les huit chiffres suivants auraient pu indiquer des numéros de compte bancaire ou de coffres, vu que nous avons invariablement deux fois huit chiffres dans chaque série. Mais j'ai eu une intuition qui découlait logiquement de ma première découverte. Aux dates devaient forcément correspondre des lieux. De là, j'ai déduit que ces chiffres pouvaient être des coordonnées géographiques. Et je ne me suis pas trompé.

Retournant à son ordinateur, il pianota de nouveau sur son clavier. Un planisphère dont certains endroits étaient mis en évidence par des points rouges s'afficha sur l'écran de projection.

Montana se pencha et observa attentivement l'image projetée.

Geek zooma sur l'Europe.

— À la date qui correspond à ce lieu, Athènes en l'occurrence, il y a eu une explosion dans un restaurant. Parmi les victimes se trouvaient Harmon Whitlow, sa femme, son fils et sa belle-fille.

— J'en ai entendu parler, intervint Sawyer.

C'était, des six Seals réunis autour de cette table, le mieux informé en matière d'actualité internationale. Fils d'un ancien sénateur, Sawyer avait une connaissance de la scène politique digne d'un initié, même s'il prétendait y être complètement indifférent. Montana avait toujours été sidéré par l'étendue de son savoir sur les cénacles politiques de Washington.

Après le fiasco de Cancún où son père et lui avaient failli trouver la mort, Sawyer s'était davantage engagé sur le plan politique. Rand Houston, qui désormais faisait partie d'un programme de protection de témoin, avait commencé une nouvelle vie dans un endroit inconnu, sous une autre identité. Sawyer était fermement résolu à retrouver les criminels qui avaient attenté à leur vie.

— Harmon Whitlow était le sous-secrétaire des affaires politiques du département d'État, précisa-t-il.

Geek opina et zooma cette fois sur le continent américain. Il montra un point rouge qui se trouvait aux États-Unis.

— À cette date, à New York, il y a eu une explosion à Central Park. Deux personnes y ont perdu la vie et plusieurs autres ont été blessées. Depuis, une jeune fille est portée disparue.

— Qui ? demanda Kate.

— Emily Brantley, la fille du multimillionnaire Trevor Brantley.

Geek pianota sur son clavier. La photo d'une toute jeune fille souriante, encadrée par un homme en smoking et une femme très élégante apparut sur l'écran.

— Ce jour-là, Emily Brantley faisait son jogging dans Central Park. Quand la fumée de l'explosion s'est dissipée, elle avait disparu. Les corps de ses gardes du corps ont été retrouvés sur les lieux : ils ont été tués par balles, et non par l'explosion.

Montana hocha la tête. Il avait appris la disparition d'Emily Brantley, qui avait fait grand bruit dans les médias. Les jours suivant son enlèvement, Trevor Brantley avait promis une récompense généreuse à toute personne susceptible de fournir des informations pertinentes qui permettraient de retrouver sa fille saine et sauve.

— Selon les autorités, cette explosion était destinée à faire diversion, le but étant d'enlever Emily Brantley, précisa Fontaine.

— Trevor Brantley est mort peu après, si je me souviens bien, dit Montana.

Geek montra un point rouge plus gros que les autres.

— Moins de deux semaines plus tard, Trevor Brantley a été tué chez lui, à Washington.

Sawyer désigna les deux ronds rouges qui se trouvaient sur la péninsule du Yucatan.

— Ce sont les dates et lieux où mon père et moi avons échappé à une tentative de meurtre, n'est-ce pas ?

— Exact, fit Geek.

Becca Smith enchaîna d'une voix blanche.

— Je constate qu'il y a plusieurs ronds rouges sur Washington. L'une des dates correspond au jour où mon père a été assassiné non loin de chez lui, n'est-ce pas ? Et je présume que les autres points sur la capitale indiquent plusieurs assassinats ou tentatives d'assassinat.

Geek pinça les lèvres.

— En effet Becca. J'ai découvert, dans l'une des séries, les dates et lieux du meurtre de votre père ainsi que de la tentative d'assassinat qui a visé Oscar Melton, son collègue. Oscar et Marcus cherchaient à décoder les séries parallèlement à leur enquête internationale sur les narcotrafiquants et la traite d'êtres humains. Je présume qu'ils soupçonnaient un lien entre ces chiffres et ces exactions. Votre père n'a eu que le temps de vous envoyer le CD contenant ces données. Ensuite, il est mort. Oscar Melton est quant à lui toujours dans le coma…

Quentin Lovett passa un bras autour de la taille de Becca.

— Nous connaissons la connexion entre Marcus Smith et Oscar Melton : deux agents de la CIA en mission auprès du Bureau de la sécurité internationale et de la non-prolifération. Mais quelles sont les connexions entre eux et les autres victimes ?

— Rand Houston, le père de Sawyer, enquêtait lui aussi sur le trafic de drogue et d'êtres humains à Cancún et, comme eux, travaillait pour le compte du Bureau de la sécurité internationale et de la non-prolifération, répondit Royce Fontaine. Harmon Whitlow était pour sa part sous-secrétaire des affaires politiques du département d'État, donc concerné au premier chef par les événements préoccupants de Cancún. En revanche, nous n'avons toujours pas réussi à établir de lien entre Trevor Brantley et sa fille Emily avec Marcus Smith, Oscar Melton, Harmon Whitlow et Rand Houston.

On frappa à la porte ; Fontaine sourit.

— Eh bien, voilà une interruption qui survient fort à propos, et qui me conduit à faire une dernière présentation. Du moins pour ceux qui n'ont pas encore eu le plaisir de la rencontrer.

On frappa de nouveau.

— Entrez, je vous en prie. Entrez, ma chère Mica ! s'exclama Fontaine. Nous n'attendions plus que vous !

Une jolie brune vêtue d'un sobre tailleur gris tourterelle entra.

Montana se souvenait l'avoir vue à Cancún. Il reconnut également l'homme qui l'accompagnait. C'était son garde du corps, Rex Masters.

Fontaine serra chaleureusement la main de la jeune femme.

— Voici Mica Brantley, la veuve de Trevor Brantley. Depuis le meurtre de son mari, Mica s'est fixé deux objectifs : retrouver sa belle-fille Emily ainsi que l'assassin de son époux.

Mica regarda l'assemblée.

— Je vous remercie d'avoir accepté de participer à cette mission, commença-t-elle d'une voix douce, voilée par l'émotion. Je ne connaîtrai pas de repos tant que je n'aurai pas retrouvé Emily et le meurtrier de mon mari, que je veux traduire en justice.

— Mica n'était pas aux États-Unis lorsque son mari a

été tué dans leur domicile de Washington, précisa Royce Fontaine. Bien qu'elle soit en danger, elle a accepté de venir à cette réunion.

— Depuis la mort de Trevor, je vis à bord de mon yacht, enchaîna Mica Brantley. Je voyage inlassablement, à la recherche d'Emily. Je ne perds pas espoir de la retrouver un jour.

Elle baissa la voix et acheva.

— Je l'aime comme ma propre fille…

Fontaine opina.

— Mica a pris un gros risque en revenant et en proposant de se joindre à nous.

Elle lui adressa un petit sourire triste.

— Depuis la disparition d'Emily et la mort de Trevor, je ne ménage ni mon temps ni mon argent pour les retrouver, elle et le tueur, mais je n'ai obtenu aucun indice. Par chance, Royce est en contact permanent avec moi depuis les événements de Cancún. Ainsi, quand Marcus Smith lui a remis le CD avec les données cryptées, il m'en a avisée et m'a conviée à cette réunion.

Après un regard à l'assemblée, elle ajouta :

— J'aimerais participer à cette mission. En jouant les leurres. De cette façon, la CIA et le SOS réussiront peut-être à mettre la main sur le meurtrier de mon mari et le ravisseur de ma belle-fille, ou sur ses complices…

— C'est très courageux de votre part, mais c'est aussi très dangereux, intervint Kate. Vous êtes vraiment prête à risquer votre vie ?

— Oui ! répondit Mica avec simplicité en la regardant droit dans les yeux. Je n'ai qu'une exigence à formuler : au cas où je trouverais la mort, je veux que les recherches pour retrouver Emily se poursuivent.

— Nous ferons de notre mieux pour vous protéger, Mica, et aussi pour retrouver Emily, assura Fontaine.

Sur ces mots, il dévisagea chaque personne présente avant de reprendre en martelant ses mots :

— Nous poursuivons un but : mettre la main sur les auteurs de la série de meurtres que je viens d'évoquer.

Tous hochèrent la tête avec conviction.

Montana avait un sens de la justice particulièrement développé, et il était prêt à tout pour la faire triompher. Soudain impatient de passer à l'action, il reporta son regard sur l'écran de projection.

— Il y a d'autres dates, d'autres coordonnées géographiques ? demanda-t-il. Vous pouvez nous éclairer, Geek ?

— Bien entendu. Ces deux dates, par exemple, correspondent à des accidents survenus à Washington. Première victime, Richard Giddings. Ce jour-là, il franchissait un pont sur le Potomac et s'est noyé dans le fleuve. Je précise à toutes fins utiles qu'il travaillait avec le sénateur Houston au Bureau de la sécurité internationale et de la non-prolifération. Seconde victime, Percy Beardon. Cycliste passionné, il est tombé de son vélo à cette date et au lieu indiqués.

— Qu'est-ce qui relie Percy Beardon aux autres personnes et événements que vous venez de mentionner, Geek ? s'enquit Duff. La politique ? Le travail ?

— Ni l'un ni l'autre. Mais Percy Beardon avait une spécificité : il était l'un des survivants d'une attaque qui a eu lieu il y a quelques années contre notre ambassade à Kaboul.

— Jusqu'à maintenant, toutes ces dates appartiennent au passé, intervint Sawyer.

— Comme les femmes qui ont défilé dans ma vie ! plaisanta Quentin.

Montana ne put s'empêcher de sourire. Quentin avait longtemps eu la réputation, fondée, d'être un séducteur insatiable. Mais tout cela était terminé depuis que Becca Smith avait réussi à le conquérir. Depuis qu'il avait trouvé l'âme sœur, il ne regardait plus aucune autre femme, ce qui ne l'empêchait toutefois pas de plaisanter sur son passé de don Juan.

Le bonheur de Quentin faisait vraiment plaisir à voir, songea Montana en le voyant échanger un regard complice avec Becca. Il était plus stable et envisageait désormais de se marier et de fonder une famille. Malheureusement, ce projet était pour le moment ajourné car, pour des raisons professionnelles, ils vivaient fort loin l'un de l'autre. Becca, agent SOS, était en effet basée en Virginie, non loin de Washington, et Quentin dans le Mississippi. Pour autant, Royce Fontaine se souciait peu de l'endroit où vivaient ses agents, du moment qu'ils pouvaient se déployer en temps et en heure. Montana était à peu près certain que Becca, qui disposait parfois de longues plages de congés, finirait par s'installer dans le Mississippi pour se rapprocher de Quentin.

D'un autre côté, les Seals de la SBT-22 étaient souvent envoyés en mission aux quatre coins du monde. Et même si Becca connaissait des phases d'inactivité, elle devait toujours rester disponible et prête à répondre présent au moindre appel de Royce Fontaine. Comment Quentin et elle réussiraient-ils, dans ces conditions, à vivre ensemble et à fonder une famille, même si Becca s'installait dans le Mississippi ?

Conscient des difficultés à mener de front une vie de couple équilibrée et une activité professionnelle pour le moins compliquée, Montana préférait éviter tout engagement sentimental aussi longtemps qu'il serait chez les Seals.

Repoussant ses pensées, il regarda en direction de Kate McKenzie, sa nouvelle équipière. C'était, à l'évidence, une femme audacieuse et dynamique. Leur collaboration devrait bien se passer, et sans débordement d'émotions, surtout après une entrée en matière aussi percutante. C'était bien la première fois qu'une femme le plaquait à terre avant même qu'ils aient été présentés !

Elle ne lui plaisait guère, décida-t-il. Ses yeux étaient trop gris, et elle était également trop sportive. De toute façon, il préférait nettement les brunes, conclut-il, observant sa longue chevelure blonde qui se déployait avec souplesse sur ses épaules.

Cela dit, elle se mouvait avec une grâce très féminine, et le blond de ses cheveux avait une chaude teinte de miel. Enfin, le gris de ses yeux, souligné d'un trait d'eye-liner, était d'une troublante intensité.

Quand, tout à l'heure, elle s'était jetée sur lui pour le protéger d'une éventuelle explosion, il avait parfaitement senti sa poitrine ferme et ronde pressée contre son torse. Encore maintenant, il en gardait la sensation. Son corps avait naturellement réagi à sa proximité et à leur position pour le moins érotique. Depuis combien de temps n'avait-il pas eu de femme dans sa vie ? se demanda-t-il soudain, sourcils froncés.

Tout compte fait, il aurait préféré collaborer avec un homme. Avec une femme, les relations risquaient toujours de devenir plus compliquées, l'émotion intervenant et rendant les choses subjectives. Cela pouvait faire échouer n'importe quelle mission.

Il se ressaisit et dirigea son attention sur Royce Fontaine.

— La plupart de ces dates appartiennent à un passé plus ou moins récent, mais j'imagine que certaines font référence au futur, dit-il.

Fontaine et Geek acquiescèrent simultanément.

— C'est exact, répondit Fontaine.

— De là découle notre mission, n'est-ce pas ? intervint Kate. J'aimerais savoir pourquoi vous avez précisément besoin de moi alors que vous avez tant de personnes aguerries pour la mener à bien.

Royce Fontaine lui sourit.

— Becca m'a expliqué que vous étiez un vrai caméléon, capable de vous transformer à volonté et de prendre n'importe quelle apparence.

Kate haussa les épaules.

— C'est vrai. J'ai fait beaucoup de théâtre au lycée, et ensuite à l'université. J'ai appris à me grimer et à jouer un rôle. Ça m'a été très utile quand j'ai commencé ma carrière à la CIA.

Montana remarqua avec étonnement qu'elle avait tout à coup l'air contrarié. Elle avait pincé les lèvres, et son regard s'était durci. Sa curiosité s'éveilla.

— Merci pour ces précisions Kate, dit Fontaine qui ne semblait pas avoir remarqué son changement d'expression. Quant à vous, Raines, votre unité considère que vous êtes aussi un as du camouflage, sans compter que vous êtes le spécialiste par excellence en explosifs.

— C'est juste.

— Nous vous avons tous les deux sélectionnés pour votre talent à vous camoufler, reprit Fontaine en opinant avec satisfaction.

Geek alla se camper près de la carte et indiqua un point.

— Cette date indique la soirée de demain. Le lieu : le yacht-club de Washington.

— Le gala de bienfaisance annuel destiné à alimenter les fonds d'un hôpital pédiatrique s'y déroulera. Comme chaque année, Mme Brantley, qui est l'une de ses organisatrices, doit y intervenir, enchaîna Fontaine.

— Depuis la mort de mon mari, j'ai annulé tous mes engagements mondains, continua Mica, mais je ne pouvais annuler celui-là. J'ai perdu un bébé et je sais ce que je dois à cet hôpital pédiatrique. Je sais quel travail formidable le personnel fournit auprès des enfants malades et de leur famille. J'ai donc décidé d'assister à cet événement caritatif, demain soir.

— Si la date et le lieu ont été identifiés, nous n'avons encore aucune certitude quant à la cible, reprit Royce Fontaine.

— Mais nous avons de fortes présomptions, ajouta Geek. Parce que nous savons désormais que les criminels ne s'attaquent pas seulement aux hommes politiques et aux agents de la CIA…

Il marqua une pause.

— Mais aussi aux membres de leur famille.

Il s'adressa à Mica.

— Votre mari a été tué, et votre belle-fille enlevée. Vous-même êtes menacée, donc tout porte à croire que vous serez la cible, même si des personnalités du monde politique sont aussi présentes demain.

— J'ai beau vouloir jouer les leurres, je m'en voudrais, par ma seule présence, de mettre en danger les innocents qui assisteront à la soirée.

Mica Brantley se tut, hésita, et poursuivit.

— Ne devrais-je pas plutôt contacter l'hôpital pédiatrique et annuler mon intervention de demain ?

— Pas nécessairement, car toutes les précautions vont être prises. Des Seals et des agents SOS seront sur place, sous couverture. Ils feront en effet partie du personnel et des extra du service traiteur, précisa Fontaine. Une équipe cynophile sera également déployée dans le yacht-club avant le début de la soirée. Un cordon de sécurité filtrera les invités. Nous en avons la liste.

Mica Brantley se mordilla la lèvre.

— Mais je ne veux pas qu'il y ait de blessés à cause de moi, insista-t-elle.

— Encore une fois, nous ne savons pas avec certitude si c'est vous qui serez la cible de cette nouvelle attaque, insista Geek. N'oubliez pas que nous avons un avantage ; seules les personnes présentes autour de cette table savent que nous avons décodé les séries et que nous avons la liste des lieux et des dates.

Fontaine se tourna vers Montana et Kate.

— Raines, McKenzie, je reviens à vos dons de camouflage. Dans un premier temps, nous allons vous créer des identités. Vous serez les Lindemann, membres récents du yacht-club, jeunes mariés fortunés et amis discrets mais de longue date du couple Brantley. Ce soir, vous dînerez avec Mica au Jefferson Hotel où elle est descendue. Vous assurerez, avec Rex, sa protection rapprochée. Mais si d'ici là il s'avère que la sécurité de Mme Brantley est compromise…

Il se tut un instant et reprit d'un trait :

— … Tous les deux vous prendrez la place de Mme Brantley et de Rex Masters sur la scène de Washington.

Après un silence, il ajouta :

— En clair, vous deviendrez leur double dès le gala de demain. Je voudrais maintenant évoquer vos similitudes physiques avec Mica et Rex. Puis-je vous demander de vous lever ?

Montana obtempéra et tint la chaise de Kate pendant qu'elle se levait aussi, les sourcils froncés par la concentration.

— Mica, j'aimerais maintenant que vous et votre garde du corps vous vous placiez à côté de Raines et de McKenzie.

Tous deux s'exécutèrent. Fontaine sourit.

— C'est décidément extraordinaire ! Kate, vous êtes de la même taille que Mme Brantley et vous, Raines, vous avez le gabarit de Rex Masters.

Montana observa Rex Masters. Celui-ci avait en effet une musculature et une posture identiques aux siennes. Certes, Rex était blond et lui brun, mais c'était un détail facile à corriger.

Quant à Kate, elle avait effectivement la silhouette déliée de Mica Brantley. Cela dit, Mme Brantley avait la taille un peu plus fine ainsi qu'une poitrine plus avantageuse, mais si Kate était aussi douée que Royce l'avait assuré, elle parviendrait sans peine à devenir Mica Brantley. Grâce à des lentilles de contact de couleur, ses yeux gris deviendraient bruns comme ceux de Mica.

— Pourquoi avoir demandé le renfort de Seals plutôt que d'avoir recours à vos seuls agents SOS ? demanda soudain Jace Hunter qui était aussi le plus jeune membre des SBT-22.

— Parce que je manque momentanément d'effectifs, expliqua Fontaine. Mes agents sont actuellement dispersés aux États-Unis et dans le monde. Et je dois agir dans l'urgence, puisque nous savons maintenant que les criminels projettent de frapper à Washington dans les prochains jours. Vous, les Seals, avez des états de service absolument exemplaires. De plus, vous avez participé à des missions hautement périlleuses où vous avez failli perdre la vie, mais que vous avez résolues avec succès. Je vous confie donc la protection et la vie de Mme Brantley les yeux fermés. Je sais que vous ferez honneur à votre réputation !

— Merci de ces compliments mais, en général, nous sommes déployés dans des zones de guerre, intervint Duff. Nous infiltrer dans une soirée mondaine, ce n'est pas dans nos habitudes…

— C'est vrai. Cependant, je refuse de faire appel à la CIA. Après avoir supprimé l'agresseur d'Oscar Melton, nous avons découvert qu'il y avait une taupe à la CIA qui avait orchestré certains de ces assassinats.

Pressé de passer à l'action, Montana serra les poings.

— Vous pouvez compter sur moi ! lâcha-t-il spontanément. J'en suis.

Aussitôt, les autres Seals firent chorus.

*
* *

Kate attendit que le silence soit revenu pour s'adresser à Fontaine.

— Mais moi, je suis un agent de la CIA, et justement vous vous méfiez de la CIA. Qui sait si je ne suis pas une taupe moi aussi ?

— Je me suis portée garante de toi, intervint vivement Becca. J'ai vanté tes qualités, et insisté pour que tu fasses partie de l'opération. Comme cela vient d'être dit, tu as un don pour te camoufler et te grimer et tu ressembles étonnamment à Mica Brantley. Par ailleurs, mon père et Oscar reconnaissaient tes mérites, la qualité de son travail, et ton intégrité. Tous deux t'accordaient la plus grande confiance.

Kate sentit son visage devenir brûlant sous cet afflux de compliments.

— Même après ma rétrogradation ? insista-t-elle.

— Écoute, Kate, tu ne pouvais pas savoir que ton équipier était un agent double ! D'un autre côté, à quelque chose malheur est bon. Je suis certaine que tu as tiré la leçon de cette histoire !

Du coin de l'œil, Kate constata que Montana l'observait avec le plus vif intérêt.

Que le diable l'emporte ! songea-t-elle, agacée. Que celui qui n'avait jamais fait d'erreur lui jette la première pierre ! Malheureusement, elle avait commis une double et énorme erreur.

Non seulement elle était tombée folle amoureuse de son équipier, mais elle n'avait pas été assez fine pour découvrir qu'il s'agissait d'un agent double à la solde de la Russie. Elle savait qu'elle avait eu de la chance d'être seulement rétrogradée et privée de missions sur le terrain. Se trouver reléguée au travail de bureau avait été une terrible punition, mais, au moins, sa carrière à la CIA n'était pas terminée.

Avec un soupir, elle refoula ses souvenirs et se tourna vers Mica Brantley.

— Au cas où je deviendrais votre doublure, je devrai entrer dans vos pensées, connaître vos expressions, vos postures, votre démarche, savoir ce que vous aimez et détestez. Il faudra aussi que vous me disiez qui sont vos amis et vos ennemis — du moins ceux que vous connaissez.

— Mais si je suis la cible et si vous prenez ma place, c'est vous qui allez être en danger, murmura Mica Brantley.

Elle secoua la tête et s'adressa à Fontaine.

— C'est hors de question !

— Si cette opération permet de démasquer un meurtrier qui, de surcroît, veut votre mort, je l'accepte sans hésiter, assura Kate. Pour éviter le travail de bureau, je suis prête à tout ! ajouta-t-elle avec élan.

Fontaine opina du chef et regarda Montana.

— Et vous, Raines ? Prêt à devenir, le cas échéant, la doublure du garde du corps de Mme Brantley ?

Montana haussa les épaules.

— Je vous ai déjà répondu. J'en suis. À cent pour cent.

Mica Brantley soupira.

— Dans ce cas… Eh bien… Je vous remercie tous les deux. J'espère que le dîner de ce soir au Jefferson se déroulera bien, et qu'il en ira de même de la soirée au yacht-club. J'espère enfin que nous parviendrons à rassembler un maximum de fonds pour cet hôpital pédiatrique.

— Nous avons les mêmes espoirs, Mica, répondit Royce avec conviction.

— Très bien. Alors, à ce soir au Jefferson, conclut Mica Brantley en regardant autour d'elle. Et merci encore à tous pour votre soutien… J'étais à bout de ressources morales, désespérée. Grâce à vous, je reprends espoir !

— Soyez confiante Mica, dit Royce Fontaine. Geek et Lance continuent les recherches : ils ont visualisé les bandes des caméras de surveillance installées aux abords de Central Park.

— Il y a du nouveau ? demanda-t-elle avec espoir.

Royce secoua la tête.

— Non. Rien encore, malheureusement.

Les épaules de Mica s'affaissèrent. Royce lui prit les mains.

— Courage, Mica. Je vous dis à demain.

— À demain…

Quand elle fut sortie avec Rex, Fontaine s'adressa au groupe.

— Des questions ?

Kate, qui réfléchissait à toute vitesse, prit la parole.

— Ce soir, nous allons donc devenir les Lindemann. Il va nous falloir des tenues pour le dîner au Jefferson, ainsi qu'une robe de soirée pour moi et un smoking pour Montana pour le gala de demain. Sans parler des tenues adéquates pour les jours à venir.

Fontaine sourit.

— Nous y avons déjà pensé, Kate. Pour ce qui est du budget, vous avez carte blanche. Tazer, l'un de mes agents, vous attend dans une boutique de luxe. Elle vous aidera à faire une sélection. De plus, en prévision d'une éventuelle métamorphose, elle vous organisera à tous les deux une séance maquillage et coiffure préliminaire.

Montana fronça les sourcils tandis que les autres SEALs se mettaient à rire.

— Alors, Montana, de baroudeur tu vas te transformer en gravure de mode ? lança Jace Hunter.

— Attention aux couguars richissimes, Montana ! renchérit celui que les autres surnommaient Rip. La sécurité du pays a besoin de Seals, pas de gigolos !

Tous rirent de plus belle.

Kate s'amusa du malaise visible de Montana tout en

se réjouissant secrètement à l'idée de le voir en smoking. Elle le trouvait infiniment séduisant en jean et chemise de chambray, alors en smoking… Cette seule pensée fit battre son cœur plus fort.

Reprends-toi !

Elle se redressa, et carra les épaules.

— Par où commençons-nous ? demanda-t-elle.

— Une voiture garée derrière l'immeuble vous attend, répondit Royce.

Puis il ajouta à l'intention des autres.

— Nous allons quant à nous évacuer ce bâtiment et nous rendre sur notre site alternatif. Kate et Montana partent les premiers. Becca, je te les confie.

Becca les conduisit par un dédale de couloirs mal éclairés puis un escalier interminable jusqu'au rez-de-chaussée. Elle ouvrait la porte qui donnait sur la rue quand Montana s'interposa.

— Laissez-moi vous précéder.

Elle fronça les sourcils.

— Non. Laissez-moi sortir la première, objecta-t-elle. Je suis formée à la sécurité en milieu urbain.

— Je n'en doute pas une seconde, mais j'ai une plus longue expérience du terrain que vous, Becca. De plus, ma mère m'a appris à ouvrir les portes aux dames.

Sur ces mots, il ouvrit la porte avec un clin d'œil qui fit battre plus fort le cœur de Kate, bien qu'il ne lui ait pas été destiné.

Becca se retourna pour la prendre à témoin.

— Voilà un homme galant !

Montana sortit et referma derrière lui. Un instant plus tard, il revint.

— La voie est libre, vous pouvez sortir.

— Non, je ne viens pas avec vous, annonça Becca. Je dois aller organiser le transfert de l'équipe sur notre site alternatif.

Kate la serra dans ses bras.

— Merci encore d'avoir pensé à moi !

Son amie lui rendit son étreinte.

— Je sais que tu seras parfaite !

— Et moi, je promets de ne pas te décevoir.

Sur ces entrefaites, Kate rejoignit Montana qui l'attendait devant une voiture avec chauffeur rutilante et lui tenait la portière.

Elle lui sourit.

— Comme je viens de le dire, ma mère m'a appris la galanterie, dit-il.

— Votre mère peut-être fière de vous ! répondit-elle en se prenant place sur la banquette arrière.

Ainsi commençait sa mission, la chance de se racheter une conduite.

Avec, en bonus, un Seal vraiment séduisant comme équipier.

Décidée à se concentrer uniquement sur leur objectif, elle refoula cette pensée. Elle espérait que leur mission allait être un succès avec l'arrestation des meurtriers en série et la libération de la belle-fille de Mica Brantley.

3

Montana détestait tout ce qui ressemblait de près ou de loin au shopping. Après avoir essayé pantalons, smokings, vestes et plusieurs chemises, blanches pour la plupart et identiques, il était exaspéré.

— Je ne vois vraiment pas pourquoi cette veste-là ne me convient pas ! s'exclama-t-il lors d'un énième essayage de smoking. Elle me va aussi bien que les autres !

À ceci près qu'il s'y sentait un peu engoncé et que les coutures ne résisteraient pas au moindre mouvement un peu brusque. Et, pour tout dire, il se voyait mal prendre un criminel en chasse vêtu d'un smoking.

L'agent SOS Nicole Steele, qui préférait qu'on l'appelle Tazer, secoua la tête d'un air dépité.

— Il vous faut une plus grande taille… Vous pouvez à peine bouger. Bon sang, Benjamin, comment nourrit-on les hommes dans le Montana pour qu'ils soient aussi grands et forts ?

Sur ces mots, elle fit signe au vendeur de s'approcher et lui demanda une taille supérieure.

— Dans le cas où ce modèle serait trop grand, une couturière à notre disposition fera les retouches nécessaires en un temps record ! précisa-t-elle. Vous devez être impeccable si vous voulez vous mêler aux riches, aux nantis et aux personnalités du monde politique. Maintenant, cessez un peu de râler ! Je croyais que les Seals obéissaient aux ordres sans discuter !

— Les Seals ne portent pas de costumes trois-pièces ou de chemises en Sea island cotton 120/2 coupe slim avec un col italien *full spread* et poignet rond, ni de smokings coupe Deauville, Capri ou je ne sais quoi encore ! répliqua Montana, excédé. La plupart du temps, je suis dans l'eau ou à plat ventre dans la boue. Et je vous assure que c'est une partie de plaisir, à côté des préparatifs du dîner de ce soir !

— Quelle mauvaise foi ! Vous serez fou de joie quand vous verrez à quel point vous êtes séduisant dans votre smoking ! riposta Tazer. Allez, dépêchez-vous, car nous devons ensuite nous occuper de Kate !

Assise un peu en retrait, Kate, paraissait amusée. Montana tendit vers elle un index menaçant.

— Je vous interdis de vous moquer de moi !

Elle leva les mains.

— Je n'ai rien dit !

— Mais je sens que vous en mourez d'envie !

Kate fit mine de verrouiller ses lèvres.

— Vous voyez bien que non ! ajouta-t-elle.

Son regard gris pétillait de malice.

— Si vous me permettez une remarque… Dites-vous que vous essayez un nouvel uniforme !

— Ça ne m'aide pas du tout ! marmonna-t-il en retirant la veste avec des mouvements brusques.

Le vendeur, qui déjà lui tendait la même d'une taille plus grande, recula avec précipitation.

Montana l'enfila avec de grands gestes. Bon sang, plus vite il en aurait terminé, mieux ce serait ! Quand il lui fallait un jean neuf, il entrait dans un magasin de vêtements, prenait sa taille dans la marque qui lui allait le mieux, puis payait et s'en allait, un point c'est tout.

Quoi qu'il en soit, tandis qu'il se regardait dans le miroir, il dut convenir en son for intérieur que Tazer avait raison. Cette veste l'avantageait…

— Voilà ! Ce n'est pas parfait, mais c'est beaucoup mieux, remarqua-t-elle, en faisant signe au vendeur de s'approcher. Boutonnez-la, pour voir.

Montana obtempéra. Pendant que Tazer l'examinait, le vendeur disposa des épingles. Quand ce fut terminé, il n'osait plus bouger de peur d'être piqué par les centaines d'épingles dont la veste lui semblait maintenant hérissée. Il se sentait à la fois comme une poupée vaudoue et un mannequin de couture.

Puis le vendeur marqua l'ourlet de son pantalon. À la fin, Montana était en nage, et impatient de sortir de ce fichu magasin pour prendre l'air.

— Donnez-moi votre veste ! ordonna Tazer qui tendit le bras.

Il la retira avec précaution.

— Aïe ! fit-il sentant une aiguille.

— Laissez-moi faire ! intervint Kate qui s'était levée.

Quand il l'eut retirée avec son aide, elle la tendit à Tazer qui la confia au vendeur. Ce dernier sortit du salon d'essayage pour la porter à la couturière afin qu'elle fasse les retouches au plus vite.

— Maintenant, donnez-moi votre pantalon ! reprit Tazer, tendant de nouveau le bras dans sa direction.

— Désolée, Montana, mais cette fois, je ne vous aiderai pas ! dit Kate qui recula en riant.

— Allez, allez, plus vite Montana ! s'exclama Tazer, agacée par son hésitation. Nous n'avons pas la journée devant nous ! Et rassurez-vous, j'en ai vu d'autres…, ajouta-t-elle avec un demi-sourire. Je sais comment les hommes sont faits !

— Peut-être, mais vous ne savez pas comment moi je suis fait ! riposta Montana.

Kate lui tourna le dos pour glousser à son aise. Il baissa la fermeture de son pantalon, le retira et remit son jean avec un soupir d'aise.

— Je reviens dans un instant avec le smoking retouché, expliqua Tazer en sortant du salon d'essayage.

Montana finissait de boutonner son jean.

— Vous pouvez regarder maintenant, lança-t-il à Kate qui lui tournait toujours le dos.

— Eh bien…, souffla-t-elle en lui faisant face. Je n'aurais jamais pensé qu'un Seal serait aussi pudique !

— Ma mère m'a…

Elle agita la main et l'interrompit.

— Oui, oui, je sais. Votre mère vous a appris la galanterie. Mais vous êtes un Seal ! Un vrai dur, un homme qui n'a pas froid aux yeux ! En même temps pudique. Et si respectueux des convenances…

Il haussa les épaules.

— Eh bien oui, c'est ce que je suis, là, un point c'est tout ! On m'a appris à respecter les femmes !

Elle esquissa un petit sourire.

— On peut retirer le cow-boy du Montana, mais on ne peut pas retirer le Montana du cow-boy, conclut-elle.

— Exactement !

Il inclina la tête.

— Et vous, Kate ? Où êtes-vous née ? Où avez-vous grandi ?

Elle soupira.

— Je suis fille de militaire. Mes parents ont déménagé un nombre incalculable de fois avant même que j'aie dix-huit ans. Je ne suis de nulle part ; je suis de partout.

— Et vos parents ? Votre famille ? Votre père s'est-il fixé quelque part ?

— Je n'ai plus mon père, et ma mère habite désormais dans le Wisconsin. Elle travaille chez un pédiatre.

— Je suis certain que vous ne lui rendez pas souvent visite, reprit Montana en s'asseyant pour enfiler ses bottes de cow-boy.

Kate détourna le regard.

— Pas assez, en tout cas. Et vous ?

— Ça fait deux ans que je ne suis pas allé dans le Montana. Je n'en trouve jamais le temps, malheureusement.

— Vous êtes de quelle ville ?

— La ville la plus proche de notre ranch est Bozeman.

— Vous êtes donc un cow-boy plus vrai que nature ?

— Affirmatif. J'ai fait toutes les corvées possibles et imaginables dans un ranch.

Il se leva.

— Assez parlé de moi. Racontez-moi plutôt ce qui s'est passé à la CIA pour que vous soyez rétrogradée, et assignée au travail de bureau.

Les lèvres soudain pincées par la contrariété, elle le dévisagea.

— Je n'en ai pas envie.

— Comme vous voulez, Kate. Mais plus nous en saurons l'un sur l'autre, mieux nous réussirons à travailler ensemble. Si je ne connaissais pas aussi bien mes camarades Seals, je ne pourrais pas anticiper leurs réactions lors de situations difficiles.

— Je comprends.

Kate l'observa, hésitant apparemment.

— J'ai commis une grave erreur d'appréciation…, dit-elle enfin. Je suis tombée amoureuse de mon équipier. Il s'est avéré que c'était un agent double qui travaillait pour le compte de la Russie.

Elle soupira.

— Moi, naïve, je pensais que tous les agents de la CIA étaient irréprochables et avaient comme moi les intérêts de notre pays à cœur.

Elle se redressa et le regarda droit dans les yeux.

— Je vous assure que j'ai retenu la leçon, croyez-moi ! Je me méfie désormais de tout le monde. Et des hommes en particulier. Je peux vous jurer que je ne tomberai plus jamais amoureuse de mon équipier !

Montana opina.

— Désolé, Kate. Rude leçon, en effet.

Il alla vers la porte du salon d'essayage et s'effaça pour la laisser passer.

— En ce qui me concerne, reprit-il, je suis un célibataire endurci, et je ne suis jamais allé en Russie.

Il lui adressa un clin d'œil.

— Allons vite retrouver Tazer. C'est à votre tour de faire des essayages !

S'il l'avait interrogée, c'était autant par intérêt que par nécessité, pour être en mesure d'anticiper ses réactions en cas d'imprévu.

Il devait nouer avec elle une relation de confiance. De son côté, il savait déjà pouvoir compter sur elle ; le croyant en danger, tout à l'heure, n'avait-elle pas volé à son secours sans l'ombre d'une hésitation ?

Pendant que la couturière retouchait le smoking, Tazer les conduisit dans la boutique de luxe pour femmes. Si le magasin d'où ils sortaient était décoré dans un style sombre et très masculin, celui-ci était clair et pimpant. Mais Montana fut sidéré de n'y voir aucun vêtement.

— On cache les robes, ici ? souffla-t-il à l'oreille de Kate.

Elle regarda autour d'elle avant de lui répondre.

— Aucune idée… Je n'ai pas les moyens d'acheter mes vêtements dans ce genre d'endroit. Royce doit vraiment disposer d'un budget illimité !

Élégante et maquillée avec soin, une jeune vendeuse portant des escarpins aux talons vertigineux s'approcha et, d'emblée, s'adressa à Tazer.

— Puis-je vous aider ?

Tazer lui décrivit précisément ce qu'elle voulait : marque, style, coupe et couleur. La vendeuse les conduisit dans le petit salon VIP contigu au salon d'essayage. Tazer prit le bras de Montana et le fit asseoir dans une bergère.

— Ne bougez plus jusqu'à ce que je revienne vous chercher ! lui dit-elle.

Puis elle continua à l'intention de la vendeuse un peu surprise.

— Commençons ! Nous avons fort peu de temps.

La vendeuse sortit, revint peu après avec les bras chargés de vêtements, et enfin disparut avec Kate et Tazer dans le salon d'essayage.

L'ambiance de la pièce où il se trouvait était agréable, mais Montana y resta indifférent. Las, toujours énervé, il finit par se lever et se mit à faire les cent pas.

Vingt minutes s'écoulèrent ainsi. L'ennui le gagnait, quand Tazer ouvrit la porte du salon d'essayage et lui fit signe.

— Venez avec moi !

Elle le conduisit au pas de charge jusqu'à un coquet boudoir. Une jeune femme à la longue chevelure teinte en bleu électrique les accueillit avec un grand sourire.

— Allons-y ! lança-t-elle en brandissant une paire de ciseaux et un peigne.

Montana jeta un regard à la fois perplexe et un peu inquiet à Tazer qui le saisit par le bras et le mena jusqu'à une chaise capitonnée sur laquelle elle le fit asseoir.

Il leva les sourcils.

— Vous avez des manières plutôt cavalières !

— Je ne vous demande pas de les discuter, je vous demande seulement d'obéir ! répliqua Tazer avec un petit sourire. Dépêchez-vous, Montana, nous n'avons pas la journée devant nous ! poursuivit-elle, plus impatiente cette fois. Vous avez une soirée qui vous attend !

Il soupira. Ses cheveux étaient certes un peu longs, mais il n'était pas question qu'on les lui teigne en bleu ! songea-t-il subitement. Il renonça néanmoins à poser des questions et conclut que le mieux était, une fois encore, d'obtempérer.

— Je suis Karen, votre coiffeuse, lui dit la femme aux cheveux bleus. Ne vous faites pas de souci, cela ne devrait pas prendre trop longtemps.

Elle joua des ciseaux avec dextérité, puis le rasa et rectifia la ligne de ses sourcils.

Résigné et de toute façon conscient qu'il avait besoin d'une bonne coupe de cheveux après ses deux semaines de vacances, il se laissa faire docilement. Quant à ses sourcils, il savait qu'ils n'étaient pas parfaits, mais il était Seal, après tout, pas mannequin ! Enfin, quand Karen apporta un bol avec une mixture pas très ragoûtante, il eut un mouvement de recul et lui lança un regard méfiant.

— Qu'est-ce que c'est ?

— Peroxyde d'hydrogène.

— Pour quoi faire ?

— Je dois éclaircir votre chevelure et vos sourcils, expliqua Karen en lui montrant une photo de Rex Masters, le garde du corps de Mica Brantley. On m'a demandé de vous faire la même couleur de cheveux que cet homme.

— Ce ne sera pas permanent ?

Elle secoua la tête.

— Non, bien sûr. Une fois que vos cheveux auront repoussé, il n'y paraîtra plus. Mais cette teinte vous ira à la perfection, d'autant que vous êtes bronzé.

Montana n'en était pas sûr mais, de nouveau résigné, il laissa Karen faire son travail. Tazer avait quant à elle disparu. Sans doute était-elle retournée auprès de Kate.

Quand la coiffeuse eut terminé la coloration puis lui eut lavé et séché les cheveux, il était à bout de nerfs. Il se leva d'un bond dans l'intention de sortir et de prendre enfin l'air, mais Karen le retint, lui mettant un miroir devant les yeux.

— Regardez. Vous êtes superbe, non ?

Montana se regarda, sidéré par son étonnante ressemblance avec le garde du corps de Mica Brantley.

— Ah ! C'est enfin terminé ! s'exclama Tazer qui revenait chargée de son smoking, de chemises et de costumes. Essayage en priorité du smoking, Montana ! lui intima-t-elle en le lui tendant.

— On ne vous a jamais appris les bonnes manières ? À dire s'il vous plaît, par exemple ? répliqua-t-il.

L'agent SOS avait des allures de top model, mais elle avait moins de manières que le plus mal dégrossi de ses camarades Seals.

— Pas le temps ! répliqua-t-elle avec un regard impérieux. Allez, hop, hop ! On doit s'assurer que les retouches sont parfaites !

Là-dessus elle disparut, le laissant seul avec la coiffeuse qui rassemblait son matériel.

— Merci Karen, dit Montana en sortant son portefeuille pour lui donner un pourboire.

Mais la coiffeuse leva la main. Surpris, il se figea.

— C'est inutile. Mlle Steele s'est occupée de tout. Ce fut un plaisir.

Sur ces mots, elle lui tendit sa carte.

— En revanche, si vous en avez le temps et l'envie…

Elle acheva sur un clin d'œil et s'en alla.

Montana se déshabilla et enfila le smoking désormais retouché. Certes, il préférait de loin son jean, ses chemises en chambray ou ses T-shirts, mais force était d'admettre que le smoking lui allait maintenant à la perfection. Pour finir, il noua son nœud papillon et enfila les richelieus vernis noirs que Tazer lui avait apportés. Quand il fut prêt, il sortit du boudoir et retourna dans le salon privé VIP.

Il avisa la vendeuse qui les avait accueillis à leur arrivée. Elle vint à sa rencontre.

— Mlle Steele m'a demandé de vous informer que les essayages de votre compagne sont pour ainsi dire terminés.

Elle lui indiqua un siège d'un geste puis regagna le salon d'essayage où Kate se trouvait depuis plus d'une heure déjà. Resté seul, il fit les cent pas pour tromper son impatience et son envie d'aller prendre l'air. Enfin, une bonne heure plus tard, alors qu'il désespérait, la porte s'ouvrit, et Tazer entra.

Kate la suivait, maquillée et coiffée avec soin, magnifique dans une robe noire qui s'évasait à la taille. Elle portait des escarpins brodés de plumetis, dont les talons vertigineux ornés de nœuds allongeaient et affinaient ses jambes.

Ce spectacle produisit sur lui un effet aussi inattendu que gênant ; le désir l'envahit et durcit son sexe. Troublé et certain de la regarder les yeux écarquillés et la bouche ouverte, il tenta de se ressaisir.

Kate, de son côté, le détailla tranquillement de la tête aux pieds.

— Franchement, je vous préfère les cheveux bruns, lâcha-t-elle avec conviction.

Puis elle sourit.

— Mais le smoking vous va vraiment bien.

Tazer parut satisfaite des retouches et tendit à Montana un flacon.

— Grâce à cette lotion, vous redeviendrez brun. Car ce soir, vous êtes Monty et Kayla Lindemann, des amis intimes du couple Brantley. Aussi longtemps que vous serez Monty, vous appliquerez cette lotion sur vos cheveux, Montana. Le cas échéant, c'est-à-dire si vous devez devenir le sosie de Rex Masters, il vous suffira de vous laver les cheveux, et vous redeviendrez blond cendré.

— Et moi ? demanda Kate. Mica Brantley est brune, je

suis blonde. Avec mes cheveux longs, je ne peux utiliser une lotion capillaire pour changer ma couleur…

— En effet, et tout est prévu. Vous porterez tout simplement une perruque, annonça Tazer. Et l'une des trois tenues de soirée que vous avez essayées tout à l'heure qui, de plus, correspondent aux goûts de Mica. Mais, encore une fois, vous êtes le couple Lindemann, ce soir. Au cas où un événement qui mettrait Mica Brantley en danger surviendrait lors du dîner, vous deviendrez les sosies de Rex et Mica pour le gala de bienfaisance de demain.

— Très bien. Que va-t-il se passer maintenant ? demanda Montana.

— Vous allez mettre les tenues de voyage qui ont été sélectionnées lors des essayages. Pour vous, Kate, jean boy-friend, tunique, étole et sneakers. Pour vous, Montana, pantalon en lin et pull en cachemire. Surtout, n'oubliez pas d'appliquer cette lotion pour redevenir brun. Quand vous serez prêts, vous serez conduits dans le même hôtel que Mica, le Jefferson, un établissement de grand standing qui se trouve au centre de Washington. Mica y occupe la suite Martha Jefferson. Les Lindemann occupent quant à eux une suite un étage en dessous. Ensuite, vous dînerez ensemble au restaurant de l'hôtel, le Plume. Le Jefferson sera sous la protection des Seals en infiltration. Geek visionnera en temps réel les caméras de vidéosurveillance. Becca et Lance seront en planque devant le Jefferson.

Elle tendit une petite mallette en cuir à Montana.

— Tout ce dont vous avez besoin est là-dedans. Lisez attentivement les documents que vous y trouverez. Ensuite, vous les détruirez avec la déchiqueteuse qu'il y a dans la limousine. Une fois que vous serez arrivés dans votre suite, vérifiez si vous êtes sous écoute. De nouveau, vous trouverez le matériel adéquat dans la mallette. À partir de maintenant, vous êtes le couple Lindemann. Ne faites confiance à personne, sauf à notre équipe.

Montana acquiesça et prit la mallette. Il était prêt à en découdre, au nom de son pays et de la sécurité de ses citoyens.

Kate et Montana, désormais Kayla et Monty Lindemann, sortirent de la boutique de luxe et montèrent dans la voiture avec chauffeur qui les attendait. Leurs nouveaux vêtements, rangés dans des housses griffées, furent soigneusement placés dans le vaste coffre de leur véhicule. Leur chauffeur allait les conduire à l'aéroport et les y déposer afin de donner l'illusion qu'ils venaient d'atterrir à Washington. Mica Brantley devait y envoyer une limousine pour les amener à l'hôtel.

Lorsqu'ils furent installés, Montana ouvrit la mallette de Tazer et en sortit un dossier avec des instructions précises qu'ils parcoururent. Le profil des Lindemann s'y trouvait, avec les dates et circonstances où ils avaient fait la connaissance de Mica et Trevor Brantley. Y figuraient aussi les raisons de leur visite à Washington.

— Mica et Trevor nous ont présentés l'un à l'autre lors d'un séjour à Paris, lui expliqua Kate. Vous y êtes déjà allé ?

Il sourit.

— Je préfère le Montana au reste du monde, mais je suis déjà allé à Paris. Et vous ?

Elle acquiesça. Son équipier l'y avait effectivement emmenée pour y passer un long week-end romantique entre deux missions. Plus tard, elle avait appris que son amant et équipier avait mis ce bref séjour à profit pour transmettre des informations à un contact russe. Quand elle y repensait, elle se reprochait sa naïveté. Comme elle avait été stupide de penser que cet homme avait été fou amoureux d'elle au point de se lever au petit matin pour lui acheter des fleurs ! En réalité, il travaillait pour le compte de l'ennemi.

Montana lui posa le doigt sous le menton, ce qui l'arracha à ses pensées.

— On est censés être de jeunes mariés, alors souriez à la vie !

— Oh ! Désolée…, dit-elle en refermant le dossier. Bon, je crois que tout est clair. Vous avez besoin de relire les directives ?

— Non. Et si je puis me permettre, il vaudrait mieux que nous nous tutoyions.

— En effet. Merci pour votre, enfin… je veux dire pour ta présence d'esprit. Je vais détruire, du moins passer ces documents à la déchiqueteuse. Tazer a dit qu'il y en a une dans la voiture.

Elle la chercha du regard, la vit, et y passa les feuillets un à un.

Lorsqu'elle eut terminé, Montana sortit de la mallette un écrin de velours qui renfermait un anneau.

— Donne-moi ta main gauche.

Elle obtempéra.

— Kayla, déclama-t-il, je te donne cette alliance, symbole de notre mission et de la fidélité à nos valeurs. Je promets de rester à tes côtés et de m'engager auprès de toi jusqu'à la fin de cette mission !

Il lui glissa l'alliance à l'annulaire gauche. Elle fut sensible au contact de ses grandes mains, rugueuses mais chaudes et fortes, sur sa peau. Elle les imagina ensuite sur sa peau nue. Cette pensée délicieuse quoique incongrue la fit tressaillir, et elle écarta sa main avec vivacité. Ce n'était certainement pas le moment de fantasmer sur cet homme, même s'il devait jouer le rôle de son mari !

— Je suis émue aux larmes, plaisanta-t-elle pour conjurer son trouble.

Montana prit ensuite l'alliance qui lui était destinée, et la passa à son annulaire.

— Ah non, attends ! s'exclama-t-elle, interrompant son geste. Il faut faire les choses dans les règles.

Il sourit.

— D'autant que je suis un type réglo !

Elle prit une grande inspiration.

— Monty, je te donne cette alliance, symbole de notre mission et de la fidélité à nos valeurs. Je promets de rester à tes côtés et de m'engager jusqu'à la fin. Et si jamais tu entreprends quoi que ce soit sans concertation, je promets que tu le regretteras.

Elle avait froncé les sourcils en prononçant la dernière phrase.

— Compris ? demanda-t-elle.

Montana porta la main à son front pour mimer un salut militaire.

— Compris ! Je n'entreprendrai rien sans concertation préalable.

Tandis qu'elle lui passait l'alliance au doigt, il se pencha vers elle pour murmurer :

— Je peux embrasser la mariée ?

Étonnée, elle le regarda bien en face.

— C'est un mariage factice, ne l'oublie pas, Monty chéri, dit-elle, accentuant ces derniers mots.

— Je te jure de ne jamais l'oublier, Kayla mon amour ! riposta Montana avant d'effleurer ses lèvres.

Une décharge d'électricité la traversa, et une onde de chaleur fusa dans son corps.

Sous l'effet de la surprise, elle porta spontanément les doigts à sa bouche.

— Pourquoi… m'as-tu embrassée ? demanda-t-elle, le cœur battant.

— Parce que c'est logique de concrétiser une union par un baiser dans les règles de l'art ! répondit-il d'une voix qui, de nouveau, provoqua en elle cette sensation surprenante. Tu regrettes ? Tu veux que je le reprenne ?

Encore étourdie, elle se frotta les lèvres du dos de la main.

— Impossible ! Donner c'est donner, et reprendre c'est voler, s'exclama-t-elle.

— Très bien, fit-il en souriant puis se renversant sur la banquette.

— Mais ne recommence pas ! lança-t-elle pour avoir le dernier mot.

Peu après, leur chauffeur les déposa avec leurs bagages et housses griffées au Baltimore Washington International Airport.

La limousine de Mica Brantley arriva quelques minutes plus tard pour les conduire au Jefferson.

Durant le trajet, Kate resta silencieuse et concentrée pour se remémorer les informations qu'elle avait lues dans le dossier, ainsi que les consignes de Tazer.

Non seulement elle devait retenir les détails concernant le couple Lindemann, mais elle devait aussi se préparer à devenir le sosie de Mica Brantley. Dans ce dernier cas, elle allait devoir repérer et retenir les tics de langage de Mica, et adopter ses manières pour que l'illusion soit parfaite.

Plus d'une heure après leur départ des boutiques, ils arrivèrent enfin au Jefferson, l'un des plus anciens hôtels de la capitale, et aussi l'un des plus luxueux. Lorsqu'ils s'y seraient installés sous les noms de Monty et Kayla Lindemann, il leur faudrait se préparer pour leur dîner avec Mica.

Quand le chauffeur ouvrit la portière, Montana descendit le premier et tendit la main à Kate.

Elle la lui donna, quoique avec hésitation, et ressentit la même décharge d'électricité et de chaleur qu'un peu plus tôt, lorsqu'il avait effleuré ses lèvres. Très troublée, elle trébucha mais Montana la rattrapa. Sans lui, elle se serait étalée de tout son long…

Au contact de son bras autour de sa taille, elle sentit son visage devenir brûlant et fut certaine d'être rouge comme un coquelicot.

— Désolée…, marmonna-t-elle.

Montana se pencha et lui murmura à l'oreille.

— Pourquoi ? Moi, je ne le suis pas…

Il lui prit le bras et se dirigea vers l'entrée de l'hôtel.

— Prête ? lui demanda-t-il à voix basse.

Bien qu'ayant le sentiment de ne jamais avoir été aussi mal préparée à une mission, elle acquiesça. Elle n'avait aucun doute quant à ses compétences professionnelles, mais elle se méfiait de ses émotions et de l'effet que ce beau Seal produisait sur elle. Résister à tout cela, tel serait, à ses yeux, le véritable défi !

Pendant que le bagagiste s'occupait de leurs valises, Montana se rendit à l'accueil pour remplir les formalités d'usage. Une bonne heure plus tôt, Royce et Geek s'étaient occupés des réservations du couple Lindemann en s'introduisant dans le système informatique de l'hôtel de telle façon que M. et Mme Lindemann semblaient les avoir faites quelques semaines plus tôt.

Tandis qu'elle attendait auprès de Montana, Kate regarda le hall d'un air nonchalant, cherchant à repérer des clients ou des individus suspects, ainsi que la disposition des caméras de surveillance.

Tout semblait parfaitement normal.

Elle sursauta lorsqu'un bras l'enlaça et qu'une voix aux inflexions chaudes, profondément troublante et toute proche, s'éleva.

— Tu viens, ma chérie ?

Elle ne put s'empêcher de frissonner et, de nouveau, fut étonnée que Montana réussisse à la troubler à ce point. S'efforçant de se ressaisir, elle se contenta d'opiner et, intensément consciente du bras ferme autour de sa taille, se laissa docilement conduire vers l'ascenseur. Une fois qu'ils y furent entrés Montana, sans la lâcher, pressa sur la touche du septième étage. Puis il l'attira à lui avec sollicitude.

— Tu te sens mieux ?

— Mieux ? répéta-t-elle, surprise par la question.

Il eut un petit rire tendre.

— Voyons, tu détestes prendre l'avion, ma chérie ! lui dit-il en la serrant fort dans ses bras.

Elle se reprit.

— C'est juste. Mais je me sens beaucoup mieux depuis que nous avons atterri.

Avisant du coin de l'œil la caméra de surveillance logée dans le coin supérieur de l'ascenseur, elle se laissa aller contre Montana et savoura la sensation de son corps musclé contre le sien. En éprouva-t-il le même plaisir ? se demanda-t-elle.

Quoi qu'il en soit, elle fut soulagée que cet intermède, bien que fort agréable, prenne fin lorsqu'ils arrivèrent à leur étage.

Leur suite se trouvait au bout du couloir, à proximité d'un escalier. Un panneau en lettres fluorescentes annonçait : « EN CAS D'URGENCE SEULEMENT ».

Montana passa la clé magnétique sur le système de verrouillage électronique. Une lueur verte et un discret déclic signalèrent l'ouverture de la porte.

Kate entra la première. Leur suite, luxueuse, était décorée avec goût et comprenait d'un côté un petit salon et, de l'autre, une chambre à coucher que jouxtait une somptueuse salle de bains dotée d'une douche assez grande pour que deux personnes puissent en avoir l'usage.

Montana posa la mallette sur l'élégant secrétaire du salon, l'ouvrit, et en sortit un petit appareil que Kate identifia sans peine. C'était un détecteur de micros et de caméras espions. Elle en avait souvent utilisé, lors de ses missions pour la CIA.

— Tu veux te rafraîchir avant notre dîner avec Mica ? demanda-t-il d'un ton léger que contredisait son air concentré.

— Plus tard. Je te laisse la salle de bains, répondit-elle en se hissant sur la pointe des pieds pour effleurer sa bouche mais, surtout, pour lui prendre discrètement le détecteur des mains.

Le regard de Montana étincela.

— Je ne serai pas long, assura-t-il, la retenant pour l'embrasser brièvement mais avec élan.

Électrisée par sa passion, Kate le suivit des yeux tandis qu'il entrait dans la salle de bains, faisant coulisser la double porte à galandage pour la refermer.

Restée seule, elle s'exhorta au sang-froid. Montana jouait le rôle du mari très amoureux, quoi de plus normal ? N'étaient-ils pas censés être de jeunes mariés ? De plus, leur suite pouvait être truffée de micros et caméras espions.

Elle se rendit dans la chambre à coucher avec le détecteur portatif qui émit une vibration et un signal visuel lorsqu'elle s'approcha de la table de nuit de droite. Elle alluma la lampe de chevet et remarqua une puce en métal à l'intérieur de l'abat-jour. Premier micro-espion.

Puis elle se dirigea vers la table de nuit de gauche. De nouveau un double signal, visuel et sonore, l'avertit de la présence d'un deuxième micro, lui aussi logé dans l'abat-jour. Retournant dans le salon, elle en repéra deux autres ainsi qu'une caméra miniature sans fil fixée au chandelier Art Nouveau. En la voyant, elle se félicita que le détecteur ait la taille d'un téléphone portable et de l'avoir manipulé discrètement.

Elle venait de le mettre dans la poche arrière de son jean quand la double porte de la salle de bains s'ouvrit sur Montana. Kate se jeta dans ses bras, et noua les bras autour de son cou pour l'embrasser.

— Mmm… À quoi dois-je ce plaisir ? demanda-t-il en l'attirant à lui.

Un demi-sourire aux lèvres, elle répliqua :

— Dois-je avoir une bonne raison pour embrasser mon petit mari ?

— Non, bien sûr !

Il l'embrassa à son tour et lui mordilla l'oreille.

— Que se passe-t-il ? murmura-t-il ensuite avec le sérieux requis.

— Micros sur les deux tables de nuit, chuchota-t-elle avant de reculer et d'ajouter d'un ton enjoué : Et si nous renoncions à notre dîner avec Mica pour goûter à d'autres joies ?

— Tu lis dans mes pensées ! s'exclama Montana.

Elle se pencha de nouveau vers lui.

— Minicaméra sur le chandelier du salon et deux micros dans le salon, dit-elle tout bas.

Il opina à peine.

— Tu sens délicieusement bon… Kayla chérie, lança-t-il d'une voix amoureuse.

Puis il ajouta tout bas, si bien que Kate, troublée par ses derniers mots, dut tendre l'oreille.

— On les laisse ou on les détruit ?

Le cœur battant violemment, elle s'écarta de lui avec effort.

— On ferait mieux de se préparer et d'y aller, Monty… Sinon, Mica va nous attendre.

— D'accord… Mais à regret…

Il l'embrassa de nouveau et la tint à bout de bras.

— Mais après le dîner, nous pourrons reprendre là où nous nous sommes arrêtés, suggéra-t-il d'une voix vibrante.

Kate sentit son souffle se suspendre et se détourna à la hâte avant de faiblir et de se jeter encore dans ses bras. Il jouait en effet son rôle avec une étonnante conviction, et la seule pensée d'ébats plus sensuels faisait maintenant battre son cœur à un rythme aussi effréné que si elle venait de courir un marathon.

— Cesse de me tenter, il faut que j'aille me préparer ! répliqua-t-elle.

Elle prit la housse contenant la robe destinée à ce dîner et se rendit à son tour dans la salle de bains. Elle dénicha un micro derrière l'immense miroir qui couvrait tout un pan de mur. Une fois qu'elle l'eut localisé, elle soupira longuement, puis se figea quand son regard se posa sur son reflet. Elle avait les joues roses et le regard très brillant. À la vérité, jamais elle ne s'était trouvée aussi jolie. Était-ce grâce au beau Seal ? Quelle femme serait restée insensible à ses qualités physiques et morales ? Après tout, Montana était très attirant, musclé à souhait et, de plus, il avait un sens de l'humour bien développé.

Elle s'admonesta. Ne s'était-elle pas déjà éprise de son équipier au prix de graves conséquences sur sa carrière ? N'avait-elle pas été rétrogradée ? Elle n'allait tout de même pas gâcher sa chance de se racheter une conduite et de repartir de zéro !

Plus jamais elle ne tomberait amoureuse de son équipier !

Forte de cette résolution, elle revêtit sa robe noire en popeline et dentelle, rectifia son maquillage, s'appliqua du rouge à lèvres, redressa les épaules puis sortit de la salle de bains.

Cette mission s'avérait finalement plus difficile qu'elle

l'avait pensé. Sur le plan personnel du moins. Quoi qu'il en soit, elle la réussirait haut la main.

Même si elle devait se battre contre ses émotions et ses sentiments.

4

Montana sentait ses lèvres frémir encore après le bref baiser qu'il venait de donner à Kate. Il jouait évidemment le rôle d'un jeune mari très épris, mais sa proposition de rester dans leur suite n'avait pas été feinte : il en avait vraiment envie.

Pendant que Kate était dans la salle de bains, il avait lui aussi examiné discrètement leur suite. La présence des micros dans la chambre et le salon, plus la minicaméra dans le chandelier prouvaient indiscutablement qu'une ou plusieurs personnes avaient connaissance de leur séjour au Jefferson et y étaient venues récemment. Qui ? Le personnel de l'hôtel ? Le chauffeur de Mica ? Personne, pas même le système de réservation de l'hôtel, n'avait été avisé de leur arrivée jusqu'à une heure plus tôt. Ce dispositif avait donc été installé en un temps record, sans doute par de véritables experts.

Montana savait manier les armes et les explosifs. Il savait aussi comment affronter un ennemi dans la jungle ou le désert mais, pour la première fois de sa vie, il se trouvait en terrain complètement inconnu : un hôtel de luxe. Avec un ennemi invisible, inconnu et impalpable. Soucieux, il s'arracha à ses pensées, et enfila son smoking.

Le bruit des portes de la salle de bains le fit se retourner.

La vue de Kate dans cette petite robe noire, et avec ces escarpins brodés, aux talons vertigineux parés de nœuds, lui coupa le souffle comme la première fois où il l'avait vue ainsi. Elle était vraiment sublime… Avec un corps absolument parfait…

Et il la désirait.

De nouveau, il fut tenté de renoncer à leur dîner avec Mica pour, à la place, dévêtir Kate et explorer les joies de la sensualité et de l'érotisme pendant des heures. Il se voyait déjà lui retirer sa robe et ses sous-vêtements, les épingles qui retenaient sa natte. Sa chevelure libérée dégringolerait en cascade sur ses épaules.

— Prêt ? lui demanda-t-elle avec un sourire en coin.

— Prêt…, fit-il.

Il l'était même bien plus qu'elle ne pouvait l'imaginer…, se dit-il, songeant à son sexe en érection et espérant qu'elle ne s'en apercevrait pas.

Dans le couloir, il lui prit le coude et la conduisit vers l'ascenseur pour descendre au Quill, qui était le bar et le *lounge* du Jefferson. Ils y avaient rendez-vous avec Mica Brantley avant le dîner qui aurait lieu au restaurant de l'hôtel.

Kate glissa sa main dans la sienne avec le plus grand naturel et resta silencieuse jusqu'à leur entrée dans le bar. Montana chercha Mica Brantley des yeux.

— Je ne la vois pas, dit Kate au même instant. Et toi ?

— Non. Tu veux boire un cocktail, en attendant ?

— Avec plaisir. Whisky *on the rocks*.

Il eut un petit sourire en coin et leva les sourcils. Intriguée par sa mimique, elle le dévisagea d'un air interrogateur.

— Ça te choque ?

— Non, mais je pensais que tu boirais quelque chose de plus…

Il se tut, cherchant le mot approprié.

— … De plus fruité, dit-il enfin.

— Tu veux dire de moins alcoolisé, rectifia-t-elle.

Détrompe-toi, j'apprécie un bon whisky. J'aime que l'alcool, comme les hommes, soit fort.

Et, sur ses mots, Kate se dirigea vers le bar. Juchée sur ses hauts talons, elle balançait gracieusement les hanches. Comme hypnotisé, Montana desserra son col de chemise pour mieux respirer et avoir moins chaud. Kate était extraordinairement féminine et néanmoins capable de lutter à mains nues, de manier une arme, et d'affronter bravement un ennemi. Le contraste l'excitait, et la pensée d'un corps à corps sensuel avec elle lui donna encore plus chaud.

Quand elle eut commandé sa boisson, elle se tourna vers lui.

— Et toi, que veux-tu boire ?

— Une Guinness.

Contrairement à elle, il n'aimait pas les alcools forts.

En attendant d'être servi, il regarda autour de lui. Il avait du mal à croire que le danger menaçait. Il était habitué aux zones de guerre, au danger perceptible et imminent. Or, ce bar avait une atmosphère feutrée et luxueuse, avec une agréable musique en fond. Les clients élégants allaient et venaient en devisant paisiblement.

Le barman posa sa bière sur le comptoir. Montana trinqua avec Kate.

— Aux vieux amis !

— À de nouvelles aventures !

Elle but quelques gorgées et s'interrompit.

— Ah ! voilà Mica ! s'exclama-t-elle avec un signe de tête dans sa direction.

Mica Brantley portait une robe noire sobre et, pour seul bijou, un fin collier de diamants. Ses cheveux étaient rassemblés en chignon sur sa nuque.

Rex Masters la suivait de près. Vigilant et le regard perçant, il en imposait. Kate devina qu'il portait une arme à sa ceinture.

Mica regarda partout autour d'elle. Quand elle les aperçut, elle sourit et les rejoignit.

— Kayla ! Monty ! Je suis ravie que vous soyez venus spécialement à DC pour assister à la soirée de bienfaisance de demain !

Kate l'embrassa sur les deux joues.

— Nous ne l'aurions manquée pour rien au monde !

Montana porta quant à lui la main de Mica à ses lèvres. Il avait vu dans un film un agent secret agir de la sorte avec une femme du monde. Il espérait que ces manières distinguées n'étaient pas seulement réservées au cinéma.

— Monty ! Voyons ! fit Mica d'un air de reproche affectueux.

Elle retint sa main dans la sienne et l'embrassa sur la joue.

— Voilà qui est mieux ! Inutile d'être si conventionnel avec moi !

— Avons-nous une table réservée ? intervint Kate. Je dois avouer que je suis affamée.

— Eh bien, tu vas te régaler ! répondit Mica en leur faisant signe de la suivre. La cuisine du Plume est exceptionnelle ! Depuis que je descends dans cet hôtel, je n'ai jamais été déçue.

— À propos, depuis combien de temps es-tu à Washington ? demanda Kate pour entretenir la conversation.

— Seulement depuis hier. Depuis la mort de Trevor, je... Je n'ai pas eu le cœur d'y revenir, de revenir chez nous...

— Je comprends... Mais où vis-tu donc ?

— Sur le yacht..., dit Mica en agitant la main. Le mouvement perpétuel me permet d'échapper à la tristesse.

Son maquillage, bien que fort adroit, ne parvenait pas à cacher ses cernes. Son regard était triste. Le chagrin l'accablait.

Montana comprenait ce qu'elle éprouvait. Nombre de ses camarades Seals avaient trouvé la mort lors de missions de terrain et, chaque fois, il avait mis longtemps à surmonter le deuil de ses frères d'armes.

Au Plume, le maître d'hôtel les conduisit à leur table avec déférence. Un serveur arriva aussitôt.

— Bonsoir, je suis Dutton, votre serveur.

Montana contint son amusement. Maquillé, affublé d'une perruque et d'un costume de serveur, Duff était méconnaissable.

S'il n'avait pris la parole, Montana ne l'aurait pas identifié. Qui soupçonnerait que ce grand gaillard était en réalité un Seal ? Personne. L'indifférence la plus générale prévalait dans ces lieux feutrés et d'une incroyable élégance.

Après avoir commandé, Montana fit tomber sa serviette et, sous prétexte de l'échanger, se leva de table. Il s'approcha de Duff.

— Les autres sont là ? lui demanda-t-il tout bas.

— Toute l'équipe est présente, murmura Duff.

Puis, d'une voix plus forte, il reprit.

— Bien entendu, monsieur, je vous apporte tout de suite une serviette propre !

Il revint vite avec une serviette de table impeccable.

— Voilà, monsieur, dit-il en la lui tendant. S'il y a quoi que ce soit que je puisse faire pour vous, n'hésitez pas, conclut-il, imperturbable.

Lorsque Montana la prit, il sentit qu'elle renfermait quelque chose entre ses plis. Il adressa à Duff un signe d'intelligence imperceptible.

— Merci.

Il plia mieux la serviette qu'il mit dans sa poche et se rendit aux toilettes et entra dans une cabine. Là, il sortit la serviette de sa poche et la déplia précautionneusement. Il découvrit un kit composé d'un micro-oreillette ultra-miniaturisée sans fil à induction, d'un téléphone portable, et d'un collier de communication pour faire le lien entre l'oreillette et le téléphone par le biais d'une liaison Bluetooth.

Il s'équipa et, aussitôt, la voix de Sawyer lui parvint.

— Essai radio.

Les réponses s'enchaînèrent.

— Rip. Je reçois fort et clair.

— Duff. Je reçois fort et clair.

— Lovett. Je reçois fort et clair.

— Hunter. Je reçois fort et clair.

La porte principale des toilettes s'ouvrit alors, et un bruit de pas résonna. Montana actionna la chasse d'eau et en profita pour prendre la parole.

— Monty. Je reçois fort et clair.

Là-dessus, il sortit de sa cabine et se lava les mains. La personne qui venait d'entrer avait disparu dans une autre des cabines.

— Bien reçu, conclut Sawyer.

Montana sortit dans le couloir, qui était désert.

— Lance et moi sommes en planque dans une camionnette banalisée devant le Jefferson, précisa Sawyer. Nous avons accès au système de vidéosurveillance, et gardons les yeux bien ouverts.

— Six micros et une caméra ont été détectés dans la suite de Montana et de Kate, enchaîna Geek. Quelqu'un s'est introduit dans leur chambre entre le moment où les réservations ont été faites et leur arrivée. En gros, dans un laps de temps de deux heures. On n'a rien trouvé dans la suite de Mica. Terminé.

Montana se sentit rasséréné par les précautions qui avaient été prises, en tout cas moins exposé. Il savait qu'il pouvait compter sur ses camarades. De retour à sa table, il observa attentivement le garde du corps de Mica, au cas où il devrait devenir sa doublure.

Bien qu'attablé avec eux, Rex était en retrait et ne participait pas à la conversation. Il n'intervenait que lorsque Mica lui adressait la parole et ne lui donnait que des réponses brèves. Son regard parcourait la salle du restaurant en permanence. Assis dos au mur, il avait une vue à cent quatre-vingts degrés sur les lieux.

Montana, malheureusement, tournait le dos à la salle. Sachant Duff sur place, aux aguets et sans cesse en mouvement, il s'efforça de se détendre.

Mica Brantley et Kate conversèrent durant tout le dîner. Elles évoquèrent leur prétendue rencontre à Paris, s'émerveillant sur la beauté de la capitale française qui fournit ainsi un sujet de conversation inépuisable.

À un moment donné, Mica lui glissa discrètement, sous la table, une carte plastifiée. Montana comprit qu'il s'agissait de la clé magnétique de la suite Martha Jefferson qu'elle occupait, et la mit prestement dans sa poche.

À la fin du dîner, qui s'avéra succulent, il fut soulagé de se lever et de pouvoir enfin regarder autour de lui. Les tables étaient occupées par des hommes d'affaires et leurs compagnes élégamment vêtues. Personne ne semblait représenter une menace pour Mica Brantley, mais il savait qu'il ne devait pas se faire d'illusions. Mica Brantley était en danger et avait donc besoin de protection renforcée.

Mais pourquoi seule la suite des Lindemann était-elle truffée de micros ? se demanda-t-il. Les individus qui menaçaient Mica Brantley essayaient-ils de l'atteindre par le biais de ses proches ?

Il aurait aimé avoir une discussion avec Kate et Mica Brantley à ce sujet ; Mica parce qu'elle était une cible potentielle, et Kate parce que la gestion du risque et du danger était son métier.

Frustré mais contraint à la patience, il n'en continua pas moins de jouer à la perfection son rôle de mari épris. Il fit également mine d'apprécier la conversation mais, surtout, il s'intéressa aux connaissances et donateurs que Mica avait hâte de saluer au yacht-club lors de la soirée du lendemain.

Il retint soigneusement les noms et prénoms qu'elle mentionna. Ce gala de bienfaisance nécessiterait un maximum de vigilance pour assurer la sécurité de Mica Brantley, ainsi que des hommes politiques et autres personnalités qui y assisteraient. Pour tout dire, s'il avait été responsable de l'opération, il aurait ajourné cet événement caritatif. Ou, à tout le moins, il aurait insisté pour que Mme Brantley s'abstienne de s'y rendre.

En fin de soirée, Kate, Mica, Rex et lui prirent l'ascenseur ensemble. Une fois à leur étage, Montana et Kate les quittèrent après leur avoir souhaité une bonne nuit.

De retour dans leur suite, conscient qu'ils étaient espionnés, Montana ne parvint pas à se détendre. Il retira sa veste d'un geste impatient et la jeta sur le dossier d'une chaise.

— C'était bien de revoir Mica, n'est-ce pas ? commença Kate en ôtant son étole.

— Oui.

Il s'approcha d'elle, lui prit l'étole qu'il plia, puis posa les mains sur ses épaules.

— Mmm, tu sais que j'ai très envie qu'on prenne une douche en duo ? insinua-t-il d'un ton sensuel.

Constatant qu'elle se tendait, il lui mordilla le lobe de l'oreille pour murmurer d'une voix cette fois ferme et totalement dénuée de sensualité.

— Nous pourrons parler à notre aise, avec le bruit de l'eau qui coule.

Kate opina, rejeta la tête en arrière puis l'embrassa sur la joue.

— Dans ce cas, il ne nous reste plus qu'à nous dévêtir ! répliqua-t-elle avec un rire perlé.

Elle posa la main sur sa joue et lui fit tourner le visage vers elle pour l'embrasser.

— Eh bien, qu'est-ce que tu attends ? reprit-elle.

Il sourit.

— J'attends que mon cerveau se remette à fonctionner.

Sur ces mots, il dénoua son nœud papillon, et le lança sur la veste. Le ruban de soie glissa sur le sol, mais il était trop troublé pour le ramasser. Kate avait beau jouer un rôle, il était émoustillé à la perspective de prendre une douche avec elle, même sachant qu'ils garderaient leurs sous-vêtements et que l'échange serait professionnel et non érotique. Il ne la suivit pas moins dans la salle de bains avec le plus vif empressement.

Il tourna le robinet de la douche au maximum, sachant que plus fort l'eau coulerait, mieux ils pourraient communiquer. Puis, se retournant, il constata que Kate s'était dévêtue en un tournemain et ne portait plus que ses dessous en dentelle noire. C'était terriblement sexy. Le souffle court, il se figea.

— Tu veux que je t'aide à te déshabiller, Monty chéri ? susurra-t-elle avec une œillade.

— Non... Je... j'ai... j'ai seulement besoin d'un préservatif, répliqua-t-il, lui aussi avec une œillade. À moins, bien entendu, que nous n'envisagions de fonder une famille dès à présent.

Kate eut un rire de gorge.

— Peut-être dans un an ou deux.

— Laisse-moi dégrafer ton soutien-gorge, enchaîna-t-il.

Tout en parlant, il retira le dispositif de son micro-oreillette pour le lui montrer.

Elle opina.

— Le dernier sous la douche a perdu ! lança-t-elle, s'y précipitant toujours en sous-vêtements.

Montana se déshabilla hâtivement, et sortit à tout hasard un préservatif de son portefeuille. Une fois nu, il se ceignit les reins avec une serviette de toilette et la rejoignit dans la douche.

Kate avait défait sa natte et, yeux fermés, visage offert, se lavait les cheveux.

— Je commençais croire que tu avais changé d'avis, lui dit-elle d'une voix forte.

Le regard fixé sur les seins de Kate à peine masqués par la fine dentelle noire de son soutien-gorge, il posa son préservatif sur le porte-savon mural. Il était conscient du fait que son sexe érigé tendait sa serviette, mais il ne pouvait lutter contre l'effet qu'elle lui faisait.

Une sensation de chaleur l'envahit, et Kate sut avec certitude que Montana l'avait rejointe dans la douche. C'était incroyable, il n'avait même pas besoin de la toucher pour l'électriser !

— J'ai défait ma natte et retiré les épingles parce que ça me donnait mal à la tête. C'était insupportable, reprit-elle.

— Tant mieux. Je te préfère les cheveux dénoués, répondit-il de sa voix profonde, chaleureuse et enveloppante.

Résistant au désir de retirer son soutien-gorge et son slip afin de se presser nue contre lui, elle soupira. Jamais un homme ne l'avait à ce point attirée, pas même son ancien équipier et amant dont elle avait pourtant été très amoureuse.

Elle n'était bien sûr plus la jeune femme naïve, extasiée et spontanée d'alors. Elle s'était aguerrie, mais n'en avait pas moins une sensualité vibrante et débordante. Et qu'est-ce qui l'empêchait de faire l'amour avec un homme qui lui plaisait ? Cela ne signifiait pas qu'elle en tomberait amoureuse. N'était-elle pas capable de faire la part entre des sentiments romantiques et un désir sexuel à l'état brut ? Pourquoi ne pas jouer jusqu'au bout son rôle de jeune mariée comblée et très éprise ? Les Lindemann étaient amoureux, ils occupaient une suite magnifique dans un hôtel de luxe et maintenant ils prenaient une douche ensemble.

D'un autre côté, le désir et la sensualité ne compliqueraient-ils pas une mission qui s'annonçait pour le moins complexe ?

Quoi qu'il en soit, après avoir fait l'amour avec Montana, elle aurait certainement les idées plus claires et sans doute de bien meilleurs réflexes. Surtout, en cédant à son désir obsessionnel pour le beau Seal, elle s'en émanciperait.

Sans cesser de peser le pour et le contre, elle se rinça les cheveux, se délectant de la sensation de l'eau tiède qui coulait sur son corps, sur ses seins enfermés dans son soutien-gorge et dont les pointes s'étaient dressées sous l'effet du désir.

Elle s'exhorta au calme et, enfin, ouvrit les yeux. Elle regarda Montana de la tête aux pieds, remarqua la serviette tendue au niveau de son sexe érigé, et se sentit rougir violemment.

— Que se passe-t-il ? demanda-t-elle.

Quelle question stupide ! Elle ne pouvait plus qu'espérer que Montana la relierait à leur mission, et non à son érection.

— Ce soir, les Seals étaient comme prévu sur place au Jefferson, expliqua-t-il avec un sourire et cette voix profonde et chaude qui avait le pouvoir de la troubler. Lance et Sawyer, en planque dans la camionnette, ont accès au système de vidéosurveillance de l'hôtel et sont aux aguets.

Il ne faisait que l'informer des activités des Seals, mais le son de sa voix la faisait frissonner.

— Très bien… Autre chose ?

— Ils sont inquiets, parce que notre suite est truffée de micros, ajouta-t-il.

Sa serviette, maintenant trempée, révélait davantage son érection. Elle contint son désir de tendre la main, de la lui retirer et de saisir, puis de caresser, son sexe dressé.

— Peu importe ce qui peut nous arriver, dit-elle. Seule la sécurité de Mica m'inquiète.

Elle croisa les bras.

— Mica est à Washington depuis moins de vingt-quatre heures, et sa sécurité est déjà compromise.

— D'après les dates et les coordonnées géographiques, c'est demain qu'il devrait se passer quelque chose, pas ce soir.

— Cette liste a été établie avant les événements de Cancún. Depuis, elle a pu subir des modifications. Une nouvelle liste a pu être éditée, complétée ou modifiée… Devenus méfiants ou plus précautionneux, le criminel et ses éventuels complices ont pu ajuster leurs plans…

— C'est une possibilité, convint Montana. Raison de plus pour rester vigilants.

Il voulut rajuster sa serviette et, dans le mouvement qu'il fit, il lui effleura involontairement la hanche.

Ce fut imperceptible, mais Kate fut parcourue par un frisson. Si jamais il se rapprochait d'elle et l'effleurait de nouveau, elle n'y résisterait pas, songea-t-elle, saisie. Elle recula alors et, dans sa précipitation, glissa.

Montana n'eut que le temps de la saisir par la taille et de l'attirer à lui pour l'empêcher de tomber. Sa serviette se détacha et atterrit sur le sol carrelé tandis qu'elle sentait son sexe dur contre son bas-ventre.

Le souffle coupé, elle se figea.

— Euh… Hum… Merci, balbutia-t-elle.

— Je t'en prie, répondit-il d'une voix basse et rauque.

Ils se regardèrent droit dans les yeux.

— Je te trouve extraordinairement attirante, reprit-il sans bouger. Ce n'est pas un secret, tu l'as constaté.

Plus consciente que jamais de l'excitation de Montana, elle frémit. Le désir déferla dans ses reins tandis qu'elle pensait à son sexe pressé contre son ventre. Il fallait qu'elle se reprenne et s'écarte de lui, mais elle avait soudain les genoux comme en caoutchouc.

— Eh bien… Voilà qui devient… très gênant…, bredouilla-t-elle.

— Moi, je ne trouve pas, dit-il, décontracté, en lui enserrant plus étroitement la taille. Après tout, nous sommes censés être de jeunes mariés…

— Censés seulement, précisa-t-elle à voix basse. Nous sommes équipiers, et en mission.

Il opina.

— Tu as raison, dit-il la lâchant aussitôt pour reculer.

Au lieu de reculer elle aussi, elle se serra contre lui, répondant ainsi à son désir, malgré sa raison qui lui criait de ne pas faire cela.

— Je n'y comprends plus rien…, grommela Montana, l'air perdu. En général, quand une femme repousse mes avances, je n'insiste pas. Et elle non plus, d'ailleurs.

— Qui t'a dit que je n'étais pas intéressée ? objecta-t-elle avec un demi-sourire.

— Je ne suis qu'un cow-boy du Montana. Alors dis-moi ce que tu veux, ou j'abandonne…

Le regard bleu et direct de Montana emporta ses dernières résistances. Au fait, quelles résistances ? se demanda Kate qui n'avait d'autre envie que de passer à l'action et de se donner au séduisant Seal.

— Le problème, c'est que nous n'avons pas beaucoup de temps, dit-elle cependant. Nous sommes en mission. Obligés de rester en alerte.

— Le temps n'est pas un problème, Kate, crois-moi, assura-t-il en lui adressant un clin d'œil coquin tout en défaisant l'agrafe de son soutien-gorge. Là où il y a du désir, tout est possible…

Il fit glisser les bretelles du soutien-gorge sur ses épaules, le lui retira et le lança hors de la douche. Ensuite, il lui ôta son slip. Elle s'en débarrassa d'un coup de pied.

— Tu as un préservatif ? demanda-t-elle sans détour.

Il acquiesça.

— Oui. Je suis prévoyant, j'ai été scout autrefois. Toujours prêt.

— Je vois…, fit-elle, le souffle court. Alors fais-moi l'amour ! ajouta-t-elle d'une voix vibrante.

— Tout de suite, dit-il en retirant l'enveloppe du préservatif.

Kate le lui prit des mains, et en gaina son sexe avec des mouvements précis et cependant très doux.

— Montre-moi de quoi tu es capable ! lança-t-elle ardemment.

Il posa ses mains sur ses fesses pour la soulever et la plaquer contre le carrelage du mur.

Elle enroula les jambes autour de sa taille, remua le bassin pour se placer juste au niveau de son sexe tendu, puis lui effleura les lèvres de l'index.

Était-ce bien elle qui tenait ce discours audacieux ? Qui se donnait à un homme qu'elle ne connaissait que de ce matin ? se demanda-elle confusément. Soit elle était stupide, soit elle était l'esclave de ses désirs. Dans un cas comme dans l'autre, ce n'était guère rassurant…

Elle décida néanmoins de ne plus songer qu'au plaisir. Refoulant son sentiment de culpabilité, elle saisit son visage entre ses mains et posa ses lèvres sur les siennes avec gourmandise.

Non seulement il n'opposa aucune résistance, mais il s'empressa d'introduire sa langue entre ses dents pour un baiser exigeant. Alors, avec un gémissement d'aise, elle espéra qu'il la pénétrerait avec la même douceur et, en même temps, la même vigueur.

Elle était brûlante de désir et impatiente à l'idée de consommer leur faux mariage.

5

Montana saisit les poignets de Kate et les maintint, d'une main, au-dessus de sa tête contre le carrelage de la douche. Il prit possession de sa bouche et l'embrassa comme si sa vie en dépendait. Puis, sans attendre, l'heure n'étant plus aux préliminaires — il était fou de désir —, il s'introduisit en elle d'un coup de reins. Kate s'arqua vers lui pour qu'il la possède plus profondément. Il se plia volontiers à son exigence, quoique avec prudence pour ne pas la blesser par trop de précipitation.

— Continue ! gémit-elle.

Il se rendit à son imploration, la pénétrant plus, conscient de sa féminité délicieusement moite. Puis il se retira lentement, pour son plaisir et le sien.

— Maintenant !

Et elle enfonça ses talons dans ses reins avec impatience pour l'attirer de nouveau en elle.

— Je ne veux pas te faire mal…, souffla-t-il, sa bouche contre la sienne.

Elle se mordilla la lèvre.

— Moi je veux que tu me donnes du plaisir ! dit-elle avec impétuosité. Maintenant !

Galvanisé, il obtempéra et accéléra la cadence. Kate essaya de dégager ses poignets qu'il maintenait toujours.

— Lâche-moi… Moi aussi, je veux te toucher. Te caresser…, murmura-t-elle.

De nouveau, il obtempéra. Elle posa les mains sur ses épaules et s'y cramponna tandis qu'il continuait inlassablement ses mouvements de va-et-vient. Bientôt, il accéléra encore et, rapidement, ses sensations parvinrent au point culminant ; la jouissance l'éblouit, lui arrachant un long cri.

Cet éblouissement passé, étourdi par l'intensité de ce qu'il venait d'éprouver, il soupira profondément et posa le front contre le sien.

— Incroyable…

— Oui…, fit Kate d'une voix sans timbre.

L'eau coulait toujours, et il contint un frisson. Il se retira de Kate qui se remit sur ses pieds, puis il ôta le préservatif. Après une brève hésitation, il saisit la savonnette avec un sourire entendu. Aussitôt, elle leva les bras et lui offrit son buste, la tête rejetée en arrière.

Il commença par lui savonner les mains, puis les bras et, avec une lenteur calculée, parvint à ses seins et à leurs pointes qu'il titilla jusqu'à ce qu'elles durcissent encore. Après les avoir rincées, il prit délicatement un mamelon entre ses dents et le taquina.

Kate lui saisit la tête et le guida vers l'autre mamelon. Docilement, il passa de l'un à l'autre, les léchant et les faisant rouler entre ses dents jusqu'à ce qu'elle se crispe, se cambre, gémisse et crie. Un bras autour de sa taille, il continua d'embrasser son buste, tandis que sa main libre glissait sur son ventre, puis peu à peu beaucoup plus bas…

Elle poussa de nouveaux soupirs de volupté et, toujours arquée contre lui, s'ouvrit mieux. Ainsi encouragé, il introduisit les doigts en elle, frémit au contact de la peau si douce, moite et veloutée à souhait. Kate gémissait maintenant sans s'arrêter, tout en ondulant des hanches… Et Montana, que ces cris émoustillaient, titilla cette fois le bourgeon de sa féminité afin de mieux la combler par sa double caresse.

— Oh oui…, murmura-t-elle dans un spasme. Oh oui !

Il la sentait trembler pendant qu'elle s'abandonnait complètement au plaisir qu'il lui prodiguait sans s'en lasser.

Il continua, conscient qu'elle se raidissait dans ses bras, le souffle court et les yeux clos. Elle posa même sa main sur la sienne afin de rendre ses caresses plus insistantes.

Ainsi poursuivit-il jusqu'à ce qu'elle jouisse dans un cri bref et intense. Quand elle se fut ressaisie après cet éblouissement, il attendit qu'elle reprenne son souffle, et les rinça tous les deux, longuement. Enfin, il tourna le robinet et sortit de la douche.

Il prit une serviette de bain et la sécha tout en l'embrassant. Elle l'imita.

— Prête ? demanda-t-il dans un souffle lorsqu'ils eurent enfilé leurs peignoirs.

Elle opina.

— Prête.

Il ouvrit les portes coulissantes de la salle de bains. Kate le suivit, retira sa serviette qu'elle portait en turban sur ses cheveux mouillés et la lança adroitement sur le chandelier où se trouvait la minicaméra.

— Mmm…, fit-elle alors d'une voix gourmande. Que c'est bon…

Elle jouait toujours son rôle, mais Montana comprit qu'elle exprimait aussi son soulagement d'avoir si habilement neutralisé la minicaméra. Délaissant le moelleux peignoir de l'hôtel, elle lui emprunta sa veste de pyjama qu'il avait posée sur le lit. Trop grande, elle lui arrivait à mi-cuisse. Puis elle sortit une culotte en dentelle de sa valise.

Montana ne l'avait pas quittée des yeux, admirant et savourant chacun de ses mouvements. Sa grâce l'envoûtait, et le désir, qu'il croyait assouvi, monta de nouveau en lui.

Il enfila son pantalon de pyjama, tandis que Kate s'asseyait sur le lit.

— Et si on essayait de dormir un peu, maintenant ? dit-elle dans un bâillement.

— Tu as raison. Demain, la journée sera longue.

Elle se coucha et remonta la couette jusqu'au menton avec un soupir d'aise.

Ravi à la pensée de partager sa couche avec une si jolie femme, il lui sourit. Et comme il avait très envie de lui faire de nouveau l'amour, il se dit que la nuit s'annonçait pleine de promesses.

Mais à peine se fut-il couché qu'un bruit l'alerta et le fit se redresser.

— Tu as entendu ?

Kate se levait déjà.

— Oui. Qu'est-ce que c'était ?

— Ne bouge pas, je vais voir.

Le cœur battant, il se précipita dans le salon.

— Bon sang, habille-toi vite ! Il doit y avoir eu un court-circuit, il y a de la fumée !

Kate le rejoignit en toute hâte, remettant le peignoir de l'hôtel.

— Cette fumée vient d'où ?

— De là, répondit-il en lui montrant la prise électrique d'où elle s'élevait en spirale.

— Si nous avions un extincteur..., dit-elle en parcourant les lieux du regard.

Il décrocha le téléphone pour contacter la réception.

— Il y a une prise électrique défectueuse dans notre suite. Et un début d'incendie, signala-t-il à son interlocuteur. Pouvez-vous nous envoyer quelqu'un de toute urgence et, surtout, avertir les pompiers, je vous prie ?

Au même instant, l'alarme incendie retentit.

— Vite, filons ! s'exclama-t-il en courant vers leur chambre.

Il retira son pyjama, s'équipa rapidement de son kit micro-oreillette, puis mit son jean, un T-shirt et ses bottes.

Kate se contenta pour sa part de nouer la ceinture de son peignoir. Elle enfila ensuite les pantoufles que l'hôtel mettait gracieusement à la disposition des clients et courut vers la porte de leur suite.

— On monte à l'étage ! lui annonça-il.

Elle le regarda, les yeux écarquillés.

— Dans la suite de Mica Brantley ?

— Oui. Peut-être cherche-t-on à l'atteindre par notre intermédiaire, continua-t-il dans un murmure.

Il reprit d'une voix plus forte.

— Prête ?

Elle acquiesça.

— Prête !

Il ouvrit la porte et regarda de chaque côté du couloir.

Des clients affolés sortaient en hâte de leurs suites. Deux couples couraient en direction de l'ascenseur qui, par mesure de sécurité, avait été mis hors-service. Ils rebroussèrent donc chemin vers l'un des escaliers que Montana et Kate empruntèrent derrière eux.

Une fois dans l'escalier, il posa la main sur son oreille.

— Montana. Contrôle radio parlez !

— Mais où étais-tu passé ? s'exclama Sawyer. Bon, bref, quelqu'un a déclenché l'alarme incendie.

— C'est moi. J'ai signalé un départ de feu dans notre suite.

— La situation est en train de nous échapper. Tu sais où te rendre ?

— Affirmatif.

Il prit la main de Kate tandis qu'ils montaient les marches et sortit à l'étage supérieur où se trouvait la suite Martha Jefferson.

Si Mica Brantley et Rex s'y trouvaient toujours, ils

devraient la quitter au plus vite. La priorité, c'était Mica Brantley.

Kate courait vers la suite Martha Jefferson, suivant Montana qui sortait de la poche arrière de son jean la carte magnétique que Mme Brantley lui avait subrepticement glissée au cours du dîner.

Il ouvrit vite la porte, et s'immobilisa. Au même instant, un coup de feu claqua et une balle le frôla avant d'aller se ficher dans le mur derrière lui.

S'il n'avait pas marqué une pause sur le pas de la porte, il aurait été touché en plein cœur ! songea Kate bouleversée. Elle se rendit compte qu'ils n'étaient pas armés et ne pouvaient donc riposter. Mais ils ne pouvaient pas non plus rebrousser chemin ou attendre dans le couloir : ils devaient porter secours à Mica.

En espérant qu'ils n'arrivaient pas trop tard…

— Il y a un tueur dans la suite de Mica Brantley, expliqua Montana à voix basse à l'intention de Sawyer. On a besoin de renforts. J'entre !

— Moi aussi ! renchérit Kate.

Montana tourna les yeux vers elle. Il s'apprêta à objecter, puis se ravisa.

— Ne prends aucun risque inutile.

Elle hocha la tête. Il entra dans le salon, et se dissimula derrière le canapé. Kate l'imita et prêta l'oreille pour localiser le tueur.

— Mica ? Rex ? appela-t-elle.

Un fracas de verre brisé s'éleva de la pièce voisine. Montana se redressa et s'y précipita. C'était la chambre à coucher.

— Il prend la fuite ! s'écria-t-il.

Kate, qui l'avait suivi, le vit se pencher par la fenêtre dont la vitre avait été brisée. Rex Masters surgit derrière eux livide, le bras pressé contre le torse. Du sang s'en échappait.

— Où est Mica ? s'empressa de lui demander Kate.

— À côté, barricadée dans la salle de bains. Ne la laissez surtout pas en sortir !

Il tendit son arme à Kate.

— Si je n'avais été blessé, j'aurais déjà franchi cette fenêtre pour poursuivre cet individu.

Pendant qu'ils parlaient, Montana prit un oreiller sur le lit, et le débarrassa de sa taie dont il s'enveloppa les mains.

Kate le regarda enjamber l'encadrement de la fenêtre.

— Couvre-moi ! lui dit-il.

Sans lui laisser le temps de répondre, il saisit de ses mains protégées par la taie d'oreiller un câble fixé au garde-corps.

Kate se pencha à son tour par la fenêtre. Un homme cagoulé et vêtu de noir terminait sa descente. En le voyant lever la tête et viser Montana, elle tira dans sa direction. L'individu riposta. Elle recula vivement et sentit la balle siffler à ses oreilles.

En entendant des pas précipités derrière elle, elle fit volte-face et reconnut l'homme qui avait été leur serveur lors du dîner. Il était armé.

— Ne craignez rien, McKenzie. C'est moi, Duff, annonça-t-il.

Elle fourra son pistolet dans la poche de son peignoir, s'enveloppa à son tour les mains d'une taie d'oreiller, après quoi elle enjamba le cadre à la suite de Montana et descendit rapidement, regardant la direction qu'il prenait après avoir touché le sol. Elle sauta les derniers mètres afin de ne pas se laisser distancer et amortit sa chute par un souple roulé-boulé. De là, elle se releva d'un bond et s'élança à la suite des deux hommes. Ses pantoufles la ralentissant, elle s'en débarrassa et poursuivit sa course pieds nus.

Alors qu'elle approchait du coin de l'hôtel, des coups de

feu claquèrent. Le cœur battant, elle ralentit puis s'arrêta et, plaquée contre le mur, jeta un coup d'œil prudent sur le côté en sortant le pistolet de Rex de sa poche.

L'homme se tenait à l'autre bout de l'allée qui longeait le bâtiment. À l'abri de la benne à ordures, à mi-chemin, se trouvait Montana accroupi.

L'inconnu fit feu par deux fois. La première balle toucha la benne à ordures, la seconde ricocha sur le sol non loin de Montana.

Kate tira à son tour, mais l'homme reprit sa course et disparut de sa vue.

Montana se retourna et se redressa.

— Kate ? Mais bon sang…

— Je vais le rattraper ! s'écria-t-elle en se remettant à courir.

Cependant, lorsqu'elle arriva à la hauteur de Montana, il la retint en l'attrapant par le bras.

— Qu'est-ce qui te prend ! s'exclama-t-elle tout en essayant de se dégager. Il va nous échapper !

— Donne-moi ton arme, et reste ici ! Je m'en occupe !

Elle ne perdit pas de temps à discuter et obtempéra. Il se lança à la poursuite du tireur, puis s'arrêta en arrivant au bout de l'allée qui débouchait sur la rue.

Kate le rejoignit.

— Que se passe-t-il ?

— Il a disparu…

— Comment ça disparu ?

Elle voulut passer devant lui pour regarder, mais il la retint de nouveau.

— Il est monté dans une voiture qui l'attendait.

— Tu en es certain ?

— J'ai eu le temps de le voir.

Il désarma le pistolet et le glissa dans sa ceinture.

— Bon sang, Kate ! s'exclama-t-il soudain tandis qu'elle

se penchait en avant et posait les mains sur ses genoux pour reprendre son souffle.

Elle leva les yeux vers lui.

— Quoi encore ?

Il lui montra ses pieds.

— Où sont tes chaussures ?

— Mes pantoufles ? Elles me ralentissaient, alors je m'en suis débarrassée, expliqua-t-elle avec un geste désinvolte.

— L'un de tes pieds est blessé : il saigne.

Elle fronça les sourcils, et constata qu'il avait raison. Son gros orteil saignait.

Aussitôt, Montana la souleva dans ses bras.

— Ce n'est pas une raison pour me porter. Lâche-moi ! ordonna-t-elle d'un ton plus autoritaire qu'elle ne l'aurait voulu.

Au lieu de s'exécuter, il la serra au contraire plus fort.

— Laisse-moi jouer les hommes virils, plaisanta-t-il en lui donnant un rapide baiser.

— Tu es un homme, tu es viril ! répliqua-t-elle, sentant ses lèvres picoter à la suite de ce baiser trop bref. Mais ça ne signifie pas que tu dois te comporter en macho !

Il secoua la tête, mais il ne la lâcha pas et se dirigea vers l'avant du Jefferson.

— Tu n'arrêtes jamais de parler ? lança-t-il.

— Et toi, tu n'en fais toujours qu'à ta tête ?

— Oui, quand je suis certain d'avoir raison.

Tout à coup, il s'arrêta, non loin de l'entrée de l'hôtel.

— Que se passe-t-il ? demanda-t-elle en regardant autour d'elle avec inquiétude.

Ignorant sa question, il donna quelques coups de coude sur la carrosserie d'une camionnette garée là. La portière coulissa, et Sawyer apparut. Ils montèrent.

— Bon sang, Montana, tu l'as laissé filer ! Et vous, McKenzie, ça va ?

— Bien, sauf quand mon équipier décide que je ne peux pas marcher pieds nus.

Montana secoua la tête et la déposa sur un siège devant toute une batterie d'écrans et d'appareils.

— Entre nous, il n'a pas tort, dit Sawyer avec une grimace. L'un de vos pieds est tout de même dans un drôle d'état.

Sur ces mots, il prit une trousse de première urgence.

Mais, alertée par les bruits de sirène qui se rapprochaient, Kate se désintéressa de sa blessure pour se redresser et porter son attention sur les écrans.

Elle y vit l'entrée du Jefferson et ses clients rassemblés dans la rue. Certaines femmes étaient en robe de soirée, d'autres en peignoir.

Deux camions de pompiers arrivaient. Des pompiers en sautèrent et se ruèrent dans l'hôtel tandis que leurs camarades déroulaient des tuyaux.

Un groom sortit de l'hôtel, vint vers la camionnette, et frappa à l'arrière.

— C'est Hunter, expliqua Sawyer, occupé à fouiller dans la trousse de premiers secours.

— Laisse-moi faire, lui dit Montana en lui prenant gaze et désinfectant des mains. Toi, tu es censé regarder les écrans.

Sawyer ouvrit la portière, et Hunter monta.

— Nous devons prendre une livraison spéciale derrière le Jefferson et filer avant que les rues soient complètement embouteillées et bloquées, annonça-t-il.

Sawyer passa à l'avant et se mit au volant.

— Accrochez-vous, les gars !

Il démarra sur les chapeaux de roues, tourna dans la petite rue qui conduisait derrière l'hôtel et s'arrêta devant l'entrée destinée aux livraisons.

Hunter aussitôt ouvrit les portières arrière.

Un grand chauve poussa un chariot rempli de draps

dans leur direction. Deux Seals le suivaient. Kate reconnut Quentin et Rip.

Tout le monde se serra pour ménager la place nécessaire au chariot et aux trois hommes. Dès que les portières furent refermées le chauve, qui n'était autre que Duff, donna le signal du départ.

Sawyer appuya sur l'accélérateur et s'éloigna du Jefferson pour prendre la direction du centre-ville de Washington.

Lorsqu'il s'arrêta à un feu, les draps s'écartèrent. La tête de Rex Masters apparut.

— C'est bon ? demanda-t-il.

— C'est bon, répondit Duff. Madame Brantley, vous pouvez aussi sortir de votre cachette, ajouta-t-il en écartant les draps pour aider Mica Brantley à s'en extirper.

Le feu repassa alors au vert. La camionnette démarra si vite que Rex vacilla et tomba sur Rip et Quentin. Duff n'eut que le temps de rattraper Mica.

— Nous devons absolument trouver un médecin pour Rex, dit-il ensuite.

— Royce s'en est occupé. Un médecin est déjà sur notre site, expliqua Lance. Nous y serons bientôt !

Kate leva les yeux vers Montana qui soignait son orteil avec concentration. Au milieu de toute cette agitation, elle gardait l'impression qu'il était son point d'ancrage.

Et cela fut d'autant plus vrai quand, lorsqu'il eut terminé, il lui passa un bras autour des épaules, lui prit la main et ne la lâcha plus.

La camionnette vira sèchement, après quoi elle s'approcha d'une porte de garage à ouverture basculante qui donnait accès à un parking souterrain et qui se referma automatiquement derrière eux.

Un profond silence tomba alors, reléguant au loin les bruits de circulation de Washington.

Kate prit une longue inspiration et, cette fois soulagée, se laissa aller contre Montana.

Quoi qu'il arrive à la soirée de bienfaisance de demain, elle savait que Montana serait indéfectiblement présent à côté d'elle.

6

La camionnette s'arrêta sur un emplacement dans le parking souterrain du bunker. Tout danger était maintenant écarté, mais Montana ne lâcha pas Kate pour autant. Il laissa les autres descendre, Quentin et Rip aidant Rex, et fut le dernier à sortir, Kate dans ses bras.

Elle ne protesta pas. Sans doute voulait-elle ménager son pied blessé. Elle noua les bras autour de son cou et Montana, qui avait été frappé un peu plus tôt par son audace et son courage, fut alors touché par sa vulnérabilité et posa brièvement sa tête sur la sienne.

Un frisson secoua Kate et se communiqua à lui. Il se souvint qu'il n'était vêtu que de son jean et d'un T-shirt. Si le mouvement et l'adrénaline l'avaient tout à l'heure réchauffé, il avait froid tout à coup.

Les Seals, Mica Brantley et Rex gagnèrent le rez-de-chaussée du bunker où Royce Fontaine les attendait.

— Tous en salle de réunion ! dit-il. Nous devons faire un debriefing, redistribuer les rôles, et revoir notre stratégie pour le gala de demain.

Il se tourna vers Quentin et Rip qui soutenaient Rex, pâle et défait.

— Conduisez tout de suite M. Masters à l'infirmerie. C'est plus bas dans le couloir, porte de droite. Le médecin l'y attend.

Les trois hommes continuèrent dans cette direction.

— Les autres, suivez-moi !

Mica Brantley s'avança.

— Je suis désolée de cet échec.

— Non, non, vous n'y êtes pour rien ! assura vivement Royce Fontaine en lui posant la main sur l'épaule. Nous aurions aussi dû surveiller les fenêtres de votre suite… Mais je suis soulagé que vous et Rex soyez saufs.

— J'espère que sa blessure n'est pas grave…

L'air soucieux, elle regarda vers l'infirmerie où Quentin et Rip entraient avec Rex chancelant.

— Mica, j'aimerais que vous participiez au debriefing en l'absence de Rex, reprit Royce Fontaine.

— Bien entendu !

Fontaine prit Montana et Kate à part avant qu'ils n'entrent dans la salle de réunion.

— Vous comprenez que, après ce qui vient de se passer, je ne peux laisser Mica jouer les appâts demain soir. Vous allez donc devenir leurs sosies, ou doublures, lors de la soirée de bienfaisance au yacht-club.

— Tout est déjà prévu, enchaîna Tazer qui s'était approchée. J'ai demandé au concierge du Jefferson de rassembler la garde-robe de Mica Brantley et la vôtre, et de me les faire livrer. Par chance, le système de détection et d'alarme d'incendie n'a pas endommagé les vêtements que nous avons achetés aujourd'hui et qui étaient fort heureusement encore dans les housses. Sauf ceux que vous portiez pour le dîner… Je vais également récupérer aussi vos effets personnels. En attendant…

Elle tendit à Montana un vieux T-shirt à manches longues à l'effigie de Led Zeppelin.

— Voilà pour vous, Montana. Désolée, c'est tout ce que j'avais en magasin. Si vous n'aimez pas ce groupe, tant pis… Moi, je suis fan de la première heure. Et pour vous, Kate, j'ai mis la main sur ces grosses chaussettes !

Puis elle ajouta à son intention :

— Demain, nous travaillerons ensemble sur votre métamorphose.

Au cours de l'heure suivante, les derniers événements furent disséqués et analysés, séquence par séquence. Si Mica n'avait pas été dans la salle de bains au moment de l'intrusion du tueur, elle aurait été blessée ou, pire, tuée. Rex Masters s'était jeté au-devant du meurtrier au péril de sa propre vie.

Pour accéder au sixième étage où se trouvait la suite de Mica, le tueur avait eu recours à la nacelle motorisée suspendue à l'acrotère du Jefferson et destinée au service de nettoyage des vitres. Le câble de rappel avait servi pour descendre.

Mica, qui paraissait distraite, se leva.

— Je vous prie de m'excuser, Royce, mais j'aimerais aller voir comment va Rex.

Royce acquiesça, et elle sortit.

Pendant que le debriefing se poursuivait, Montana observa Kate. Elle écoutait attentivement les interventions des Seals, de Sawyer, alors en planque dans la camionnette de surveillance, de Duff et des autres infiltrés au Jefferson. En conclusion, tous convinrent que, vu les événements de cette soirée, la journée à venir s'annonçait périlleuse et compliquée.

— Je pense que le moment est venu d'aller nous coucher, conclut Royce Fontaine. Les Seals en infiltration parmi le personnel du traiteur pour la soirée de bienfaisance devront être sur place très tôt, demain matin. Je rappelle aussi qu'une équipe cynophile sera déployée au yacht-club dès le début de matinée. Je serai moi aussi sur place. Vous savez désormais tous ce que vous aurez à faire, mais nous ferons de nouveau un récapitulatif dans quelques heures, quand nous aurons pris du repos. Nous en avons tous besoin, il est très tard. Je vous souhaite une bonne nuit.

Lance informa les Seals qu'un dortoir avait été aménagé avec lits pliants et sacs de couchage. Des sanitaires étaient également à leur disposition.

Royce Fontaine fit signe à Kate et Montana de le suivre et les conduisit à l'infirmerie pour tenir une réunion en petit comité avec Mica et Rex. Ce dernier était allongé sur une table d'examen, Mica Brantley près de lui. Le médecin, qui avait suturé et pansé sa blessure, se leva et prit dans sa trousse un flacon qu'il tendit à Rex.

— L'effet du choc est passé, maintenant. Je vais pouvoir vous laisser. Tenez, ce sont des antibiotiques. Prenez-les jusqu'à ce que vous soyez rétabli pour éviter toute infection.

Il sourit à Fontaine.

— Si tu as de nouveau besoin de mes services, surtout n'hésite pas !

— Sans vouloir te vexer, j'espère que je n'aurai pas à te solliciter avant longtemps, répondit Fontaine. En tout cas, merci Cal. Je t'en dois une !

— Un jour, c'est peut-être moi qui t'appellerai à la rescousse.

— J'espère aussi que ça n'arrivera jamais mais, le cas échéant, tu sais que tu peux compter sur moi.

Quand le médecin eut pris congé, Fontaine s'adressa à Mica.

— Mica, il est évident que vous ne pourrez pas assister au gala, demain.

Rex, encore pâle, se redressa avec effort sur la table d'examen.

— Je suis entièrement d'accord avec vous, Fontaine.

Mais Mica pinça les lèvres.

— Je refuse de me laisser intimider !

— Vous devez rester cachée jusqu'à ce que nous mettions la main sur le tueur, insista Fontaine.

Elle fit nerveusement quelques pas puis fit volte-face.

— Combien de temps encore vais-je vivre dans la peur ?

Fontaine lui prit les mains avec la plus vive sollicitude.

— Je suis sincèrement désolé, Mica, mais vous faire assister à ce gala est trop dangereux. Nous avions monté une opération au Jefferson et, comme vous avez pu le constater, nous avons échoué. Le criminel a réussi malgré tout à entrer dans votre suite. Nous ne pouvons courir le risque de vous exposer demain soir.

Mica leva le menton d'un air de défi.

— Et si moi je voulais tout de même prendre ce risque ?

En son for intérieur, Montana admira son courage. Puis il jeta un coup d'œil vers Kate et se dit que, en devenant la doublure de Mica, c'était elle qui se mettait en danger. D'un autre côté, en tant qu'agent de la CIA, elle avait l'habitude des situations extrêmes. Mais, demain soir, elle ne pourrait certainement pas associer une robe de soirée de chez Prada, Chanel ou Gucci avec un gilet pare-balles.

Rex descendit de la table d'examen mais vacilla aussitôt.

— Si vous y assistez, j'y serai aussi, murmura-t-il.

Mica fronça les sourcils.

— Non ! Vous êtes blessé, Rex ! Vous devez rester alité pendant quelques jours.

— Je dois être là où vous êtes, madame, insista-t-il.

— Je vous l'interdis ! répliqua Mica en secouant la tête.

Rex s'obstina.

— Et moi, je ne vous laisse pas le choix.

— Dans ce cas, je vous congédie, Rex ! lança-t-elle en le regardant droit dans les yeux.

Avant qu'elle ne franchisse ses lèvres, Montana sut ce qu'allait être la réponse de Rex.

— Ça ne changera rien au fait que je veux vous protéger envers et contre tout.

Montana loua sa résolution d'autant que Rex était livide, et manifestement à deux doigts de s'évanouir. Il avait vu de véritables armoires à glace s'effondrer sitôt que l'adrénaline retombait. Ces hommes d'acier trempé constataient alors qu'ils étaient blessés, prenaient conscience qu'ils souffraient beaucoup et perdaient du sang.

Mica allait de nouveau objecter, mais Rex lui adressa un regard si intense qu'elle garda le silence. Elle s'adressa donc à Fontaine.

— Si je n'assiste pas à ce gala, il se déroulera sans incident ?

Fontaine hocha la tête.

— Oui et non. Nous avons mis en place un lourd dispositif de sécurité, et Kate et Montana y assisteront.

— En tant que Lindemann ? demanda Mica, les sourcils froncés par la concentration.

— Non, en tant que Rex Masters et Mica Brantley... Souvenez-vous, nous avons évoqué cette possibilité il y a quelques heures.

— Je sais, mais c'était la solution du dernier recours ! Je ne peux accepter que Kate devienne la cible à ma place !

— Madame Brantley, c'est mon travail, intervint Kate posément. Je sais comment gérer ce genre de situation.

Mica secoua la tête fermement.

— Non ! Je refuse que quiconque risque sa vie à ma place !

— Vous remplacer présente des avantages certains, dit Fontaine. Pour commencer, la soirée ne sera pas annulée. Vos donateurs, qui vous accordent une confiance indéfectible, seront ravis de vous y voir. Ensuite, en substituant à votre personne un agent de la CIA chevronné, nous réussirons mieux à piéger le criminel et à le confondre. Grâce aux talents de notre maquilleuse, je puis vous assurer que Kate vous ressemblera à s'y méprendre. Elle sera également munie d'un kit micro-oreillette. Vous verrez donc ce qu'elle verra, vous entendrez ce qu'elle entendra. Vous pourrez ainsi lui fournir des informations indispensables en temps réel.

Le regard étréci par la perplexité, Mica observait Fontaine.

— Je pensais que ce genre d'appareillage n'était possible que dans les films.

Puis elle regarda Kate.

— Vous acceptez vraiment cette mission ? Devenir ma doublure lors d'un gala de bienfaisance dont vous ignorez tout ? Au risque d'être la cible à ma place ?

Kate opina et sourit.

— C'est mieux qu'un travail de bureau, plaisanta-t-elle.

Montana aurait ri si la situation n'avait été si tendue.

Mica soupira.

— Je suis d'accord… Mais à une seule condition.

— Laquelle ? demanda Fontaine.

Mica le regarda et posa la main sur le bras de Kate.

— Montana, je veux que vous protégiez Kate comme si elle était la prunelle de vos yeux. Il y a déjà eu trop de morts…

Montana sentit son cœur se serrer.

— Je vous le jure Mica, répondit-il, solennel, comme le jour où il avait prêté serment à la Navy.

Kate serra les mains de Mica Brantley.

— Je ne suis pas sans défense, Mica. Je sais comment assurer ma protection et je sais aussi me battre. Et enfin je sais que toute l'équipe de Royce Fontaine sera derrière moi. Tout ira bien aussi longtemps que vous serez mes yeux et mes oreilles.

Mica lui serra la main en retour.

— Je vous promets de ne pas vous faire défaut, Kate.

Elle poursuivit à l'adresse de Fontaine :

— Je vous le promets aussi.

Puis elle reporta son attention sur Kate.

— Nous sommes de la même taille, nous avons la même morphologie, et, c'est vrai, nous nous ressemblons beaucoup. Mais je me demande par quelle magie vous allez devenir mon sosie !

— J'ai une maquilleuse experte à ma disposition. Une véritable artiste ! assura Royce Fontaine. Faites-nous confiance.

— D'accord, dit enfin Mica.

Rex soupira.

— Ouf ! Parce que je me demandais comment j'allais pouvoir rester debout plus longtemps…

Il vacilla, essaya de se rattraper à la table d'examen mais serait tombé si Montana ne l'avait retenu.

— Merci.

Montana le soutint.

— Vous avez vraiment besoin de repos, mon vieux.

— Oui, convint Rex qui adressa un regard étréci à Mica. Vous n'allez nulle part, n'est-ce pas ? lui demanda-t-il d'un ton méfiant.

Mica sourit.

— Non. Reposez-vous Rex. Je serai là quand vous vous réveillerez.

Montana aida Rex à gagner le dortoir qu'il allait partager avec les Seals. Quand il l'eut aidé à s'allonger, il regarda autour de lui les hommes qui allaient et venaient.

Sawyer s'installa sur le lit voisin, et croisa les mains derrière sa nuque.

— C'est loin d'être aussi luxueux que ta suite au Jefferson, pas vrai ?

— Tu l'as dit..., fit Montana avec un soupir, en se laissant tomber sur le lit le plus proche.

— Kate est incroyable, continua Sawyer sur le ton de la confidence. Je n'arrive pas à croire qu'elle ait couru pieds nus et en peignoir dans la nuit !

— Elle est en effet incroyable, convint Montana.

C'était une femme passionnée, dans tous les domaines... Elle était belle, sensuelle, terriblement sexy. Quand elle avait noué ses jambes autour de sa taille au moment où il l'avait possédée...

À ce souvenir, il déglutit avec difficulté.

— Vous avez l'air de former une bonne équipe, tous les deux, reprit Sawyer. Elle est intelligente et, de plus, elle a un corps à faire se damner un saint !

Montana se raidit et fut d'autant plus surpris d'éprouver de la jalousie alors que Sawyer aimait une femme extraordinaire avec laquelle il s'était fiancé.

Il se ressaisit, se détendit, et fixa le plafond. Que faisait Kate en ce moment ? Dormait-elle ? Pensait-elle à lui ? À leur douche commune au Jefferson ?

Il roula sur le flanc, ferma les yeux. Il fallait qu'il dorme, mais il repensait sans cesse à Kate nue et ardemment pressée contre lui pendant qu'il lui faisait l'amour.

Au bout d'une heure, las d'entendre ronfler autour de lui et énervé parce qu'il ne trouvait pas le sommeil, il se leva et chercha la cuisine où il pourrait boire un verre d'eau. S'il avait la chance de croiser Kate...

Pour la nuit, Kate s'était vu attribuer un bureau équipé d'un canapé-lit. Après avoir fait sa toilette à l'infirmerie avec le nécessaire que lui avait fourni Royce, elle retira les coussins du canapé et essaya de le transformer en lit. Sans succès, en dépit de ses efforts.

Au bout d'une demi-heure, et après s'être cassé un ongle, vexée, elle renonça. Elle remit les coussins en place, s'allongea sur le canapé et s'enroula dans la couette également mise à sa disposition.

Ce n'était certes pas le Jefferson avec son bon matelas, ses draps frais et une couette en duvet d'oie mais, pour une nuit, ce confort pour le moins spartiate ne la dérangeait pas. Penser à sa suite du Jefferson l'amena à se rappeler ce qui s'était passé dans la douche, avec Montana.

Son pouls battit plus vite…

Rien d'étonnant à cela ! Leurs ébats avaient été passionnés et intenses. Alors qu'elle aurait dû se reprocher d'avoir fait l'amour avec son équipier à peine après l'avoir rencontré, elle en avait au contraire conçu un tel plaisir qu'elle se remémorait cet épisode avec complaisance. Elle croyait encore sentir le carrelage froid contre son dos et la vigueur virile de Montana.

Elle roula sur le dos en soupirant d'aise. Faire l'amour avec Montana était censé n'avoir lieu qu'une fois. Or, elle n'avait qu'une envie, recommencer.

Le sommeil la fuyait ; pourtant, elle avait besoin de repos avec la dure journée qui l'attendait. Elle espérait que son orteil blessé supporterait d'être enfermé dans un escarpin.

Fermant les yeux, elle entreprit de compter les moutons. Rien à faire…

En désespoir de cause, elle se leva et se demanda si elle ne pourrait pas trouver une bouteille de whisky quelque part dans ce bunker. Calmée par quelques gorgées d'alcool, elle sombrerait certainement vite dans le sommeil.

Elle sortit du bureau et, dans le couloir plongé dans la pénombre, se cogna à un torse musclé. Un bras s'enroula autour de sa taille alors qu'une voix bien connue s'élevait.

— Toujours réveillée ?

Elle leva les yeux vers celui qui était précisément la cause de son insomnie et sentit son cœur s'emballer.

— Toujours réveillé ? demanda-t-elle à son tour.

Il rit.

— Comme toi. Et sans doute pour les mêmes raisons… Je n'arrête pas de penser à une certaine douche dans un certain hôtel.

Il secoua la tête.

— Impossible de dormir…

— Moi aussi, avoua-t-elle après avoir d'abord envisagé de nier.

Puis elle lui montra sa porte ouverte.

— Ça te dérangerait de m'aider à déplier le canapé-lit ? demanda-t-elle, surprise par son audace.

Il sourit.

— Qu'est-ce que j'aurai en échange ?

Après avoir jeté un rapide coup d'œil de part et d'autre du couloir, elle le fit entrer dans le bureau et referma la porte derrière eux.

— Le droit d'y dormir avec moi, répondit-elle alors.

7

Le lendemain matin, Montana se réveilla avec Kate nichée contre lui. Pendant un moment, il resta immobile, concentré sur son souffle régulier et l'odeur herbue de son shampoing, étonné d'avoir si bien dormi près d'elle. En règle générale, il n'aimait pas rester jusqu'au matin dans le lit d'une femme avec qui il venait de faire l'amour. À la vérité, sitôt son désir assouvi, il n'avait plus qu'une idée, prendre les jambes à son cou. Seule la crainte de passer pour un goujat le retenait. Alors il restait, avec le sentiment d'étouffer, et ne parvenait pas à trouver le sommeil.

Avec Kate, rien de tel.

Épuisé après avoir fait l'amour, il avait sombré dans un profond sommeil sans rêves, Kate nue au creux de ses bras.

Il sourit en songeant au fil des événements. Une fois qu'il avait déployé le canapé-lit, et qu'ils y avaient disposé les draps et la couette, il l'avait spontanément étreinte et embrassée. Ensuite, rien n'avait été plus naturel que de se laisser tomber sur ce lit de fortune et de nouveau s'aimer jusqu'à ce qu'ils soient repus, aient apaisé leur désir et relâché la tension de la journée.

Le bunker ne comportant pas de fenêtres et le silence y étant absolu, il avait été réveillé par un bruit de pas dans le couloir.

Aussitôt après, des coups frappés à la porte le firent sursauter, et la voix de Tazer s'éleva.

— McKenzie ? Vous êtes réveillée ?

Kate s'étira paresseusement.

— Oui…

Elle regarda ensuite Montana droit dans les yeux.

— Je suis bien réveillée.

Elle lui caressa le torse et fit glisser sa main plus bas sur son ventre, le regard toujours rivé au sien. Il tressaillit de plaisir.

— Nous avons une journée très chargée. Puis-je entrer pour en poser les jalons ? demanda Tazer.

Au même moment, la poignée de la porte bougea. Montana se redressa d'un bond, le cœur battant. Kate l'imita, remontant la couette jusqu'au menton. La poignée bougea de nouveau mais, heureusement, la porte resta fermée.

— Vous pouvez déverrouiller, Kate ? reprit Tazer d'une voix soudain plus impatiente.

— Euh… Oui, tout de suite… Laissez-moi le temps de m'habiller, répondit Kate. Je vous rejoins dans la salle de réunion dans cinq minutes ! ajouta-t-elle.

Elle se leva si vite qu'elle trébucha. Montana la rattrapa avant qu'elle ne tombe, et l'attira de nouveau sur le lit en étouffant un fou rire.

— Chut ! Ne ris pas, souffla-t-elle.

La voix de Tazer leur parvint.

— Ça va, McKenzie ?

— Oui, oui ! J'arrive !

Montana lui mordilla le lobe de l'oreille.

— Oh oui, ça va vraiment bien, murmura-t-il.

— Chut ! fit Kate qui lui posa un doigt sur la bouche en prêtant l'oreille.

Le pas de Tazer s'éloignait. Kate se détendit et secoua la tête.

— Merci d'avoir pensé à fermer la porte à clé.

— Je ne suis pas seulement le meilleur pour déplier les canapés-lits…

Il prit très doucement un mamelon entre ses lèvres.

— Non ! s'exclama Kate en s'écartant de lui. J'aimerais passer la matinée avec toi au lit, mais tu sais bien que ce n'est pas possible !

Elle sourit et prit son visage en coupe pour l'embrasser.

— On remet ça à plus tard ?

Résigné, il soupira.

— D'accord. Moi, je dois de toute façon regagner mon dortoir. Je suis certain que les autres vont se demander où j'ai passé la nuit…

Tous deux se levèrent.

Kate s'étira. Dans la faible lueur de la veilleuse de secours fixée au-dessus de la porte, sa silhouette nue se découpa en ombre chinoise.

Elle était magnifique, avec un corps parfait…

Montana la serra dans ses bras. Il ne se lassait pas de la humer, de sentir sa peau contre la sienne. Elle noua les mains derrière sa nuque et se pressa contre lui.

— Tentateur ! chuchota-t-elle.

— C'est toi la tentation incarnée… Et si on disait qu'on est malades pour pouvoir rester au lit toute la journée ?

Elle l'embrassa dans le cou.

— Tu penses que le boss comprendrait ?

— J'en doute ! Et je ne crois pas qu'il accepterait notre absence à la réunion de ce matin…

Elle lui caressa la joue, puis le torse.

— Dommage…

— Alors ce soir ?

— Oui, ce soir.

Sur ces mots, elle se haussa sur la pointe des pieds et lui donna un bref baiser. Mais il la reprit par la taille, la serra impétueusement contre lui et écrasa sa bouche contre la sienne comme pour sceller cette promesse. Il avait hâte d'être à ce soir. Mais, entre-temps, ils avaient une mission à accomplir.

Kate s'écarta de lui avec un soupir. Elle remit sa culotte, la veste de pyjama de Montana et le peignoir du Jefferson.

— Donne-moi une minute avant de sortir, lui dit-elle. Je ne veux pas que tout le monde soit au courant.

Montana grimaça. Lui, il avait envie de clamer qu'il était l'heureux amant de Kate McKenzie. Il devait cependant reconnaître qu'elle avait raison… Si Royce Fontaine découvrait qu'ils avaient des relations intimes, il leur reprocherait leur manque de conscience professionnelle.

Jamais il n'avait été taxé d'amateurisme. Il était Navy Seal et, de surcroît, le meilleur spécialiste en explosifs du pays. Il voulait conserver sa réputation et la confiance de Fontaine.

Kate sortit, refermant bien la porte derrière elle.

Resté seul, il replia le canapé-lit, s'habilla, puis sortit à son tour avec prudence, regardant des deux côtés du couloir avant de s'y aventurer.

Il n'y vit personne mais, entendant des voix, se hâta vers les sanitaires. Il y prit une douche, ceignit ses hanches d'une serviette de toilette, et entra dans le dortoir avec naturel, comme s'il y avait dormi.

Les autres Seals étaient déjà prêts, certains portant l'uniforme des employés du yacht-club, d'autres celui des extra du service traiteur.

— Ravi que tu te joignes à nous ! lança Rip avec un grand sourire.

— On était sur le point de partir à ta recherche, enchaîna Duff en vérifiant son 45. On est fin prêts. Tazer te cherchait et elle cherchait aussi Kate. Fontaine nous attend tous pour la réunion. Ensuite, Kate et toi devrez aller vous maquiller, vous habiller, et je ne sais quoi encore.

Sawyer lui donna une grande claque dans le dos.

— Bon courage ! Moi, je ne supporterais pas d'être maquillé.

— Le camouflage n'est rien d'autre que du maquillage !

— Oui, mais sans fond de teint ! répliqua Sawyer.

Les autres rirent de bon cœur et sortirent.

En arrivant à sa hauteur, Duff lui donna une grande claque dans le dos.

— Bonne chance !

— Toi aussi ! Ce sera l'une de ces missions que nous raconterons à nos petits-enfants ! À propos, quand projettes-tu de demander sa main à Natalie ?

Duff sourit largement.

— J'ai trouvé la bague et le lieu : les rives de la Pearl quand nous serons de retour dans le Mississippi.

— Sans blague ! Tu ne pourrais pas plutôt l'inviter dans un bon restaurant de la côte ?

— J'aime la Pearl et la pêche. Et j'aimerais qu'on aille pêcher ensemble... Si elle m'aime toujours après avoir affronté les moustiques et les autres bestioles du bayou, je saurai que nous sommes vraiment faits l'un pour l'autre !

— Tu ne parles pas sérieusement, j'espère ? Natalie a traversé un véritable enfer, à Cancún. Tu ne crois pas qu'elle a eu son compte d'épreuves ?

Duff soupira.

— Tu as raison, et j'y ai pensé... J'ai donc un plan B : un séjour dans un spa de Biloxi. Je lui poserai la question fatidique à la fin d'un bon repas...

— C'est plus romantique que les berges de la Pearl ! s'exclama Montana. À quoi pensais-tu donc ?

— À la pêche, fit Duff, piteux.

— Tu auras d'autres occasions d'aller pêcher avec Natalie une fois que vous serez mariés. Demander la femme de sa vie en mariage est un instant unique, ne le gâche pas !

Duff s'éloigna tandis que Montana secouait la tête avec fatalisme. Lui, il avait déjà choisi le moment et le cadre pour faire sa demande en mariage : coucher de soleil sur un lac avec, en fond, les montagnes de son Montana natal. Les paysages y étaient d'une beauté à couper le souffle.

Il attendrait que le ciel soit rose, rouge et or, mettrait un genou en terre et dirait à l'élue de son cœur qu'elle était la seule au monde avec qui il voulait avoir des enfants et auprès de qui il voulait vieillir. Accepterait-elle de l'épouser et de faire de lui l'homme le plus heureux du monde ?

Contre toute attente, le beau visage de Kate surgit dans son esprit. Aimait-elle la nature sauvage ? Partirait-elle à cheval, avec lui, jusqu'à ce lieu de rêve ?

Il n'avait d'autre ambition que de retourner vivre dans ses chères montagnes au sud de Bozeman. Sa future épouse devrait le vouloir aussi, accepter de vivre dans les grands espaces, au milieu de nulle part, un endroit où la galerie commerciale la plus proche se trouvait à des centaines de miles.

Il repoussa ces pensées. Pour l'instant, il n'avait aucune intention de se marier. De toute façon, il devrait au préalable tomber amoureux et acquérir la certitude que son amour était partagé. En ce que concernait Kate, elle n'était présente dans sa vie que depuis la veille et, de plus, en tant qu'équipière dans le cadre d'une mission. Certes, ils étaient très vite devenus intimes et semblaient ne pouvoir étancher le désir qu'ils avaient l'un de l'autre, mais il ne se projetait pas dans l'avenir avec elle. Non seulement c'était une femme très indépendante, mais elle se méfiait des hommes.

Comment son ancien compagnon avait-il osé tromper ses sentiments de façon aussi vile ? Kate était belle, passionnée, intelligente, et, par-dessus le marché, une amante fantastique. N'importe quel homme aurait été comblé par tant de perfection réunie chez une femme ! Il sentit son sexe durcir à cette pensée et inspira profondément pour se ressaisir tandis qu'une voix l'arrachait à ses pensées.

— Bon, alors, on y va ?

Tout en se retournant, il se souvint qu'il ne portait qu'une serviette autour des reins.

Tazer se tenait dans l'embrasure de la porte, un sourire aux lèvres.

— Eh bien, on dirait que vous êtes content de me voir, Montana, lâcha-t-elle, le regard baissé sur ladite serviette.

Pour la première fois depuis des années, il rougit.

— Quand vous serez habillé et prêt à penser avec votre tête, je vous invite à nous rejoindre dans la salle de conférences. On n'attend plus que vous.

— Merci, grommela-t-il en détournant son visage en feu.

Après la réunion qui dura jusqu'en début d'après-midi, et au cours de laquelle le rôle de chacun fut soigneusement détaillé, on leur servit un rapide en-cas. Puis Tazer emmena Kate rejoindre Leslie Saunders, la spécialiste qui devait réaliser sa métamorphose.

Leslie avait longtemps été maquilleuse et coiffeuse à Hollywood avant de s'installer à Washington, et se prévalait d'une expérience hors pair. Elle avait été amenée dans le bunker souterrain de SOS aveuglée par un bandeau. Ainsi, elle ne pourrait en aucun cas en divulguer l'emplacement, expliqua Tazer.

— Je lui fais pourtant une confiance totale, avait-elle ajouté. Leslie m'a sauvé la mise à de nombreuses reprises, mais on n'est jamais trop prudent.

Leslie, qui les attendait en compagnie de Mica, portait une longue robe turquoise brodée de type oriental sur un caraco et des leggings blancs. Ses cheveux blond platine étaient retenus en arrière par des peignes en forme de perroquets. Son ombre à paupières était de la même couleur que sa robe, et ses yeux étaient soulignés par un trait d'eye-liner noir. Face à cette femme rayonnante et vibrante, Kate se sentit affreuse.

Leslie lui sourit, l'observant attentivement.

— Kate doit devenir mon sosie. Mon reflet, lui dit Mica.

Elle s'était maquillée avec soin, comme à son habitude, et était également coiffée avec élégance comme si elle envisageait d'assister à la soirée.

Leslie s'approcha de Mica, la scruta pendant quelques instants et opina.

— Je vois…

Puis elle ouvrit sa valise de maquilleuse professionnelle. Kate découvrit un véritable ministudio portable équipé d'un miroir avec éclairage LED intégré et de plateaux amovibles et qui renfermait une variété impressionnante de produits de maquillage et d'accessoires.

Pendant plus d'une heure, silencieuse et concentrée, Leslie travailla sur le visage de Kate, à la façon d'un peintre travaillant sur sa toile. Quand elle eut fini de la maquiller, elle sortit de sa mallette plusieurs perruques brunes. Elle les lui essaya jusqu'à ce qu'elle soit satisfaite.

— C'est quoi cette dentelle ? demanda Kate en pointant le doigt vers le fin tissu qui dépassait de la perruque sélectionnée.

— C'est un tulle transparent sur lequel sont cousus, un à un, de vrais cheveux afin de rendre la perruque indétectable, surtout à l'implantation sur le front, les tempes et la nuque : c'est une perruque *lace wig*.

Après lui avoir mis la perruque, Leslie lui appliqua de la poudre autour du visage pour parfaire l'illusion puis lui arrangea adroitement les cheveux sur les épaules.

Lorsqu'elle eut terminé, elle demanda à Mica de venir se placer à côté de Kate.

Tazer étouffa un cri de stupéfaction et de joie.

— Je savais déjà que tu étais la meilleure, Leslie, et tu viens encore de me le prouver !

Kate était impatiente de voir jusqu'à quel point elle ressemblait à Mica. Comme si elle avait lu dans ses pensées, Leslie lui tendit un miroir.

Mica s'y regarda en même temps que Kate. À la vue de leur reflet, son cœur manqua un battement. Le miroir lui renvoyait l'image de deux femmes absolument identiques.

— C'est incroyable ! dit Mica en souriant. Kate, vous allez abuser tout le monde, ce soir !

Puis son sourire s'effaça.

— Vous pouvez encore renoncer, Kate. Je ne veux pas que vous vous mettiez en danger à cause de moi.

Mais Kate lui serra la main avec sollicitude.

— Ne vous faites pas de souci pour moi, madame Brantley. J'accepte cette mission. C'est mon choix. Votre mari a été tué, votre belle-fille enlevée. Moi, j'ai perdu mon mentor à la CIA, et Becca son père. Il faut mettre fin à ces meurtres en série.

— Je pourrais tout de même assister au gala sans que nous ayons recours à ce subterfuge, insista Mica.

— Non ! répondit Kate. J'ai été formée pour ce genre d'opération ; j'ai l'habitude des infiltrations. De plus, vous avez maintenant la preuve que je peux faire illusion. Et grâce à mon micro-oreillette, nous serons en contact permanent, et vous pourrez m'informer en temps réel. Je suis bien préparée. Personne ne remarquera la différence entre vous et moi.

Tout en parlant, elle avait modifié sa voix, adopté le timbre de Mica, plus aigu quand elle était anxieuse.

— Depuis hier, je vous ai bien écoutée et observée, expliqua-t-elle en voyant son regard stupéfait.

Elle fit ensuite les mêmes gestes que Mica quand elle s'animait.

L'air fasciné, Tazer secoua la tête.

— Je ne peux vraiment pas faire la différence quand vous agissez et parlez, McKenzie ! C'est ahurissant !

— Kate n'a pas besoin de se mettre en danger pour autant, dit Mica toujours dubitative.

Kate adopta sa posture et son expression.

— Kate n'a pas besoin de se mettre en danger pour autant, répéta-t-elle avec ses intonations.

Tazer éclata de rire et applaudit.

— C'est parfait !

Après quoi elle redevint sérieuse et consulta sa montre.

— Il ne nous reste guère de temps. Nous devons maintenant vous habiller.

Elle ouvrit une armoire et en sortit les trois robes qu'elles avaient achetées la veille.

Mica étudia la première, prit la suivante, et enfin sourit à la vue de la troisième — un fourreau en crêpe de soie noir, tout simple, avec des manches courtes, un col bénitier, et une fine rangée de boutons recouverts d'organza dans le dos.

— Je choisirais celle-ci.

— J'étais certaine que vous l'aimeriez, dit Tazer.

— J'ai un très beau collier que je vais vous prêter, ajouta Mica. J'envisageais de le porter ce soir. Je vais le chercher !

Elle revint peu après avec un collier en diamant qui, bien que d'une sobriété extrême, n'en était pas moins une splendeur.

Kate secoua la tête.

— Je ne peux pas accepter... Il doit valoir une véritable fortune.

— Ma chère Kate, si vous ne portez pas de bijou, mes

amis et connaissances vont se méfier. J'ai hâte de vous voir dans cette robe !

Tazer lui tendit des sous-vêtements et le fourreau avec une œillade.

— Nous allons tourner le dos pendant que vous vous préparez.

Imitée par Mica et Leslie, elle joignit le geste à la parole.

Kate retira son peignoir puis, un peu à contrecœur, la veste de pyjama de Montana.

Quand elle fut habillée, le contact du crêpe de soie qui épousait son corps lui procura le même plaisir que la veille, lors des essayages. Elle enfila ensuite des escarpins en satin ornés de cristaux, puis Mica Brantley lui passa son collier de diamants au cou.

Leslie lui tendit de nouveau le miroir.

— Vous êtes magnifique, Kate !

Impressionnée, elle garda le silence. Elle était Mica Brantley. Enfin presque… Son regard gris était le seul détail qui détonnait.

— Attendez ! fit Leslie au même instant.

Elle fouilla dans sa mallette et en sortit un petit étui.

— Des lentilles de contact marron parachèveront la transformation. Ce sont toujours les détails qui font la différence, expliqua-t-elle en les lui tendant.

Une fois qu'elle les eut mises, Kate cilla plusieurs fois pour s'y habituer jusqu'à ne plus les sentir.

— Si vous êtes prête, nous pouvons y aller…, conclut Tazer.

— Il est déjà l'heure ?

— Oui, tous ces préparatifs nous ont pris pas mal de temps… On va vous conduire jusqu'à la limousine de Mica, qui se trouve devant un hôtel où elle est censée être descendue, sous un autre nom, après le tumulte d'hier au

Jefferson. Allons-y, Montana vous attend ! Le cocktail qui précède le gala commence dans moins d'une heure.

Elle tendit à Kate un micro-oreillette et une broche en soie en forme de camélia.

— C'est votre lien avec Mica. La broche contient le micro.

Kate sentit son pouls s'accélérer quand elle sortit dans le couloir, Mica auprès d'elle.

— On va vous déposer au yacht-club, devant un tapis rouge, expliqua Tazer.

— Bien entendu, de nombreux médias seront présents, enchaîna Mica. Souvenez-vous de garder la tête bien droite et de sourire aux photographes.

— Merci. Je ferai de mon mieux. Je vous le promets, madame Brantley.

— Oh ! et puis aussi…

Mica retira son alliance.

— Mettez-la. Elle ne me quitte jamais.

Kate retira à contrecœur sa fausse alliance qu'elle tendit à Mica.

— Mais je veux que vous me la rendiez ! ajouta-t-elle avec un petit sourire.

— Je veux aussi que vous me rendiez la mienne ! souligna Mica.

Elle serra la fausse alliance au creux de sa main et ajouta, l'air plus grave :

— Si je n'avais eu la cause de cet hôpital autant à cœur, jamais je n'aurais assisté à ce gala. Bonne chance, Kate.

Kate hocha la tête et ouvrit la porte donnant sur le parking. Un homme en smoking attendait devant la limousine de Royce Fontaine. Quand il se retourna, Kate l'observa avec attention. C'était Rex Masters. Cependant, quand il sourit, elle reconnut Montana. Un instant plus tard, il cessa de sourire et étrécit le regard.

— Kate ? demanda-t-il d'une voix hésitante.

Pour lui répondre, elle adopta la voix et l'attitude de Mica.

— Non, Montana, ce n'est pas Kate. En dépit des réticences de Royce Fontaine, j'ai décidé d'assister à ce gala. Kate travaillera avec Lance et Geek.

Puis elle le détailla de la tête aux pieds.

— Vous serez parfait pour jouer la doublure de Rex. Êtes-vous prêt ?

Sans attendre sa réponse, elle monta dans la limousine. Au même instant, elle sentit une légère tape sur son postérieur.

— Hé ! fit-elle en se retournant.

Tazer éclata de rire ; Montana souriait.

— Je sais que c'est toi, Kate !

— Ce n'était pas la peine de me donner une claque sur les fesses ! répliqua-t-elle en s'installant sur la banquette.

Montana prit place à son tour et referma la portière.

— Si jolie sois-tu sous les traits de Mica Brantley, je préfère Kate McKenzie, lui dit-il en prenant sa main dans la sienne.

Dix minutes plus tard, le chauffeur les déposa à l'arrière de l'hôtel mentionné par Tazer, devant le jardin. Ils traversèrent la roseraie puis longèrent la piscine pour entrer dans le palace.

Ils gagnèrent ensuite sans hâte l'entrée principale puis sortirent pour se diriger vers la limousine de Mica. Kate observa le chauffeur et crut reconnaître Duff, malgré la casquette et les lunettes de soleil. Se sentant de plus en plus à l'aise dans cette situation pour le moins insolite, elle s'installa tranquillement sur la confortable banquette, suivie par Montana.

Tandis que Duff s'engageait dans la circulation et prenait la direction du yacht-club qui se trouvait au bord du Potomac, elle s'efforça de se convaincre que la soirée se déroulerait sans encombre.

Mais au pire…

Elle prit la main de Montana pour conjurer ses pensées pessimistes, et la serra très fort dans la sienne jusqu'à ce que la limousine arrive à destination.

8

Bien qu'elle soit le parfait sosie de Mica Brantley, Montana était intensément conscient d'être avec Kate McKenzie. Dans sa sublime toilette, elle incarnait certes la féminité et l'élégance, mais aussi le courage et l'expérience d'un agent de la CIA.

Il mit la main dans sa poche et en sortit un petit pistolet et une bande autoagrippante de type Velcro.

— C'est pour assurer ta protection, le cas échéant, lui dit-il, mais je me demande où tu pourras le cacher… Cette robe te moule comme une seconde peau !

— J'ai une idée…

Elle releva sa robe sur ses cuisses. Montana l'observa, le cœur battant soudain plus vite. Que n'aurait-il donné pour l'embrasser et lui faire l'amour toute la soirée plutôt que d'assister à ce gala !

Il la regarda fixer la mince bande Velcro autour de sa jambe à la façon d'une jarretelle, puis placer le pistolet sur sa face interne. Ensuite, elle rabattit sa robe en toute simplicité et se redressa.

Montana déglutit et posa machinalement la main sur le pistolet qu'il portait dans son holster d'épaule, sous sa veste de smoking.

— Prête ? fit-il.

Elle porta la main à son oreillette.

— Prête ? demanda-t-elle à l'adresse de Mica Brantley.

Cette dernière répondit par l'affirmative, car Kate lui donna enfin sa réponse.

— Prête.

Quand ils furent arrivés devant le yacht-club, il descendit de la limousine et lui tint la portière. Kate entra alors complètement dans son rôle de Mica Brantley et lui sourit avec tant de grâce qu'il fut subjugué.

Montana se plaça entre elle et la foule maintenue à l'écart du tapis rouge par une corde de velours. Des journalistes se mirent à prendre des photos, d'autres brandirent de micros.

Puis les questions fusèrent.

— Madame Brantley ! C'est votre première apparition en public depuis la mort de votre mari. Que ressentez-vous ?

Kate eut un sourire contraint.

— Aucun commentaire, dit-elle.

Montana repoussa fermement le journaliste pour que Kate puisse continuer à monter les marches.

— Madame Brantley ! Votre robe est magnifique, intervint un autre. Quel créateur portez-vous ?

Kate marqua une pause et mentionna un nom que Montana n'avait jamais entendu. Puis elle fit une élégante volte-face et posa pour les photographes, plaçant la main sur la hanche avec un sourire étudié.

Très amusé en son for intérieur, Montana l'observait. Il était en effet certain qu'elle détestait les mondanités et préférait porter un jean et un sweat-shirt, mais elle se comportait en femme du monde avec un talent consommé. Quelle actrice fabuleuse ! songea-t-il.

Un journaliste brandit sans vergogne son micro sous le nez de Kate.

— Mica, votre mari est mort. Vous consolez-vous avec votre garde du corps ?

Kate étrécit le regard, mais garda le silence, puis tourna

délibérément le dos au journaliste pour se diriger vers l'entrée du yacht-club.

Furieux, Montana serra les poings. Comment pouvait-on à ce point manquer de décence ? Au même instant, la question d'un autre journaliste s'éleva par-dessus toutes les autres.

— Madame Brantley ! Avez-vous tué votre mari ?

Montana se retourna et chercha des yeux celui qui avait eu l'impudence d'accuser Mica. Kate posa la main sur son bras, freinant son élan.

— Il n'en vaut pas la peine, Rex. Ainsi sont les médias. Ignorez-le plutôt.

Montana serra les dents mais n'en adressa pas moins un regard assassin aux journalistes et photographes avant de suivre Kate dans le bâtiment.

À l'intérieur, bien qu'il y ait foule, l'ambiance était plus calme. Les invités étaient suprêmement élégants, de délicates odeurs de parfums embaumaient l'air, et le luxe était ostentatoire.

Montana secoua la tête avec fatalisme. Les vêtements de chacun de ces hommes ou femmes équivalaient à plusieurs mois d'un salaire moyen, sans parler de leurs bijoux. Si ces donateurs potentiels étaient aussi généreux que riches, la moisson allait être des plus substantielles.

— Ma chère Mica ! s'exclama soudain une femme vêtue d'une robe Empire bleu roi.

Elle fondit sur Kate et l'aurait étreinte si Montana ne l'avait retenue.

Kate intervint.

— Rex, je vous en prie. Sybille Martin est l'une de nos donatrices les plus généreuses. Elle n'a certainement pas l'intention de m'agresser.

— Oh certes non ! assura Sybille Martin. J'aime Mica comme ma propre fille.

Montana s'écarta afin que Sybille puisse serrer Mica dans ses bras à son aise.

— J'ai été tellement triste d'apprendre la mort de Trevor ! Un homme si bon. Et si jeune… Comment allez-vous, ma chère Mica ? poursuivit-elle en l'observant avec la plus vive sollicitude. Vous êtes bien pâle, vous devriez aller dans les îles, vous aérer. Prendre le soleil.

Kate sourit.

— J'envisage de repartir en voyage.

Sybille Martin lui tapota le bras.

— La prochaine fois que vous viendrez à Washington, je vous prie de venir loger à la maison si vous ne retournez pas chez vous. Ce sera plus agréable et chaleureux qu'un hôtel, tout palace fût-il. Vous êtes toujours la bienvenue !

— Merci, Sybille, je ne l'oublierai pas.

Sybille regarda sur sa gauche.

— Je vous laisse. Je dois aller saluer Janine Anderson, mais nous aurons l'occasion de nous croiser au cours de la soirée.

Puis elle jeta un coup d'œil en direction de Montana.

— Cela dit, je constate que vous êtes en bonne compagnie.

— C'est Rex, mon garde du corps.

— Quel beau garçon ! s'extasia Sybille. Chaque femme devrait avoir en permanence un homme aussi séduisant à ses côtés. À plus tard !

Là-dessus, elle s'éloigna.

— Et d'une, fit Montana.

— Surtout, merci, Mica, de m'avoir informée en temps réel, murmura Kate.

Elle sourit alors que d'autres amis et connaissances de Mica Brantley s'approchaient.

Kate conversa avec la grâce et le charme de Mica Brantley. Cette dernière lui fournissait constamment des informations sur chacun de ses interlocuteurs. Ainsi Kate fut-elle en mesure de s'enquérir, auprès de parents, de leur fille, actuellement étudiante à Berkeley, mais aussi de la mère malade d'un brillant jeune avocat d'affaires, ainsi que du fils militaire actuellement en opération au Moyen-Orient d'une veuve inquiète.

Montana restait près d'elle, balayant la grande salle du regard, à la recherche de visages ou d'attitudes suspects.

À plusieurs reprises, il repéra ses camarades Seals qui, incognito, allaient et venaient parmi les invités avec des plateaux chargés de petits fours et de flûtes de champagne. Royce Fontaine et Tazer faisaient quant à eux partie des invités. Tazer, en robe de soirée d'un rouge vibrant, sa chevelure blonde relevée, était particulièrement élégante. Elle portait des boucles d'oreilles qui oscillaient en scintillant au moindre de ses mouvements. Fontaine portait un smoking noir qui faisait ressortir ses cheveux blancs, et le rendait encore plus imposant.

Quand il regarda dans leur direction, Montana lui adressa un discret signe de tête. Avec six Seals, deux agents SOS et un agent CIA présents à cette soirée, tout incident ou débordement serait aussitôt maîtrisé. Sans compter que le dispositif de sécurité à l'entrée avait été renforcé par l'installation de détecteurs de métaux. Non seulement l'équipe cynophile avait passé les lieux au peigne fin à plusieurs reprises au cours de la journée, mais toutes les livraisons effectuées à l'occasion de cet événement avaient été soigneusement contrôlées. Les chiens renifleurs n'avaient trouvé aucune trace d'explosifs.

Malgré toutes les précautions prises, Montana avait un mauvais pressentiment. C'était plus fort que lui. Il ne quitta donc pas Kate d'une semelle. Quand vint le moment où elle dut monter sur l'estrade afin de s'adresser aux invités et donateurs, son inquiétude s'accrut.

Il la suivit, mais elle se retourna et posa la main sur son épaule.

— Ne vous faites pas de souci, Rex, ça ira.

— Ça n'ira pas si on tire sur vous, Mica.

— Le lutrin sur l'estrade me protégera.

— Non. Il est en bois. Une balle le traversera.

— Je vous en prie, Rex, insista Kate en souriant. Je suis là pour le bien des enfants.

— Et moi, je suis là pour votre bien, et pour m'assurer que vous aurez des enfants un jour ! riposta Montana d'un ton sans appel.

Elle le fixa sans ciller. Refusant de s'avouer vaincu, il soutint son regard.

— D'accord, dit-elle finalement, tandis qu'elle se remettait à monter les marches. Mais n'ayez pas l'air si intimidant et si farouche, Rex. Nous voulons que nos invités contribuent, pas qu'ils s'enfuient.

Montana contint un sourire et lui emboîta le pas. Il resta ensuite près d'elle, quoiqu'un peu en retrait, et plaqua sur son visage une expression impénétrable sans cesser de scruter la foule.

Après avoir souhaité la bienvenue aux donateurs, Kate lut le discours chaleureux rédigé par Mica.

Ne l'écoutant qu'à moitié, Montana resta vigilant et prêt à intervenir.

Jusque-là, la soirée se déroulait comme prévu, sans surprises fâcheuses. Kate finit par se détendre pendant qu'elle lisait le discours que Mica lui avait préparé.

Elle était étonnée par les statistiques que celle-ci avait rassemblées et qui mettaient en évidence l'impact des donations sur la qualité des soins prodigués aux enfants malades. Elle termina en insistant sur la nécessité de se montrer généreux puis recula, soulagée de ne pas avoir été interrompue par des coups de feu, et espérant avoir été suffisamment convaincante. Mais un mouvement dans son champ de vision attira son attention et, au même moment, Montana se plaça devant elle.

Kate regarda par-dessus son épaule. Une femme conduisait une vingtaine d'enfants vers l'estrade.

— Des enfants participent à ce gala ? demanda-t-elle à mi-voix à Montana. Je n'étais pas au courant. Qui en a donné l'autorisation ?

— Il y a toujours des enfants qui chantent à cette soirée de bienfaisance, intervint Mica dans son oreillette.

— Mais ce sont des enfants…, insista Kate, faisant toujours mine de s'adresser à Montana. Et s'il arrive quelque chose ?

Mica ne répondit pas tout de suite.

— Je n'y avais pas pensé…, dit-elle enfin. À vrai dire, j'avais oublié la présence de ce chœur…

Kate jeta un regard à Montana.

— Il faut tout de suite les évacuer, lui ordonna-t-elle.

Mais la femme qui dirigeait le chœur disposait déjà les enfants sur la scène. Kate serra les dents en balayant la salle des yeux. Elle espérait que rien ne se passerait pendant leur prestation.

Elle contint son anxiété jusqu'à ce qu'ils aient terminé, et respira plus librement quand ils eurent quitté la scène. Suivie par Montana, elle quitta la scène à son tour. Maintenant qu'elle avait salué tout le monde et fait son discours, elle commençait à sentir l'impatience la gagner. En effet, elle n'avait plus aucune raison de s'attarder ici. La fin du gala se déroulerait sans doute pour le mieux, et cette soirée au Washington Yacht-Club aurait finalement été un non-événement…

— Mica Brantley !

Kate se retourna. Un homme venait vers elle, bras grands ouverts.

— Merci pour votre beau discours ! Votre mari aurait été fier de vous…

Montana s'approcha, le regard étréci. La voix de Mica s'éleva dans l'oreillette de Kate.

— C'est Nigel Carruthers. Un vieil ami de Trevor. Ils se sont connus lors de leurs études à Harvard. Je le vouvoie mais je lui fais toujours la bise.

— Nigel ! Comme je suis contente de vous revoir ! s'exclama Kate en l'embrassant sur la joue. Merci pour votre compliment.

— Ah ! Mica, si vous saviez… Je regrette de ne plus jouer au golf avec Trevor… L'autre jour, je prenais mes clubs quand j'ai décroché mon téléphone pour lui proposer une partie de golf. Puis je me suis souvenu qu'il n'était plus…

Il soupira.

— Un homme si talentueux…

Kate opina, et attendit que Mica lui fournisse d'autres informations, mais cette dernière gardait le silence. Sa voix triste, un peu tremblante, s'éleva avec un temps de retard.

— Mon mari aimait jouer au golf, même s'il n'était pas très doué. Nigel gagnait toujours. Mais jouer au golf lui permettait de prendre l'air.

— Trevor aimait tellement jouer au golf avec vous…, répéta Kate.

Nigel opina.

— Oui. Même quand il était très occupé avec ses derniers projets en date, il trouvait toujours un moment.

Il marqua une pause.

— S'il avait su qu'il ne lui restait plus longtemps à vivre, peut-être aurait-il passé plus de temps avec les siens. De plus, Emily n'aurait pas été enlevée…

Mica Brantley poussa un petit cri douloureux.

— Trevor nous aimait plus que tout au monde ! dit-elle. Il se consacrait à ses projets parce qu'il les considérait comme importants. Il a été accablé par la disparition de sa fille et il a tout laissé tomber pour la retrouver.

Kate observa Nigel, résistant au désir de le rabrouer pour son manque de délicatesse.

— La famille, c'est le plus important, ajouta-t-il d'une voix sourde. Vous le savez mieux que quiconque, n'est-ce pas, ma chère Mica ?

La voix incrédule de Mica Brantley lui parvint de nouveau dans l'oreillette.

— Je ne comprends pas pourquoi il tient des propos si blessants ! C'est un homme intelligent, délicat, même si la mort de son frère l'a aigri. Celui-ci a perdu la vie il y a quelques années. C'était dans une explosion auprès d'une ambassade américaine, je ne sais plus où. Trevor l'a soutenu et efficacement secondé pour effectuer les démarches administratives : rapatriement du corps aux États-Unis et organisation des funérailles.

— Nigel, Trevor nous manque à tous..., répondit Kate faute de mieux.

Il lui serra le bras.

— Trevor ne vous a pas dit sur quels projets il travaillait, n'est-ce pas ?

— Non ! fit Mica précipitamment.

— Non, répéta Kate en essayant de se dégager.

Montana saisit le poignet de Nigel et lui fit lâcher le bras de Kate.

— Je vous prie de ne pas porter la main sur Mme Brantley.

Nigel regarda à peine Montana pour poursuivre à l'adresse de Kate.

— Et si ses projets avaient eu une implication sur lui, sur sa famille ?

Et, sur ses paroles pour le moins énigmatiques, il s'éloigna et se dirigea vers la sortie.

— Qu'est-ce que ça signifie ? demanda Montana en le suivant des yeux.

Étonnée elle aussi, Kate se frotta le bras.

— Je n'en sais rien… J'ai l'impression que nous devrions nous intéresser un peu à Nigel Carruthers.

— Je suis sincèrement désolée…, dit Mica dans l'oreillette. Je ne m'explique vraiment pas l'attitude de Nigel…

Au même instant, un orchestre se mit à jouer et la musique couvrit le brouhaha des conversations.

Kate se sentit soudain très lasse. Elle avait mal aux pieds, envie de se démaquiller, de retirer sa perruque et de se délasser. Jusqu'à présent, tout s'était plutôt bien passé, ne pourraient-ils pas partir, maintenant ?

Elle s'apprêtait à le suggérer à Montana quand un cri terrible se fit entendre par-dessus la musique, suivi de hurlements. Tout le monde se rua vers la salle voisine d'où cela provenait.

Kate suivit le mouvement. Se frayant un passage dans la foule, elle vit un homme qui gisait sur le sol de marbre. Son visage était gris, il avait les yeux révulsés et de la mousse au coin des lèvres.

Ainsi, malgré toutes les précautions prises, un homme était mort.

Il n'y avait eu ni bombe ni coup de feu. À l'évidence, la victime avait été empoisonnée.

9

La police fut vite sur les lieux et retint les invités. Une ambulance arriva ensuite, si rapidement que Montana soupçonna Royce d'avoir prévu sa présence.

Les efforts des urgentistes pour ranimer l'homme empoisonné furent vains ; le poison avait été foudroyant. Montana, qui ne quittait pas Kate d'une semelle, regardait sans cesse autour de lui. Les Seals aussi restaient vigilants.

Il jeta un coup d'œil en direction de Royce Fontaine qui s'entretenait avec la police et les urgentistes. Nul doute que, de retour dans le bunker SOS, il y aurait un long debriefing assorti du visionnage minutieux des enregistrements des caméras de surveillance.

Pour le moment, convaincu qu'elle n'était pas en sécurité malgré la présence de la police, Montana avait hâte de faire sortir Kate de là. Le chaos général ajoutait au danger et le rendait anxieux, pressé de la mettre à l'abri.

— Cesse de te faire du souci, ce n'est pas moi qui ai été empoisonnée, dit-elle, le prenant à part.

— Le danger n'est pas écarté pour autant !

— Regarde ! s'exclama-t-elle. On dirait que Royce a un problème ! Que se passe-il ?

Il suivit son regard. Fontaine, blafard, s'appuyait de tout son poids sur Tazer affolée qui appelait à l'aide. Des urgentistes se précipitèrent, allongèrent Fontaine sur un brancard et s'empressèrent autour de lui.

Elle voulut s'approcher, mais il la retint.

— Nous ne sommes pas censés le connaître.

— Il n'en est pas moins l'invité de Mica. Et, ce soir, je suis Mica.

— Mais nous ne pouvons rien faire.

— Je ne peux pas rester là, les bras ballants !

La voix de Duff s'éleva dans leurs oreillettes.

— Que se passe-t-il ?

— Fontaine a eu un malaise, ça semble grave, répondit Montana. Empoisonné lui aussi, on dirait.

— Bon sang ! Je préfère encore les armes à feu et les armes blanches au poison, toujours sournois…, lâcha Duff.

— Il faut que quelqu'un accompagne Tazer et Fontaine à l'hôpital, reprit Montana.

— Ne t'inquiète pas, Fontaine est dans de bonnes mains. Sawyer assurera sa protection et celle de Tazer. Il assure la sécurité devant le club. Maintenant, il faut faire sortir Mica ! reprit Duff.

Montana jeta un coup d'œil vers la sortie principale, gardée par de nombreux policiers.

— Je suis d'accord, mais la police a bouclé les issues. On ne nous laissera pas sortir.

— Je sais. Passez par la cuisine. En cas de besoin, on fera diversion pour vous permettre de quitter les lieux plus facilement.

Montana prit aussitôt Kate par le bras.

— On y va.

— Et Royce ? On ne peut pas le laisser !

— Les urgentistes s'en occupent. Tazer est avec lui, et Sawyer aussi. Fontaine est toujours vivant ; il n'a pas reçu une dose trop importante du poison qui a tué la première victime.

Kate le suivit. La police technique et scientifique, déjà à l'œuvre, inspectait les plateaux et les flûtes de champagne.

Les extra du service traiteur étaient interrogés, leurs noms enregistrés.

La voix de Duff s'éleva derrière eux.

— Venez, leur dit-il avec un geste discret. On va finalement sortir par la boutique du yacht-club.

Ils longèrent un couloir jusqu'à une porte annonçant : « BOUTIQUE DU YACHT ».

Duff sortit un fil métallique de sa poche, l'introduisit dans la serrure et tourna plusieurs fois.

Montana regarda derrière eux pour s'assurer que personne n'avait remarqué leur départ et qu'ils n'avaient pas été suivis.

Un petit déclic métallique se fit entendre.

— Ça marche à tous les coups ! fit Duff avec un petit rire.

Il ouvrit et les précéda dans le magasin. Montana, qui était le dernier, prit soin de refermer. Duff zigzagua entre des portants de coupe-vent, parkas en toile de coton, vestes en néoprène, casquettes et vestes de sauvetage pour traverser la boutique en direction d'une porte donnant sur les quais. Il marqua une pause devant le boîtier de la centrale d'alarme fixé au mur.

— Tenez-vous prêts à courir quand l'alarme se déclenchera !

— Ne devrait-on pas plutôt retourner dans la salle de bal et nous mettre à la disposition de la police ? demanda Kate. Mica devra tout de même expliquer pourquoi elle a fui.

Mais un déclic l'interrompit. Duff sourit et tapa sur son oreillette.

— Merci, Geek. Je t'en dois une !

Il continua à l'adresse de Montana.

— Ce type est un vrai magicien !

Il fit signe à Kate de passer.

— Vite !

Elle obtempéra et sortit. Un réseau de pontons et de plates-formes que la nuit rendait plus complexe conduisait vers la marina où des yachts et des hors-bord étaient amarrés.

Montana passa un bras autour de sa taille pour l'aider à se déplacer sans que ses talons se coincent entre les planches.

— Si on ne peut pas repasser devant le yacht-club et prendre la limousine de Mica, comment regagner le QG de SOS ? demanda-t-il.

Duff sourit.

— Ne t'inquiète pas. Royce a prévu un plan B.

Sur ces mots, il tourna sur la gauche et disparut de leur vue. Kate retira ses escarpins et se hâta de lui emboîter le pas. Montana la suivit jusqu'à la rive où un skiff était amarré à une échelle.

— Vite ! Nous devons rallier le West Potomac Park qui est à deux blocs du QG.

Kate lança ses escarpins dans le skiff, puis releva le bas de sa robe qu'elle retint d'une main.

— Laisse-moi passer le premier, dit Montana. De cette façon, je t'aiderai.

— Et pourquoi Duff ne m'aiderait-il pas ?

Montana secoua la tête.

— Parce que c'est moi ton garde du corps. Pas Duff.

Kate sourit.

— Jaloux ?

Il opina, l'air sérieux.

— Non, professionnel.

Elle secoua la tête.

— Alors après toi…

Montana obtempéra.

— À toi, maintenant.

Elle s'approcha. Il la souleva par la taille, et la reposa lorsqu'elle fut dans le skiff.

— Vite ! Installez-vous ! s'exclama Duff. On doit filer sans plus tarder !

Tandis que Montana aidait Kate à prendre place sur l'un des sièges, Duff largua les amarres et dirigea le skiff de l'Anacostia vers le Potomac. Le bateau n'avait pas de feux de côté, de poupe ou de tête de mât, mais les lumières de Washington suffisaient pour bien naviguer dans la nuit.

Montana espéra qu'ils gagneraient le West Potomac Park sans être arrêtés et verbalisés par la police fluviale pour circulation sans feux de navigation. Après avoir quitté une scène de crime en catimini, ils n'avaient pas besoin de cette complication supplémentaire.

— Des nouvelles de Fontaine ? demanda Duff à Geek.

Il écouta la réponse et étrécit le regard. Enfin, il acquiesça.

— OK. On rallie le West Potomac Park. Terminé.

Il leva les yeux et secoua la tête.

— Fontaine est à l'hôpital. Tazer est avec lui. Pas d'autres infos pour l'instant, annonça-t-il à Montana et Kate.

Le silence retomba jusqu'au West Potomac Park. Dès que le skiff fut amarré, Montana sauta à terre et tendit la main à Kate. Elle sauta à son tour mais dérapa dans la boue et tomba dans ses bras.

Soulagé qu'elle soit saine et sauve, il la serra contre lui. Avant le début du gala, il avait eu peur pour sa vie. Il admirait son courage, mais n'avait cessé de trembler pour elle pendant toute la soirée.

Duff tendit ses escarpins à Kate qui les prit, mais sans se dégager de l'étreinte de Montana.

Soudain, un violent frisson la parcourut.

Un vent frais soufflait dans le parc. Montana retira sa veste de smoking pour la lui poser sur les épaules.

Elle lui adressa un sourire reconnaissant.

— Merci.

Mais il fronça les sourcils.

— Tu aurais dû me dire que tu étais frigorifiée !

— Ça va.

Des lueurs de phares trouèrent l'obscurité.

— Voilà notre chauffeur ! s'exclama Duff.

Un grand brun descendit peu après d'une voiture et leur tendit la main.

— Heureux de vous voir ! Sam Russell, agent SOS. Et, accessoirement, plan B de Royce Fontaine. Avec sa limousine ! J'aurais voulu assister au gala, mais j'étais en mission et je ne suis rentré à Washington que cet après-midi.

Duff et Montana lui serrèrent la main. Puis ce fut au tour de Kate.

— Ravie de faire votre connaissance Sam.

— Eh bien ! s'exclama-t-il en la dévisageant. Je connaissais les talents de Leslie mais là, je m'incline. J'ai déjà rencontré Mica Brantley au QG de SOS, et vous lui ressemblez trait pour trait.

— Leslie a abandonné sa carrière à Hollywood trop vite.

— Une chance pour nous ! conclut Sam en lui ouvrant la portière.

Kate monta dans la limousine, suivie par Montana.

— Moi, je monte devant avec Sam, précisa Duff.

Sam prit la route sans attendre. Kate, à côté de Montana, ne cessait plus de frissonner si bien que, pour finir, elle se pelotonna contre Montana. Il lui passa le bras autour de ses épaules.

— Ça va mieux ?

— Oui, merci. Ces robes ne sont pas faites pour les soirées trop fraîches !

— Certes non, dit-il en la serrant avec complaisance contre lui.

— À ton avis, la victime a-t-elle été empoisonnée par hasard ? lui demanda-t-elle. Ou cet homme était-il la cible, et non Mica comme nous le pensions ?

— Geek et Lance auront sans doute des informations à nous communiquer quand nous serons au QG.

— Il faudra trouver la connexion entre cet homme et les autres victimes. Du moins, si elle existe.

Kate soupira.

— Pourquoi Trevor Brantley a-t-il été tué ? poursuivit-elle. Pourquoi sa fille a-t-elle été enlevée ?

— Et pourquoi Mica a-t-elle été visée, hier ? Parce qu'elle veut retrouver le ravisseur d'Emily ? Le meurtrier de son mari ? Parce qu'elle est l'épouse de Trevor Brantley ? enchaîna Montana.

— Au fait… Certains propos de Nigel Carruthers m'ont frappée. Selon lui, Brantley aurait travaillé sur des projets. Quels projets ? Est-ce la raison de sa mort ? Et de l'enlèvement de sa fille ? Du danger qui menace Mica ?

— C'est possible. Ça vaut la peine de creuser cette histoire de projets. Mica nous renseignera peut-être.

— Elle a dit que c'était grâce aux contacts de son mari qu'elle s'était rendue à Cancún. Selon Fontaine, c'était une impasse ; les contacts ont été éliminés ou ont tout simplement disparu.

Soudain, un choc violent ébranla la limousine, les projetant brutalement vers l'avant. Montana se redressait quand un nouveau choc lui fit perdre l'équilibre.

— Accrochez-vous ! les avertit Sam. Deux véhicules nous ont pris en chasse et viennent de nous percuter !

Montana attacha sa ceinture de sécurité, prit la main de Kate et la lui serra d'une brève pression alors qu'un nouveau télescopage déportait la limousine vers la gauche. Celle-ci, déstabilisée, tangua quelques instants avant de reprendre sa trajectoire. Sam appuya sur l'accélérateur. Kate releva sa robe pour prendre l'arme qu'elle avait fixée à sa jambe puis baissa la vitre de sa portière.

— Que fais-tu ? s'écria Montana.

— Quelle question ! Je riposte !

Il déboucla sa ceinture de sécurité, sortit son pistolet de son holster et baissa la vitre de son côté.

L'une des deux voitures s'engageait maintenant sur la gauche de la limousine. L'autre roulait toujours derrière eux.

Kate se mit à genoux et attendit que le conducteur du véhicule qui les poursuivait par la gauche soit à sa hauteur pour tirer dans la vitre teintée côté passager. Le conducteur donna un coup de freins, mais pour mieux revenir à la charge et emboutir la limousine latéralement. Kate perdit l'équilibre. Montana allait la retenir quand le véhicule qui les suivait prit de la vitesse et les heurta par l'arrière.

Sam braqua, coupa un virage, zigzagua et finit sa course contre un abribus. Il tenta de faire marche arrière, mais la voiture qui venait de l'emboutir empêchait toute manœuvre de recul. Le second véhicule avait fait demi-tour après les avoir dépassés et revenait vers eux.

Montana ouvrit sa portière, roula sur le sol, puis gagna l'arrière à croupetons. Il tira dans le pare-brise de la voiture derrière la leur. La vitre explosa, et il constata qu'il avait touché le passager. Le conducteur, indemne, recula à vive allure, braqua pour faire demi-tour dans un crissement de pneus et s'éloigna.

Des coups de feu s'élevèrent de l'autre véhicule à l'avant. Montana fit volte-face, plongea la main dans sa poche pour prendre un chargeur et riposter, et se rendit compte qu'il n'en avait pas.

Il était piégé.

Lorsque Kate avait de nouveau été déséquilibrée, elle avait lâché son petit pistolet.

Les coups de feu qui claquaient le lui firent rechercher fiévreusement et, quand elle l'eut ramassé, elle se redressa et roula à son tour par la portière restée ouverte.

Elle vit Montana et la voiture qui disparaissait au loin. Le soulagement qui l'envahit en le découvrant sain et sauf fut de courte durée, car le passager du second véhicule qui était arrivé à leur hauteur passa le torse par la vitre de sa portière et le prit pour cible. En voyant Montana se baisser, elle comprit qu'il n'avait plus de munitions et que, ainsi exposé, il était en grand danger.

Sans hésiter, elle visa et tira. Le tireur rentra dans la voiture, et le conducteur accéléra brutalement. Elle tira de nouveau et toucha l'une des vitres. Le véhicule continua de s'éloigner.

Duff surgit devant elle, le front en sang.

— Kate ? Ça va ?

Elle hocha la tête.

— Et vous ?

— Je me suis cogné. Comment va Montana ?

La voix de ce dernier leur parvint.

— Tout va bien ! Grâce aux renforts ! ajouta-t-il en les regardant tour à tour.

Duff leva les mains.

— Moi, je n'ai rien fait. Tu peux remercier Kate !

— Et Sam ? demanda Montana.

— Ça va. Juste un peu secoué. On doit filer ! ajouta Duff. Nous n'avons pas de temps à perdre. Il faut regagner le QG au plus vite !

Une fois que Sam se fut désengagé de l'abribus avec l'aide de Montana et de Duff, ceux-ci remontèrent dans la limousine, et Sam reprit la route.

— Comment nous ont-ils retrouvés ? demanda Kate. Comment ont-ils su que nous serions à cet endroit à ce moment ?

Sam secoua la tête.

— En allant au West Potomac Park, j'ai sans cesse vérifié que je n'étais pas suivi. Je vous assure que je ne l'étais pas.

Dans le cas contraire, j'aurais sans doute été attaqué plus tôt, ou quand nous nous sommes rejoints.

Kate doutait que leurs assaillants les aient trouvés par hasard, après avoir quadrillé les rues de Washington à leur recherche. La limousine de Royce Fontaine ressemblait aux centaines d'autres qui circulaient dans la capitale de jour comme de nuit, transportant des hommes politiques, des lobbyistes et des célébrités qui essayaient de se faire voir ou entendre. Et Royce, en vrai professionnel de la sécurité, avait souvent dû faire changer la plaque d'immatriculation de son véhicule.

— Une balise GPS aurait-elle pu être placée sur la limousine à notre insu ? hasarda Kate. Nos agresseurs auraient pu ainsi attendre le moment propice pour nous attaquer…

— Impossible. Nous avons vérifié la limousine avant de quitter le QG, objecta Sam. Personne ne l'a approchée, d'autant que l'accès au QG de SOS est, comme vous le savez, verrouillé et strictement réglementé.

— L'un de nous porte peut-être une balise espion sans le savoir, suggéra à son tour Montana.

— En ce qui me concerne, avec une robe aussi moulante, je doute que l'on m'ait équipée sans que je le sache ! répondit Kate.

Montana prit sa veste de smoking, en fouilla chaque poche avec soin. Quand il eut fini, la tendit à Kate.

Elle la palpa à son tour pendant que Montana vérifiait cette fois son pantalon. Soudain, il se figea, pinça les lèvres, puis sortit la main de sa poche.

Au creux de sa paume se trouvait un petit disque de métal de la taille d'une pile de montre.

10

— Tu as trouvé quelque chose ? demanda Duff, se retournant pour mieux voir.

Kate prit la balise des mains de Montana.

— Sans doute l'a-t-on mise dans ta poche lors du mouvement de panique au yacht-club.

— Je ne sais pas, mais nous devons nous en débarrasser avant que ces crapules reviennent à la charge ! dit Montana.

Kate baissa sa vitre avec l'intention de jeter la balise, mais il la retint.

— Non, attends ! J'ai une bien meilleure idée.

Il avisa une benne à ordures qui roulait devant eux.

— On va seulement changer de véhicule et ainsi brouiller les pistes…, expliqua-t-il.

Sam se porta à la hauteur de la benne et ralentit. Montana baissa sa vitre et lança adroitement la balise à l'arrière du camion poubelle, après quoi Sam le doubla et accéléra.

Par précaution, il fit ensuite de nombreux tours et détours dans les rues de Washington. Lorsqu'il eut la certitude que personne ne les suivait plus, il reprit la route du bunker de SOS.

Quarante-cinq minutes après avoir quitté le yacht-club, la limousine entrait dans le parking souterrain du QG SOS.

Quentin, Hunter et Rip vinrent aussitôt à leur rencontre.

— On était sur le point de partir à votre recherche !

Pourquoi avez-vous coupé la communication radio ? lança Hunter.

Montana, Duff et Kate portèrent leur main à l'oreille d'un seul élan.

— On a dû perdre nos kits oreillettes lors de la course-poursuite et des télescopages, expliqua Duff. Peu importe, du moment que nous sommes arrivés à bon port. Des nouvelles de Fontaine ?

— En soins intensifs, dit Quentin. On ne sait pas encore s'il est totalement tiré d'affaire. Mais que vous est-il arrivé ?

Rip s'approcha de Duff pour examiner son entaille au front.

— Tu t'es battu ?

— On va tout vous expliquer une fois à l'intérieur, fit Montana.

— Vous connaissez l'identité de la victime ? On a pu voir quelque chose sur les enregistrements de vidéosurveillance ? demanda Kate.

— Lance et Geek sont en train de les visionner pour déterminer à quel moment Fontaine et la victime ont été empoisonnés, répondit Hunter.

Ils empruntèrent le couloir pour gagner la salle d'informatique.

Lance et Geek y regardaient les enregistrements de la soirée. Ils avancèrent les images en accéléré jusqu'à la quarante-cinquième minute, c'est-à-dire, un peu après le discours qu'elle avait tenu dans le rôle de Mica. Tous scrutèrent la foule des invités, à la recherche de la victime.

Geek pointa le doigt sur l'écran.

— Voilà Royce et Tazer.

— Derrière eux, deux hommes, enchaîna Montana en s'approchant davantage de l'écran.

Kate se pencha par-dessus l'épaule de Lance pour mieux voir.

— C'est celui qui est sur la gauche qui a été empoisonné, dit-elle.

Montana opina.

— C'est exact ! Je le reconnais à son cummerbund. Il était le seul à en porter.

— Chevelure noire abondante et favoris. C'est bien lui, confirma Kate.

Elle s'adressa ensuite à Geek.

— Qui est-ce ?

— Sérieusement ? C'est cet homme qui est mort ce soir ? s'exclama Geek, ébahi.

Il secoua la tête avec incrédulité et tapa sur le clavier de son autre ordinateur. Des photos apparurent aussitôt sur l'écran. L'une montrait l'homme en train de serrer la main du vice-président des États-Unis, ce dernier encadré par le secrétaire du département d'État et une autre personnalité politique des Nations unies. Sur une autre, le même homme était dans le Bureau ovale, cette fois avec le président.

— Qui est-ce ? demanda Kate, étonnée.

— Tarek Abusaid, diplomate afghan aux Nations unies, à l'UNODC. Il a rencontré le président pour demander sa médiation dans le conflit qui agite son pays.

— Et que faisait-il au gala de bienfaisance ? questionna Montana.

Geek cliqua sur l'image d'Abusaid et de l'homme avec lequel il était arrivé.

— Je vous présente Nizar Sayid, citoyen afghan, naturalisé américain, qui a grandi dans le Massachusetts. C'est un ami personnel et un lointain cousin d'Abusaid. Leurs mères sont cousines. Nizar Sayid est oncologue à l'hôpital des enfants.

— La question, maintenant, est de savoir si Abusaid a un lien avec les autres victimes qui ont été tuées aux dates et lieux encodés, reprit Kate.

Pour seule réponse, Lance se leva et s'approcha d'un tableau en vinyle chargé de noms et de dates parfois reliés par des flèches. Il y inscrivit, à l'écart, le nom d'Abusaid ainsi que la date du jour et le lieu.

— Pour l'instant on ne sait pas, dit Geek.

Montana s'approcha à son tour du tableau.

— Bon. Récapitulons ce que nous savons sur nos précédentes victimes. D'après ce que Rand Houston nous a confié, à Cancún, il aurait travaillé avec deux agents de la CIA sur le trafic d'êtres humains.

— C'est-à-dire avec Marcus Smith et Oscar Melton, mes deux patrons, précisa Kate en montrant le trait qui reliait leurs noms. Ensuite, Marcus, le père de Becca, a envoyé à Becca le CD avec les dates et les lieux encodés car il se savait en danger.

Montana posa l'index sur le nom de Becca.

— Becca a quant à elle suivi la piste d'un mercenaire jusqu'à Cancún. Selon ses informateurs, cet individu aurait été le meurtrier de son père.

Quentin rejoignit Lance et Montana devant le tableau.

— Mica Brantley est également venue à Cancún pour suivre la piste de ces trafiquants, dans l'espoir de retrouver Emily, sa belle-fille, la fille de Trevor Brantley.

— Et enfin, au dire de Nigel Carruthers, présent à la soirée de bienfaisance, Trevor Brantley aurait travaillé sur un ou plusieurs projets qui l'éloignaient de sa famille qu'il aimait tendrement, ajouta Kate.

— Et aujourd'hui nous avons appris que Carmelo DeVita, le baron de la drogue mexicain que vous avez rencontré au Mexique, était impliqué dans le trafic de drogue et d'êtres humains de Cancún, ajouta Geek. Nous avons aussi découvert qu'il vendait des armes.

— À qui ? lui demanda Montana.

— À des rebelles afghans.

— Et la victime de ce soir est un diplomate afghan aux Nations unies, à l'UNODC, conclut Kate.

À l'aide d'un marqueur, elle relia le nom de Tarek Abusaid à celui de Carmelo DeVita.

— La connexion afghane semble évidente, non ? reprit-elle. L'argent du trafic d'êtres humains de Cancún pourrait servir à financer les armes et les combattants rebelles.

Montana hocha la tête.

— Et quoi de mieux, pour ajouter à la confusion politique qui règne actuellement en Afghanistan, que de tuer un diplomate afghan aux Nations unies précisément venu en pourparlers de paix !

— Je parie qu'il y a une connexion entre Trevor Brantley, les agents de la CIA et le trafic d'armes en Afghanistan, dit Kate.

Elle reporta son attention sur le tableau et fronça les sourcils.

— Qui est Cassandra Teirney ?

— Une criminelle, très impliquée dans l'enlèvement de femmes, expliqua Duff.

— Elle se fait appeler Cassandra Teirney, mais ce n'est qu'une de ses nombreuses identités, précisa Geek sans détacher les yeux de son écran. Elle a autrefois été emprisonnée pour usurpation d'identité. Elle a été repérée à Washington, récemment. C'est une femme intelligente, mais pas assez pour organiser seule et sans laisser de trace des meurtres en série…

Geek s'interrompit.

— Quand on parle du loup ! Elle est là !

Montana regarda la femme que Geek montrait de la flèche de son curseur. Elle avait bel et bien assisté au gala de bienfaisance. Geek agrandit l'image, sélectionna son visage et exporta l'image sélectionnée dans un autre programme.

— Si c'est la personne à laquelle je pense, alors nous devrions…

Il se tut alors qu'une femme vêtue de la combinaison orange des prisonniers s'affichait sur l'écran. Dessous, son nom était indiqué : Carol Anthony, alias Catherine Tilley, alias Cassandra Tyler, etc. La liste était longue. Geek juxtaposa son visage à celui qu'il venait de sélectionner.

— Cassandra Teirney…, fit Montana. Elle était donc au yacht-club, et je n'ai remarqué personne qui lui ressemblait.

Lance soupira.

— Elle portait une perruque, une robe de soirée.

— Suivez-la sur la vidéo afin de voir avec qui elle a été en contact ce soir. C'est peut-être elle qui a empoisonné le diplomate.

Sur l'enregistrement de la vidéosurveillance, la femme se déplaçait dans la salle de bal avec discrétion.

— Là ! s'exclama soudain Kate. On la voit s'approcher d'Abusaid !

Geek rembobina pour repasser les images au ralenti.

— Elle s'est arrêtée pour dire quelques mots à Sayid, mais elle a échangé une poignée de main avec Abusaid, continua Kate. Et sans retirer ses longs gants !

Ils suivirent des yeux Abusaid qui écoutait le discours de Kate, puis les enfants qui chantaient. Là-dessus, un serveur présenta un plateau de hors-d'œuvre à Sayid et à Abusaid. Sayid choisit l'un des toasts et l'avala aussitôt. Abusaid, quant à lui, refusa d'un signe de tête. Le serveur s'éloigna.

Les deux hommes conversèrent ensuite. Tout à coup, Abusaid bâilla. Il se couvrit la bouche d'une main et, de l'autre, se frotta les yeux. Enfin, il cilla, se frotta de nouveau les yeux et saisit le bras de Sayid avec une telle vivacité que ce dernier tourna vers lui un regard étonné. Puis

Abusaid porta la main à sa gorge, tomba sur les genoux et s'effondra. Sayid cria, et la foule s'agglutina autour de lui, bouchant la vue.

— Il n'a pas ingéré le poison…, dit Montana. Il l'avait sur les mains ! Il s'est frotté les yeux, et son corps l'a ainsi absorbé plus rapidement.

— Et en ce qui concerne Royce ? demanda Lance. Reviens un peu en arrière, Geek. Aurait-il serré la main d'Abusaid, à moment donné ?

Geek rembobina et revint au moment où Royce entrait dans la salle avec Tazer. Ils le suivirent ainsi pendant la soirée. Royce s'entretint avec de nombreuses personnes et, à moment donné, se baissa pour ramasser quelque chose sur le sol.

Quand il se redressa, Kate poussa un cri.

— C'est un gant de soirée ! Sans doute appartient-il à cette femme. Elle a dû les retirer et en laisser tomber un…

— Un gant enduit de poison ! s'exclama Montana.

Kate n'arrivait pas à en croire ses yeux et, surtout, elle n'arrivait pas à croire que ni les Seals, ni Montana, ni elle n'avaient rien remarqué. Tous avaient été focalisés sur l'éventuelle présence d'un homme armé ou sur des explosifs, et non sur une femme et du poison.

Sur l'enregistrement, on la voyait reprendre son gant et s'éloigner tandis qu'un homme s'avançait pour parler avec Royce.

— C'est Nigel Carruthers, les informa Mica Brantley qui venait d'entrer.

Kate se retourna. Mica lui sourit.

— Je n'arrive toujours pas à réaliser à quel point vous me ressemblez, Kate…

Puis elle concentra son attention sur l'écran d'ordinateur.

— Nigel a été particulièrement désagréable, ce soir. Je ne sais pas comment vous avez fait pour ne pas le gifler... Moi, j'aurais perdu mon calme. Il n'avait pas le droit de juger mon mari !

— Justement, j'ai une question à vous poser, Mica, commença Kate. Carruthers a mentionné des projets de votre mari. Vous en avait-il informée ?

Mica soupira.

— Quand Trevor s'est retiré des affaires et de la finance, j'ai vite compris que cette retraite anticipée était une erreur. Mon mari était en effet incapable de rester inactif... Il a affirmé qu'il voulait entreprendre quelque chose de grand et qui ne serait pas forcément lucratif. Puis il a commencé à sortir au prétexte de rencontrer des amis dans un café qui se trouve non loin de la résidence fermée où nous avons notre maison... C'était si étrange que je l'ai soupçonné de me tromper.

Kate sentit son cœur se serrer alors que la tristesse voilait le regard de Mica.

Cette dernière continua.

— Quand je lui ai fait part de mes doutes sur sa fidélité, il a éclaté de rire et m'a embrassée. Il m'a juré que jamais personne ne prendrait ma place. Que j'étais ce qu'il avait de plus cher et de plus précieux au monde. Il voulait que je sois fière de lui. Il m'a également juré qu'il n'aurait jamais de liaison avec une autre femme. Qu'il avait tout ce qu'un homme pouvait désirer dans la vie, avec sa fille et avec moi.

N'importe quelle femme aurait eu envie d'entendre cela, songea Kate avec envie.

Mica Brantley soupira.

— Je l'ai cru. De toute façon, Trevor ne savait pas mentir... Mais le fait est qu'il s'éclipsait souvent.

— Souvent ? C'est-à-dire ? demanda Montana.

— Parfois au beau milieu de la nuit. Il revenait tôt, au

petit matin. Ou il se rendait dans ce café et n'en revenait que tard dans la soirée. Il disait travailler sur un important projet. Il espérait pouvoir m'en parler un jour.

— Vous n'avez pas insisté pour en savoir davantage ? enchaîna Kate.

Mica secoua la tête.

— Non. De mon côté, j'étais trop occupée à trouver des sponsors pour le gala de bienfaisance qui a eu lieu ce soir. Et puis je ne me posais plus de questions car, après tout, Trevor m'avait rassurée : il n'avait pas de liaison.

Elle se tut quelques instants puis reprit :

— Il recevait aussi des coups de téléphone. Parfois, c'est moi qui répondais. C'était des hommes, jamais des femmes. Nigel l'appelait aussi pour lui proposer une partie de golf.

Kate lança un regard entendu à Geek.

— Je vais étudier la téléphonie de Trevor Brantley ! dit-il.

— La police l'a fait, mais elle n'a rien trouvé de particulier… Ou, du moins, elle ne m'a pas informée d'une quelconque découverte.

Mica soupira.

— Là-dessus, Emily a été enlevée à New York… J'étais à Paris, cette semaine-là, précisa-t-elle. Je n'ai pas pu rentrer tout de suite aux États-Unis à cause des intempéries…

Des larmes brillèrent dans ses yeux.

— Trevor et moi nous nous sommes parlé tous les jours, et parfois plusieurs fois par jour. Et quand je suis rentrée, Trevor n'était plus… Je l'avais perdu à tout jamais.

Maintenant, les larmes inondaient son visage.

Le cœur de Kate se serra. Mica essuya ses yeux et se redressa.

— Après les funérailles, je n'ai plus eu qu'un désir : retrouver Emily. Il ne pouvait y avoir de quête plus importante. Après sa disparition, mon mari avait abandonné ses projets pour se concentrer uniquement sur sa fille. Et moi je continuerai jusqu'à ce que je la retrouve.

— Comment avez-vous trouvé la piste qui vous a conduite à Cancún ? demanda Montana.

Mica sécha ses dernières larmes.

— À l'époque où mon mari était analyste financier, il avait des clients liés à la mafia.

Elle détourna le regard.

— Je me suis souvenu de leur nom. Je n'avais rien à perdre à aller les voir.

— Ils faisaient partie de la mafia de Washington ? intervint Kate qui avait entendu parler d'une famille liée au crime organisé à Washington.

— Oui.

— Et vous y êtes allée seule ?

— Non. Rex était avec moi, répondit-elle. Ils respectaient Trevor... Quand je leur ai expliqué que je voulais retrouver Emily, ils m'ont aussitôt parlé de Cancún.

Elle leur sourit.

— C'est alors que j'ai rencontré les Seals. Ils m'ont aidée... Sans eux, je ne sais ce que je serais devenue.

Kate soupira. Il s'était passé beaucoup d'événements, au cours de ces deux derniers jours. Mais même importants, ils ne représentaient que la partie émergée de l'iceberg. Avec une telle profusion de noms et de péripéties, rien d'étonnant à ce que ce tableau en vinyle soit couvert d'informations et de liens...

Le téléphone se mit à sonner. Geek prit l'appel.

— Oui... Oui... Merci.

Il raccrocha.

— C'était Tazer, annonça-t-il. L'état de Royce est critique mais stable. Il a absorbé moins de poison qu'Abusaid.

Tous exprimèrent leur soulagement, puis Montana reprit la parole :

— Bon, continuons ! Il faut que nous résolvions cette affaire afin que Royce soit fier de nous.

Geek reprit sa place devant l'ordinateur, prêt à étudier le journal des appels de Trevor Brantley.

Kate prit Mica à part.

— Votre mari conservait des documents importants à la maison ?

— Quelques-uns, oui. Il avait un coffre dans son bureau. Je l'ouvre rarement, sauf quand j'ai besoin de certains bijoux. Il contient aussi nos vœux de mariage, son testament, et la clé de notre coffre à la banque.

— N'avez-vous rien remarqué de particulier, après la mort de Trevor ?

Mica secoua la tête.

— À la vérité, je n'ai pas regardé dedans depuis… La police a certes enquêté, mais je n'ai pas eu ses conclusions. Peut-être parce qu'elle n'a aucune piste. Et puis, vous savez, je n'ai pas beaucoup été à la maison depuis les funérailles de Trevor.

— Est-ce que ça vous ennuierait si je me rendais chez vous, pour chercher d'éventuels indices dans le bureau de votre mari, et notamment pour regarder dans le coffre ?

— Bonne idée, j'irai avec toi ! dit Montana en posant la main sur l'épaule de Kate.

Puis, voyant son air étonné, il ajouta :

— Je suis ton garde du corps, je ne peux décemment te laisser y aller seule !

Mica acquiesça.

— Je vous communiquerai la combinaison du coffre, mais je ne vous accompagnerai pas. Je me sens incapable de retourner chez moi actuellement, cela me fait trop mal. Je ne cesse de me répéter que tout aurait pu se dérouler différemment. Si j'étais rentrée de Paris avant les intempéries, Emily serait venue m'attendre à l'aéroport et n'aurait pas été enlevée. Trevor serait toujours vivant… Nous serions chez nous, en famille. Heureux.

Kate passa un bras autour de ses épaules.

— Qui sait si vous ne trouverez pas un indice qui a échappé à la police sur le meurtre de Trevor ou l'enlèvement d'Emily… Je ne cesse de penser à elle, vous savez, reprit Mica d'une voie plus douce. À ce qu'elle doit endurer, actuellement.

Kate l'étreignit.

— Je ne peux rien vous promettre, Mica, mais ne perdez pas espoir.

Par-dessus la tête de Mica, elle riva son regard à celui de Montana qui hocha la tête.

Ravie, soulagée par son soutien indéfectible, elle sourit.

Avec les Seals et les agents SOS, elle ne doutait pas qu'ils retrouveraient Emily, le meurtrier de Trevor et des autres victimes.

Quant à booster sa carrière à la CIA, se racheter une conduite ou faire ses preuves ? Peu lui importait… Elle n'y pensait même plus. À la vérité, elle n'aurait de fierté et de satisfaction que lorsqu'elle aurait aidé Mica Brantley à retrouver le meurtrier d'un mari tendrement aimé et le ravisseur de sa belle-fille.

11

Pour se rendre dans la résidence fermée où se trouvait la maison des Brantley, il fut décidé que Kate garderait l'apparence de Mica afin de ne pas attirer l'attention et la méfiance des voisins. Elle troqua cependant sa robe de soirée contre un jean et un pull noirs, et ses escarpins contre des Converse.

— Je ne peux pas courir dans une robe de soirée, de surcroît juchée sur des escarpins !

Elle fit un clin d'œil à Montana.

— Quant à courir pieds nus… Tu n'accepteras jamais !

Il ne put s'empêcher de rire.

Tandis qu'elle s'habillait, il alla troquer son smoking contre jean et chemise.

— Vous avez un véhicule à mettre à notre disposition ? demanda-t-il à Lance lorsqu'il fut prêt.

— Suivez-moi, se contenta de dire ce dernier avec un petit sourire.

Il le conduisit dans le parking souterrain et ouvrit la porte d'un garage à l'aide d'une télécommande. À la vue de la moto Ducati noire qui y était garée, Montana sourit.

— Vous avez votre permis moto, j'espère ? fit Lance

— Oui.

— Alors c'est parfait !

Lance se dirigea vers un vestiaire mobile composé de

deux armoires d'où il sortit une veste en cuir noir et un casque qu'il tendit à Montana.

— Je pense que c'est votre taille, mais au cas où…

Il n'acheva pas et ouvrit les deux armoires. Dedans s'alignaient toutes sortes de vestes en cuir et de casques.

— J'en informerai Kate.

— Elle est déjà montée sur une moto ?

— Je ne sais pas, mais nous allons vite le découvrir.

— Je vais lui dire que vous êtes prêt et que vous l'attendez.

Montana choisit une veste et un casque pour Kate, revêtit les siens, puis sortit la moto du garage et démarra. La moto, munie d'un silencieux, ronronna comme un gros chat.

Il sourit de contentement, impatient de prendre la route. Il espérait même pouvoir faire une pointe de vitesse afin de tester la puissance de l'engin.

— C'est notre moyen de transport ? lança Kate, qui s'approcha, sourcils froncés.

Montana lui tendit la veste.

— Oui. Tu as déjà fait de la moto ?

— Oui, qu'est-ce que tu crois ? répondit-elle en l'enfilant. Et toi ?

— Oui.

Puis lui tendit le casque. Elle le mit et serra la sangle sous son menton.

— J'aimerais conduire, j'ai mon permis. Ça te convient ? demanda-t-elle.

Montana sourit. Décidément, elle avait toutes les qualités !

— Je crois bien que je suis amoureux ! dit-il spontanément.

Il avait parlé sans réfléchir, mais comme il était trop tard pour retirer ces mots, il prit un air désinvolte, détourna les yeux et recula sur le siège de la Ducati.

Kate ne paraissait pas avoir entendu sa remarque, et montait déjà devant lui avec agilité.

— Mon père était passionné par les motos, reprit-elle. Souvent j'ai pensé qu'il aurait préféré avoir un garçon… bien qu'il ait été content d'avoir une fille. Il m'adorait… Bref, il m'a appris à monter sur une moto quand j'avais six ans et il m'a fait assister à des compétitions de motocross quand j'en ai eu huit.

Elle démarra.

— Je te préviens, tu as intérêt à t'accrocher ! cria-t-elle.

Montana s'empressa de passer les bras autour de sa taille et colla complaisamment son corps au sien.

Lance actionna la commande d'ouverture de la porte du garage. Celle-ci n'était pas encore totalement levée que Kate s'engageait dans la rue. Montana dut se baisser pour éviter de s'y cogner.

— Attention, Kate ! Souviens-toi, je suis plus grand que toi ! cria-t-il.

— Tu n'as qu'à ouvrir les yeux !

Elle était impitoyable, mais il sourit, comblé par son intrépidité.

Était-il amoureux comme il venait de le lui dire ? Il n'en savait rien, mais le simple fait de se poser la question était déjà un aveu.

Kate n'était plus montée sur une moto depuis que son père avait été renversé et tué sur le coup par un chauffard ivre alors qu'il roulait en Harley. Lorsqu'elle avait appris son décès, elle était en formation à Quantico. Ses supérieurs ne l'avaient autorisée à rentrer chez elle que le temps d'un week-end. Bien sûr, elle aurait pu rester plus longtemps dans sa famille, mais cela lui aurait fait perdre le bénéfice de sa formation à la CIA, et il lui aurait fallu la recommencer depuis le début.

Elle avait ainsi découvert plus tard que sa mère en deuil

avait rageusement vendu, et à perte, la collection de motos de son défunt mari et également débarrassé le garage de tous ses trophées. Brisée et inconsolable, sa mère n'avait plus supporté la vue de tout cela. Son immense chagrin s'était ainsi mué en une folle colère. Par la suite, lorsque sa colère était retombée, elle avait vendu la maison familiale pour emménager dans une modeste résidence et trouvé un emploi de secrétaire chez un pédiatre.

Kate aimait tendrement sa mère, mais elle avait eu un lien très particulier avec son père. Tous deux partageaient la passion des belles motos et, en cet instant, elle pensait à lui, et appréciait la sensation du vent sur son visage. Tel était le goût de la liberté…

Jusqu'à la résidence où se trouvait la maison de Mica Brantley, elle roula vite, veillant néanmoins à ne pas dépasser les limitations de vitesse.

Montana suivait ses moindres mouvements, et leurs corps s'épousaient à la perfection… Elle aurait aimé rouler ainsi pendant des heures.

Quand ils arrivèrent à destination, Kate composa le code d'accès sur le boîtier à côté de la grille. Celle-ci s'ouvrit et elle la franchit, mais un vigile sortit de la guérite et lui fit signe de s'arrêter.

Elle leva sa visière en espérant que sa perruque ne s'était pas déplacée et que son maquillage continuerait de faire illusion.

— Oh c'est vous, madame Brantley ! s'exclama l'homme. Je ne savais pas que vous saviez conduire les motos !

Il lui sourit et s'écarta.

— Ravi de vous revoir, cela faisait longtemps ! ajouta-t-il. Si vous avez besoin de quoi que ce soit, n'hésitez pas à me contacter.

— Merci, dit Kate avant de redémarrer.

Elle longea plusieurs propriétés imposantes dotées de

pelouses impeccables et de jardins paysagers pour s'arrêter tout au bout d'une allée.

Montana descendit le premier de la moto et l'aida à mettre la béquille. Après avoir désactivé l'alarme de la demeure, elle ouvrit la porte. Ils traversèrent une vaste entrée pavée de marbre et se dirigèrent vers le bureau de Trevor Brantley qui se trouvait au rez-de-chaussée, non loin d'un élégant escalier en colimaçon qui donnait accès à l'étage.

— Je vais regarder dans le coffre, l'informa Montana. Je te laisse fouiller le reste.

Le corps sans vie du maître des lieux avait été trouvé dans cette pièce. Comme il n'y avait aucune trace de lutte et qu'il avait été tué à bout portant, la police avait conclu qu'il avait assassiné par un proche. Un ancien client ? Un ami ?

Kate remarqua une tache incrustée sur le tapis persan. Le sang de Trevor ? se demanda-t-elle en frissonnant. Quelle avait été sa dernière pensée ? Avait-il souffert ?

S'arrachant à ces pensées morbides, elle entreprit d'ouvrir un par un les tiroirs du bureau, en quête de documents, notes, ou d'un quelconque indice dont l'importance aurait échappé à la police.

Au bout d'un moment, elle jeta un coup d'œil en direction de Montana. Il avait ouvert le coffre que dissimulait une peinture représentant une course de chevaux et en examinait le contenu.

Il surprit son regard.

— Tu veux aussi parcourir ces documents, au cas où quelque chose m'échapperait ?

Elle hocha la tête et le rejoignit. Il lui tendit le testament olographe qui faisait de Mica la principale héritière de Trevor. Une partie de l'assurance vie revenait à Emily, pour qui son père avait également prévu une rente à vie, afin de la mettre à l'abri du besoin.

Kate eut le cœur serré en songeant à la jeune fille. Était-elle morte ? Jusqu'à preuve du contraire, elle refusait d'y croire.

— Il y a aussi la clé du coffre de la banque.

Une voix s'éleva soudain derrière eux, les faisant sursauter.

— Donnez-moi cette clé.

Kate fit volte-face. Une femme se tenait sur le seuil, avec à la main un pistolet muni d'un silencieux.

Montana se plaça immédiatement entre Kate et elle.

— Cassandra… À moins que ce ne soit Carol ? Quelle est votre identité préférée ? demanda-t-il.

La femme le dévisagea avec une expression pleine de mépris.

— On me surnomme aussi bouledogue parce que, quand je plante mes dents dans quelque chose, je ne lâche jamais.

— C'est vous qui avez tué Trevor Brantley ? lança Kate.

Cassandra haussa les épaules.

— Brantley refusait de me donner ce que j'exigeais de sa part. J'ai donc agi en conséquence. On m'avait confié une mission, je l'ai remplie.

Kate brandit la clé du coffre de la banque.

— C'est ce que vous vouliez, n'est-ce pas ?

L'autre étrécit le regard

— Oui.

— Je ne vous la donnerai pas ! reprit Kate qui se félicita d'avoir gardé l'apparence de Mica Brantley.

— N'en soyez pas si sûre. Je sais comment vous faire coopérer, madame Brantley, répondit Cassandra qui sourit comme si elle détenait un secret.

— Que se passera-t-il si je refuse ?

— Votre belle-fille en paiera le prix fort.

Kate sentit les battements de son cœur s'accélérer.

— Et qu'est-ce qui me prouve qu'elle est entre vos mains ?

Cassandra lui adressa un sourire méprisant.

— Je suis certaine que vous ne l'avez pas enlevée ! s'exclama Kate. Vous bluffez !

— Je n'ai qu'un appel à passer, et c'en sera fait d'Emily Brantley, fit Cassandra dont le regard s'était durci. Ne me mettez pas en colère, Mica, vous le regretteriez.

Kate la toisa.

— Donnez-moi la preuve qu'elle est vivante, et je vous donnerai peut-être cette clé. Mais je n'en irai pas moins à la banque avec vous.

Cassandra la dévisagea avec méfiance.

— Je pourrais aussi tout simplement vous tuer et prendre cette clé.

— Vous savez que sans ma présence à la banque vous n'aurez jamais accès au coffre. Telle est la procédure.

Cassandra la dévisageait toujours.

— N'inversez pas les rôles, Mica Brantley. Pour le moment, c'est moi qui ai la main.

Tout en parlant, elle avait essuyé du revers de la main la sueur qui perlait à son front. Kate l'observa mieux.

Elle avait le visage empourpré, les yeux injectés de sang et bordés de rouge. Son nez commençait à saigner. Elle leva le bras et se l'épongea avec sa manche de chemise.

— Qu'est-ce qui vous intéresse tant, dans ce coffre ? poursuivit Kate.

— Moi ? Rien. Mais l'homme pour qui je travaille veut ce qu'il contient.

Kate s'avança vers elle, la clé toujours à la main.

— Cassandra ou Carol, vous êtes malade. Vous avez besoin de soins. D'un médecin.

— Non, je vais bien, répliqua-t-elle en se redressant et en serrant son arme des deux mains.

Mais celles-ci tremblaient, malgré tous ses efforts.

— Donnez-moi cette clé ! reprit-elle.

— Vous souffrez des effets du poison, dit alors calmement Montana. Il vous faut des soins médicaux, et de toute urgence.

— Je sais que vous êtes un des Seals qui, à Cancún, a entravé mes actions. Vous et vos copains Seals avez une vie facile ! Vous passez des vacances dans des hôtels de luxe et vous draguez les jolies femmes. Moi, je n'ai jamais eu que la prison comme perspective.

Sur ces mots, elle cracha aux pieds de Montana.

— Mais maintenant je vais m'enrichir grâce à mon patron. Et je préfère mourir que de retourner en prison.

— Le poison va vous tuer, quoi que vous disiez et fassiez, intervint Kate. Avez-vous vu ses effets sur Abusaid ? Vous devez vous faire hospitaliser sans délai !

— Abusaid ne méritait rien d'autre ! Il était vénal ; il voulait inonder son pays d'armes afin que la guerre continue. Et cependant, officiellement, il se faisait le chantre de la paix !

— Quel était le lien entre Abusaid et Trevor Brantley ? demanda Kate.

— Je ne vous ferai sûrement pas le plaisir de vous le dire !

Elle leva son arme, mais ses mains se mirent à trembler si fort qu'elle fut obligée de la baisser.

Kate se tendit. Cassandra pouvait tirer soit sur elle soit sur Montana, mais pas sur les deux en même temps.

— Vous ne devez rien à votre patron, Cassandra, reprit-elle en s'approchant lentement. Allez à l'hôpital. Choisissez la vie plutôt que la mort.

— La ferme !

Le sang continuait de couler de son nez. Elle fit un effort pour se ressaisir et pointa son pistolet dans sa direction.

Le coup partit tout seul. Kate plongea, et Montana bondit, plaquant Cassandra à terre. Celle-ci lâcha son arme qu'il écarta. Puis, à califourchon sur elle, il lui saisit les poignets qu'il maintint fermement.

Réduite à l'impuissance, Cassandra avait maintenant le souffle court, de la mousse aux lèvres.

— Peu importe…, murmura-t-elle. Il obtiendra ce qu'il veut d'une façon ou d'une autre… Vous ne pouvez plus arrêter ce qu'il a mis en route… C'est trop tard. Bien trop tard…

— Arrêter quoi ? demanda Montana d'une voix pressante.

Cassandra toussa. Un peu de sang jaillit sur ses lèvres et se mêla à la mousse.

— Pour qui travaillez-vous, Cassandra ? insista Kate.

En dépit de la souffrance qui déformait ses traits, Cassandra lui lança un regard méprisant.

— Peu importe. C'est trop tard… Vous allez tous mourir !

Elle voulut rire mais ne fit que tousser.

Montana se redressa et repoussa plus loin l'arme de Cassandra.

Pendant ce temps, Kate avait décroché le téléphone et composé le 911.

— Envoyez une ambulance à cette adresse ! dit-elle à l'opérateur. Une femme a été empoisonnée et est dans un état grave.

Lorsqu'elle eut raccroché, elle prit un coussin sur le canapé qui occupait un angle de la pièce et le plaça sous la tête de Cassandra que Montana maintenait toujours.

— Le poison auquel vous avez eu recours pour tuer Abusaid est très violent. Il est possible que vous n'y surviviez pas.

— Ça m'est égal… Je ne manquerai à personne, répondit-elle d'une voix tremblante et éraillée, signe que son état s'aggravait.

— Pourquoi continuer de protéger l'homme pour qui vous travaillez ? demanda Kate. C'est lui qui vous a fourni le poison ? Vous a-t-il expliqué que cette substance dangereuse à manipuler pouvait vous tuer ? Dites-moi son nom, Cassandra. Il ne doit pas rester impuni. Il aura causé votre mort…

Cassandra leva les yeux vers elle.

— C'est le seul homme qui m'a vue autrement que comme une criminelle…

Elle se mit à trembler violemment.

— Je suis la seule en qui il pouvait placer sa confiance.

Elle sourit et ferma les yeux.

— Le trahir ? Jamais… Sans lui, j'aurais passé presque toute ma vie derrière les barreaux. Lui, au moins, il m'a donné un but…

— Son nom, dites-le-moi, insista Kate.

Les yeux toujours fermés, Cassandra soupira.

— C'est votre pire cauchemar. Le juge, le jury et l'exécuteur…

Sa voix devenait plus faible, presque inaudible. Son souffle était désormais imperceptible.

Navrée, Kate jeta un coup d'œil à Montana. Elle plaignait cette femme, toute criminelle fût-elle. Personne ne méritait une mort si cruelle.

— Notre pire cauchemar ? répéta Kate. Qu'est-ce que ça signifie ?

— Il est partout…, murmura Cassandra d'une voix cette fois sans timbre.

Ses lèvres bougèrent encore après un instant, et Kate dut se pencher sur elle pour recueillir ses derniers mots.

— Vous n'avez encore rien vu…

12

Montana et Kate suivirent des yeux l'ambulance qui s'éloignait pendant que la police sécurisait la scène de crime. Les urgentistes n'avaient rien pu faire pour ramener Cassandra à la vie.

Le poison avait accompli son œuvre.

Kate avait contacté le QG de SOS afin de les informer des derniers événements. Becca allait se charger de fouiller le passé de Cassandra, dans l'espoir de découvrir quels avaient été ses liens et avec qui et, de là, peut-être découvrir l'identité de son commanditaire.

Quand la police s'en alla enfin, le silence retomba.

— Mica acceptera-t-elle d'aller à la banque ?

— J'irai volontiers à sa place, sous ses traits, dit Kate, mais je suis certaine qu'elle voudra voir le contenu du coffre.

— D'une façon ou d'une autre, il va falloir attendre demain matin, l'ouverture de la banque.

Lorsqu'ils quittèrent la demeure, Kate paraissait plongée dans ses pensées. Montana, lui, se sentait fatigué. La journée avait été très longue.

Il mit son casque et attendit que Kate monte devant, mais elle secoua la tête.

— Je préfère que ce soit toi qui conduises.

Sans émettre d'objection, il prit place à l'avant et attendit qu'elle s'installe derrière lui. Quand elle passa les bras autour de sa taille, il posa les mains sur les siennes et les serra brièvement. Aucun mot ne fut prononcé. Ce contact à lui seul suffit à renouer l'intimité.

Il démarra, sortit de la résidence et parcourut les rues de Washington avec la plus grande vigilance, veillant à ce qu'ils ne soient pas suivis.

En même temps, il songeait aux derniers mots de Cassandra. À quoi, à qui avait-elle fait allusion ? Qu'allait-il se passer de si terrible ? Où ? Et quand ?

Les dates et lieux encodés leur fourniraient-ils une réponse ?

Il arriva devant le bunker de SOS et retira son casque afin que le vigile puisse l'identifier. La porte s'ouvrit ; il entra.

À leur arrivée, seuls Becca et Quentin vinrent à leur rencontre.

— Les autres sont allés se coucher, expliqua Quentin.

— Mais ils savent déjà que Cassandra est morte empoisonnée, ajouta Becca.

Montana gara la moto, posa son casque dans l'armoire destinée à cet usage et y pendit sa veste en cuir.

— Comment a-t-elle réussi à entrer dans une résidence collective fermée et sécurisée, et, ensuite, à s'introduire dans la maison des Brantley ? demanda Quentin.

— Nous ne l'avons pas entendue entrer. Peut-être était-elle déjà sur place, répondit Kate.

— Était-elle au courant de votre venue ? Vous attendait-elle ?

— Je n'en sais rien..., dit Montana.

Il montra la clé du coffre.

— Voilà en tout cas ce qu'elle voulait.

— Et elle était présente sur les lieux précisément en même temps que vous ? insista Quentin tandis qu'ils se dirigeaient vers la salle d'informatique. C'est tout de même une drôle de coïncidence.

— Vous avez du nouveau ? demanda Montana à Geek dès qu'ils entrèrent.

— Possible... J'ai étudié le journal des appels de Trevor Brantley.

Geek lui montra son écran d'ordinateur.

— Voilà les numéros entrants et sortants les plus fréquents : celui de Mme Brantley et de sa fille Emily. Ces quatre autres numéros entrants reviennent aussi souvent. Sur les quatre, trois émanent de téléphones à carte. Le genre qu'on jette une fois qu'on en a épuisé le crédit. Le dernier a été émis du poste fixe d'un café.

— C'est sans doute celui où Trevor se rendait régulièrement, expliqua Montana.

— Exact. Je l'ai localisé et j'ai cherché à savoir s'il était équipé d'un système de vidéosurveillance. Malheureusement, il n'en a pas. En revanche, la droguerie qui se trouve en face en est doté, et offre une vue dégagée sur le café. J'en ai donc piraté le système.

Il montra un autre écran où s'affichait une image un peu floue.

— Voici les enregistrements des jours où Brantley a reçu des appels du poste fixe de ce café. Quinze minutes après avoir été contacté, il s'y rendait. Regardez, on le reconnaît bien, là.

Geek rembobina la vidéo.

— J'ai ensuite cherché à identifier qui était arrivé un peu avant que l'appel soit passé. Regardez.

Il pressa sur la touche « play », et la séquence se déroula. Plusieurs personnes entraient et sortaient. Puis un homme avec des lunettes de soleil et une casquette de base-ball arriva et entra dans le café.

— Comme il était le seul à porter des lunettes de soleil en dépit d'un temps nuageux et gris, je me suis d'emblée intéressé à lui, fit observer Geek.

Il zooma sur le visage de l'individu.

— J'ai d'abord constaté qu'il avait une marque au menton. Une fossette.

Geek zooma davantage.

— En fait, c'est une cicatrice.

Pour finir, il zooma sur l'écusson ornant la veste de l'inconnu. On y lisait « Washington Golf et Country Club ».

— J'aurais passé des jours à faire des recherches dans la base de données du country club, si Becca n'était pas arrivée à ce moment-là.

— Ce que Geek veut dire, enchaîna Becca, c'est que j'ai reconnu la veste, la cicatrice… et l'homme.

Elle poussa un gros soupir.

— C'était mon père…

Son regard, soudain, devint plus brillant, et elle se mordit la lèvre.

— Je lui avais offert cette veste pour son anniversaire, l'année dernière. Quant à cette cicatrice, elle vient d'une blessure lors d'un match de rugby à l'université. Conclusion : Trevor Brantley avait de fréquents rendez-vous avec mon père…

Quentin lui passa un bas autour de la taille et l'attira à lui.

— Brantley aurait donc collaboré avec Marcus Smith et Oscar Melton. Sans doute pour décoder les séries de chiffres, enquêter sur le trafic d'êtres humains à Cancún, et les meurtres en série qui nous intéressent, reprit Geek.

Montana se dirigea vers le tableau en vinyle où s'affichaient les noms, les dates, et traça un trait entre Brantley et les agents de la CIA.

— La question est de savoir ce qui relie toutes ces personnes.

— J'y travaille ! assura Geek. Je pense que nous avons tous les éléments sous les yeux. Il suffit de recomposer le puzzle.

Becca lui posa la main sur l'épaule.

— Vous devriez aller dormir, Geek.

— Impossible ! répondit-il en secouant la tête. Je suis trop excité. Autant continuer. Je veux comprendre !

Il pinça les lèvres.

— Pour Royce.

Becca regarda Lance qui, penché sur son ordinateur, était resté silencieux jusque-là.

— Et vous Lance ?

— Comme Geek, je veux en avoir le cœur net. Trouver le nom du responsable ! Pour le boss…

Lui et Geek échangèrent un regard, opinèrent, et se remirent au travail.

— Je peux vous assister dans vos recherches, proposa Montana.

Kate glissa sa main dans la sienne.

— Moi aussi !

— Non, c'est inutile, dit Geek. Il vaut mieux que vous alliez vous coucher. Vous avez eu une dure journée.

Ils n'insistèrent pas et prirent congé. Montana conduisit Kate vers le bureau qui lui servait de chambre.

— Tu as besoin d'aide pour retirer ta perruque ?

Elle secoua la tête.

— Ça va aller. Mais je pourrais avoir besoin d'aide pour déplier le canapé-lit. Et de compagnie…, ajouta-t-elle avec un sourire en coin. Comme convenu, ce matin…

Il lui fit un clin d'œil.

— À tout à l'heure.

Alors qu'il se dirigeait vers le dortoir des Seals, Becca l'intercepta.

— Montana, tu as une minute ?

— Oui.

Elle le conduisit dans son bureau dont elle ferma la porte.

— Kate et toi, vous semblez faire une bonne équipe, commença-t-elle après une hésitation.

— Oui. Elle est intelligente, courageuse mais aussi très prudente. Tant dans ses décisions que dans ses rapports à autrui, d'ailleurs.

— Et sa prudence a une raison : elle a connu une déconvenue sentimentale avec son précédent équipier.

Becca rougit et posa la main sur son bras.

— Écoute, je sais que tu es quelqu'un de bien, Montana, mais je me fais du souci pour Kate. Cette histoire avec Alex a failli détruire sa carrière et a sérieusement ébranlé sa confiance dans les hommes.

— Je ne suis pas cet Alex ! riposta Montana froidement.

— Je sais. Mais tu pourrais toi aussi lui briser le cœur.

— Je ne connais Kate que depuis deux jours. Quand nous aurons terminé cette mission, je rentrerai dans le Mississippi, et elle reprendra son travail à Washington DC dit-il, le cœur serré à cette pensée.

— Justement. Votre collaboration est professionnelle et doit le rester.

Elle soupira.

— Bref, ne promets pas la lune à Kate si tu n'as pas l'intention de la lui donner…

Il se tourna vers la porte pour sortir puis se ravisa.

— Combien de temps t'a-t-il fallu avant de te comprendre que tu étais amoureuse de Quentin ?

Becca rit.

— Qui a dit que j'étais amoureuse de ce séducteur patenté ?

Montana la dévisagea sans sourire. Elle rougit.

— D'accord. Je l'aime…, admit-elle avant de pousser un long soupir. Je l'ai su dès le jour où il m'a sortie de ce bayou infesté d'alligators dans le Mississippi. Moins d'une semaine après notre première rencontre. J'aurais pu le savoir plus tôt, si je n'avais décidé de ne pas tomber amoureuse de lui ! Mais à la différence de Kate, je n'avais pas été cruellement trahie par un autre homme. Kate est vraiment fragile.

Montana éclata de rire.

— Kate, fragile ? Tu parles tout de même d'une femme capable de plaquer un homme à terre et de conduire une Ducati !

— Je n'ai jamais dit qu'elle était fragile sur le plan physique !

Elle marqua une pause, cherchant ses mots, puis reprit.

— J'imagine tu n'as pas envie d'être l'intermédiaire.

— L'intermédiaire ? Que veux-tu dire ?

— Je veux parler de relation rebond. Ou de relation sparadrap. Une femme qui a subi une déconvenue amoureuse retombe vite amoureuse pour chercher à combler le manque. C'est une relation temporaire, vouée à l'échec.

— Tu as des statistiques ?

Becca secoua la tête.

— Non.

— Alors pour ton information, Becca. Le premier mari de ma mère est mort suite à une chute fatale, lors d'un rodéo. Peu après, elle a rencontré et épousé mon père.

Il riva son regard à celui de Becca et acheva.

— Ils sont toujours mariés, et amoureux comme au premier jour. Donc, ta théorie n'est pas fiable. De plus, j'apprécie vraiment Kate. Elle est désirable, intelligente et géniale. Jamais je ne lui briserai le cœur !

Mais elle pourrait briser le mien, songea-t-il.

Becca lui adressa un bref sourire.

— C'est tout ce que je voulais entendre. Ne m'en veux pas, Montana. Kate est mon amie, c'est normal que je m'inquiète pour elle.

Bien qu'irrité contre elle, il comprenait que c'était

uniquement par amitié pour Kate qu'elle avait engagé cette conversation.

— Alors merci d'être l'amie de Kate.

Sur ces mots, il sortit et se rendit dans le dortoir des Seals. Il prit une chemise et un caleçon propres, puis alla se doucher. Tout en se lavant, il décida qu'il ne rejoindrait pas Kate dans le petit bureau qu'elle occupait pour la nuit.

Il fallut plus de temps à Kate qu'elle l'aurait cru pour se débarrasser de sa perruque et de son maquillage dans la petite salle d'eau de l'infirmerie. Quand elle revint dans sa chambre de fortune en ayant retrouvé son apparence, il était presque 2 heures du matin. Elle découvrit que le canapé avait été déplié pendant son absence.

Mais Montana n'était pas resté.

Une vive déception l'envahit. Elle avait tellement espéré passer cette nuit avec lui, au creux de ses bras… Après toutes les péripéties qu'ils venaient de vivre, les coups de feu, le poison et la fuite, elle voulait… Non, elle avait besoin d'être étreinte.

Malgré sa déception, elle résista au désir d'aller le trouver pour lui demander pourquoi il s'était dérobé. Peut-être était-il simplement épuisé ? Mal résignée, elle se coucha et, se sentant plus seule qu'elle ne l'avait jamais été, se pelotonna sous la couette. Puis une pensée horrible lui vint, qui la fit se redresser brusquement. Montana avait-il été déçu par ses prouesses sexuelles ? Essayait-il de lui faire comprendre que, tous les deux, c'était terminé ?

Elle se laissa retomber sur son matelas avec une grimace de dépit. C'était étrange… La nuit dernière, elle n'avait pas remarqué que ce canapé-lit était aussi inconfortable. En fait, les caresses et les baisers de Montana avaient dû le lui faire oublier.

Comme il lui manquait ! songea-t-elle en soupirant. C'était insensé… Elle ne devait pas tomber amoureuse d'un Seal ! Elle avait sa vie à Washington, elle était agent de la CIA. Montana était quant à lui stationné dans le Mississippi et souvent en mission dans les contrées les plus dangereuses du monde. Il faudrait qu'elle soit complètement stupide pour s'éprendre d'un homme dont tout la séparait ! Et lui serait tout aussi insensé s'il s'éprenait d'elle !

Malgré tout, ses ruminations la tinrent éveillée au cours des heures suivantes. À la fin, épuisée, elle sombra dans un sommeil agité où elle rêva d'empoisonnements, de trahisons, et de ruptures sentimentales.

Lorsqu'elle se réveilla, aux petites heures du jour, elle se sentait plus fatiguée qu'au moment de se coucher. Mais au lieu de rester au lit et d'essayer de se rendormir, elle se leva, s'habilla en vue d'aller faire un jogging, avec une pensée reconnaissante pour Becca qui avait fait porter ses effets personnels au bunker.

La fraîcheur matinale lui ferait le plus grand bien, du moins lui ferait oublier Montana et l'obligerait à se recentrer sur sa mission.

— C'est ça… Et en plus, raconte-toi des histoires, marmonna-t-elle entre ses dents.

13

Montana avait passé la nuit à se tourner et se retourner dans son lit en espérant finir par s'endormir. En vain. Vers 6 heures, il renonça. Il se leva, s'habilla et partit faire son jogging après avoir averti Lance de son échappée sportive.

Quelques minutes plus tard, il descendait la rue et se dirigeait vers le West Potomac Park, pressé de découvrir ses berges et de respirer un peu dans la verdure.

Quand il l'eut atteint, il courut longtemps. Mais il avait beau courir, et vite, il n'arrivait pas à distraire ses pensées de Kate. Il eut l'impression d'halluciner quand il vit une femme avec sa chevelure blonde et sa silhouette élancée non loin devant lui.

Le cœur battant, il décida de la rejoindre, puis se ravisa. Et s'il courait après une parfaite inconnue ? Que se passerait-il s'il l'accostait ? Elle hurlerait, appellerait peut-être la police et l'accuserait de harcèlement.

Il s'arrêta pour souffler un instant lorsque la femme devant lui se retourna.

C'était bien Kate.

Le sang battant à ses tempes, il se remit à courir pendant que Kate sortait du parc et s'apprêtait à traverser la rue.

Elle ne l'avait pas vu, songea-t-il en se précipitant. Le feu venait de passer au rouge lorsqu'il atteignit le croisement. Il l'ignora et traversa sans prêter attention au concert de klaxons.

Alertée par le bruit, Kate regarda par-dessus son épaule dans sa direction, le vit et trébucha. Elle se redressa et continua de courir, redoublant même de vitesse.

Résigné, il se dit qu'il avait bien mérité son hostilité. La nuit dernière, elle l'avait invité à partager sa couche, mais il s'était contenté de déplier le canapé-lit et avait regagné sa chambre avant qu'elle ne sorte de sa douche. Sa conversation avec Becca l'avait fait beaucoup réfléchir. Il savait que, s'il voyait Kate, il faiblirait et resterait passer la nuit auprès d'elle.

Peut-être valait-il mieux éviter cela.

Quoi qu'il en soit, maintenant, il voulait s'expliquer. De plus, il n'acceptait pas qu'elle l'évite et l'ignore si ostensiblement.

Il courut plus vite.

En arrivant en vue du bunker SOS, il avait les poumons en feu et dut ralentir. Puis, soudain, il renonça. Après tout, si Kate n'avait pas envie de le voir et de lui parler, tant pis pour lui.

Au même moment, elle cessa de courir, se pencha, et posa les mains sur ses genoux en prenant de longues inspirations.

— Si c'est une course, tu l'as gagnée, lui dit-elle hors d'haleine, lorsqu'il l'eut rejointe.

— Désolé…, fit-il.

— Désolé pourquoi ?

— Parce que je ne t'ai pas attendue comme convenu, hier soir.

Elle se redressa et haussa les épaules.

— À quoi bon ? Je t'avais demandé de m'aider à déplier le canapé-lit, tu l'as fait, merci.

Comme elle lui tournait le dos pour entrer dans le bunker, il lui saisit le bras et l'obligea à faire volte-face.

— Je ne suis pas resté parce que je ne voulais pas profiter de toi, Kate.

Elle se dégagea.

— C'est de la logique masculine ?

Il se passa la main dans les cheveux.

— Non, de la perplexité… Parce que je ne sais pas où tu en es. Ce que tu veux…

— Ce que je veux ? Hier soir, je t'ai demandé de m'aider à déplier un canapé-lit, comme la veille, pour passer la nuit avec toi. On était d'accord, c'était sans ambiguïté.

Sur ces mots, elle entra dans le bunker. Montana la suivit.

— Écoute, je sais que tu as subi une lourde déception amoureuse et je ne veux pas en payer les pots cassés.

Elle se figea et se retourna lentement, en secouant la tête.

— Parce que tu crois que je me sers de toi pour faire le deuil de cette histoire ? Figure-toi que j'ai depuis longtemps oublié cet homme ! Pour tout te dire, j'ai désormais la certitude de ne l'avoir jamais aimé. Je me suis méprise sur mes sentiments… J'ai confondu amour et emballement. Tu as peur que je tombe amoureuse de toi ? Ce n'est pas parce que nous avons couché ensemble que je veux passer le reste de ma vie avec toi ! On a seulement passé un peu de bon temps. Il n'y a rien de répréhensible à ça, d'autant qu'on s'entend plutôt bien sur le plan physique.

Le cœur de Montana se serra.

— Ah. C'est tout ? Pour toi, c'est juste une aventure ?

— Oui ! Car quand cette mission sera terminée, tu iras ton chemin et moi le mien. Sans larmes ni regrets. Après tout, on se connaît à peine, toi et moi.

— Le problème, c'est que je ne suis pas le genre d'homme à accumuler les aventures ! répliqua-t-il. Tu ne veux peut-être pas tomber amoureuse, mais moi, je le veux !

Il lui prit les poignets et l'attira à lui.

— Je pensais que nous avions une connexion qui allait

au-delà de notre incroyable entente physique. Hier soir, j'avais très envie de passer la nuit avec toi et de te faire l'amour. Mais tu sors d'une déception amoureuse, tu es fragile… J'ai voulu te laisser du temps. J'aime t'embrasser, te serrer dans mes bras. J'aime être avec toi. Tu es une femme exceptionnelle avec qui je ne veux pas seulement avoir une aventure pendant une mission, dans le feu de l'action !

N'y tenant plus, il lui donna un baiser passionné, à lui couper le souffle. Puis il recula rapidement et resta bras ballants.

— Voilà comment je suis Kate. Entier.

Elle noua les bras autour de son cou et posa un doigt sur sa bouche.

— Chut ! fit-elle.

Puis elle l'embrassa à son tour, avec la même ardeur, après quoi elle le lâcha, et s'éloigna sans autre forme de procès.

Resté seul, il la suivit des yeux en secouant la tête.

— Décidément, je ne comprendrai jamais rien aux femmes…

Lorsque Kate se fut douchée et habillée, elle avait les idées un peu plus claires, mais elle restait ébahie par l'aveu de Montana.

Il voulait tomber amoureux !

Les hommes aussi séduisants ne voulaient en général que des liaisons. Du sexe et rien d'autre. Dès le début, cependant, elle avait su d'instinct que Montana était différent.

Droit. Intègre. Respectueux. Entier…

Elle revint à la réalité, et sauta le petit déjeuner pour se précipiter dans la salle de conférences où Geek et Lance étaient installés devant leurs ordinateurs. Si elle en jugeait d'après leurs traits tirés, ils n'avaient pas dormi de la nuit.

Geek lui jeta un coup d'œil.

— Ah, Kate ! Ravi de vous voir. Où est le reste de la bande ?

Becca arriva au même instant.

— Les autres me suivent, annonça-t-elle.

— Parfait. Parce j'ai du neuf !

Les six Seals, Sam Russell et Natalie entrèrent.

— Tout le monde est là, sauf Fontaine et Tazer. Montrez-nous ce que vous avez découvert ! dit Becca sans chercher à cacher son impatience

— Nous savions qu'il existait une connexion entre toutes les personnes dont le nom figure sur ce tableau, commença Geek posément. Seulement, nous n'arrivions pas encore à déterminer laquelle.

Sur ces mots, il tapa sur son clavier. L'écran afficha Abusaid au milieu d'un groupe d'Occidentaux. Un drapeau américain s'affichait en arrière-plan.

— J'ai fait des recherches sur Abusaid, et j'ai découvert cette photo qui a été prise il y a environ trois ans, à l'ambassade des États-Unis à Kaboul. Abusaid travaillait déjà comme médiateur entre les Afghans et les Américains. C'est à ce moment qu'il y a eu une explosion devant cette ambassade. Plusieurs personnes ont trouvé la mort, dont cet homme.

Geek indiqua la personne à côté de Abusaid.

— Il s'appelait Patrick Skinner.

Montana secoua la tête.

— Qui était Patrick Skinner ?

— Je me suis évidemment posé cette question dès que je l'ai identifié, reprit Geek. Mais j'ai aussi continué à m'intéresser à Abusaid, et j'ai découvert qu'il avait fait un déplacement au Mexique.

Il montra une photo où Abusaid se tenait devant un grand bâtiment.

— Il est devant le Parlement mexicain. Et on le voit de nouveau là, dans un hôtel de luxe de Cancún, en train de saluer des officiels mexicains. Rien que de très banal, mais si vous observez bien l'arrière-plan, vous allez reconnaître un homme.

— Carmelo DeVita…, murmura Montana.

— Le baron de la drogue mexicain ? fit Kate en se penchant sur l'écran.

— Oui. Et pas seulement. Vendeur d'armes, trafiquant d'êtres humains… Abusaid aurait donc été impliqué dans les activités de Carmelo DeVita ? soliloqua Montana.

— Oui : il l'est ! Et j'en ai eu la confirmation. Il y a eu des virements bancaires internationaux entre le compte de DeVita et celui d'Abusaid. Et, enfin, il y a eu des transactions entre le compte d'Abusaid et un compte en Suisse au nom de Patrick Skinner.

— Qui est Patrick Skinner ? demanda Duff qui venait d'entrer.

— C'est là que ça devient intéressant ! s'exclama Geek qui s'animait.

Toute trace de fatigue avait disparu de son visage.

— Patrick Skinner était le fils d'Angela et de Thomas Skinner, multimillionnaires. Lorsqu'elle a épousé Thomas Skinner, Angela avait déjà un enfant. Elle a aussi apporté, dans la corbeille de mariage, une fortune considérable issue du holding de son premier mari. Vous avez peut-être déjà entendu son nom : Angela Preston Carruthers Skinner.

— Carruthers…, répéta Montana. Comme Nigel Carruthers qui a été si grossier, hier soir, à l'égard de Kate ?

— Enfin, de Mica Brantley. Il pensait parler à Mica, rectifia Kate.

Elle s'approcha du tableau en vinyle et y écrivit les noms de Patrick Skinner et de Nigel Carruthers qu'elle relia aux autres.

Trevor Brantley et Carruthers.

Carruthers et Skinner.

Skinner et Abusaid.

Abusaid et DeVita.

— Nigel Carruthers serait donc la clé, la pièce manquante, l'homme qui relie tous les événements ?

Un frisson parcourut Kate qui regarda en direction de Montana.

— L'homme qui a orchestré les meurtres en série ?

— Qui a engagé les assassins pour éliminer les agents de la CIA à Cancún ?

— Ce ne sont que des présomptions. Avons-nous des preuves pour le confondre ? intervint Sawyer.

Geek secoua la tête.

— Lance et moi avons travaillé toute la nuit, mais nous n'avons trouvé que des liens insignifiants entre Nigel Carruthers, Trevor Brantley et Patrick Skinner. Nous n'avons pas relevé de mouvements entre leurs comptes en banque respectifs.

— En revanche, il y a trois ans, le compte de Carruthers était particulièrement bien approvisionné, souligna Lance. Ce qui n'est plus le cas maintenant.

— À un moment donné, il y aurait donc pu y avoir des mouvements entre les comptes de Carruthers et Carmelo DeVita ? demanda Kate, sentant l'excitation monter.

— Encore une fois, ce ne sont que des hypothèses, leur fit remarquer Geek.

— Il faut absolument découvrir ce que contient le coffre-fort de Mica Brantley ! dit Montana en sortant la clé.

— Je suis d'accord, intervint Mica qui entrait. Duff m'a raconté ce qui était arrivé quand vous étiez chez moi. Je suis soulagée que vous et Kate alliez bien.

Elle lui tendit la main, et Montana lui donna la clé.

— Si vous voulez, je peux me rendre avec vous à la banque, proposa Kate avec sollicitude.

— Non, fit Mica qui serra la clé au creux de sa main. Je ne me suis déjà que trop reposée sur vous, Kate.

Mica sourit et se redressa.

— En revanche, comme Rex est blessé, j'ai besoin que quelqu'un m'accompagne, pour ma sécurité.

— J'irai avec vous, madame Brantley ! dit alors Rex qui, justement, entrait.

Il était encore très pâle et ne semblait pas au mieux de sa forme.

— Merci, Rex. Votre loyauté vous honore, mais je tiens à ce que vous preniez du repos afin de vous rétablir au plus vite avant de reprendre du service. Dans l'immédiat, j'ai besoin de quelqu'un qui soit dans une forme physique optimale.

Comme Rex fronçait les sourcils, Mica se mit à rire.

— Ne vous faites pas de souci, Rex ! Je n'ai pas l'intention de vous remplacer. Je vous apprécie trop pour cela.

Elle reporta son attention sur Montana.

— J'aimerais que ce soit vous qui m'accompagniez à la banque. Dois-je faire venir ma voiture ?

Montana sourit.

— Ça vous ennuie si nous y allons à moto ?

14

Mme Brantley n'était jamais montée sur une moto. En dépit des explications de Montana, elle ne comprit pas qu'elle devait épouser les mouvements des courbes et ne surtout pas faire contrepoids.

Le directeur de la banque, M. Carmichael, les conduisit au sous-sol où se trouvait la salle des coffres. Mica Brantley avait insisté pour que Montana les accompagne.

Arrivés là, Mica et le directeur glissèrent chacun leur clé dans une serrure pour ouvrir le coffre.

— Prenez tout le temps nécessaire, madame Brantley, dit-il en sortant. Quand vous aurez terminé, utilisez l'Interphone pour me le faire savoir.

— Merci, fit-elle, avant de porter son attention sur le contenu de son coffre.

Elle sourit à Montana.

— Mon mari ne jurait que par l'épargne et les investissements solides, lui confia-t-elle en sortant des actifs et titres en Bourse. C'est sans doute naturel pour un homme qui a toute sa vie effectué des investissements financiers pour des personnes très fortunées.

Elle s'interrompit et se mordilla la lèvre en sortant un écrin de velours.

— Oh ! Je pensais qu'il l'avait vendue depuis fort longtemps…

— Qu'est-ce que c'est ? demanda Montana.

Mica ouvrit l'écrin qui renfermait un modeste diamant.

— Ma première bague de fiançailles, murmura-t-elle avec émotion. Trevor avait dû emprunter pour l'acheter… Quand il a commencé à gagner plus d'argent, il m'a acheté ce diamant qu'il lui a substitué.

Elle tendit la main, et Montana vit, à son annulaire, un diamant d'au moins trois carats.

— Je n'ai jamais dit à Trevor que je préférais l'original. Il était tellement fier d'être assez riche pour m'offrir ce beau bijou…

Mica reposa l'écrin et prit les documents. Des actions et des obligations. Puis une grande enveloppe, dont elle sortit deux feuilles de papier. Elle tendit la première à Montana.

— On dirait des numéros de coffres… En Suisse ?

Montana parcourut la liste pendant que Mica consultait le deuxième document.

Un silence tomba. Constatant qu'il se prolongeait, Montana jeta un coup d'œil à Mica. Son cœur se serra quand il vit les larmes qui coulaient sur ses joues. De plus, elle était secouée de tremblements silencieux.

Il s'approcha et posa la main sur son épaule.

— Que se passe-t-il ?

Pour toute réponse, elle lui tendit la feuille de papier puis porta la main à sa bouche tandis que ses larmes continuaient de couler.

Alors Montana lut.

Ma chère Mica,

Si tu lis cette lettre, c'est que je suis dans le coma ou que je ne suis plus. Dans ce cas, je ne puis répondre aux questions que tu te poses sans doute. Tu m'as toujours fait confiance pour gérer nos finances. J'espère avoir honoré cette confiance.

Je veux te dire à quel point je t'aime, à quel point je souhaite ton bonheur. Je ne veux pas que tu souffres, j'espère que, moi disparu, tu retrouveras le bonheur. Si cela signifie que tu retombes amoureuse, alors j'en suis heureux. Tu es la lumière de ma vie, tout ce dont j'ai pu rêver chez une femme et compagne de vie.

Prends soin de toi, continue de bien aimer Emily, comme tu l'as toujours fait, comme une mère. Elle a tellement besoin de toi ! Dis-lui que je l'aime. Tu es, pour toujours, au fond de mon cœur.

Je t'aime,

Trevor

P-S : Les numéros de comptes que tu trouveras également dans cette enveloppe indiquent mes investissements les plus lucratifs. Ce sont des comptes en Suisse. J'ai épargné en prévision des mauvais jours. Je suis rassuré : il y a assez d'argent pour que tu n'aies aucun souci d'argent jusqu'à la fin de ta vie.

Sans mot dire, Montana serra Mme Brantley éplorée dans ses bras. Elle pressa son visage contre sa chemise et sanglota longtemps.

— Je suis désolée, murmura-t-elle lorsqu'elle se fut calmée.

— Non, il ne faut pas…

— Je n'ai pas versé une larme depuis que j'ai appris la mort de Trevor. Je me suis projetée dans mon désir de retrouver Emily et de la ramener à la maison.

Elle se remit à pleurer.

— Tout espoir n'est pas perdu, dit-il. Nous avons une piste, maintenant. Elle nous mènera peut-être jusqu'à votre belle-fille.

Mica hocha la tête.

— Nous devrions emporter le papier avec les numéros de comptes en Suisse, reprit-il. C'est sans doute ce que Cassandra recherchait.

Montana l'aida à remettre les autres documents dans le

compartiment. Mica garda l'écrin avec l'enveloppe, et se dirigea vers l'interphone.

— Nous sommes prêts, annonça-t-elle.

Un instant plus tard, la porte s'ouvrit.

Le retour au bunker SOS se déroula sans encombre. Rex les attendait dans le parking souterrain. Il accueillit Mica toujours éplorée avec la plus vive sollicitude.

Montana gara la moto puis gagna la salle de conférences, le cœur lourd, tendu, mais prêt à passer à l'action.

— Ça s'est bien passé ? lui demanda Kate.

— Avec des larmes, répondit-il. Trevor Brantley vouait un amour immense à sa fille et à sa femme. Elle vient d'en avoir de nouveau la preuve.

— Pauvre Mica…

Il vit le regard de Kate s'embuer.

— Et maintenant ? Qu'est-ce qu'on va faire ? reprit-elle dans un murmure.

— On va s'intéresser de près à Nigel Carruthers.

— En clair ?

— Fouiller sa vie, ses activités professionnelles, etc.

— Et, par conséquent, s'introduire chez lui… Sans autorisation, c'est passible de prison, non ?

— Ça ne me fait pas peur ! Si cet individu est le commanditaire des meurtres en série, et le ravisseur d'Emily, il faut mettre un terme à ses agissements avant qu'il ne fasse de nouvelles victimes !

— Quand partons-nous ? demanda Duff qui s'était approché.

— Dès que nous aurons ses adresses : privée et professionnelle.

Geek pressa sur une touche de son ordinateur, et l'imprimante se mit en marche.

— Je vous imprime l'adresse du domicile de Carruthers à Alexandria.

Montana ne put s'empêcher de sourire.

— Déjà ? Tu es incroyable ! Surtout, rien ne te résiste…

— Si, le tennis ! répliqua Geek avec un clin d'œil avant de reporter son attention sur son écran.

Duff lui posa la main sur l'épaule.

— Toi et Lance, vous devriez prendre un peu de repos. Vous devez être alertes et vigilants, d'autant que nous repartons en opération chez Carruthers.

Geek opina.

— Je vais aller prendre une douche et dormir quelques heures. Quand aura lieu cette nouvelle opération ?

Montana étrécit le regard alors que sa résolution s'affermissait.

— Ce soir !

Kate passa la journée devant les ordinateurs, étudiant les recherches que Geek avait initiées automatiquement avant de quitter son poste. Chaque fois que l'écran affichait un résultat, elle vérifiait si l'information était pertinente ou non. Une autre application tournait aussi en amont, proposant des mots de passe pour accéder aux autres comptes en banque, privés et professionnels, de Nigel Carruthers.

En prévision de la mission de reconnaissance prévue chez Carruthers dans la soirée, elle avait sorti son HK40. Elle le monta, le démonta et le remonta à quatre reprises. Puis elle le nettoya, le graissa et, enfin, le logea dans un holster d'épaule.

À un moment donné, Becca se pencha par-dessus son épaule pour poser une tasse de café devant elle. L'arôme monta aux narines de Kate qui inhala profondément.

— Tu as deviné mes pensées ! lui dit-elle en souriant.

— Tu as revu Mica ?

— Non. Pas depuis qu'elle est revenue de la banque…

— Tu as lu la lettre que lui a laissée Trevor ?

Kate hocha la tête. Chaque fois qu'elle y pensait, sa gorge se serrait.

— Nous retrouverons Emily ! lâcha-t-elle avec détermination.

— Mica a déjà dépensé une fortune en recherches… Qu'est-ce qui te fait penser que nous avons des chances ?

— Le fait qu'elle ait négligé Washington, où se trouvait Cassandra Teirney, et où vit Carruthers. Elle a fui la capitale depuis la mort de Trevor, expliqua Kate en soupesant son arme. Et je pressens que c'est à Washington qu'Emily se trouve.

Elle soupira.

— Emily a été enlevée il y a des semaines. Je n'ose pas imaginer ce qu'elle a enduré…

Becca hocha la tête.

— Moi non plus…

Elle hésita, puis reprit.

— Écoute, Kate, je ne veux pas que Mica reste seule ce soir, dit-elle posément.

Kate dévisagea son amie et lut l'inquiétude dans son regard.

— Pourquoi ?

— Je crains qu'elle se rende chez Nigel Carruthers de sa propre initiative et commette des imprudences. Sans Rex ou sans garde du corps.

— Alors que proposes-tu ?

— Que tu ne la quittes pas d'une semelle.

— Pourquoi pas Rex ?

— Il souffre encore beaucoup. Mica a insisté pour qu'il prenne des analgésiques ; il va sans doute dormir toute la journée et cette nuit.

— Et Geek ? Lance ?

Kate n'avait pas la moindre envie de rester au bunker, auprès de Mica, pendant que tout le monde serait sur le terrain.

— Geek va diriger cette nouvelle opération depuis la salle d'informatique, expliqua Becca. Lance et moi, nous serons dans une camionnette banalisée.

Elle sourit.

— Et c'est moi qui conduis, précisa-t-elle.

Sachant maintenant qu'elle resterait confinée au bunker ce soir, Kate soupira et regarda son arme avec regret.

— C'est donc moi qui vais devoir rester... Pourquoi moi ?

— Je pense que Mica appréciera mieux la compagnie d'une femme.

— Et Tazer ? hasarda Kate avec espoir.

— Impossible, Kate, répondit Becca en secouant la tête. Elle refuse de quitter le chevet de Royce. Elle craint toujours pour sa vie... Même si nous sommes pratiquement certains que c'est par accident qu'il a été empoisonné, en ramassant le gant de Cassandra.

Becca lui posa la main sur l'épaule.

— Tu as été le sosie de Mica. Tu as été dans sa tête, tu sais ce qu'elle pense.

Bien que répugnant à l'admettre, elle était en effet la plus à même de tenir compagnie à Mica. Et si cette dernière envisageait de se rendre chez Nigel Carruthers bille en tête, elle parviendrait à l'en empêcher.

— Donc tu restes ? demanda Becca, manifestement pour la forme.

— Je crois que je n'ai pas le choix, répondit Kate avec un soupir.

Les six Seals et l'agent SOS Sam Russell préparèrent l'opération pour s'introduire chez Carruthers. Geek et Lance seraient responsables de la logistique, de la communication et de la sécurité.

En fin d'après-midi, Geek avait réussi pirater le système de sécurité du domicile de Carruthers qu'il désactiverait au moment où les Seals pénétreraient chez lui.

Les hommes, tous vêtus et chaussés de noir, étaient de plus cagoulés et armés. Kate assista à leurs préparatifs, avec envie.

— Souvenez-vous, leur rappela Sam Russell avant le départ. Vous n'êtes pas en mission à l'étranger, et nous ne sommes pas non plus dans un pays en guerre. Si jamais on découvre nos agissements, nous devrons faire face à nos responsabilités ; prison pour entrée avec effraction sur une propriété privée. Que ceux qui veulent renoncer le disent maintenant. Une fois que nous serons en route, ce sera trop tard.

Le silence accueillit ces propos.

— Qui sait si nous ne retrouverons pas Emily à l'issue de cette opération ! dit seulement Sam.

Les Seals et Sam montèrent dans la camionnette banalisée qui les déposerait non loin de chez Nigel Carruthers.

Kate retint Montana.

— Quand tu reviendras, il faudra qu'on parle, dit-elle après une hésitation.

Elle aurait voulu en dire davantage, mais ce n'était pas le moment. De plus, les autres les observaient avec intérêt.

— D'accord ?

— D'accord.

Elle allait s'éloigner quand il la prit par le bras, l'attira à lui et l'embrassa. Le baiser fut bref mais plein de feu et de promesses.

Quentin, Sawyer et Duff, Hunter et Rip, aux premières

loges, sifflèrent et plaisantèrent lorsqu'il monta et referma la portière.

Kate suivit la camionnette des yeux. Elle ne connaissait Montana que depuis deux jours mais, à l'évidence, elle était amoureuse de lui.

Non, elle l'aimait.

À la pensée qu'il allait risquer sa vie au cours des heures à venir, elle frémit. De nouveau elle regretta de ne pouvoir participer à cette opération.

Mais Mica, livrée à son chagrin et inconsolable depuis son retour de la banque, ne méritait pas de rester seule.

Désœuvrée, elle retourna dans la salle de conférences où Geek vérifiait que les oreillettes des participants à l'opération fonctionnaient bien. Quand Montana le lui confirma, Kate sourit en entendant sa voix et sentit même son pouls battre plus vite.

Il reviendrait dans quelques heures. Ils parleraient, passeraient même la nuit ensemble. Ils parleraient d'eux. De leur relation. De son avenir…

Au bout d'un petit moment, elle partit à la recherche de Mica. Rex, assommé par les médicaments, dormait profondément dans le dortoir des hommes.

Elle trouva Mica dans la petite cuisine, attablée devant un café, occupée à relire la lettre que son mari lui avait laissée.

Après s'être servi une tasse, elle s'assit en face d'elle.

— Il m'aimait vraiment…, murmura Mica.

— Oui, il vous aimait. J'espère être aimée un jour avec cette intensité…

Mica leva vers elle ses yeux rougis par les larmes.

— Jusqu'à maintenant, je n'avais jamais pensé à ce qu'allait être ma vie sans Trevor.

Cette fois, Kate ne sut que répondre. Faute de mots, elle tendit la main et la posa sur celle de Mica.

— Il me manque…, souffla Mica.

— Je sais ce que vous ressentez... Je n'ai plus mon père. Lui et moi étions proches, commença Kate lentement. Je ne pouvais imaginer ma vie sans lui ; il était mon roc. J'étais convaincue qu'il serait toujours là pour moi. Quand il est mort brutalement, j'ai dû réapprendre à vivre. Ou, plus exactement, apprendre à vivre sans lui. Il m'a fallu beaucoup de temps pour retrouver mon équilibre.

Mica soupira.

— Comment avez-vous fait ?

Kate sourit et haussa les épaules.

— Je ne sais pas... Ce que je sais, c'est que je pense sans cesse à lui.

Elle posa la main sur sa poitrine et ajouta :

— Je le porte dans mon cœur. Avec les souvenirs, bons et moins bons.

Il y eut un silence pendant lequel Mica but son café, le regard perdu dans le vide.

— Je vais aller m'allonger, dit-elle lorsque sa tasse fut vide. Venez m'avertir s'il se passe quelque chose.

— Promis.

Kate se leva, alla poser leurs tasses dans l'évier, puis accompagna Mica jusqu'à sa chambre.

— Si vous avez besoin de quoi que ce soit, n'hésitez pas. Je suis là, à votre disposition.

Mica sourit.

— Merci. Vous êtes vraiment très gentille. Pourtant, vous ne me connaissez même pas.

— Je regrette de ne pouvoir en faire davantage.

Le regard embué, Mica la serra dans ses bras puis se retira dans sa chambre.

Attristée, Kate retourna à la cuisine pour laver les tasses puis alla dans la salle de conférences. Geek observait son écran où s'affichaient des points verts signalant la position des Seals et de Sam.

— Ils sont sur la propriété de Carruthers. Ils se dirigent vers sa maison.

Kate se pencha, le pouls plus rapide. Que n'aurait-elle donné pour être aussi sur le terrain !

Geek pressa sur une touche de son clavier.

— Carruthers n'est pas chez lui. Je viens de désactiver le système de sécurité de la maison.

Il renversa dans son siège.

— Maintenant, ils vont entrer, chercher d'éventuels indices.

Il secoua la tête.

— J'espère que tout se passera bien…

Tendue, Kate s'assit à côté de lui. En silence, ils regardèrent la progression des points verts sur l'écran.

Un bruit derrière elle la fit sursauter. Elle se retourna. Pâle, les yeux écarquillés, Mica se tenait sur le pas de la porte.

Inquiète, Kate se leva vivement.

— Que se passe-t-il ?

Mica montra son téléphone portable.

— Le ravisseur… Il veut faire un échange. Emily contre les numéros de comptes en Suisse…

Une fois dans la maison, Duff et Sawyer montèrent à l'étage, tandis que Rip et Hunter restaient au rez-de-chaussée. Quentin et Sam Russell se rendirent dans les dépendances et les garages attenants. Quant à Montana, il descendit dans la cave.

La porte donnant sur l'escalier conduisant au sous-sol était fermée à clé. Montana sortit son couteau suisse et sélectionna le poinçon pour la déverrouiller. Après quelques essais infructueux, un déclic signala l'ouverture. Il baissa les binoculaires de vision nocturne adaptées à son support de tête et descendit. Une marche craqua. Il se figea un instant, puis reprit sa descente. En bas, il marqua une nouvelle pause, regarda autour de lui, et alluma son stylo lampe.

La cave, au plafond bas, avait une superficie équivalente à celle du rez-de-chaussée. Elle était principalement occupée par des casiers à bouteilles vides tapissés de toiles d'araignée, et par des caisses contenant des vêtements vintage et divers objets des années 1960 ou 1970.

Rien d'intéressant a priori, mais il poursuivit ses recherches. Il éclaira les casiers à bouteilles, cherchant dans le mur une éventuelle issue secrète. Mais il ne vit que poussière et toiles d'araignée. Il commençait à sentir la déception le gagner quand il repéra des empreintes de doigts manifestement récentes sur l'épaisse couche de poussière de l'un d'eux.

Veillant à ne pas faire de bruit, il le déplaça, et l'adrénaline monta en lui lorsque, derrière, il découvrit une petite porte basse dotée d'un verrou et de plusieurs serrures. Quoi que Carruthers ait entreposé là, il voulait en garder le secret. Montana pressa l'oreille contre le battant, mais n'entendit rien. Avant d'ouvrir, il éclaira soigneusement la porte au cas où elle serait piégée.

Quand il fut certain que ce n'était pas le cas, il déverrouilla les serrures une à une avec son poinçon, en s'efforçant encore de faire le moins de bruit possible. Au bout de quelques minutes, il ouvrit, puis, l'arme au poing, entra.

Le souffle suspendu, il se figea, frappé par le silence oppressant qui régnait. Son pistolet dans une main, son stylo lampe dans l'autre, il inspecta la petite pièce occupée par un matelas avec une couverture à même le sol de béton. Dans un coin se trouvaient un seau, des bouteilles d'eau ainsi que des emballages de nourriture. Il avisa aussi, pendu à un crochet, un chemisier rose sale et un sweat-shirt à capuche Washington Redskins.

Il parla à voix basse dans le micro de son oreillette.

— J'ai trouvé le cachot où Carruthers séquestrait Emily.

Une minute plus tard, trois des six Seals avaient convergé vers la cave.

Montana prit des photos du chemisier et du sweat-shirt, pour que Mica confirme qu'ils appartenaient à Emily. Continuant leur investigation sans toucher à rien, malgré les gants qu'ils portaient, les Seals recueillirent quelques longs cheveux blonds sur la couverture. Montana était certain qu'un test ADN prouverait qu'il s'agissait de ceux d'Emily.

D'après les emballages encore récents, elle avait quitté ce cachot depuis peu de temps.

Ils remontèrent au rez-de-chaussée, puis tous sortirent de la maison.

— Il faut maintenant avertir la police, dit Montana dans son micro. Lance ? Tu as une idée de l'endroit où pourraient se trouver Carruthers et Emily actuellement ?

— Dans l'un de ses entrepôts, peut-être…

— Euh… Nous avons un problème, intervint alors Geek.

— Lequel ? demanda Montana soudain inquiet.

— Eh bien… Mica et Kate sont en route pour rencontrer Carruthers…

— Quoi ? fit Montana. Kate devait rester avec Mica au bunker !

— Oui, et elles étaient encore là il y a cinq minutes, mais elles sont parties en me demandant de leur laisser un peu d'avance avant de vous informer. Le fait est que Nigel Carruthers a appelé Mica et lui a proposé un échange : Emily contre les numéros des comptes en Suisse. Mme Brantley était censée y aller seule, mais Kate est partie avec elle. Elles ont pris la route à moto. Au moins avons-nous la certitude que la prisonnière de Carruthers était Emily…

Montana jura, tandis qu'il imaginait Kate fonçant dans la nuit, sûrement vers un piège.

Les Seals atteignirent l'épais mur de béton qui entourait

la propriété et le franchirent. La camionnette les attendait de l'autre côté.

Lorsqu'ils y furent montés, Montana regarda, par-dessus l'épaule de Lance, l'écran d'ordinateur et reprit à l'intention de Geek.

— Tu as muni Mica et Kate de balises GPS pour que nous puissions les géolocaliser en temps réel, j'espère ?

— Bien entendu ! répondit ce dernier. D'ailleurs, voici leur localisation actuelle.

L'écran de Lance clignota. Deux points verts apparurent sur le plan de Washington.

— Elles roulent en direction du Potomac ! expliqua Lance.

— On y va aussi ! s'exclama Becca, assise au volant.

Elle démarra et quitta Alexandria pour regagner la capitale.

— Elles longent le Potomac et se dirigent à l'endroit où le Potomac et le bras de l'Anacostia se rejoignent, les informa Lance.

— Carruthers a un yacht, indiqua Geek. À mon avis, Mica et Kate se dirigent vers James Creek Marina où il est amarré. Je contacte la police ?

— La police pourrait effectivement nous précéder sur les lieux, concéda Duff.

— Mica est censée arriver seule, objecta Montana qui n'aimait pas du tout le tour que prenait la situation. Contacter la police pourrait mettre Mica et Kate en plus grand danger.

Il regarda l'écran où s'affichait le plan des rues de Washington.

— Quelle est la marina la plus proche de l'endroit où nous nous sommes ?

Une image s'afficha sur l'écran de Lance.

— Là. À environ quatre kilomètres.

— On y va ! Nous atteindrons James Creek Marina plus vite par la rivière ! dit Montana. Et si Carruthers fait monter Mica et Kate à son bord, nous pourrons aussitôt le prendre en chasse.

— Et à ton avis, où on va trouver un bateau à une heure pareille ? demanda Duff.

Montana serra les dents et ne répondit pas. Duff soupira.

— Je crois que j'ai compris… Après une entrée par effraction d'un vol de hors-bord…

Puis il se redressa.

— Bon. Alors, qu'est-ce qu'on attend pour foncer, les gars ?

Becca n'avait pas attendu son injonction pour prendre la direction de la marina indiquée par Lance.

— Duff, Sawyer et Quentin, avec moi ! reprit Montana. Les autres, essayez d'atteindre James Creek Marina par la route, au cas où Carruthers tenterait de fuir en voiture.

Dès leur arrivée à la marina, Montana fut le premier à sortir de la camionnette. Il courut vers les quais, mais découvrit que leur accès était fermé par une clôture grillagée.

— Il nous faudrait un coupe boulons ou une pince-monseigneur, soliloqua Duff qui l'avait rejoint.

Montana secoua la tête farouchement. Chercher de quoi sectionner le grillage leur ferait perdre du temps. Mû par une impulsion, il se dévêtit et tendit ses vêtements, ainsi que son oreillette, à Duff.

— Je reviens avec un hors-bord !

— OK, fit Duff avec un soupir. Nous attendons ton retour avec la preuve de notre délit…

Montana plongea dans les eaux boueuses du Potomac et nagea en direction des bateaux, puis il se hissa sur le quai. Il chercha des yeux le hors-bord qui lui paraissait le plus rapide et qui lui semblait susceptible de transporter quatre hommes et y monta. Avant d'utiliser son couteau suisse pour forcer le démarreur, il fouilla dans la boîte à gants et, ensuite, derrière les sièges. La chance lui sourit : les clés du bateau étaient dans la caisse de rangement encastrée sous un banc. Quelques secondes plus tard, il avait largué les amarres et rebroussait chemin.

Son arrivée fut saluée par des acclamations discrètes, et les trois Seals montèrent à bord. Duff prit le relais pour piloter le bateau tandis que Montana se séchait avec son T-shirt, se rhabillait et remettait son oreillette pour rétablir la communication avec le QG et la camionnette.

— Où vont-elles maintenant ? demanda-t-il, frissonnant dans l'air froid.

— Elles se sont arrêtées à James Creek Marina, répondit Geek.

— La camionnette y sera dans un quart d'heure environ, répondit Montana. Quatre d'entre nous y vont par voie fluviale. Nous y serons dans cinq minutes.

— Message reçu ! dit Geek. Je vous informerai régulièrement de la position de Mica et de Kate.

Montana résista au désir de prendre la place de Duff mais, dans la SBT-22, Duff était le meilleur pilote. Il s'avança à la proue et fouilla la nuit des yeux pour repérer les éventuels autres bateaux. Le leur ayant ses feux de navigation, il espérait que la police fluviale ne les contrôlerait pas si elle se trouvait dans les parages.

— Vous devriez bientôt voir les lumières de Hains Point, lui annonça Geek.

En effet, il vit peu après la langue de terre qui séparait le Potomac du bras de l'Anacostia.

— À tribord, vous verrez Greenleaf Point ! l'informa ensuite Geek. James Creek Marina est juste au-delà.

— Bien reçu ! répondit-il, de plus en plus impatient car inquiet pour la sécurité de Mica et de Kate.

Il appréciait Mica, courageuse, dévouée à sa famille et généreuse. Quant à Kate…

Il en était fou amoureux. Il la conquerrait ! Certes, sa carrière dans la Navy rendrait leur relation difficile, mais il était prêt aux sacrifices nécessaires pour être heureux avec elle, et pour la rendre heureuse.

Kate avait laissé la moto non loin de James Creek Marina, le but fixé par Carruthers à Mica pendant qu'elles traversaient la ville. Elles avaient décidé que Mica terminerait le trajet à pied et qu'elle la suivrait discrètement.

En écoutant les instructions au téléphone, elle avait reconnu la voix de Carruthers et ses intonations agressives, identiques à celles qu'il avait eues en s'adressant à elle quelques heures plus tôt.

Malgré tous ses efforts, elle n'avait pu dissuader Mica de lui apporter, en personne, les numéros de comptes. Elle était certaine que Carruthers exécuterait Emily et Mica dès qu'il aurait obtenu ce qu'il voulait. Pourquoi aurait-il laissé derrière lui des témoins gênants ? Au moins avait-elle convaincu Mica de la laisser l'accompagner.

Vêtue de noir, Kate progressait lentement dans la nuit et les ombres, munie de son HK40 et d'un fusil avec crosse amovible et viseur sniper qu'elle avait assemblés après avoir abandonné la moto.

Mica se dirigeait vers la marina avec le document comportant les numéros de comptes soigneusement plié dans sa poche arrière. Bien qu'elle ait été bouleversée par l'appel de Carruthers, elle faisait face. L'espoir de retrouver Emily lui donnait du courage.

Mica avait promis de ne pas marcher trop vite afin de lui

permettre de la suivre et d'ajuster régulièrement sa position à la sienne. Carruthers lui avait dit de se diriger vers les quais ; arrivée là, elle devait attendre d'autres instructions.

Geek avait équipé Kate d'un binoculaire thermique à vision nocturne monté sur fixation de tête ainsi remarqua-t-elle immédiatement une silhouette adossée à l'angle d'un bâtiment à une extrémité de la marina, et une autre postée sur le quai où était amarré un yacht.

— Zut…, murmura-t-elle.

Elle espérait que l'attention des deux individus resterait focalisée sur Mica.

Redoublant de prudence, elle continua sa progression latérale, et s'engagea derrière l'homme qui se tenait au coin.

Comme des nuages masquaient soudain le croissant de lune, elle en profita pour courir à découvert jusqu'au bâtiment et se tapir derrière l'homme. Avant qu'il ait pu réagir, elle l'assomma d'un violent coup de crosse. Puis elle regarda vers le quai et reconnut Carruthers, le bras noué autour du cou d'une toute jeune femme.

C'était Emily !

Elle sentit son cœur battre plus fort.

— Non, maman, ne lui donne rien ! s'écria Emily à la vue de Mica. Il ment ! Il ne me libérera pas !

— La ferme ! cria Carruthers en lui posant la main sur la bouche.

Emily le mordit. En retour, il la frappa au visage.

— Emily ! s'écria Mica, en courant dans leur direction.

— Stop ! fit-il.

Mica obtempéra, le souffle court.

— Ne lui faites pas de mal, je vous en supplie, Nigel. Laissez-la, et je vous donnerai les numéros de comptes.

— Qu'est-ce qui me prouve que vous les avez sur vous ? lança-t-il.

Mica sortit de sa poche arrière la feuille de papier qu'elle brandit.

— Lâchez-la ou je les détruis et les jette à l'eau ! dit-elle.

— Si vous faites ça, je n'aurai plus aucune raison de garder votre belle-fille en vie.

— Nigel, je vous en prie ! reprit Mica, cette fois d'un ton moins vindicatif. Emily ne vous a rien fait…

— Mon frère non plus ne vous avait rien fait, à vous et à votre famille. Mais votre mari était prêt à salir son nom, même après sa mort tragique.

— Je ne sais pas de quoi vous parlez, Nigel ! Je ne suis au courant de rien. Rien de ce qu'a pu faire Trevor ne concerne Emily. Elle est innocente !

— Personne ne l'est ! Personne n'aura la vie sauve ! C'est fini ! Nous allons tous mourir ! s'exclama Carruthers avec virulence.

— Nigel, je vous en prie, écoutez-moi…, commença Mica d'une voix à la fois douce et pressante. C'est terminé. Vous ne pouvez pas continuer à tuer…

— Et pourquoi pas ? rétorqua-t-il, hors de lui. Les hommes d'Abusaid ont éliminé Patrick. Notre gouvernement ne l'a pas protégé. Patrick était mon frère. Tous les individus qui ont eu un rapport de près ou de loin avec sa mort ont perdu la vie ! Ils ont tous payé ! Leur famille aussi paiera. Tous auraient dû protéger mon frère, répéta-t-il.

— Je vous en supplie, libérez Emily…, insista Mica.

Le regard mauvais, il resserra au contraire son emprise sur Emily et enchaîna d'une voix plus dure.

— Donnez-moi les numéros de comptes !

Mica s'approcha.

— Lâchez, Emily !

— Pas avant d'avoir les numéros !

Kate leva alors son arme et visa Carruthers. La présence d'Emily, qu'il tenait devant lui, compliquait sa tâche.

— Un transfert va nécessiter du temps, dit Mica. Il faut un accès à un ordinateur, et…

— Suivez-moi, coupa Nigel.

Il poussa Emily vers le yacht. Au même instant, un homme apparut sur le pont, sortant de l'ombre, et attrapa le bras de la jeune fille pour la tirer vers lui.

Emily trébucha, et agrippa la rambarde de sa main libre en hurlant de terreur. Le sbire de Carruthers la saisit alors par la taille, la bâillonna d'une main, et la hissa à bord avant de disparaître avec elle à l'intérieur du yacht.

— Emily ! s'écria Mica se précipitant.

Nigel Carruthers l'attrapa par le bras et le lui tordit dans le dos.

— Venez, Mica. Je vous propose une petite balade nocturne sur le Potomac !

Il lui arracha de la main la feuille comportant les numéros de comptes et la contraignit à aller vers le bateau pour l'obliger à monter à son tour à bord.

Kate avait à présent la nuque de Carruthers dans sa ligne de tir. Elle s'apprêtait à presser la détente quand une voix s'éleva derrière elle.

— À votre place, je renoncerais…

Elle fit volte-face et se trouva nez à nez avec un fusil AR-15 qu'un colosse brandissait.

— Lâchez votre arme. Redressez-vous.

Elle obtempéra mais, en se levant, reprit subrepticement son arme et en frappa l'entrejambe de l'homme.

Ce dernier jura et riposta en lui donnant un coup de crosse à l'estomac.

Sous la violence du coup, le souffle coupé, elle s'affala sur le sol. Son adversaire se pencha sur elle, la saisit et, malgré les coups de pied qu'elle essayait de lui donner, la chargea sur son épaule. Il l'emporta, impuissante, à bord du yacht qui, quelques instants plus tard, s'éloigna du quai.

Carruthers, qui se tenait sur le pont, fit un geste vers l'intérieur de son yacht.

— Enfermez-la en bas avec les deux autres, et laissez-nous.

L'homme descendit un escalier, ouvrit une porte, et la jeta sans ménagement à l'intérieur de la cabine. Elle entendit la porte se refermer et la clé tourner dans la serrure.

Regardant autour d'elle, elle vit Mica et Emily assises sur la couchette, blotties l'une contre l'autre, le visage inondé de larmes.

Elle se releva et prit plusieurs profondes inspirations en observant les lieux, à la recherche de quelque chose qui lui permette de crocheter la serrure.

— Qu'allons-nous faire, maintenant ? demanda Mica.

— Sortir de là !

Kate alla ouvrir la penderie de la cabine et découvrit à l'intérieur deux tiroirs. Elle en sortit un de ses rails et le fracassa sur le sol.

Mica lâcha Emily et se leva.

— Comment puis-je vous aider ?

15

Le hors-bord s'approchait de Greenleaf Point, quand un yacht se profila pour les dépasser à tribord.

La voix de Geek parvint à Montana.

— Kate et Mica continuent à se déplacer : elles sont sur le yacht qui est en train de vous dépasser !

Duff ralentit et s'approcha de la berge par prudence. Une fois que le yacht fut passé, il s'engagea derrière.

— Montana, Quentin, tenez-vous prêts ! s'écria Duff. Sawyer ? À toi de jouer !

Montana et Quentin se placèrent à l'avant du hors-bord. Le bruit de leur moteur était couvert par le rugissement de celui du yacht et, de toute façon, ses occupants n'imaginaient certainement pas que des Seals s'apprêtaient à l'aborder.

Duff accéléra, et Montana sauta sur la plate-forme arrière du yacht, suivi par Quentin. Duff longea ensuite le yacht tandis que Sawyer hurlait pour bien se faire entendre.

— Hé ! On fait la course ? cria-t-il aux matelots sur le pont.

Profitant du fait que l'attention générale était portée sur Sawyer, Montana gagna rapidement le pont principal. Un homme armé regardait, incrédule, le hors-bord qui continuait sa prétendue course avec le yacht. Montana s'approcha de lui, le frappa à la nuque avec la crosse de son 45. Sa victime s'effondra sans un mot.

Quentin lui lia les poignets et les chevilles, puis le

bâillonna, après quoi ils le portèrent dans un dinghy et le recouvrirent de gilets de sauvetage.

De là, ils se rendirent à bâbord. Pendant ce temps, Sawyer, depuis le hors-bord qui zigzaguait toujours parallèlement au yacht, continuait de hurler comme s'il était ivre. S'approchant prudemment d'une baie vitrée entrouverte, Montana jeta un coup d'œil dans ce qui était le salon du yacht. Nigel Carruthers, une arme à la main, se tenait à côté d'un homme très mince, portant d'épaisses lunettes et penché sur un écran d'ordinateur. Tous deux lui tournaient pratiquement le dos

L'homme assis devant l'ordinateur jura.

— Bon sang ! Ces numéros résistent !

— Débrouillez-vous ! Faites vite ! riposta Carruthers. Si l'argent n'est pas transféré avant minuit, nous n'obtiendrons pas la clé d'activation !

— J'y travaille ! Laissez-moi du temps.

— Vous m'aviez affirmé que vous réussiriez dès que vous auriez les numéros de comptes et le mot de passe ! Alors je ne comprends pas où est le problème ! s'exclama Carruthers visiblement énervé.

— En plus des codes et des mots de passe, il y a des questions de sécurité pour augmenter les éléments de vérification. Et je n'en ai évidemment pas les réponses.

Sur un signe de Carruthers, deux mercenaires en treillis et armés de fusils AR-15 qui étaient campés près d'une porte à l'autre bout de la pièce s'avancèrent.

— Allez chercher Mica Brantley ! ordonna Carruthers. J'ai besoin d'elle.

Carruthers reporta son attention sur l'informaticien, tandis que Montana suivait des yeux les mercenaires qui repartaient.

Peu après, une voix s'éleva par l'interphone.

— Monsieur Carruthers, nous avons un problème…

Montana retint son souffle. Le garde qui avait été neutralisé avait-il été découvert ?

— Vous ne pouvez pas le gérer ? rétorqua Carruthers avec agacement. Nous en avons un plus important, actuellement !

— Nous avons de la compagnie. Un hors-bord à tribord.

— La police ? fit Carruthers.

— Non. Deux fêtards complètement ivres.

— Faites-les chavirer, tuez-les, ça m'est égal ! Débarrassez-vous d'eux, c'est tout !

La diversion de Duff et de Sawyer avait donc eu l'effet escompté. Montana avait l'intention de neutraliser Carruthers et son informaticien. Il espérait que Quentin, resté sur le pont, protégerait leurs deux camarades Seals qui étaient maintenant en danger.

Il regarda dans la direction de la porte où les mercenaires avaient disparu. Mica devait être séquestrée dans une cabine du pont inférieur avec Emily et Kate.

Soudain, des coups de feu retentirent.

— Bon sang ! Nous n'avons pas besoin de ça pour le moment ! Ces crétins vont attirer l'attention des autorités fluviales ! s'exclama Carruthers furieux.

Puis il jeta un coup d'œil vers la porte.

— Mais qu'est-ce qu'ils font ? maugréa-t-il.

Puis il hurla à l'intention de ses hommes.

— Dépêchez-vous de ramener Mica Brantley !

Kate avait tenté de crocheter la serrure avec les rails métalliques du tiroir qu'elle avait cassé, mais le constructeur du yacht n'avait pas lésiné sur les moyens, et le mécanisme résistait. Après avoir tordu et mis hors d'usage les deux rails, elle cherchait quelque chose d'assez fin à introduire dans la serrure. Elle eut soudain l'idée d'utiliser l'armature de son soutien-gorge qu'elle retira pour l'en extirper.

Elle s'interrompit quand une clé soudain tourna dans la serrure.

— Attention, on vient ! souffla Mica.

Kate s'écarta vivement de la porte, ramassa la façade du tiroir qu'elle avait cassé et la cacha derrière son dos.

Mica et Emily l'imitèrent en saisissant elles aussi des morceaux de bois.

La porte s'ouvrit. Un homme armé s'encadra sur le seuil et montra Mica du canon de son pistolet.

— Vous. Montez !

Mica lança un regard à Kate, qui s'était rapprochée de la porte.

Kate opina imperceptiblement et s'effaça quand elle passa devant elle. L'homme s'apprêtait à fermer la porte quand Kate abattit brutalement son morceau de bois sur sa main droite. Il jura, lâcha son arme et pressa sa main douloureuse contre son torse.

— Mica ! Emily ! À terre ! s'écria Kate.

Mica et Emily obtempérèrent alors qu'un autre homme, également armé, entrait. Mica lui saisit la cheville tandis que Kate ramassait vivement l'arme au sol, pivotait et tirait sur lui. Elle le toucha à la poitrine.

Il vacilla, mais sans tomber : sans doute portait-il un gilet pare-balles. Elle fit de nouveau feu et le toucha cette fois à la gorge. Cette fois, il s'effondra. Au même moment, l'homme qu'elle avait frappé à la main saisit Mica par ses longs cheveux bruns pour la forcer à se relever. N'hésitant pas une seconde, Kate tira et le toucha au visage. Mortellement atteint, il s'écroula sur le sol.

Mica se releva et se précipita vers Emily qu'elle serra dans ses bras. Kate se rua hors de la cabine. La lutte ne faisait que commencer, car elle avait la certitude que Carruthers ne les laisserait pas repartir vivantes.

Montana ouvrit davantage la baie vitrée et se glissa subrepticement à l'intérieur quand l'informaticien poussa un cri de victoire.

— C'est bon, j'ai réussi !

— Vite, transférez l'argent ! s'exclama Carruthers en se penchant vers l'écran. Dépêchez-vous !

L'informaticien pressa sur une touche.

— Ça y est ! C'est fait ! Ils ont activé la clé !

Montana, qui s'était avancé sans bruit, posa alors le canon de son arme sur la nuque de Carruthers.

— Stoppez immédiatement la procédure ou je tire.

L'informaticien se leva d'un bond, renversant son siège.

Carruthers fit volte-face. Montana lui décocha un violent coup de poing qui le fit tomber à la renverse. Posant un pied sur son torse pour l'immobiliser, et tout en jetant de fréquents coups d'œil vers la porte, Montana pointa son 45 sur sa tête.

— C'est terminé, Carruthers. Vous ne terroriserez plus personne.

Carruthers lui adressa un sourire sinistre.

— Vous avez raison, c'est fini. Vous êtes arrivé trop tard ! Dans cinq minutes très exactement, tout ce que cette ville compte de lobbyistes, d'hommes politiques véreux et autres comités d'action va disparaître... ! Grâce à la bombe que nous avons à bord.

Une voix de femme s'éleva.

— Une bombe ?

Du coin de l'œil, Montana vit Kate, Mica et Emily et en ressentit, malgré la situation tragique, une joie indicible.

Kate avait une arme en main. Mica et Emily brandissaient, elles, des morceaux de bois.

Carruthers tourna vers elles un regard plein de mépris.

— Vous pensiez sauver la vie de votre belle-fille, mais vous allez mourir avec elle ! J'ai utilisé l'argent de vos comptes en Suisse pour acheter la clé destinée à activer la bombe sale qui est sur ce yacht. Nous sommes pour ainsi dire au cœur de la ville. Personne n'en sortira vivant !

Il rit.

— Il vous reste moins de cinq minutes pour vous dire adieu !

— Une bombe sur ce yacht ? répéta Montana, abasourdi.

Carruthers rit.

— Eh oui. Même si vous la trouvez, vous n'aurez jamais le temps de la désamorcer.

Montana se redressa.

— Kate, occupe-toi de lui. Il faut la trouver coûte que coûte.

Au même instant, Quentin entra par la baie vitrée.

— Les gardes et le capitaine sont neutralisés !

Puis il étrécit le regard.

— Que se passe-t-il ?

— Bombe sale à bord. On a moins de cinq minutes pour la trouver et la désamorcer ! Mica, allez prévenir Duff et Sawyer ! Fouillez avec eux la cabine de pilotage, le pont et le salon ! Regardez bien partout ! Faites vite !

— Je descends avec toi ! dit Quentin.

En se précipitant hors du salon, Montana lança par-dessus son épaule.

— Kate, si jamais il bouge, tire ! Et au cas où nous n'en sortirions pas vivants : je t'aime ! ajouta-t-il.

Il dévala l'escalier, longea une coursive déserte, vit une porte où était indiqué « SALLE DES MACHINES ». Il la poussa et parcourut les lieux des yeux jusqu'à ce que son regard tombe sur ce qui ressemblait à une boîte à outils enveloppée de ruban adhésif et posée contre la coque. Il s'approcha et constata qu'un minuteur à cristaux liquide relié à l'engin par cinq fils affichait un compte à rebours. 1:50, 49, 48…

— Je l'ai trouvée ! hurla-t-il en tombant à genoux et en regardant le dispositif, le cœur battant follement.

Les explosifs étaient sa spécialité, et il savait que certaines bombes étaient programmées pour exploser dès qu'on les touchait. Si tel était le cas, il pourrait la faire exploser, et la contamination tuerait des milliers d'innocents.

Les chiffres défilaient. 30, 29, 28…

Il se demanda comment procéder puis, conscient que la situation était désespérée, saisit les fils et tira aussi fort qu'il le put.

Trois se détachèrent mais le minuteur continua son implacable décompte.

Après avoir pris une profonde inspiration, la dernière peut-être, il tira sur les fils restants qui cédèrent à leur tour, puis attendit.

Un instant plus tard, Quentin surgit près de lui, le souffle court.

— Tu l'as trouvée ?

Incapable de parler, Montana opina et lui montra les fils.

Quentin regarda la bombe, puis de nouveau Montana. Enfin, il se laissa tomber à genoux près de lui et baissa la tête avec un soupir de soulagement.

— On est toujours vivants, dit Montana.

— Si tu avais vu ta tête quand je suis arrivé ! lança Quentin.

Il souriait, mais des larmes embuaient ses yeux.

— Je ne devrais pas rire, mais c'est nerveux… Et l'expression de ton visage était impayable, reprit-il.

Il baissa de nouveau la tête, ses épaules tremblèrent, et, pour finir, il éclata de rire.

Montana se leva, aida son ami à se relever aussi et le serra virilement dans ses bras.

— Merci, mon vieux, tu nous as sauvé la vie, dit Quentin en lui donnant une grande claque dans le dos après s'être frotté les yeux. Les autres ont déjà appelé le FBI. Je suis certain que la bombe va les intéresser !

Montana remonta dans le salon où il trouva Kate et Duff qui avaient ligoté Carruthers et l'informaticien.

La voix de Lance parvint dans son oreillette.

— Que se passe-t-il ? On vient d'arriver à la marina. Où êtes-vous, les gars ?

Il ne put répondre, car Kate s'approcha de lui et lui tendit la main.

— Il faut que je te parle. On va sur le pont ?

Il regarda Duff.

— Tu leur racontes ce qui s'est passé ?

Puis, souriant, il prit la main de Kate, et la serra fort. Ensemble, ils sortirent sur le pont. Les nuages s'étaient dispersés et, sous le ciel étoilé, les lumières de Washington étincelaient.

Kate s'appuya contre lui.

— Merci.

— Merci ? répéta-t-il en posant sa tête sur la sienne.

— Tu nous as sauvé la vie à tous ici, et à je ne sais combien de personnes…

— J'ai seulement tiré quelques fils…

Elle secoua la tête, lui prit l'autre main, et le regarda.

— Pas seulement. Je te ferai remarquer que tu les tiens toujours… Comme si ta vie en dépendait, si je peux dire !

Il rit en constatant qu'elle disait vrai.

Elle lui prit les fils des mains, les posa sur le pont, puis riva son regard au sien.

— À propos de ce que tu m'as dit, avant de partir à la recherche de la bombe… Tu… Tu étais sincère ?

Montana n'avait pas oublié sa déclaration d'amour impromptue et sincère, mais maintenant que le danger était écarté, qu'ils étaient sains et saufs, il redoutait la réaction de Kate.

— Écoute… Je ne veux pas que tu te sentes obligée de dire ou faire quelque chose que tu ne penses pas…, commença-t-il avec hésitation. Tout ce que je veux, c'est avoir une chance de te revoir. J'aimerais que tu me laisses une chance.

Kate hocha la tête.

— Et si j'accepte, que va-t-il se passer ? Quel genre de relation peuvent avoir un agent de la CIA et un Seal ?

— Eh bien… Je peux demander à être transféré à Little Creek, en Virginie. C'est plus près de Washington que le Mississippi, dit-il, plein d'espoir.

Il ne connaissait Kate que depuis deux jours, mais il avait l'impression de la connaître depuis toujours… Il savait parfaitement qu'il voulait vivre avec elle, et il espérait qu'elle arriverait à la même conclusion.

— Pourquoi Little Creek ? La SBT-22 est dans le Mississippi. Et vous avez tous vécu tellement de choses ensemble !

C'était la vérité, convint Montana en son for intérieur. Il aurait de la peine à intégrer une autre équipe.

— Parce que tu en vaux la peine Kate…, répondit-il néanmoins. Je suis prêt à tout pour toi… J'irais au bout du monde, et je tirerais les fils de milliers de bombes pour avoir le bonheur de passer une seule journée avec toi !

Des larmes montèrent aux yeux de Kate.

— Oh ! Benjamin…

Il sourit en l'entendant l'appeler par son prénom.

— J'aime quand tu m'appelles Benjamin…

Il la serra dans ses bras, et elle s'y blottit.

Se pouvait-il qu'elle l'aime ? songea-t-il, le cœur gonflé d'espoir.

— Bon sang…, fit-elle en posant la main sur son torse alors que les larmes roulaient sur ses joues. Je ne le voulais pas, mais tu as réussi…

Il rit et posa le front contre le sien.

— J'ai réussi quoi ? demanda-t-il doucement.

— Tu as réussi… à me faire tomber amoureuse de toi. Je t'aime…

La joie explosa en lui, au point qu'il eut l'impression que ses pieds ne touchaient plus le sol. Il passa le bras autour de la taille de Kate et plongea son regard dans le sien.

— C'est donc si terrible de m'aimer ?

— Oh oui, c'est terrible ! s'exclama-t-elle en se dressant sur la pointe des pieds pour lui effleurer les lèvres. Parce que je perds la tête et la raison quand je suis près de toi. Dans tes bras. Sous tes lèvres…

— Et moi, je ne me lasse pas de te toucher, de t'embrasser…

Il la serra contre lui et lui donna un profond baiser qui fut interrompu lorsqu'un bateau de la police fluviale s'approcha et braqua sur eux un projecteur.

Il ne lâcha pas Kate pour autant.

— Reculez ! Levez-les mains ! ordonna une voix autoritaire.

Lentement, il obtempéra.

— J'ai rendu les armes et je te donne mon cœur, Kate McKenzie ! dit-il en levant les mains.

Elle sourit et leva les mains à son tour.

— Et je te donne le mien, Benjamin Raines. Pour toujours.

Retrouvez en novembre,
dans votre collection

BLACK ROSE

Dans les bras de son ennemi, de Carol Ericson - N°450

SÉRIE LES DISPARUS DE TIMBERLINE - TOME 4/4

Qui êtes-vous, mademoiselle Johnson, et que faites-vous à Timberline ? Désespérée, Caroline se tait et évite le regard insistant de Cole Pierson, l'agent de la DEA bien trop séduisant qu'un étrange hasard vient de mettre sur son chemin… Comment lui avouer qu'elle ne sait pas elle-même qui elle est ? La croira-t-il si elle lui révèle qu'elle s'est réveillée, quelques jours plus tôt, dans une chambre d'hôtel près du corps sans vie d'un inconnu, avec pour seul indice un mot griffonné sur un bout de papier : Timberline…

Pour protéger Joey, de Carla Cassidy

Perplexe, Tony regarde le bébé qu'il tient dans ses bras. Cet enfant est-il vraiment le sien ? La question le hante depuis qu'Amy, son ex-petite amie, lui a confié son petit garçon avant de disparaître. Mais tandis qu'il s'interroge ainsi, il revoit les yeux gonflés de larmes d'Amy et se remémore ses paroles : « Il s'appelle Joey, c'est ton fils, protège-le ». Balayant alors ses doutes, Tony prend une décision : qu'importent les résultats du test ADN qui est en cours, il va garder ce bébé et le défendre bec et ongles contre le truand notoire qui prétend être son père…

Une mission trop périlleuse, de Barb Han - n°451

Folle de rage, Alice se débat pour échapper aux griffes du rancher musclé qui vient de l'arracher malgré elle aux criminels qu'elle traquait depuis des jours. Sans le savoir, il a fait capoter sa mission d'infiltration, et elle ignore à présent comment elle va retrouver la trace du gang qui a enlevé son amie Isabel… Au bord des larmes, elle écoute les excuses de Joshua, son prétendu « sauveur ». Mais à sa grande surprise, il lui révèle alors qu'il a toujours rêvé de devenir policier et qu'il va enquêter avec elle sur cette affaire…

Une mystérieuse menace, de Cassie Miles

Comment a-t-elle pu se laisser séduire par Dylan Timmons, l'homme qui a vérifié l'alarme de sa maison après la tentative d'enlèvement dont elle a été victime ? Et pourquoi a-t-elle accepté que cet as de l'informatique devienne son garde du corps ? C'est la double question que se pose Jayne Shackleford, neurochirurgienne de renom et fille d'un magnat du pétrole. Pourtant, alors que le danger grandit autour d'elle, elle comprend que son intuition ne l'a pas trompée : sous ses allures d'intellectuel un peu distrait, Dylan est bien plus qu'un simple agent de sécurité…

Retrouvez en novembre,
dans votre collection

BLACK ROSE

Un garde du corps inattendu, de B. J. Daniels - N°452

Posée sur le lit, la poupée la fixe de ses yeux sans vie… Le cœur battant, DJ la regarde avec inquiétude. Que fait ici ce jouet, souvenir de cette enfance solitaire dont elle ne sait presque rien ? Seul son père — un escroc qui s'est occupé d'elle après la mort de sa mère —, peut la renseigner. Mais à ses questions ce dernier donne des réponses évasives et, au lieu de la rassurer, promet d'engager quelqu'un pour la protéger. Quelques jours plus tard, en effet, un homme sonne à la porte de DJ. Regard bleu d'acier, physique athlétique, il se nomme Beau Tanner et prétend être son garde du corps…

La femme sans souvenirs, de Julie Miller

La femme avance en titubant et s'écroule soudain sur le trottoir… Se précipitant pour l'aider à se relever, Keir Watson constate qu'elle n'est pas ivre mais gravement blessée à la tête. Il écarte alors les cheveux blonds qui masquent son visage et retient un cri de surprise en reconnaissant Kenna Parker, l'avocate qui, le matin même, a réduit à néant tout son travail de policier. Mais la femme vulnérable et effrayée qui se tient devant lui n'a plus rien de commun avec celle qu'il a affrontée un peu plus tôt dans la journée. Et aux propos incohérents qu'elle tient, Keir comprend bientôt qu'elle a oublié jusqu'à son propre nom…

Dangereux huis-clos, de Alice Sharpe - n°453

Alors qu'on annonce une terrible tempête sur la région reculée d'Alaska où il vit, Nick n'a qu'une obsession : renvoyer Katie Fields d'où elle vient avant que la neige et le blizzard ne l'en empêchent. Certes, il a été troublé quand elle l'a supplié de l'aider à retrouver sa mère, dont elle est sans nouvelles. Mais il pressent aussi que la présence de Katie et la quête dans laquelle elle s'est lancée ne peuvent qu'être source d'ennuis pour lui. Car en plus d'être émouvante, et aux abois, Katie est belle à couper le souffle — un immense danger pour Nick qui s'est juré de ne plus jamais tomber amoureux, depuis la disparition tragique de sa femme. Mais trop tard : voilà que, tandis que la tempête se lève et les cloître ensemble dans le chalet, des hommes armés les encerclent soudain…

Mariage sous tension, de Beth Cornelison

En découvrant qu'elle est enceinte, Zoey sent son monde s'écrouler. Elle désirait un enfant depuis des années, seulement il arrive au pire moment, alors que son fiancé vient de la quitter. Bouleversée, mais décidée à garder ce bébé qu'elle aime déjà de tout son cœur, elle accepte la proposition de Gage, son meilleur ami : l'épouser, pour lui éviter les questions embarrassantes de son entourage. Il ne s'agit pas là d'amour, Zoey en est consciente. Pourtant, quand, quelques semaines plus tard, son ex-fiancé se met à la harceler, allant jusqu'à menacer la vie de son enfant, Zoey trouve un réconfort inattendu auprès de Gage. Gage, qui lui jure de les protéger, elle et son bébé…

Retrouvez en novembre,
dans votre collection

BLACK ROSE

Les enfants de Copper Lake, de Marilyn Pappano

En reconnaissant l'homme qui vient d'entrer dans sa boutique, Sophy a bien du mal à cacher son émotion. Ainsi, après huit ans d'absence, Sean Holigan – le bad boy qui faisait battre son cœur d'adolescente timide – est de retour à Copper Lake... Troublée, et consciente que Sean ne la reconnaît sans doute pas, Sophy l'interroge : est-ce pour voir sa sœur Maggie, emprisonnée pour trafic de drogue, qu'il est revenu ? Mais Sean la détrompe : s'il est là, c'est pour protéger ses nièces, Dahlia et Daisy, deux fillettes que Sophy a recueillies chez elle et que les complices de Maggie menacent d'enlever si leur mère fait des révélations sur eux à la police...

Composé et édité par HarperCollins France.

Achevé d'imprimer en septembre 2017.

CPI
BLACK PRINT

Barcelone

Dépôt légal : octobre 2017.

Pour limiter l'empreinte environnementale de ses livres, HarperCollins France s'engage à n'utiliser que du papier fabriqué à partir de bois provenant de forêts gérées durablement et de manière responsable.

Imprimé en Espagne.